ADIB KHORRAM

DARIUS DER GROSSE
VERDIENT MEHR

AF177659

ADIB KHORRAM

DARIUS DER GROSSE
VERDIENT MEHR

LAGO

Bibliografische Information der Deutschen Nationalbibliothek
Die Deutsche Nationalbibliothek verzeichnet diese Publikation in der
Deutschen Nationalbibliografie. Detaillierte bibliografische Daten sind im
Internet über http://dnb.d-nb.de abrufbar.

Für Fragen und Anregungen
info@lago-verlag.de

1. Auflage 2021
© 2021 by LAGO, ein Imprint der Münchner Verlagsgruppe GmbH
Türkenstraße 89
80799 München
Tel.: 089 651285-0
Fax: 089 652096

Die amerikanische Originalausgabe erschien 2018 bei Dial Books, einem Imprint
von Penguin Young Readers Group, einer Abteilung von Penguin Random House
LLC unter dem Titel *Darius the Great Deserves Better*. © 2020 by Adib Khorram. All
rights reserved.

Übersetzung: Julia Mielewski
Redaktion: Matthias Teiting
Umschlaggestaltung: Manuela Amode, dem Original nachempfunden
Umschlagabbildung: Adams Carvalho
Satz: Christiane Schuster | www.kapazunder.de
Druck: CPI books GmbH, Leck
Printed in Germany

ISBN Print 978-3-95761-200-7
ISBN E-Book (PDF) 978-3-95762-280-8
ISBN E-Book (EPUB, Mobi) 978-3-95762-281-5

Weitere Informationen zum Verlag finden Sie unter

www.lago-verlag.de

Beachten Sie auch unsere weiteren Verlage unter www.m-vg.de

Für meine Freunde.
Dafür, dass sie mich immer motivieren weiterzumachen.

DIE SCHÖPFUNGSGESCHICHTE

Der erste Schnitt ist immer der schwierigste.

»Bist du bereit?«

Ich sah Mikaela im Spiegel in die Augen.

»Jep.«

Die Haarschneidemaschine erwachte summend zum Leben und brummte an meinem Ohr, während sie die Zähne durch die Haare an meinem Hinterkopf schob. Die Locken fielen zu Boden und kitzelten mich im Nacken.

Es war Tradition beim Chapel Hill Highschool Männerfußballteam (Go Chargers!), sich vor dem ersten Spiel der Saison die Haare schneiden zu lassen. Das sollte den Gemeinschaftsgeist des Teams stärken.

Ich musste allerdings an dem Sonntag, als alle anderen ihre neuen Haarschnitte bekamen, bei Rose City Teas sein, wo ich ein Praktikum machte. Ich hatte deshalb einen separaten Termin ausgemacht.

Es war mein erster Haarschnitt seit zwei Jahren.

»Wie hoch soll ich dir den Nacken ausrasieren?«, fragte Mikaela, als sie sich meinen Ohren näherte.

Landon hatte mir Mikaela empfohlen. Sie war wunderschön mit ihrer braunen Haut, den makellosen Flechtzöpfen und dem strahlendsten Lächeln, das ich je gesehen hatte.

Ich zuckte mit den Schultern, aber ich war mir nicht sicher, ob sie das unter dem Plastikumhang sehen konnte. »Ich weiß nicht«, sagte ich. »Was meinst du, was am besten aussehen würde?«

Sie schaltete die Haarschneidemaschine aus und sah mich für einen Moment im Spiegel an. »Bei dir könnte man wahrscheinlich höher schneiden. Um diese schönen Locken am Oberkopf zur Geltung zu bringen.«

»Okay.«

Ich entspannte mich und ließ sie meinen Kopf hin und her drehen, während sie erst mit der Haarschneidemaschine und dann mit einer Schere arbeitete. Als sie fertig war, brachte mich Mikaela zur Haarwaschstation. Ich schätze, die war nicht für große Leute gemacht: Ich musste meinen Hintern an die vordere Kante des Sessels schieben, damit mein Kopf auf der Höhe des Waschbeckens war. Sie wusch meine Haare und massierte meine Kopfhaut (was so ziemlich das Schönste war, was ich je gefühlt hatte), entfernte all die juckenden Haare, und dann brachte sie mich zurück zum Stuhl für das Finish.

»Benutzt du Stylingprodukte?"

Ich schüttelte den Kopf.

Sie zog an einer meiner Locken – sie hatte an den oberen Haaren fast nichts gemacht, hatte sie nur etwas gestutzt – und drehte sie um ihren Finger.

»Landon hat erzählt, du bist … Inder?«

»Iraner. Zur Hälfte.«

»Sorry.« Sie ließ die Locke fallen. »Du glücklicher Junge.«

Meine Wangen erwärmten sich.

»Danke.«

Mikaela drückte etwas, das nach Kokosnuss roch, in ihre Hände und massierte es in meine Haare. Es machte sie etwas glänzender, aber sie blieben weich. Sie nahm eine letzte Locke von ganz vorn und zog sie in Richtung meiner Stirn, wo sie wie ein kleines Fragezeichen herabbaumelte.

»Fertig.«

Ich betrachtete mich im Spiegel. Statt meines üblichen unordentlichen Heiligenscheins hatte ich einen riesigen Haufen Locken auf dem Kopf, aber an den Seiten und am Hinterkopf ging das superkurze schwarze Haar direkt in meine Kopfhaut über.

Die Seiten meines Kopfes hatte ich schon seit Jahren nicht mehr gesehen.

Ich hatte noch nie bemerkt, wie sehr meine Ohren abstanden.

»Es sieht super aus«, sagte ich, obwohl ich etwas besorgt war wegen der Ohren. »Wirklich.«

»Ja, auf jeden Fall«, sagte Mikaela. »Dann lass uns mal deine Rechnung fertigmachen.«

Landon wartete vorn auf mich. Als er mich sah, breitete sich ein großes, leicht albernes Lächeln auf seinem Gesicht aus.

»Wow.«

Ich lächelte und schaute nach unten, um den Klettverschluss meines Portemonnaies zu öffnen.

»Gefällt es dir?«

»Das tut es.«

Landons Hand berührte meine, und ich hob meinen Daumen, um sie einzufangen. Er verschränkte unsere Finger miteinander und führte mich aus der Glasschiebetür.

Es war einer dieser perfekten Herbsttage in Portland, an denen es warm genug war, dass man keinen Pulli tragen musste, aber kühl genug, dass es angenehm war, wenn man einen trug.

(Ich hatte meinen Kapuzenpulli an.)

»Ist Mikaela nicht die Beste?«

»Jep.« Ich drückte mein Ohr mit meiner linken Hand flach an den Kopf. »Mir war nicht bewusst, dass ich so riesige Ferengi-Ohren habe.«

»Deine Ohren sind süß.« Er hielt mich fest und stellte sich auf die Zehenspitzen, um mir einen Kuss auf die Wange zu geben. »Aber was ist ein Ferengi?«

Als Landon mich das erste Mal küsste, hatten wir Rose Citys am Abend zugesperrt und anschließend bei Northwest Dumplings gegessen, und ich war nervös, weil ich noch nie jemanden geküsst hatte. Außerdem hingen wir zu der Zeit bloß miteinander rum. Ich hatte nicht damit gerechnet, ihn zu küssen, weshalb ich die extrem unglückliche Entscheidung getroffen hatte, zu viele Zwiebeln zu essen.

Als Landon sich mir entgegenlehnte, dachte ich, ich hätte vielleicht etwas zwischen den Zähnen. Ich hatte niemals gedacht, jemand wie er würde jemanden wie mich küssen wollen.

Aber dann nahm er meine Hand. Und er sagte: »Hey. Kann ich dich küssen?«

Und ich war ein bisschen überrascht und erstaunt, weil ich Landon wirklich mochte, und ich wirklich gern wollte, dass er mich küsste.

Ich wollte meinen ersten Kuss mit Landon Edwards erleben.

Seine Lippen waren warm und weich, und er ließ sie einen Augenblick auf meinen liegen. Dann machte ich den Fehler zu seufzen, womit ich eine üble Zwiebelwolke in seinen Mund blies.

Er unterbrach den Kuss und kicherte.

Zuerst bekam ich Panik – ich dachte, ich hätte alles vermasselt –, aber er lächelte mich an. Er drückte meine Hand und sagte: »Das war gut. Trotz der Zwiebeln. Können wir das noch mal machen?«

Also taten wir das, und das Küssen wurde sogar noch besser, als wir begannen, unsere Zungen zu benutzen.

Mein Lieblingsmoment war, als Landon mich anschließend ansah und sagte: »Du bist schön, weißt du das?«

Niemals zuvor hatte mich jemand schön genannt.

»Du bist auch schön.«

Seitdem traf ich bessere Essensentscheidungen. Und hatte immer Minztabletten in meiner Umhängetasche.

»Beeil dich, die Straßenbahn kommt jeden Augenblick.«

Aber dann, als wir um die Ecke bogen, blieb mir fast das Herz stehen.

Chip Cusumano und Trent Bolger liefen die Straße hinunter, rempelten sich gegenseitig an und lachten über irgendetwas.

Cyprian Cusumano war der merkwürdigste Typ, den ich kannte. Früher war er irgendwie gemein zu mir gewesen, aber seit dem Ende der zehnten Klasse hatte er sich verändert und war netter geworden.

Eigentlich waren wir sogar Freunde geworden.

Ich meine, es half, dass wir beide im Herrenteam der Chapel Hill Highschool spielten (Go Chargers!). Für uns beide war es das erste Jahr im Team – Chip hatte im Herbst noch Football gespielt –, aber wir hatten es beide geschafft, einen Platz in der Schulmannschaft zu bekommen.

Trent Bolger wiederum war der fieseste Typ, den ich kannte. Er hackte seit der Grundschule auf mir herum.

Und trotzdem, aus irgendeinem merkwürdigen Grund – irgendeiner mittelalterlichen Logik, die sich jeglicher Erklärung entzog – waren Chip und Trent beste Freunde.

Landon musste bemerkt haben, wie sich meine Schultern versteiften, denn seine Schritte kamen aus dem Rhythmus. Genau in diesem Moment sah Chip von seinem Handy auf.

Er sah von mir zu Landon, dann auf unsere miteinander verwobenen Hände und dann wieder zurück zu mir.

Chip wusste, dass ich schwul war – das ganze Team wusste es, seitdem ich es ihnen bei einem unserer Teambuilding-Treffen erzählt hatte, als das Training im Sommer wieder begonnen hatte –, aber ich war ziemlich sicher, dass Trent es nicht gewusst hatte.

Genau genommen konnte ich sicher davon ausgehen, dass Trent es nicht gewusst hatte, denn als er mich und Landon sah, sah er aus, als ob plötzlich Weihnachten wäre.

»Kennst du diese Typen?«, fragte Landon.

»Jep. Aus der Schule. Ich spiele Fußball mit dem Größeren.«

Chip war über den Sommer mindestens zweieinhalb Zentimeter gewachsen. Er war jetzt fast so groß wie ich, und ich war im Sommer auf einen Meter neunzig hochgeschossen.

Ich hoffte ein bisschen, dass ich irgendwann noch eins dreiundneunzig erreichen würde.

»Hey, Darius.« Chip grinste mich an. Cyprian Cusumano war einer von diesen Typen, die immer zu grinsen schienen. Er trug schwarze Adidas-Jogginghosen – die gleichen wie ich, mit den weißen Streifen an den Seiten und an den Waden enger werdenden Hosenbeinen – und ein einfaches weißes T-Shirt mit V-Ausschnitt.

»Hey, Chip.«

»Schöne Frisur.«

»Danke. Du auch.«

Chip hatte immer eine gute Frisur. Er war ein Level-acht-Influencer an der Chapel Hill Highschool: Was für einen

Haarschnitt er auch trug, ungefähr die Hälfte der Jungen in unserer Klasse liefen irgendwann mit einer Variation davon herum. Da er aktuell den Standard-Fußballteam-Fade trug – am Oberkopf länger, an den Seiten ausrasiert –, war ich mir nicht sicher, was die anderen tun würden.

»Oh. Chip, das ist mein –«

Die Sache war die, dass Landon und ich noch nicht darüber gesprochen hatten, ob wir offiziell zusammen waren. Auch wenn es sich so anfühlte, als ob wir es wären.

Wie fragte man einen Typ, ob man offiziell zusammen war?

»Das ist Landon. Landon, Chip. Und das ist Trent.«

Trent hielt sich etwas im Hintergrund und spielte mit seinem Handy herum. Er trug einen purpurfarbenen Trainingspullover, auf dem in großen Buchstaben ›CHHS-Football-Schulmannschaft‹ stand – er hatte es dieses Jahr endlich ins Schulteam geschafft – und schwarzen Sportshorts.

Chip grinste immer noch, aber er musterte Landon von oben bis unten. Fast so, als würde er ihn beurteilen. »Schön, dich kennenzulernen.« Er streckte seine Faust aus.

Landon blinzelte eine Sekunde, dann stieß er Chips Faust mit seiner an.

Es war der unbehaglichste Fistbump der Schöpfungsgeschichte.

»Na gut«, quietschte ich. Ich räusperte mich. »Wir müssen zur Straßenbahn. Wir sehen uns?«

Chip gab auch mir einen Fistbump. »Jep. Wir sehen uns.«

Ich trat einen Schritt zur Seite, damit er und Trent an uns vorbeigehen konnten und verstärkte meinen Griff um Landons Hand.

»Man sieht sich, Dairy Queen«, sagte Trent.

Großartig.

NULL KOMMA SECHS ACHT SEKUNDEN

Rose City Teas lag im nordwestlichen Teil der Stadt, ein paar Haltestellen mit der Straßenbahn von Mikaelas Salon entfernt. Es war ein Backsteingebäude, das an einer Seite mit Efeu bewachsen war, mit einem kleinen Holzschild über der Tür. Vor der großen Fensterfront waren die Rollos halb heruntergelassen, um die Nachmittagssonne abzufangen. Regale mit Teedosen säumten eine Wand, und die Verkostungstheke gegenüber war brechend voll mit Nachmittagskunden.

Rose City Teas war ein wahrgewordener Traum.

Landons Dad winkte von der Tür zum Verkostungsraum, wischte seine Hände an dem Handtuch ab, das er immer über seiner Schulter trug, und kam zu uns, um uns zu begrüßen.

Er drückte Landons Schulter – er und Landon hatten sich noch nie vor mir umarmt, was ich irgendwie komisch fand –, und dann drückte er auch meine.

»Hey, Sohn. Schick siehst du aus, Darius. Wie geht's dir?«

»Danke, Mister E. Mir geht's gut. Und Ihnen?«

»Zwei plus, eins minus«, sagte er mit einem Zwinkern.

Elliott Edwards hatte die gleichen grauen Augen wie sein Sohn. Und das gleiche kastanienbraune Haar, auch wenn seine dicken Augenbrauen und sein gepflegter Bart eher ins Bräunliche gingen. Und ich konnte es nicht sicher sagen, aber ich nahm an, dass er unter seinem Bart die gleichen Wangenknochen hatte wie Landon.

Landon Edwards hatte Hollywood-Wangenknochen. Sie waren kantig und wunderschön, und es sah immer so aus, als wenn er leicht errötete. Nur ein winziges bisschen.

»Ich dachte, du gehst heute Abend zu Darius?«

»Das mache ich auch«, sagte Landon.

Wir hielten uns immer noch an den Händen.

Ich mochte es sehr, Landons Hand zu halten.

»Wir waren in der Nähe. Wollten nur mal vorbeischauen.«

»Also, perfektes Timing, würde ich sagen. Kommt, probiert das mal. Polli, kommst du kurz allein zurecht?«

Polli war eine der Geschäftsführerinnen bei Rose City. Sie war eine ältere weiße Dame – wahrscheinlich etwa im Alter meiner Großmütter –, die immer nur schwarz trug, abgesehen von ihren Halstüchern, die knallig bunt waren, und ihrer Brille, die aus riesigen neongelben Vierecken bestand.

Sie wirkte wie eine Person, die eine Richterin in irgend so einer Realityshow hätte sein können. Oder der ein Antiquariat gehörte, in dem sie esoterisches Wissen katalogisierte und vermittelte, während sie Espressi aus winzigen Tassen schlürfte.

Polli winkte uns zu und sprach weiter mit einem Kunden über die Vorteile von regionalem Honig.

Mister Edwards führte uns in den Verkostungsraum, einem kleinen Zimmer, das durch eine Milchglaswand mit dem Rose-City-Logo darauf vom Hauptraum abgetrennt war. Der Tisch war mit einer Reihe an Gaiwanen gedeckt, die mit feuchten, hellgrünen Blättern gefüllt waren, und davor standen Probiertassen voll mit dampfender smaragdgrüner Flüssigkeit.

»Hier.« Er reichte uns je einen Keramiklöffel. Ich ließ Landon den Vortritt, der seinen Löffel in jede Tasse tauchte, eine nach der anderen, und den Tee schlürfte. Er hatte ein kräftiges, grasiges Grün.

»Oh, wow«, sagte ich, als ich den Dritten probierte, der diese Explosion von etwas – vielleicht Fruchtigem? – im Abgang hatte.

Mister Edwards' Augenbrauen tanzten. »Nicht wahr? Irgendwelche Vermutungen?«

»Hm.« Ich probierte Nummer vier, aber Nummer drei war definitiv am besten. »Gyokuro?«

Gyokuro war ein grüner Tee aus Japan, berühmt dafür, dass er drei Wochen lang beschattet wurde, bevor man ihn pflückte, was seinen Geschmack süßer und weicher machte.

»Nahe dran. Es ist ein Kabusecha.«

»Was ist das?«

»Er ähnelt dem Gyokuro, bekommt aber nur eine Woche Schatten.«

»Oh.«

Ich nahm noch einen weiteren Schluck von Nummer drei.

»Der ist großartig.«

Mister Edwards lächelte. »Ich dachte mir, dass du ihn mögen würdest.«

»Werden Sie ihn einkaufen?«

Er seufzte und schüttelte den Kopf. »Zu teuer, als dass es sich lohnen würde.«

»Oh.«

Eines der Dinge, die ich durch mein Praktikum bei Rose City gelernt hatte, war, dass die besten Tees manchmal nicht die geeignetsten fürs Geschäft waren.

Ich schätze, dass ich das verstand.

»Möchtest du den Rest haben?« Er griff nach einer Papiertüte, die mit japanischen Schriftzeichen bedeckt war.

»Sind Sie sicher?«

»Absolut.«

»Danke!«

»Alles klar«, sagte Landon. »Wir machen uns besser auf den Weg. Du holst mich um neun ab?«

»Na klar. Viel Spaß. Trefft vernünftige Entscheidungen. Passt auf euch auf.«

»Nun werd nicht komisch.«

Mister Edwards lachte nur, als Landon mich hinausführte.

Dads Auto war weg, als ich den Code in die Garagentür eintippte.

Ich band meine schwarzen Sambas auf und stellte sie ins Schuhregal, während die Tür hinter uns ins Schloss fiel.

Landon streifte seine Schuhe ab und schob sie neben meine, dann folgte er mir ins Wohnzimmer.

»Es tut mir leid, dass es ein bisschen unordentlich ist«, sagte ich, obwohl ich am Wochenende Staub gesaugt hatte.

»Das muss es nicht.«

Ich überprüfte, ob eine Nachricht oder so am Kühlschrank hing.

»Alles okay?«

»Eigentlich sollte mein Dad zu Hause sein.«

Ich schickte ihm eine Nachricht auf sein Handy, um zu fragen, wo er war.

Landon war schon öfter vorbeigekommen, aber Mom oder Dad waren bisher immer zu Hause gewesen.

Mein Nacken kribbelte.

Ich überprüfte alle Küchentheken und auch den Tisch, aber es gab nirgendwo ein Zeichen, wohin Dad gegangen war, nur ein Stapel Geschirr in der Spüle. Sobald Landon das sah, krempelte er die Ärmel hoch und begann abzuwaschen.

»Ich kann den Abwasch machen«, sagte ich.

»Ich mache das gern.«

»Dann trockne ich ab.«

Ich stand neben Landon, nahm Teller und Schüsseln und Gläser entgegen und trocknete sie mit einem der blau-weißen Geschirrtücher ab, von denen Mom einen endlosen Vorrat zu haben schien.

Unser Geschirrspüler war im Sommer kaputtgegangen, und da Mom und Dads Ersparnisse wegen unserer Reise in den Iran aufgebraucht waren, hatten wir ihn noch nicht austauschen können.

Wer hätte gedacht, dass Shirin Kellners Geschirrtuch-Kollektion sich einmal als so nützlich erweisen würde?

Nachdem ich den letzten Teller abgetrocknet hatte, nahm Landon mir das Tuch ab und wischte über das Spülbecken, die Küchentheken und den Fliesenspiegel. Er sah zu mir hoch. »Bist du okay?«

»Jep.«

Was tat man, wenn man allein zu Hause mit dem Typ war, den man datete, und es keine häuslichen Pflichten mehr zu erledigen gab?

Ich schnappte mir meine Umhängetasche vom Stuhl. »Ich schätze, ich stelle die mal lieber woanders hin.«

Landon folgte mir nach oben. Mein Puls pochte gegen mein Trommelfell.

»Bist du sicher?«

»Jep. Warum?«

»Dein Gesicht ist ganz rot.«

»Oh.« Ich schluckte. »Es ist nur … Dad hat keine Nachricht oder irgendwas hinterlassen. Und wir waren bisher noch nie allein, so wie jetzt.«

Landon setzte sich auf mein Bett. Ich hängte meine Tasche an meinen Schrank und drehte mich zu ihm um.

»Und ich habe das Gefühl, dass wir uns vielleicht küssen sollten oder so.«

Darüber musste Landon lachen. »Wir müssen das nicht machen, wenn du nicht möchtest. Wir können auch nur reden.«

»Ich mag es aber, dich zu küssen.«

Landon lächelte und biss sich auf die Lippen.

»Ich mag es auch, dich zu küssen.«

Er legte seine Hände an mein Gesicht und fuhr dann mit seinen Fingern an den Konturen meiner ausrasierten Haare entlang. Ich hatte dort schon lange keine blanke Haut mehr gehabt, und es kribbelte am ganzen Körper.

Das mochte ich sehr.

Ich mochte es auch sehr, wie langsam und bedacht Landon mit seinen Lippen war. Er hatte die vollsten Lippen, die ich je an einem weißen Typen gesehen hatte.

Ich mochte es nicht so sehr, als Landon seine andere Hand auf meinen Bauch legte, weil ich ihn einziehen musste, und das machte es ein bisschen schwieriger, gleichzeitig zu atmen und weiter zu küssen.

Ich mochte, wie es sich anfühlte, als meine Zunge seine berührte. Wie vorsichtig er damit war.

Ich mochte es wiederum nicht, als Landon seine Hand weiter nach unten bewegte und seine Fingerspitzen die Haut unter meinem Hosenbund streiften.

Ich konnte nicht sagen, ob er es absichtlich tat oder nicht, aber ich wusste nicht, wie ich ihn aufhalten sollte. Besonders, weil ich – wie schon erwähnt – den Kussteil wirklich sehr mochte, und um etwas zu sagen, hätte ich damit aufhören müssen.

Und dann mochte ich es natürlich absolut nicht, als Dad seinen Kopf in mein Zimmer steckte.

»Darius, kannst du mir mit Laleh helf – oh.«

Landon schrie auf, als ich ihm aus Versehen auf die Zunge biss. Wir sprangen auseinander.

Ich bedeckte meinen Schoß mit meinen Händen.

»Oh.« Auf dem Gesicht meines Vaters zeichnete sich Roter Alarm ab. Er sah den Flur hinunter. Seine Augen sprangen zurück zu meinem Gesicht und dann sofort wieder weg. »Sorry.«

Mein eigenes Gesicht stand ebenfalls auf Roter Alarm.

»Deine Schwester ist während des Sportunterrichts krank geworden. Ich musste sie früher abholen.«

»Oh.« Normalerweise hatte Laleh dienstagabends Sport und wurde dann von den Eltern eines Freundes mitgenommen und nach Hause gefahren.

»Kannst du nach unten kommen? Wenn du, äh, in angemessenem Zustand bist?«

Mein Gesicht brannte noch heißer.

Von meinem Vater beim Rummachen erwischt zu werden, hatte meine Unangemessenheit in null Komma sechs acht Sekunden in sich zusammenfallen lassen.

»Ja«, krächzte ich.

Dad schloss die Tür hinter sich.

»Sorry«, sagte ich. »Bist du okay?«

»Jep. Auch wenn ich bisher nicht wusste, dass du beißt.«

Ich versuchte zu lächeln. Aber dann, ich weiß nicht warum, war mir ein bisschen nach weinen zumute.

Seit dem Sommer nahm ich ein anderes Medikament gegen meine Depressionen ein, und obwohl ich die neue Verschreibung grundsätzlich mochte und mich durchschnittlich zehn bis zwanzig Prozent besser fühlte, war ich manchmal überfordert und wollte am liebsten weinen.

»Hey. Es ist okay.« Landon wischte mir eine Träne von der Wange.

»Ich weiß.« Ich meine, natürlich wussten meine Eltern von Landon und mir. Sie hatten schon gesehen, wie wir uns küssten. Aber nicht so richtig.

»Ich weiß.« Ich holte noch einmal Luft. »Ich gehe mal meinem Dad helfen. Willst du hierbleiben?«

»Nee, ich komme auch und helfe.«

»Danke.«

Eines der besten Dinge an Landon Edwards war, wie gut er in der Küche war.

Nicht nur, was das Geschirrspülen anging: Er war auch ein großartiger Koch.

Während Dad Laleh zum Umziehen nach oben brachte, schälte ich Gemüse für Landon, der es kleinhackte und damit eine Hühnernudelsuppe zubereitete.

»Was ist das?« Er zog ein unbeschriftetes Vorratsglas mit einem braunen Gewürz aus dem Regal und schraubte den Deckel auf.

»Vorsicht«, warnte ich, aber es war schon zu spät. Landon schnupperte daran, was zu einem kaskadenartigen Nasennebenhöhlen-Ausbruch führte.

»Gesundheit.«

»Danke. Puh.«

»Das ist Moms Advieh.«

»Advieh?«

»Eine Art Familiengewürzmischung. Für persische Gerichte.«

»Es riecht speziell.«

Er schüttelte eine Handvoll heraus, warf sie zu den Zwiebeln und Karotten und machte sich dann daran, den Sellerie zu schneiden.

Während Landon kochte, deckte ich den Tisch und sah ihm bei der Arbeit zu. Er bewegte sich so entspannt in unserer Küche, als wenn er hier wohnen würde. Er hatte ein leichtes Lächeln auf den Lippen, und er summte vor sich hin, als er die Hühnerbrustreste auseinanderzog und in den Topf gab.

Während Landon vor sich hin arbeitete, kam Dad nach unten, mit roten Ohren.

»Hey, Jungs«, sagte er. Er beugte sich zu mir herab, um mich auf die Stirn zu küssen. »Wow, deine Haare sehen super aus.«

»Danke.«

»Hey, Stephen«, sagte Landon.

»Entschuldigt, dass ich euch vorhin überrascht habe.«

»Alles gut.« Landon kramte im Gewürzschrank und zog einen Beutel Lorbeerblätter heraus.

Ich wusste nicht, wie er die ganze Zeit so cool bleiben konnte.

Ich konnte Dad nicht in die Augen sehen.

»Ist Laleh okay?«

»Ich hoffe, dass es nicht wieder Streptokokken sind. Achtet darauf, euch ordentlich die Hände zu waschen.«

»Okay.«

»Und danke fürs Suppe machen, Landon. Es riecht gut.«

»Klar, gern.«

Laleh kam schließlich auch nach unten, in ihren grünen Pyjamas, und plumpste auf ihren Platz am Küchentisch.

Ich küsste sie auf den Kopf. »Hey, Laleh.«

Sie gab die Art von dramatischem Stöhnen von sich, das ich normalerweise mit Erwachsenen assoziierte, die am Morgen ihren Kaffee nicht bekamen.

Manchmal war es schwer zu sagen, ob meine Schwester neun oder neununddreißig war.

»Es tut mir leid, dass es dir nicht gut geht.«

»Danke«, sagte sie. Ihre Stimme war heiser und kehlig. Sie hörte sich nicht gut an.

»Landon kocht Suppe für dich.«

»Mjam«, sagte sie, aber ohne ihren üblichen manischen Enthusiasmus für Landons Kochkünste.

Um zwanzig Uhr war die Suppe fertig, und Mom war endlich von der Arbeit nach Hause gekommen. Sie und Dad arbeiteten sehr viel mehr seit unserer Reise in den Iran.

Mom sah so müde aus, dass es schwer zu sagen war, wer die Suppe nötiger hatte, Laleh oder sie. Aber sobald sie sie probiert hatte, lächelte sie.

»Das ist gut, Landon«, sagte sie. »Das hast du innerhalb einer Stunde zubereitet?«

»Jep. Aber ihr hattet auch gutes Hühnchen dafür.«

Wie ich schon sagte, war Landon ein großartiger Koch. Ich denke, damit hat er auch Mom für sich eingenommen.

Es war nicht so, als ob Shirin Kellner sauer oder traurig gewesen wäre, als ich ihr sagte, dass ich schwul bin.

Und es war nicht so, als ob sie sich komisch verhalten hätte, seitdem Landon und ich miteinander herumhingen.

Aber manchmal war diese Spannung zwischen uns, eine Art störende Kraft in unseren Umlaufbahnen, die ich nicht einordnen konnte.

Aber immerhin konnte Landon kochen.

Jede persische Mutter möchte, dass ihr Sohn jemanden heiratet, der kochen kann.

Nur um das klarzustellen, ich hatte nicht vor zu heiraten, weder Landon noch sonst irgendwen. Aber Kochkompetenzen sind für iranische Eltern einfach ein absolutes Muss, wenn es um potenzielle Partner geht.

»Landon hat dein Advieh gefunden«, sagte ich.

»Es ist Mamus Rezept. Von meiner Mutter«, sagte sie zu Landon. »Sie hat es früher immer in einem großen Mörser mit einem Stößel zusammengemischt.«

»Ich vermisse Mamu«, sagte Laleh, als sie eine kurze Pause vom Nudelschlürfen machte. »Ich wünschte, wir könnten wieder zu ihr fahren.«

Es wurde still am Tisch.

Ich denke, das wünschten wir uns alle.

Die Sache ist die, dass wir im letzten Frühjahr nur in den Iran geflogen waren, weil Babu – mein Großvater – einen Gehirntumor hatte. Er würde bald sterben. Und Mom wollte, dass wir ihn kennenlernten, bevor es zu spät war.

»Ich wünschte auch, dass wir wieder hinfahren könnten«, sagte Mom schließlich.

Sie drehte sich zurück zu mir und ließ ihre Finger an den Rändern meiner ausrasierten Haare entlangfahren, dort, wo sie auf die langen Locken vom Oberkopf stießen.

»Ich kann nicht glauben, dass du endlich eine Frisur hast.«

DER GROSSE NAGUS

Ich war gerade dabei, meine Hausaufgaben zu beenden, als Dad an meinen offenen Türrahmen klopfte.

»Hast du mal eine Minute?«

»Klar.«

Er schloss die Tür hinter sich und setzte sich auf mein Bett.

»Also.« Er rieb seine Handflächen an seinen Knien. »Ich weiß, dass wir schon ein wenig über Dating gesprochen haben. Und über Sex. Und Konsens. Aber ich dachte mir, dass wir besser noch einmal darauf zurückkommen sollten.«

Mein Gesicht brannte.

»Dad.«

»Ich weiß, dass es unangenehm ist. Aber es ist wichtig, Darius.«

Ich drehte mich in meinem Schreibtischstuhl herum und lehnte mich mit den Ellenbogen auf meine Knie.

»Aber ich meine –« Ich schluckte. »Es hat sich nichts verändert, seitdem wir das letzte Mal darüber geredet haben.«

Das war im Sommer gewesen, direkt nachdem Landon und ich unseren ersten zwieblichen Kuss ausgetauscht hatten.

Und auch davor hatten wir Gespräche geführt. Zum Beispiel, als ich acht Jahre alt und kurz davor war, eine kleine Schwester zu bekommen. Und dann noch einmal, nach dem Sexualkundeunterricht in der Mittelstufe.

Am schlimmsten war es, als ich dreizehn war und in klebrigen Bettlaken aufwachte.

Das war die qualvollste unangenehme Unterhaltung in Dads und meinem Verzeichnis der qualvoll unangenehmen Unterhaltungen, und vor unserer Reise in den Iran waren so ziemlich alle unsere Unterhaltungen auf diesem Level.

Um ehrlich zu sein, war es sogar nach dem Iran – nachdem keine Mauern mehr zwischen uns standen – noch unangenehm, über Sex zu sprechen.

Dad räusperte sich. »Landon hatte nicht seine Hand in deiner Hose, als ich reinkam?«

»Nein«, sagte ich.

Und dann sagte ich: »Ich meine, er war noch nicht weit gekommen.«

Und dann sagte ich: »Und ich weiß nicht so genau, ob ich solche Sachen schon machen will.«

Dad nickte. »Okay. Du weißt, es ist normal und gesund, falls du es willst. Und genauso normal und gesund, falls nicht. Richtig?«

Ich nickte und starrte auf meine Füße.

Dad atmete hörbar aus. »Hast du ihm das auch gesagt?«

Ich schüttelte den Kopf. »Wir waren dabei, uns zu küssen.«

»Okay.« Er starrte eine Sekunde aus meinem Fenster. Die Vorhänge waren offen, und die Abenddämmerung senkte sich wie eine Decke über die Häuser unserer Nachbarschaft. »Zunächst einmal ist es okay, eine Pause beim Küssen einzulegen, damit man kommunizieren kann. Beziehungen, auch die lockeren, du weißt schon, was auch immer, benötigen Kommunikation. Und zweitens, falls du nicht weißt, was du sagen sollst, kannst du deine Hände benutzen, um seine zu führen. Wenn du sie also nicht … äh … in deiner Hose willst, kannst du sie sanft woanders hinführen, wo es dir lieber ist. Zu deinem Rücken oder deinem Knie oder wohin auch immer.«

»Okay.«

Dad warf mir ein wackeliges Grinsen zu.

So schwer es auch war, Unterhaltungen wie diese zu führen, er ließ es nie so rüberkommen, als ob er sie nicht führen wollte.

»Hast du jemals mit Landon über seine letzten Beziehungen gesprochen?«

»Ein wenig«, sagte ich.

»Habt ihr darüber gesprochen, wie intim sie gewesen sind?«

Bei dem Gedanken fühlte sich mein Magen leicht mulmig an.

»Etwas.«

Landon hatte mir erzählt, dass er bisher mehr mit Mädchen als mit Jungen gemacht hatte. Dass er seinen ersten Kuss in der sechsten Klasse bekam.

Manchmal wünschte ich mir, ich hätte früher mit dem Daten angefangen. Vielleicht hätte ich dann ein wenig Übung mit alldem gehabt.

Vielleicht hätte ich dann gewusst, was ich tun und sagen sollte.

Dad fuhr sich mit den Fingern durchs Haar.

»Macht es dich nervös, dass Landon erfahrener ist?«

»Nein. Vielleicht. Ich weiß es nicht.«

»Ich weiß, dass es nicht spaßig ist, über diese Dinge mit seinem Dad zu sprechen«, sagte er. »Aber ich will, dass du gesund und glücklich bleibst. Okay?«

»Ich weiß«, sagte ich.

»Gut. Okay. Gut.« Er atmete tief ein. »Sag ihm das nächste Mal einfach, dass du die Dinge gern langsamer angehen möchtest. Lass ihn wissen, dass du das, äh, Küssen und so genießt, dass du mit dem Rest aber noch warten willst.«

»Alles klar.«

Dad klopfte sich auf die Beine und stand auf. Er küsste mich auf den Scheitel und rieb mir dann über den Hinterkopf. »Ich hatte ganz vergessen, dass du dort Haut hast«, sagte er.

»Und Ohren. Ich sehe aus wie der Große Nagus.«

Dad prustete. Der Große Nagus war einer der Anführer der Ferengi, dieser Alien-Rasse mit den großen Ohren, die besessen von Profit war.

»Du bist perfekt, genauso wie du bist«, sagte Dad.

»Danke, Dad.«

»Und jetzt mach deine Hausaufgaben, damit wir ein bisschen *Deep Space Nine* sehen können.«

An den meisten Morgen ging ich vor meiner Dusche eine Runde joggen.

Ich weiß nicht, ob ich Joggen eigentlich mochte.

Es war nicht so schlecht, wenn wir im Training liefen, und die Jungs dabei waren und wir rufen und lachen und uns gegenseitig anspornen konnten. Aber ganz allein mit meinen Gedanken im rosigen Morgenlicht unterwegs zu sein, das machte mich irgendwie traurig.

Dennoch wollte ich meine Schnelligkeit verbessern.

Und wenn ich ganz ehrlich bin, hoffte ich auch, dass es mir dabei helfen würde, Gewicht zu verlieren, damit ich mehr wie die anderen Jungs im Team aussah, die fast alle schlank und langgliedrig und flachbäuchig waren.

Vielleicht musste ich dann nicht länger meinen Bauch einziehen, wenn Landon mich berührte.

Das Haus war still, als ich nach Hause kam. Moms Auto war schon weg, Laleh lag noch im Bett, und Dads Tür war geschlossen.

Es war merkwürdig, mit so viel weniger Haaren zu duschen. Es ging sehr viel schneller. Als ich mich abgetrocknet hatte, rieb ich mir etwas von der Lockencreme hinein, die Mikaela empfohlen hatte.

Mein Haar sah gut aus. Wirklich gut.

Ich zog mich an und setzte mich an meinen Computer, um Sohrab anzurufen.

Es klingelte und klingelte – okay, tatsächlich hörte man dieses merkwürdige Dut-dut-dut-Geräusch – und dann:

»Hallo Dariush!«

Ich hörte Sohrabs stark komprimierte Stimme, ehe ich sein Gesicht sah, das aus dem verpixelten schwarzen Nichts auftauchte.

»Hey.«

Sohrab Rezaei war mein bester Freund auf der ganzen Welt.

Ich hasste es, dass er eine halbe Welt entfernt lebte.

Im Iran war es elfeinhalb Stunden später als in Portland (ich verstand immer noch nicht den Sinn und Zweck einer halben Stunde Zeitunterschied), also war es gerade Abend in Yazd.

»Isst du gleich zu Abend? Oder kannst du gerade reden?«

»Ich kann reden. Das Abendessen ist noch nicht fertig. Es gibt Ash-e Reshteh.«

Ash-e Reshteh ist eine persische Nudelsuppe.

»Oh, gut. Wir hatten gestern Suppe. Laleh war krank.«

»Ist sie okay?«

»Ich denke schon. Sie geht heute zum Arzt.«

»Gut.« Sohrab betrachtete mich einen Moment lang. »Eh! Du hast deine Haare geschnitten!«

Ich grinste.

»Gefällt es dir?«

»Es sieht gut aus, Dariush. Sehr stylish.«

Meine Wangen brannten.

»Wie gefällt es Landon?«

Sohrab war die erste Person, der ich von Landon erzählt habe.

Sohrab war sogar die erste Person, der ich erzählt habe, dass ich schwul bin.

Es war super unheimlich, obwohl ich wusste, dass er es gelassen hinnehmen würde.

(Ich hoffte, dass er es gelassen hinnehmen würde.)

Er sagte: »Danke, dass du es mir erzählt hast, Dariush. Hast du es deiner Mom erzählt? Deinem Dad?«

»Noch nicht.«

»Hast du Angst?«

»Nein. Vielleicht. Ich weiß es nicht.«

Wir sprachen eine Weile darüber, wie ich es den Leuten sagen wollte und wem ich es sagen wollte, aber dann bemerkte Sohrab, dass es mich nervös machte – er wechselte das Thema und sprach über Babus letzten Arzttermin.

»Die Ärzte denken, dass es für ihn Zeit wird, in ein … Wie nennt man es? Hospiz zu gehen.«

»Oh.«

Ich weiß nicht, warum mich das fast zum Weinen brachte. Ich wusste, dass Babu nicht wieder gesund werden würde.

Aber ich schätze, ein kleiner Teil von mir hoffte auf ein Wunder.

»Es tut mir leid, Dariush.«

»Ist okay.«

Es war nicht okay, und Sohrab wusste es. Aber wir mussten es nicht laut aussprechen.

Anschließend redeten wir über andere Dinge: über das Wetter in Yazd; über die Geschicke von Team Melli; über die aktuellsten Streitigkeiten, die er mit Ali-Reza und Hossein hatte, den beiden Jungen, mit denen er Fußball in Yazd spielte; über die Schule und den Laden seines Onkels und das Essen seiner Mom.

Kurz bevor wir auflegten, sah Sohrab mich an. Und er sagte: »Ich bin froh, dass du es mir erzählt hast, Dariush. Ich werde immer dein Freund sein.«

Ich erzählte Sohrab davon, dass Landon mich zum Friseur begleitet hatte und dass wir danach im Rose City waren und davon, wie Dad uns beim Rummachen erwischt hatte.

Als ich ihm erzählte, dass ich aus Versehen auf Landons Zunge gebissen hatte, lachte er so sehr, dass er sich die Tränen aus den Augenwinkeln wischen musste, und das brachte mich auch zum Lachen.

Und ich erzählte ihm davon, dass es wieder einmal ein unangenehmes Gespräch mit Stephen Kellner gegeben hatte.

Sohrab und ich erzählten einander alles.

»Aber genug von mir. Wie geht es dir?«

»Bei mir ist alles gut. Ich habe Babu gestern gesehen.«

»Wie geht es ihm?«

»Nicht sehr gut.« Er seufzte. »Mamu denkt, dass es nun nicht mehr lange dauern wird.«

»Oh. Ist sie okay?«

»Deine Großmutter ist stark. Wie du, Dariush. Aber …« Er sah einen Moment zur Seite. »Es ist schwer für sie. Sie sagt niemandem Bescheid, wenn sie Hilfe braucht. Maman und ich müssen sie zwingen, etwas langsamer zu machen.«

»Das tut mir leid.«

»Das muss es nicht. Ich liebe deine Großmutter. Und deinen Großvater.«

»Ich auch.« Ich wischte mir über die Augen. »Ich wünschte, ich könnte da sein.«

»Ich wünschte auch, dass du das könntest.«

»Danke dir. Dafür, dass du auf sie Acht gibst.«

Sohrabs braune Augen legten sich in Falten, und er blinzelte, als er mich anlächelte.

Sohrab Rezaei lächelte immer mit seinem ganzen Gesicht.

»Immer, Dariush. *Ghorbunet beram.* Für immer.«

Ghorbunet beram ist eine dieser perfekten Redensarten auf Farsi, die man nicht gut übersetzen kann.

Vielleicht so: Ich würde mein Leben für deines geben.

Manchmal benutzte man es nur als Floskel.

Aber Sohrab meinte es wortwörtlich.

Und ich meinte es ebenso.

Genau das ist es, was es bedeutet, einen besten Freund zu haben.

DER GUTE TISCH

Ich war ein wenig nervös, am Mittwochmorgen in die Schule zu gehen.

Erstens, weil an dem Abend unser Eröffnungsspiel stattfand. Und zweitens, weil Trent Bolger verdächtig mit seinem Handy herumhantiert hatte, als er mich mit Landon sah, und Trent liebte es, Falschinformationen zu verbreiten.

Aber als ich in die Schule kam, sagte niemand etwas.

Entweder hatte Trent seinen Zug noch nicht gemacht oder er war bereits aktiv geworden, und es interessierte nur keinen.

Beim Konditionstraining, an dem ich mit Trent und ein paar Typen aus dem Fußballteam teilnahm, kam es mir so vor, als sei Letzteres passiert: Er war von dem Resultat seiner Gerüchteküche enttäuscht worden. Trent blickte mich ständig wütend an, besonders, als ich von Jaden und Gabe, den Seniors des Teams, begrüßt wurde.

»Alles klar, Darius?«, fragte Gabe. Unser Flügelspieler war braunhäutig und der kleinste Junge im Team, aber er war der schnellste Läufer, den ich je gesehen hatte.

»Ein bisschen nervös.«

»Das musst du nicht sein. Du schaffst das schon«, sagte Jaden. Er war ein Bruchstückhafter Koreaner – er hatte gelacht, als ich ihn das erste Mal so nannte, aber dann übernahm er es selbst – und groß, aber nicht so groß wie Chip oder ich. Er spielte im Mittelfeld.

»Danke.«

Gabe blickte rüber zu Trent und senkte dann seine Stimme.

»Weißt du, dass Trent überall verbreitet, dass er dich gestern Abend mit einem Kerl gesehen hat?«

»Ich dachte mir irgendwie schon, dass er das tun würde.«

Gabe grinste. »Du hast einen Freund?«

»Vielleicht. Ich weiß nicht. Wir hängen nur zusammen ab.«

»Irgendjemand, den wir kennen?«

»Ich glaube nicht. Er geht auf eine Privatschule in Vancouver.«

»Cool. Es macht dir nichts aus, dass jetzt alle davon wissen?«

»Nicht wirklich.«

»Alles klar. Wir stehen in jedem Fall hinter dir. Gib einfach Bescheid, wenn du uns brauchst.«

Ich wusste nicht, was ich darauf sagen sollte.

Es fühlte sich immer noch komisch an, dass einige Leute an unserer Schule tatsächlich hinter mir standen.

»Danke.«

»Tut euch für die Frontkniebeugen zu zweit zusammen«, sagte Coach Winfield. »Leichte Gewichte. Zehn Wiederholungen. Drei Sekunden halten.«

Ich unterdrückte ein Stöhnen. Kniebeugen waren das Schlimmste, aber Frontkniebeugen, die man drei Sekunden halten sollte, kamen einem Verbrechen gegen die Menschheit gleich.

Wenigstens waren sie gut für meinen Hintern.

Man merkte, dass Coach Winfield Footballcoach war, weil immer, wenn ein Footballspiel anstand, gedehnt oder gejoggt wurde oder es irgendeine andere Form von »Erholungs-Workout« beim Konditionstraining gab. Aber diese Art Zufall ereignete sich nie bei Fußballspielen.

Ich tat mich mit Jaden zusammen, da wir dieselbe Gestellhöhe verwenden konnten, und neben uns trainierte Gabe, mit Trent als Partner.

Es war schwer zu sagen, wer mit diesem Arrangement unglücklicher war.

Um ehrlich zu sein, wirkte Trent Bolger in diesen Tagen nie sonderlich glücklich. Ich war immer Trents Zielscheibe Nummer eins gewesen, aber nun, da ich mit Chip und einem Teil des Fußballteams befreundet war, hatte ich viele Leute auf meiner Seite.

Trent war es bisher nicht gelungen, eine neue Zielscheibe zu finden. Er verbrachte seine Zeit ausschließlich damit, dass er versuchte, mir das Leben schwer zu machen, was ihm aber nie ganz gelang.

Es hatte eine beachtliche Gravitationsverschiebung in der Sternenkonstellation an der Chapel Hill Highschool gegeben, und Trent arbeitete noch mit der alten Sternkarte.

Er tat mir beinahe leid.

Beinahe.

»Guck mir nicht auf den Arsch, Dairy Queen«, murmelte Trent, als Coach Winfield außer Hörweite war.

»Dann beweg ihn endlich«, sagte Gabe. »Einige von uns würden gern in Gang kommen.«

Es gelang mir, nicht laut zu lachen, aber ein Grinsen konnte ich nicht zurückhalten. Trent wusste einfach nicht, wie er sich in dieser neuen Welt zurechtfinden sollte.

Und gleichzeitig war mir auch ein bisschen nach Weinen zumute.

Es fühlte sich gut an, dass Gabe sich für mich einsetzte.

Es fühlte sich gut an, ein Team zu haben.

Spieltage waren für das Männerfußballteam der Chapel Hill Highschool sehr viel weniger besonders als für das Football-team, aber das störte mich nicht. Die Footballspieler mussten ihre Trikots den ganzen Tag tragen und die Cheerleader ihre Uniformen, es gab Motivationstreffen, und ihre Stundenpläne wurden abgeändert, um sie zu unterstützen.

Es gab keine Motivationstreffen für das Fußballteam. Also beendete ich am Tag unseres ersten Spiels wie üblich den vierten Unterrichtsblock und ging dann zu den Fahrradständern, um Chip zu treffen.

Flache graue Wolken waren herangerollt, während wir im Unterricht saßen. Ich zog meine Kapuze über, um mich vor dem kalten Nieselregen zu schützen, der in weichem, regelmä-ßigem Rhythmus gegen meinen Nacken klopfte.

Als ich mein Fahrrad aufschloss, kam Chip die Treppen herunter, seine Schlüssel klimperten am Karabinerhaken seiner Umhängetasche. Er hatte mindestens zehn Schlüssel daran, auch wenn nur zwei davon wirklich von Nutzen waren. Der Rest bestand aus Schlüsseln, die er irgendwo gefunden und zu seinem Schlüsselanhänger hinzugefügt hatte – zum Beispiel ein schwarz angelaufener Generalschlüssel, der aussah wie aus dem achtzehnten Jahrhundert – »für die Ästhetik«.

»Sorry. Musste Mister Gerke etwas wegen einer Hausarbeit fragen, aber irgendwie sind wir dann bei Deutschland und der Wirtschaft der Europäischen Union gelandet. Ich weiß auch nicht, wie das passieren konnte.«

»Mister Gerke ist manchmal so. Komm, wir beeilen uns lieber, wenn wir noch an den Guten Tisch kommen wollen.«

Ich zog meine Umhängetasche enger an meinen Rücken, während Chip sein Fahrrad abschloss und seinen Helm aufzog.

Ich fuhr voran zu Mindspace, dem kleinen Coffeeshop, der etwa anderthalb Kilometer von der Chapel Hill Highschool entfernt war, in die entgegengesetzte Richtung zu meinem Nachhauseweg. Nur etwa zehn Leute fanden dort Platz, wenn man also nicht zur richtigen Zeit kam, war womöglich nichts mehr frei.

Ich lehnte Kaffeetrinken kategorisch ab, aber ich mochte den Geruch der Röstmaschine gern, die im Mindspace so ziemlich die ganze Zeit lief. Und ich mochte es, wie der Röster den gesamten Laden warmhielt, besonders an regnerischen Tagen. Das Geräusch dabei war ein angenehmes konstantes weißes Rauschen, das es einfacher machte, sich aufs Lernen zu konzentrieren.

Das Beste war allerdings, dass es im Mindspace Teesorten von Rose City Teas gab. Es war der einzige Ort in der Nähe der Schule, an dem ich zuverlässig eine gute Tasse Tee bekam, wenn ich nicht gerade meinen eigenen Tee mitbrachte.

(Ich meine, ich trug meist meinen eigenen Tee mit mir herum, aber es war schön, nicht darauf angewiesen zu sein.)

Ich stellte mich an, während Chip schnurstracks auf den Guten Tisch zusteuerte: einen polierten Mahagoni-Esstisch, der an der Wand stand, mit einer Bank auf der einen Seite und einigen nicht zusammenpassenden Stühlen mit roten Kissen auf der anderen. Chip schnappte sich einen der gepolsterten Stühle und legte seine Tasche auf den anderen, um mir den Platz freizuhalten.

Ich bestellte eine Tasse Alishan (ein exzellenter chinesischer Oolong) für mich und einen Mochaccino für Chip und schnappte mir noch ein paar Servietten, um den Guten Tisch abzuwischen, bevor wir unsere Sachen darauflegten.

»Was hast du dabei?«, fragte Chip, als ich mein Tablet herausholte.

»Algebra II.«

»Algebra war das Schlimmste.«

»Ist es immer noch.«

Chip nickte und nahm einen Schluck von seinem Mocha. Er zog sein eigenes Tablet heraus, steckte seine Ohrstöpsel ein und machte sich an die Arbeit.

Die Sache ist die: Ich bin immer noch nicht ganz sicher, wie ich dazu gekommen war, meine Hausaufgaben an mehreren Tagen der Woche mit Cyprian Cusumano im Mindspace zu machen. Tatsächlich bin ich nicht ganz sicher, wie wir überhaupt dazu kamen, Freunde zu werden.

Als wir aufwuchsen, hatte Chip mich fast genauso oft geärgert wie Trent. Und dann auf einmal, als ich aus dem Iran zurückkam, hatten sich die Dinge geändert. Chip fing an, nett zu mir zu sein. Er sagte Hi in den Schulfluren, und wir hingen beim Training zusammen rum, und wir fuhren zusammen mit dem Rad nach Hause – Chip musste in dieselbe Richtung wie ich – und sprachen über Fußball oder unsere Hausaufgaben oder was auch immer.

Einmal nach dem Training, als wir beide einen Aufsatz für Amerikanische Literatur schreiben mussten, fragte Chip mich, ob wir zusammen daran arbeiten wollten, und ich hatte das Mindspace vorgeschlagen, und irgendwie war eine Tradition daraus geworden.

Ich mochte es, mit Chip rumhängen und Hausaufgaben zu machen.

Ich weiß nicht warum, aber es war so.

Das ist ja normal.

Stimmt's?

Chip und ich waren um achtzehn Uhr zurück im Umkleideraum.

Mein Magen fühlte sich an, als explodierte darin ein kleiner Neutronenstern.

Er drückte meine Schulter. »Bist du okay?«

Ich nickte und rieb mir mit meiner Hand über den Hinterkopf.

Ich hatte mich immer noch nicht an das stachelige Gefühl dort hinten gewöhnt. Es fühlte sich schön an.

Entspannend sogar.

»Du siehst irgendwie grün aus.«

»Nur die Nerven, denke ich.«

Chip grinste mich an. »Du wirst das super machen.«

»Danke.«

Ich zog meine Spielkleidung an – purpurfarben und schwarz bei unseren Heimspielen – und setzte mich auf die Bank, um meine Stollenschuhe zuzuschnüren.

Neben mir schälte sich Gabe aus seinem Pulli. Ich hielt meine Augen auf meine Stollenschuhe gerichtet, weil Gabe ziemlich gut aussehend war mit seinem flachen, braunen Bauch und ein wenig Haar direkt oberhalb der Gürtellinie, was mich etwas irritierte.

Außerdem datete ich Landon. Also war es nicht richtig, einen anderen Jungen anzusehen. Oder?

»Kommt dein Typ auch zum Spiel?«

Meine Wangen wurden heiß. »Landon? Nein, er hat Bandprobe. Mom und Dad kommen aber. Und meine Schwester.«

»Älter oder jünger?«

»Jünger. Sie ist neun.«

»Cool.« Gabe setzte sich neben mich, um seine Stollenschuhe anzuziehen. Ich stand auf, streckte mich und wandte mich dann eine Sekunde ab, um mich zu vergewissern, dass in meinen Kompressionsshorts alles gut arrangiert war.

Wenn man sich wundrieb, war das kein Spaß.

»Bereit?«

»Bereit.«

HEISSGETRÄNKE-KAPSELEXTRAKTIONS-GERÄT

Mein ehemaliger Sportlehrer, Coach Fortes, war derjenige gewesen, der mich überredet hatte, bei den Auswahlspielen für das Fußballteam mitzumachen, aber über den Sommer hatte seine Frau einen Job im Osten von Washington State bekommen, also war er mitgegangen.

Coach Bentley war eingestellt worden, um ihn zu ersetzen (und um Geschichte und Gemeinschaftskunde zu unterrichten). Sie war eine Schwarze Frau mit warmer, dunkler Haut, glattrasiertem Kopf und einem Gesichtsausdruck, der in unter einer Sekunde von glühendem Lob zu nuklearem Zorn wechseln konnte, besonders, wenn sie dachte, dass man nicht einhundert Prozent auf dem Spielfeld gab.

An ihrer letzten Schule hatte sie ihr Team zu mehreren Oregon State Meisterschaften geführt, und nun war sie entschlossen, dem Chapel Hill Highschool Fußballteam einen gefürchteten Ruf zu verleihen. Sie hatte die Entschlossenheit einer Klingonen-Kriegerin und die analytischen Fähigkeiten eines vulkanischen Gelehrten.

Beim Aufwärmen, als ich mit Chip einen Ball hin und her kickte, feuerte sie uns durchgängig an: »Schnellere Füße! Schnellere Füße!«

Ich nickte und beschleunigte unsere Übung.

Ich war mir ziemlich sicher, dass ich Coach Bentley mochte. Wirklich.

Aber sie konnte auch ein wenig anstrengend sein.

Auf der anderen Seite des Spielfelds wärmte sich das Team der Crestwood Highschool, der Bezirksrivale von Chapel Hill, in seinen weiß-grün-gelben Auswärtstrikots auf.

Ich habe dieses Rivalending nie ganz verstanden, aber ihr Maskottchen war ein Spartaner, und deshalb war ich genetisch prädisponiert dazu, sie nicht zu mögen.

Perser (sogar Bruchstückhafte) und Spartaner (sogar gefälschte Exemplare) sind natürliche Feinde. Ganze Epen wurden darüber geschrieben. Und einige rassistische Filme wurden auch produziert.

Coach Bentley pfiff auf ihrer Pfeife. »Okay, Chargers, bildet einen Kreis!«

Einen Kreis zu bilden ist eine Sache, die Coach Bentley uns immer vor Trainingseinheiten und Spielen machen lässt. Wir versammeln uns hinter unserem Tor und stellen uns in einen Kreis, überkreuzen die Arme und halten uns mit den Leuten neben uns an den Händen. Und dann geht es im Kreis herum, und jeder erzählt etwas Nettes, das eines der Teammitglieder für uns getan hat.

Coach Bentley hat das von einer ihrer ehemaligen Schulen mitgebracht. Sie sagte, es helfe dabei, den Teamzusammenhalt zu stärken und der toxischen Maskulinität im Sport etwas entgegenzusetzen.

Ich stand zwischen Chip und Gabe, gegenüber von Coach Bentley, die heute anfing: »Als wir in diese Saison gestartet sind, kanntet ihr mich nicht, und ich kannte euch nicht. Aber ihr habt mich nett aufgenommen, und nun stehen wir kurz davor, unser erstes Spiel zu gewinnen. Ich bin stolz auf euch alle.«

Wir machten im Uhrzeigersinn weiter: Die Jungs berichteten von Gefallen, die ihnen jemand getan hatte, von Ratschlägen für die Fußarbeit und sogar davon, dass ihnen jemand geholfen hatte, ein Date zu bekommen.

Als Chip an der Reihe war, sagte er: »Ricky hat mir sein Ladegerät geliehen, als der Akku meines Tablets fast leer war. Danke, Ricky.« Ricky, unser Linksaußenspieler, nickte ihm von der anderen Seite des Kreises zu.

Und dann war ich dran.

»Heute im Konditionstraining war dieser Typ aus dem Footballteam ziemlich unhöflich zu mir.«

Ich konnte Trents Namen nicht nennen, weil das eine Regel für den Kreis war: Man sollte nichts Schlechtes über andere Leute sagen. Zumindest nicht namentlich.

Schon öffnete Coach Bentley den Mund, als wollte sie mich korrigieren, daher fuhr ich schnell fort: »Aber Gabe und Jaden haben mir beigestanden. Und das war wirklich cool. Es hat mir viel bedeutet. Also, danke, Leute.«

Neben mir trat Chip von einem Bein aufs andere, und seine Hand zuckte in meiner.

Er musste wissen, dass ich über Trent gesprochen hatte.

Stimmt's?

Auf meiner anderen Seite stieß mich Gabe mit der Schulter an und sagte dann: »Wo wir gerade dabei sind, Darius ist heute nach dem Konditionstraining noch dageblieben und hat mir geholfen, meine Gewichte aufzuräumen, obwohl er schon spät dran war. Das war echt cool von ihm. Danke, Mann.«

Ich nickte und schaute auf meine Füße.

Ich war es nicht gewöhnt, Komplimente von den Jungs in der Schule zu bekommen.

Meine Brust fühlte sich an wie ein Fusionsreaktor.

Mir war nach Weinen zumute – nur ein kleines bisschen –, aber es gelang mir, es nicht zu tun. Ich wollte zu Beginn des Spiels keine verstopfte Nase haben.

Als wir fertig waren, zählte Coach Bentley bis drei, und wir riefen alle zusammen:

»Go Chargers!«

Wir lagen mit einem Tor vorn, dank der hervorragenden Torwartleistung von Christian und einem klasse Tor von Gabe in der ersten Hälfte des Spiels, aber in den letzten Minuten der zweiten Hälfte machten die Crestwood Spartans ihrem Namen alle Ehre und gaben nicht auf.

Ich war der Libero in unserem Team – eine Position, von der Coach Bentley sagte, dass ich wie geschaffen dafür sei, was auch immer das bedeutete –, und bei dem Versuch, ein Tor zu erzielen, hatten die Spartaner förmlich auf unsere Abwehr eingehämmert.

Ich war schweißgebadet. Meine schwarzen Shorts waren bedeckt mit grünen Flecken, das Resultat einer heiklen (aber erfolgreichen) Grätsche gegen einen von Crestwoods Stürmern. Sohrab hatte mir das beigebracht, damals in Yazd.

Einige Minuten später schlüpfte derselbe Stürmer an Jaden vorbei und trickste Chip aus, aber es war, als hätte ich eine Sensorensperre gegen ihn aktiviert. Als er nach links tauchte, um auf unser Tor zu schießen, tauchte ich mit.

Ich erntete einen Tritt gegen mein Schienbein, aber unser Torwart fing ihn ab, und es gelang mir, den Ball ins Abseits zu befördern.

Dennoch stöhnte ich. Der Torwart hatte das Schlimmste verhindert, aber ich würde einen schönen großen blauen Fleck davontragen.

»Hey.« Chip joggte zu mir rüber. »Bist du okay?«

Ich rollte auf den Rücken. »Ich denke ja.«

Chip bot mir seine Hand an und zog mich nach oben.

»Bist du sicher?«

Ich ging ein wenig hin und her. Der Schmerz ließ etwas nach.

»Ich bin sicher.«

Chip gab mir einen Fistbump. »Schöne Aktion.«

»Danke.«

Wir gewannen das Spiel 1:0.

In all den Monaten, in denen wir trainiert hatten, hatte ich Coach Bentley noch nie so viel lächeln sehen.

Nach dem Händeschütteln mit den Crestwood Spartans rannte ich zu den Tribünen, wo Mom und Dad mit Laleh im Schlepptau auf mich warteten.

Obwohl ich widerwärtig verschwitzt war, zog Mom mich in eine Umarmung, aber sie gab mir keinen Kuss.

Dad allerdings platzierte einen Kuss direkt auf meine wirren Haare und lachte.

»Gutes Spiel, Sohn«, sagte er. »Grün steht dir.«

»Danke.« Ich sah auf meine grasbefleckten Shorts, Arme und Beine herab und dann wieder hoch. »Vielleicht habe ich eine Zukunft als orionische Tänzerin.«

»Dafür müsstest du vielleicht noch etwas an deinen Tanz-moves arbeiten.«

»Hey!«

»Nein, wirklich, Darius. Du sahst toll aus da draußen. Als hättest du Spaß gehabt.« Er verstrubbelte mein Haar und legte mir seine Hand auf die Schulter. »Ich bin so stolz auf dich.«

Ich hatte wieder dieses brennende Fusionsreaktor-Gefühl in meiner Brust, aber ich schaffte es dennoch, ebenfalls zu lächeln.

»Danke, Dad.« Ich kniete mich herunter, sodass ich auf einer Höhe mit Laleh war. »Was denkst du? Wie hab ich mich angestellt?«

»Gut«, sagt sie, aber dann hustete sie in ihre Armbeuge.

»Sie wollte nicht zu Hause bleiben«, sagte Mom. »Immerhin ist ihr Fieber weg.«

»Das ist gut.«

Ich drehte mich zurück zu Laleh.

»Ich bin froh, dass du mitgekommen bist.«

Sie nickte wieder und lächelte mich schwach an, aber dann hustete sie wieder.

»Wir bringen dich besser nach Hause. Ich gehe duschen.«

»Wir laden schon mal dein Rad aufs Auto«, sagte Dad. »Wir treffen uns auf dem Parkplatz?«

»Klar.«

»Bist du hungrig?«, fragte Mom. »Brauchst du irgendwas?«

»Alles gut. Danke, Mom.«

Ich rannte los, um die anderen Jungs einzuholen, wir machten ein paar Cool-down- und Dehnübungen, und dann gingen wir in Richtung Umkleideraum.

Die Chapel Hill Highschool hatte schöne Duschen, wo wir alle unsere eigene Kabine hatten, aber die Duschköpfe waren offensichtlich für Sportschüler gemacht worden, die kleiner waren als ich. Ich musste mich bücken, um meinen Kopf unter den Wasserstrahl zu bekommen, und das heiße Wasser hielt nicht annähernd lange genug an. Als ich sauber war, war mir also auch kalt, und ich fühlte mich etwas elend.

Ich trocknete mich ab und wickelte mich in mein Handtuch, zog den Bauch ein und ging mich anziehen.

Die meisten der Jungs waren schon weg, aber ich ging an Chip vorbei, der gerade sein T-Shirt anzog, als ich zu meinem Schrank tappte.

»Hey«, sagte er.

»Hey«, sagte ich, und bog in die Reihe ab, in der sich mein Schließfach befand. Gabe war bereits nicht mehr da, was gut war, weil ich es hasste, mich neben ihm anzuziehen.

Durch das tägliche Fußballspielen und mein neues Medikament hatte ich etwas Gewicht verloren, aber es war nicht so, als wäre ich plötzlich dünn geworden. Ich hatte immer noch sehr viel mehr Bauch, als mir lieb war, und nun waren die Dehnungsstreifen viel auffälliger geworden, trotz der Narbensalbe, die ich jeden Abend auftrug.

Ich hasste irgendwie, wie ich aussah.

Das ist ja normal.

Stimmt's?

Zuerst zog ich mein T-Shirt an, sogar noch vor meiner Unterwäsche, weil es mir immer noch weniger beunruhigend erschien, wenn jemand meinen Penis bei den kalten Temperaturen in der Umkleide sähe, als wenn es sich um meinen Bauch handeln würde.

Von der anderen Seite der Schließfächer sagte Chip: »Machst du dich jetzt direkt auf den Heimweg? Oder willst du noch einen Happen essen gehen oder so?«

»Meine Familie wartet auf mich.«

»Oh. Cool. Vielleicht ein andermal?«

»Vielleicht.«

Chip wurde wieder still, während ich meine schmutzige Spielkleidung ins Wäschenetz packte.

Und dann sagte er: »Was du im Kreis gesagt hast …«

»Ja?«

»Ging es dabei um Trent?«

»Oh. Jep.« Ich warf mir meine Umhängetasche über die eine Schulter und meine Fußballtasche über die andere und schritt um die Trennwand herum.

»Also. Das tut mir leid.«

»Das muss es nicht«, sagte ich.

Und ich meinte es so.

Wirklich.

Ich erwartete nicht, dass Chip sich für die Dinge, die Trent tat, entschuldigte.

Ich wünschte nur, ich wüsste, warum die beiden überhaupt befreundet waren.

Ich wusste nicht ganz, was ich von Cyprian Cusumano halten sollte.

Ich warf meine Tasche in den Kofferraum von Dads Auto und öffnete die Beifahrertür.

»Sorry fürs Warten.«

Dad schüttelte den Kopf. »Kein Problem.«

Aber sobald ich die Tür geschlossen hatte, fühlte ich mich gefangen.

Keiner sagte etwas, aber ich konnte es spüren: ein unsichtbares Partikelfeld aus Frustration oder Ärger, ich war mir nicht sicher, welches von beiden. Es drückte gegen meine Ohren und trommelte auf meine Brust.

Ich rollte das Fenster ein wenig herunter. »Ist das okay?«

»Laleh hat Ohrenschmerzen«, sagte Mom vom Rücksitz, wo sie mit Laleh saß, damit ich vorn mehr Beinfreiheit hatte.

»Oh.« Ich rollte das Fenster wieder hoch und schaltete stattdessen die Klimaanlage auf niedrige Stufe ein. »Besser?«

»Danke, Schatz.«

Als Dad vom Parkplatz fuhr, sah ich Chip aus dem Umkleideraum kommen, auf dem Weg zu seinem Rad. Ich winkte, aber ich glaube, er sah mich nicht, weil er nicht zurückwinkte oder so.

Ohne Musik und ohne irgendein Gespräch, wurde die Vibration in meiner Brust schlimmer.

Ich wusste nicht, was mit meiner Familie los war, aber es gefiel mir nicht.

Also sagte ich: »Danke, dass ihr gekommen seid. Das bedeutet mir viel.«

»Natürlich sind wir gekommen«, sagte Mom.

»Ich hätte es um nichts in der Welt verpassen wollen.« Dad warf ein Lächeln in meine Richtung und sah dann wieder zurück auf die Straße. Hinter mir fuhr Mom mit ihren Fingern durch Lalehs Haar, die ans Fenster gelehnt schlief. Die Stille schlich sich wieder ins Auto. Ich zog mein Handy heraus, um Landon etwas über das Spiel zu schreiben, und versuchte, das kribbelnde Gefühl in meinem Bauch zu ignorieren.

Was war nur los?

Als wir zu Hause waren, machte Mom Laleh zurecht, damit sie früh ins Bett kam, während ich die Überbleibsel von Landons Suppe aufwärmte. Seit ich das Adrenalin vom Spiel nicht mehr im Körper hatte, war ich fast am Verhungern.

Während ich in meinem kleinen Suppentopf herumrührte, stand Dad am Spülbecken und kümmerte sich ums Geschirr.

»Ich kann das abspülen«, sagte ich. »Von mir kommt ja gleich auch noch was dazu.«

»Nein, das ist okay. Ich hätte den Abwasch schon tagsüber erledigen sollen. Bin nur nicht dazu gekommen.«

Dad schnaufte und griff in das seifige Wasser, um eine Tasse herauszuziehen.

Stephen Kellner füllte das Spülbecken gern mit schaumigem Wasser und ließ das Geschirr darin einweichen. Ich war kein Fan dieser Methode, weil ich es hasste, in das schmutzige, seifige Wasser zu greifen, nicht wissend, was ich vorfinden würde.

Aber Grandma und Oma spülten das Geschirr genauso, also musste es etwas Genetisches sein.

Grandma und Oma benutzten zusätzlich eines von diesen Stab-Dingern, die man mit Seife füllte und die am Ende einen Schwamm hatten, aber Mom beharrte darauf, dass man damit die Ecken nicht sauber bekam, also kaufte sie uns stattdessen normale Abwaschlappen.

Shirin Kellner vertrat eine starke Meinung in Bezug auf das Spülen von Geschirr, eine Meinung, die ich offensichtlich von ihr geerbt hatte, da ich den Abwasch wie sie machte und nicht wie Dad.

Die Unangenehme Stille vom Level neun hatte uns vom Auto ins Haus begleitet wie ein verhüllter Jem'Hadar-Krieger, der im Schatten lauerte, unsere Schwächen observierte und auf den perfekten Moment wartete, um zuzuschlagen.

All die Freude, die ich über das gewonnene Spiel empfunden hatte, war aus mir herausgesaugt worden, bis ich mich genauso kribbelig und unruhig fühlte wie der Rest meiner Familie.

Ich räusperte mich. »Wie war es auf der Arbeit?«

»Hab heute nicht viel geschafft«, sagte Dad. »Musste mich um deine Schwester kümmern.«

»Oh.«

»Richard denkt, dass wir vielleicht bald ein Projekt in Kalifornien in Aussicht haben. Ein Gemeindezentrum außerhalb von L.A.«

»Oh. Cool.«

Richard Newton war der Partner meines Dads bei Kellner & Newton, der Architekturfirma, in der er arbeitete.

Ich schätze, sie gehörte ihm auch irgendwie.

Um ehrlich zu sein, wusste ich nicht genau, wie seine Firma strukturiert war. Ich wusste nur, dass er nicht mehr so oft von zu Hause aus arbeiten konnte wie früher. Dass er immer müde war, wie Mom.

»Ich werde nächste Woche eine Standortbesichtigung machen. Brauchst du irgendetwas aus Tehrangeles?«

Dad reiste auch sehr viel mehr für die Arbeit als früher.

»Ich brauche nichts. Mom wird aber wahrscheinlich eine ganze Liste haben.«

Dad schmunzelte. »Die hat sie mir schon gegeben.«

»Oh. Gut.«

Ich füllte meine Suppe in eine Schüssel um. »Willst du DS9 schauen?«

»Klar. Gibst du mir eine Minute, um hier fertig zu werden?«

»Ich mache währenddessen Tee.«

Ich füllte meinen elektrischen Wasserkocher und stellte ihn auf 75 Grad ein. »Willst du etwas Neues ausprobieren?«

»Was denn?«

»Kabusecha. Mister Edwards hat ihn mir gegeben.«

»Erzähl mir ein bisschen was über den Tee.«

Ich gab mein Bestes zu erklären, was Mister Edwards gesagt hatte, über den Anbau im Halbschatten und das Theanin und die Aromastoffe, aber einige Details hatte ich bereits vergessen, weil ich mir keine Notizen gemacht hatte.

Es war fast peinlich, als sich herausstellte, wie wenig ich vor meinem Start bei Rose City gewusst hatte. An meinem ersten Tag hatte ich gedacht, dass ich direkt loslegen könnte, aber es stellte sich heraus, dass ich noch eine Menge Einweisung benötigte. Es gab noch so viel mehr zu lernen. Ich musste einiges über die Tee-Saisons und die wankelmütige Politik der Teefarmer und die Magie des Terroirs lernen.

Aus irgendeinem Grund sprachen die Leute *Terroir* immer so aus, als ob man die Kursivierung tatsächlich hören könnte.

Ich hatte nicht einmal gewusst, dass das möglich war.

»Der Kuss der Erde selbst«, sagte Mister Edwards. »Worte können es nur annähernd beschreiben.«

Ich wusste nicht so recht, was er damit meinte.

Nicht wirklich.

Aber ich wollte es gern lernen.

Als Dad mit dem Geschirr fertig war und ich den Kabusecha in einer kleinen Kanne für zwei Personen ziehen gelassen hatte, machten wir es uns auf der Couch gemütlich, um *Star Trek: Deep Space Nine* zu sehen.

Es hat etwas gedauert, aber ich hatte es geschafft, Dad davon zu überzeugen, die gesamte Serie ohne Unterbrechung zu sehen, statt nach der Ausstrahlungsreihenfolge zu gehen und hier und da *The Next Generation* oder *Voyager* einzustreuen, wie wir es normalerweise taten.

»Es ist eine große zusammenhängende Geschichte«, hatte ich gesagt. »Und was ist, wenn Laleh mal mit uns mitgucken will?«

Dad war immer noch unentschlossen, bis die Fußballsaison begann und uns nicht mehr jeden Abend Zeit für eine Folge blieb. Dann lenkte er endlich ein. Bei einer Serie zu bleiben, machte es einfacher, der Handlung zu folgen.

Während ich Dad Tee einschenkte, rief er »Ferne Stimmen« für uns auf.

»Mein Zwilling«, sagte ich und zeigte auf Quark – den Ferengi-Barkeeper der DS9 –, als er in der kurzen Vorschau auftauchte.

Dad prustete.

»Deine Ohren sind perfekt«, sagte Mom hinter uns. Sie streckte die Hand aus und zog an einem von ihnen.

»Willst du mitgucken?« Ich rutschte näher an Dad heran, um ihr Platz zu machen.

»Heute Abend nicht. Deine Schwester ist immer noch krank.«

»Kann ich etwas helfen?«

»Ich kümmere mich um sie«, sagte Dad, aber Mom legte ihm ihre Hand auf die Schulter.

»Ist schon in Ordnung. Schaut ihr zwei eure Serie. Ich muss sowieso noch arbeiten.«

Mom ging in die Küche, und ich hörte das charakteristische Geräusch ihres Heißgetränke-Kapselextraktions-Geräts, das ich aus Prinzip weder benutzte noch beim Namen nannte. Als der Vorspann zu Ende war, kam sie noch einmal vorbei, küsste mich auf den Kopf und Dad auf die Schläfe und ging mit einer dampfenden Tasse Kaffee in den Händen nach oben.

Dads Augen folgten ihr die Treppen hoch. Er biss sich auf die Lippen und rieb sich einen Moment über sein stoppeliges Kinn. Dann legt er seinen Arm über meine Schulter und drehte sich zurück zum Fernseher.

Und wir versuchten beide, uns zu entspannen.

DAS ERSCHÜTTERNDSTE GERÄUSCH IM UNIVERSUM

In dieser Nacht hatte ich Probleme einzuschlafen.

Erstens waren meine Nerven nach dem Spiel immer noch energetisch aufgeladen wie ein Warpkern.

Zweitens hatte ich versucht, Sohrab über Skype zu erreichen, aber er ging nicht ran, also verbachte ich eine halbe Stunde damit, ihm stattdessen eine E-Mail zu schreiben.

Drittens stritten sich meine Eltern.

Also, vielleicht war streiten die falsche Bezeichnung, weil ich nicht glaube, dass sie eigentlich wütend aufeinander waren. Sie waren frustriert und besorgt, und sie verwendeten diese komische Elternstimme, wie immer, wenn sie aufgewühlt waren, aber versuchten, leise zu sein, als könnten sie Laleh und mich davor schützen, schlimme Dinge zu erfahren, wenn sie nur flüsterten.

Ich war ins Bad gegangen, um meine Zähne zu putzen und zu pinkeln, bevor ich ins Bett ging, und ich hörte sie reden (mein Badezimmer und ihres hatten denselben Luftschacht), und so saß ich schließlich auf der Toilette und hörte ihnen zu.

»Ich kann mir nur nicht vorstellen, wie wir das hinbekommen sollen«, sagte Dad. »Ich habe bereits das Kalifornien-Projekt vor mir und danach ein anderes in Arkansas, falls wir die

Zusage bekommen. Du machst Überstunden. Und wir können trotzdem nicht –«

Mom seufzte. »Ich weiß. Ich weiß. Ich hasse es nur, nicht dort sein zu können.«

»Ich weiß, Liebling.«

Dad murmelte etwas, das zu leise war, als dass ich es verstehen konnte.

»Nicht gut. Mamu sagt, dass es nun nicht mehr lange dauern wird. An den meisten Tagen wacht er nicht einmal lange genug auf, um zu essen.«

Sie sprachen wieder über Babu.

Was danach kam, klang gedämpft, aber ich konnte hören, dass Mom weinte.

Es war das erschütterndste Geräusch im Universum.

Ich riss eine Handvoll Toilettenpapier ab, um meine eigenen Tränen wegzuwischen, dabei stieß ich versehentlich an das Wasserbecken der Toilette.

Ich spülte die leere Toilette, nur um meine Deckung zu wahren, aber das bedeutete, dass ich noch weniger hörte.

Als das brausende Wasser leiser wurde, schnappte ich ein bisschen was zwischen meinen eigenen Schniefern auf.

»… Kindern früher oder später davon erzählen«, sagte Mom.

»Morgen«, sagte Dad. »Lass mich erst bei meinen Eltern nachfragen.«

Danach wurde es ruhig. Entweder hatten sie angefangen zu flüstern oder sie hatten sich von ihrem Badezimmer entfernt.

Ich wusch mir die Hände, atmete ein ein und ging ins Bett.

Aber ich konnte immer noch nicht schlafen.

Als ich am nächsten Tag nachmittags vom Training kam, saß Laleh aufrecht am Tisch, trank Tee und las in einem übergroßen Taschenbuch. Ihre Wangen hatten wieder Farbe angenommen, und sie wurde ein bisschen munterer, als sie mich sah.

»Hey«, sagte sie.

»Hey, Laleh.« Ich lehnte mich herunter, um ihr einen Kuss auf den Kopf zu geben. »Fühlst du dich besser?«

»Jep.«

»Was liest du?«

»*Dune.*«

»Oh.«

Ich blinzelte.

»Ist es gut?«

Laleh zuckte mit den Schultern. »Ein bisschen langweilig.«

»Oh.«

Ich ging zur Teekanne und goss mir eine Tasse ein.

Seit unserer Reise in den Iran bereitete Laleh auch allein Tee zu, wenn ich nicht zu Hause war.

Sie machte immer persischen Tee – schwarzer Tee, strotzend vor Kardamom. Es fühlte sich an, als wären wir zurück im Iran bei Mamu und Babu (als er schon krank war, aber immer noch Dinge erledigen konnte). In ihrem Haus stand der Wasserkessel nie still.

Ich schluckte meine Traurigkeit weg.

»Das schmeckt gut, Laleh«, sagte ich. »Danke.«

Sie sah nicht auf. »Nicht zu viel Hel?«

»Es ist genau richtig.«

Laleh nickte und las weiter.

Ich dachte darüber nach, mich zu ihr zu setzen, aber sie wirkte nicht, als ob sie Gesellschaft wollte.

Sie war nicht mehr krank, aber irgendetwas war mit ihr los. Etwas, das sie nicht laut aussprach.

Ich studierte meine Schwester, aber sie nippte nur an ihrem Tee und blätterte die Seiten in ihrem Buch um.

Also ging ich nach oben, um meine Algebra II Hausaufgaben zu machen. Miss Albertson hatte uns einen Haufen an Übungen gegeben, aber ich konnte den Sinn und Zweck von Kegeln nicht ganz begreifen.

Wer läuft in der Gegend herum und zerschneidet einen Kegel, um zu schauen, wie er von innen aussieht?

Ich fuhr mir mit der Hand durchs Haar und zeichnete die Linie des ausrasierten Teils nach. Ich mochte, wie meine Haut dabei kribbelte.

Dad klopfte an den Türrahmen. »Woran arbeitest du?«

»Parabelscharen«, stöhnte ich.

»So schlimm?«

Ich zuckte mit den Schultern.

»Soll ich einen Blick draufwerfen?«

»Gern.«

Dad lehnte sich über meinen Schreibtisch, eine Hand in meinem Nacken. Er drückte ihn ein wenig, während er sich meine Gleichungen ansah.

Das Licht meiner Schreibtischlampe verlieh seinem Gesicht eine scharfe Kontur. Die Linien um seine Augen sahen tiefer aus als sonst, und ich erinnerte mich an die seltsame Spannung während der Autofahrt nach Hause nach meinem Spiel und wie er und Mom letzte Nacht geflüstert hatten.

»Ist alles okay?«, fragte ich.

»Was?«

»Es ist nur …« Ich schluckte. »Es kommt mir gerade alles so seltsam vor. Bei dir. Und Mom.«

Dad seufzte.

Er legte seine Hand an meinen Rücken.

»Es ist alles in Ordnung«, sagte er. »Finanziell ist es nur ein wenig knapp gerade, nach der Reise in den Iran und dadurch, dass wir Geld an Mamu schicken, um sie etwas zu unterstützen.«

Ich nickte.

Dad trommelte mit den Fingern auf meinen Rücken. Ich glaube nicht, dass er bemerkte, dass er das tat. »Weil eure Mom gerade so viele Überstunden macht und ich oft nicht in der Stadt bin, dachten wir, es wäre gut für euch, wenn eure Großeltern für eine Weile zu uns kämen.«

»Oh«, sagte ich.

Die Sache mit Dads Müttern war die, dass ich, obwohl ich wusste, dass sie uns lieb hatten, nie das Gefühl bekam, dass sie uns wirklich mochten.

Sie lebten in Bend, was drei Stunden entfernt war, aber wir sahen sie nur ein paarmal im Jahr: an Geburtstagen und, aus irgendeinem komischen Grund, an Ostern. (Genau wie Dad waren Grandma und Oma säkulare Humanisten, aber der Osterbrunch gehörte trotzdem zu ihren Lieblingsspeisen.)

Ich kann mich nicht an eine Zeit erinnern, in der ich nicht wusste, dass meine Großmütter queer waren. Sogar bevor ich das über mich selbst herausgefunden hatte, waren sie einfach ein Teil des Gewebes meines Lebens gewesen.

Also, vielleicht waren sie eher die Bordüre am Gewebe meines Lebens: immer an den Rändern, eine Verzierung, die man nur bemerkte, wenn man gezielt danach suchte.

Als ich ihnen sagte, dass ich schwul war, dachte ich, dass uns das vielleicht näherbringen würde.

Dass wir diese Sache teilen könnten, die uns von den anderen unterschied.

Dass sie mir davon erzählen würden, wie es war, als Oma sich geoutet hatte.

Dass sie mir von wichtigen geschichtlichen Ereignissen erzählen würden, die ich nicht aktiv mitbekommen hatte, weil ich zu jung gewesen war: *Prop 8*, *Don't Ask, Don't Tell* und der Kampf für die gleichgeschlechtliche Ehe.

Aber alles, was Grandma dazu sagte, war: »Das dachte ich mir schon«, und alles, was Oma sagte, war: »Wir lieben dich genauso wie vorher«, und dann tranken wir wie immer schweigend unseren Tee.

Ich wusste nicht, was ich getan hatte, dass meine Großmütter sich so wenig für mich interessierten.

Und es war auch nicht so, dass sie sich mehr für Laleh interessierten, was merkwürdig war, denn alle mochten Laleh.

Sogar Babu hatte Laleh vom ersten Augenblick an vergöttert, und er mochte niemanden, bevor er nicht grundsätzlich mit den Menschen etwas warm wurde.

Genau genommen war das Einzige, was meine Großmütter und ich gemeinsam hatten, Tee und Fußball.

Sie waren beinahe aufgeregt, als ich ihnen erzählte, dass ich es ins Männerfußballteam der Chapel Hill Highschool geschafft hatte.

Beinahe.

»Wir müssen mal zu einem Spiel kommen«, hatte Grandma gesagt.

»Falls ihr es in die Meisterschaften schafft, auf jeden Fall«, hatte Oma ergänzt.

Ich wusste nicht, wie ich mich dabei fühlte: dass ihre Begeisterung daran geknüpft war, ob wir gewannen.

Ich war in dem Team, weil es mir Spaß machte, weil ich meine Teamkameraden mochte, weil ich Coach Bentley mochte.

Ich wusste nicht, ob ich wirklich ein Gewinner war.

»Es wird bestimmt schön, sie zu sehen, oder?«, sagte Dad.

Seine Finger trommelten immer noch gegen mich, als ob ich eine Konsole auf der Brücke eines Raumschiffs wäre und er versuchte, einen Kurs durch eine Art instabiles Sternenphänomen zu bestimmen.

Um ehrlich zu sein, bekam ich auch nie das Gefühl, dass Grandma und Oma Dad wirklich mochten.

Ich weiß nicht, warum ich das dachte.

Es war schrecklich, so etwas zu denken.

Also sagte ich: »Jep.«

Sie kamen, um uns zu helfen. Um Mom dabei zu helfen, weniger müde zu sein.

Um Dad eine Chance zum Durchatmen zu geben.

»Jep«, sagte ich noch einmal.

Und ich versuchte, es auch so zu meinen.

NUR EINE FLOSKEL

Es war noch dunkel draußen, als ich von meiner morgendlichen Joggingrunde zurückkam, gerade zur richtigen Zeit, um Mom zu verabschieden, als sie aus der Einfahrt fuhr.

»Hey«, sagte sie aus dem Autofenster. »Siehst du nach dem Duschen mal nach deinem Dad? Er schläft ein bisschen aus.«

Dad schlief niemals aus.

»Okay.«

Mom lächelte traurig. »Bis heute Abend.«

Ich schluckte den Kloß in meinem Hals weg.

Ich hasste es, meine Eltern so müde zu sehen.

»Jep.«

Ich duschte, packte meine Fußballtasche und steckte auch meine Lockencreme ein. Ich traf mich nach dem Training mit Landon und wollte gut aussehen. Ich klopfte an Dads Tür, aber er rief, dass er schon aufgestanden sei und sich fertigmachte.

Und dann, weil ich seit drei Tagen nichts mehr von Sohrab gehört hatte, setzte ich mich hin und versuchte wieder, ihn zu erreichen.

Dieses Mal ging er direkt ran.

»Eh! Hallo Dariush.«

»Hey! *Chetori toh?*«

Ich sprach nicht viel Farsi, aber es war okay für mich, die wenigen Worte, die ich sagen konnte – mit meinem schweren amerikanischen Akzent –, mit Sohrab zu üben, der meine Aussprache nie kritisierte.

Sohrab stieß einen dramatischen Seufzer aus. »Dariush. Habe ich dir je von meiner Ameh Mona erzählt?«

»Ich glaube nicht.«

»Sie lebt in Manshad. Kennst du Manshad?«

Ich schüttelte den Kopf.

»Es liegt hinter den Bergen von Yazd. Es ist sehr schön dort, aber es ist eine lange Fahrt.« Sohrab warf einen Blick hinter sich und rief seiner Mom irgendetwas zu.

»Maman lässt dir liebe Grüße ausrichten.«

»Oh. Grüßt du sie von mir zurück?«

Sohrab rief etwas zurück zu seiner Mom.

»Wie auch immer. Ameh Mona hat sich das Bein gebrochen.«

»Was ist passiert?«

»Sie ist über ihre Katze gestolpert.«

»Sie ist was?«

Sohrab schüttelte den Kopf, und dann schnaubte er.

»Sie ist über ihre Katze gestolpert.« Er schnaubte wieder. Das Schnauben verwandelte sich in ein Kichern.

Und dann legten sich seine Augen in Falten, und er begann zu lachen. Er lachte so sehr, dass es mich auch zum Lachen brachte, obwohl es schrecklich klang, über eine Katze zu stolpern und sich das Bein zu brechen. Ich lachte so sehr, dass ich Tränen in den Augen hatte.

Aber schließlich versiegte das Lachen, und Sohrab sagte: »Wir hatten sie schon lange nicht mehr gesehen.«

Sein Bild flimmerte kurz, als er zur Seite guckte. Ich dachte, dass er etwas sagen würde, aber er saß einfach nur da, mit zuckendem Kiefer. Sein Kinn war in letzter Zeit stoppeliger, als ob er vergeblich versuchte, sich einen Bart wachsen zu lassen.

Sein Gesicht sah auch länger aus. Entweder war er gewachsen oder er hatte Gewicht verloren.

Vielleicht auch beides.

Schließlich drehte er sich zurück und sagte: »Wie wars beim Fußball?«

»Es war gut. Wir haben unser erstes Spiel gewonnen!«

Ich erzählte Sohrab alles: über die Kreisrunde, darüber, wie ich die Grätsche angewandt hatte, die er mir beigebracht hatte, darüber, dass es sich langsam anfühlte, als würden meine Teamkameraden echte Freunde werden.

»Ich bin froh, dass du Freundschaften schließt, Dariush.«

»Ich auch.« Ich schluckte. »Ich hatte ein bisschen Angst.«

»Warum?«

»Ich weiß nicht«, sagte ich. »Du warst mein erster echter Freund. Ich dachte, dass es mir vielleicht nicht gelingen würde, noch mehr Freunde zu finden. Dass du vielleicht etwas Besonderes warst.« Ich räusperte mich. »Du bist natürlich etwas Besonderes. Aber ich dachte … Ich weiß auch nicht.«

Sohrabs Augen verschwanden wieder in Lachfalten. »Beste Freunde sind etwas Besonderes, Dariush. Aber du bist ein netter Kerl. Natürlich findest du noch mehr Freunde. Ich freue mich für dich.«

Sohrab wusste immer, was er sagen musste.

»Danke.«

Sohrab sah wieder weg, sein Kiefer zuckte.

Sohrabs Kiefer zuckte, wenn er mit den Zähnen knirschte.

Sohrab knirschte mit den Zähnen, wenn er an seinen Dad dachte, der gestorben war, kurz bevor wir Yazd wieder verlassen hatten. Er war im Gefängnis gewesen, als er starb:

Sohrabs Familie gehörte der Bahá'í-Religion an, und die iranische Regierung tendierte dazu, Bahá'ís zu schikanieren und zu inhaftieren.

Es warf einen Schatten über Sohrab, einen, der kam und ging. Ich kannte ihn gut genug, um einfach mit ihm zusammenzusitzen, bis es wieder vorbei war.

Diese Art von Freunden waren wir.

Schließlich sagte er: »Dariush. Woher wusstest du, dass du depressiv warst?«

»Oh.«

Ich wusste zunächst nicht, was ich dazu sagen sollte.

Ich hätte niemals gedacht, dass Sohrab mir diese Frage stellen würde.

Ich weiß nicht, warum. Viele Menschen haben mit Depressionen zu kämpfen.

»Also«, sagte ich. »Es ist ein Unterschied, ob man eine depressive Phase oder eine Depression hat. Ein Arzt kann dich diagnostizieren, aber ich denke, eine Depression entsteht meistens, wenn man über eine lange Zeitspanne deprimiert war.«

Ich schluckte.

»Erinnerst du dich, wie Yazd am Morgen aussieht, wenn es noch ein bisschen neblig ist, und man zwar etwas sehen kann, aber alles etwas gräulich ist und unscharfe Ränder hat?«

Sohrab nickte.

»So hat es sich für mich angefühlt. Wenn es schlimm war. Es war, als ob ich die Form des Lebens sehen, sie aber nie ganz erkennen konnte. Für andere Leute ist es anders. Mein Dad erzählte mir, als er depressiv gewesen ist, war er die ganze Zeit müde. Und wollte nie irgendetwas tun.« Ich schluckte noch einmal. »Denkst du, du könntest eine depressive Phase haben? Oder Depressionen?«

»Ich weiß es nicht«, sagte er. »Vielleicht. Manchmal fühlt es sich so an. Der Nebel.«

»Kannst du einen Arzttermin ausmachen?«

»Ich glaube nicht.«

»Was ist mit deiner Mom? Kannst du wenigstens mit ihr sprechen?«

»Vielleicht.« Er seufzte.

Sohrab war einer der fröhlichsten Menschen, die ich kannte, aber sogar er hatte seine traurigen Momente.

Um ehrlich zu sein, fühlte es sich so an, als ob ich sie in letzter Zeit immer öfter zu sehen bekäme. Das, und seine Wut.

Sohrab trug sehr viel Wut in sich, Wut, über die er nicht immer zu sprechen wusste, es sei denn, ich konnte es aus ihm herauskitzeln.

Ich hasste es, wie weit weg mein bester Freund war.

»Du weißt, dass du mit mir reden kannst, oder? *Ghorbunet beram.*«

»Ich weiß, Dariush. Immer.«

ÄSTHETIK DES SCHWARZEN HEMDS

Landon wartete an den Fahrradständern von Rose City Teas auf mich.

Er hatte ein breites Lächeln auf dem Gesicht. »Hey.«

»Hey.«

Er zog mich in eine Umarmung. Ich legte mein Kinn auf sein Haar, das nach Mandeln und Orangenblüten und Junge roch. Er sah hoch und küsste mich, erst auf die Wange und dann auf meine Lippen.

»Ich habe dich vermisst. Entschuldige, dass ich es nicht zu deinem Spiel geschafft habe.«

»Ist okay. Ich habe dich auch vermisst.«

Landon schlang seine Arme um meinen Hals und küsste mich noch einmal. Ich legte meine Hände an seine Hüften und küsste ihn zurück.

Es fühlte sich wie eine Szene aus einem Film an, sich unter der Markise zu küssen, während der Regen die Straßen durchnässte. Bis sich jemand räusperte.

Mister Edwards stand im Eingang.

Mein Nacken kribbelte.

»Ähm.« Ich räusperte mich, entfernte mich einen Schritt von Landon und zog dabei den Saum meines Kapuzenpullis herunter. »Ich gehe mich lieber mal umziehen.«

»Komm in den Verkostungsraum, wenn du fertig bist.«

Bei meinem alten Job im Tea Haven mussten wir schwarze Hemden und hellblaue Schürzen tragen. Rose City vertrat die Ästhetik des Schwarzen Hemds ebenfalls, aber hier handelte es sich um ein T-Shirt mit V-Ausschnitt und dem Rose-City-Teas-Logo (eine Teetasse mit einer Rose, die oben herausblüht) auf dem Rücken und kleinen Teekesseln auf den Ärmeln. Dazu mussten wir dunkle Jeans tragen.

Ich mochte, wie die dunkle Jeans an mir aussah. Besonders mein Hintern, der, wie ich schon sagte, von den ganzen Kniebeugen profitiert hatte.

Landon mochte auch, wie ich in ihnen aussah. (Und, noch einmal, besonders meinen Hintern.)

Ich schnürte meine Sambas zu, überprüfte meine Haare im Spiegel, rückte mein magnetisches Namensschild zurecht und ging, um mich zur Arbeit zu melden.

»Komm, Darius. Wir haben heute etwas Besonderes«, sagte Mister Edwards, während er Wasser in eine Reihe Gaiwane füllte. Landon saß bereits am Verkostungstisch und hatte sein Notebook offen. Ich setzte mich neben ihn und holte mein eigenes Notebook heraus.

Landon drückte sein Knie gegen meines. Ich nahm seine linke Hand und rieb mit dem Daumen Kreise hinein.

Dabei musste ich ein dümmliches Lächeln im Gesicht gehabt haben, denn Mister Edwards fing meinen Blick auf und zwinkerte mir zu.

Mister Edwards wirkte superglücklich, dass ich seinen Sohn datete, so glücklich, dass ich mich etwas komisch fühlte.

Ich meine, Mom and Dad mochten Landon auch, aber sie zwinkerten ihm nie zu.

Und sie waren auch nicht Landons Boss.

Es war komisch.

Mister Edwards räusperte sich. »Das ist Long Jing.« Er griff nach dem ersten Gaiwan – eine weiße Porzellanschale mit einem Deckel und einer Untertasse darunter – kippte den Deckel leicht mit seinem Daumen an und goss Tee in die Probiertasse, wobei die Blätter im Gaiwan aufgefangen wurden. »Auch bekannt als …?«

Mein Verstand war wie ausgeknipst.

Ich liebte die Verkostungen, aber sie machten mich auch nervös. Ich fühlte mich, als wäre ich im Unterricht und Mister Edwards ein Lehrer, den ich wirklich nicht enttäuschen wollte.

»Dragon Well«, sagte Landon.

»Richtig. Dieser hier wurde vor dem Qingming-Fest geerntet.«

Ich machte mir eine Notiz, um später nachzuschauen, worum genau es sich bei diesem Fest handelte, aber Mister Edwards redete schon weiter. Er sprach über Blattformen und Pfannenröstung und Preisgestaltung und biodynamische Anbauverfahren.

Ich schrieb so schnell ich konnte.

Schließlich kamen wir zum besten Teil: Wir durften den Tee tatsächlich probieren.

Er war butterig und süß und ein kleines bisschen nussig.

»Oh, wow«, sagte ich. Ich nahm noch einen Löffel.

Landon schlürfte neben mir. »Hmm. Aubergine?«

Mister Edwards nickte.

»Pak Choi?«

Er nickte wieder.

Ich schlürfte noch einen Probierlöffel. Ich schmeckte nichts von beidem. Und als Perser war ich sehr auf den Geschmack von Aubergine geeicht, die wir auf Farsi *Bademjan* nannten und die ich kategorisch ablehnte.

Mister Edwards sah mich an.

»Ähm. Marone?«

»Hm.« Er schlürfte, ließ den Tee seinen Gaumen umspielen und schluckte ihn herunter. »Interessant.«

Er goss uns etwas aus dem nächsten Gaiwan ein.

Ich schluckte und fuhr damit fort, mir Notizen zu machen.

Nachdem wir den Verkostungsraum aufgeräumt hatten, sagte Mister Edwards: »Würde es dir etwas ausmachen, die Kasse zu übernehmen? Dann kann Landon sich etwas um das Lager kümmern.«

»Klar.«

Praktikanten sollten eigentlich nicht die Kasse bedienen, aber manchmal mussten wir einspringen, wenn es superviel zu tun gab. Normalerweise halfen wir im Lager, beim Servieren, beim Aufräumen und solchen Sachen.

Die Kasse bestand aus einem dieser Tablets, das auf einer angewinkelten, schwenkbaren Halterung lag, was sich für mich sehr nach Sternenflotte anfühlte und dadurch beinahe dafür entschädigte, wie langweilig es war.

Beinahe.

Ich kassierte ein Paar in legerer Geschäftskleidung ab, das eine Probepackung von chinesischem grünen Tee und einen Gaiwan dazu kaufte, und einen Hipster mit Bart und Mütze, der gerade von Kaffee auf Tee umstieg, aus »gesundheitlichen Gründen«. Mister Edwards griff sich eine Dose Second Flush Darjeeling aus dem Regal und ließ sie mich für die Inventur wegstreichen.

Ab und an kam Landon mit seiner kleinen Schubkarre mit Teedosen aus dem hinteren Bereich, um die Regale aufzufüllen.

Er lächelte, wenn er vorbeikam, und strich mir über den Arm oder gab mir einen Kuss auf die Wange.

Einmal gab er mir sogar einen Klaps auf den Hintern.

»Hey«, sagte ich, aber er grinste nur und ging davon, als hätte er nichts getan.

»Entschuldigung«, sagte jemand. Die Person trug einen pinken Pullover und dazu schwarze Leggins mit Galaxien-Druck, und ich fand, das war ein ziemlich cooler Look. »Habt ihr noch mehr Bai Hao?«

Bai Hao war einer unserer Oolongs, die sich am besten verkauften. Er wurde in Taiwan angebaut, und jedes Jahr kamen diese kleinen Käfer und kauten an den Blättern, bis die Blätter einen natürlichen chemischen Abwehrmechanismus aktivierten, der die Käfer vertrieb. Diese Chemikalie veränderte den Geschmack des Tees, machte ihn fruchtig und blumig und wunderbar.

Ich warf einen Blick ins Regal, aber Landon hatte noch keinen neuen hineingestellt.

»Wir haben hinten noch etwas davon. Ich kann es holen.«

Ich winkte Alexis herbei, die gerade die Probierbar am Laufen hielt, und bat sie, die Kasse für mich im Augen zu behalten.

»Na klar«, sagte sie.

Ich fand ein paar Kartons mit Bai-Hao-Dosen im Lagerraum und auch Landon, der gegen die Wand lehnte und auf sein Handy schaute.

»Hey«, sagte er. »Brauchst du irgendwas?«

»Etwas Bai Hao.« Ich griff hoch, um ihn mir zu holen – er war im obersten Regalfach, wo Landon nicht ohne den Tritthocker hinreichen konnte – und stapelte noch etwas mehr auf der Schubkarre, um es später aufzufüllen.

»Cool.« Landon steckte sein Handy in seine Tasche und

stand auf. Er schlang seine Finger in meine Gürtelschlaufen und zog sich näher an mich heran. Ich hielt die Kartons mit dem Tee über meinem Kopf, damit er sich nicht daran stieß.

»Du arbeitest zu hart.«

»Ich habe nur jemandem geholfen.«

»Du hilfst immer irgendjemandem.« Er lächelte. »Das war das Erste, was mir an dir aufgefallen ist.«

Ich traf Landon an meinem ersten Tag bei Rose City – Mister Edwards stellte uns einander vor, als er mich durch den Laden führte –, aber kennengelernt haben wir uns, als wir am Rose-City-Teas-Stand beim Portland Pride arbeiteten und einen hellrosafarbenen Hibiskus-Kräutertee ausschenkten.

Landon war schon einmal auf dem Pride gewesen – er hatte sich als bi geoutet, als er in der Mittelstufe war –, aber für mich war es das erste Mal. Erst zwei Wochen zuvor hatte ich mich vor meinen Eltern geoutet.

»Du brauchst nicht nervös zu sein«, sagte Landon. »Wir beißen nicht.«

»Bin ich nicht. Ich bin schwul«, sagte ich. »Es ist nur so, dass ich das erste Mal hier bin.«

»Oh, wirklich?« Er lächelte mich an.

Landon Edwards hatte die Art Lächeln, die einen Kometen aus seiner Umlaufbahn rütteln und ihn in Richtung Sonne stürzen lassen konnte.

»Ähm. Jep.«

»Cool. Ich bin bi.«

»Oh. Cool.«

Wir verbrachten den ganzen Tag damit, uns zu unterhalten – die einzige Unterbrechung war, wenn ich mehr Beutel mit Eis oder Wasserkrüge holen musste.

»Du musst das nicht die ganze Zeit machen«, sagte er. »Alexis und ich können auch helfen.«

»Es macht mir nichts aus«, sagte ich.

Landon lächelte mich wieder an.

»Also gut, danke. Aber trink wenigstens etwas Tee, um dich abzukühlen.«

Das war, bevor mein Haar geschnitten wurde und als ich noch einen großen Heiligenschein schwarzer lockiger Haare hatte, was im Sommer ziemlich warm wurde.

»Okay. Danke.«

Landon lehnte sich mir entgegen, um mich zu küssen, und seine Hände wanderten von meinen Gürtelschlaufen zu meiner Rückseite. Ich küsste ihn mit geschlossenen Lippen, aber dann begann er, etwas Zunge hinzuzugeben und meinen Hintern zu drücken, und ich lehnte mich weg.

»Hey«, sagte ich. »Ich muss wieder da rausgehen. Ich kann nicht ...«

»Du kannst nicht was?«

Ich schluckte und blickte zur offenen Tür des Lagerraums. »Ich kann nicht beim Arbeiten eine Erektion haben.«

Landon grinste wieder – er hatte das charmanteste Grinsen der Welt – und ließ mich los. »Sorry. Aber wir haben das seit einer Weile nicht mehr gemacht.«

»Ich weiß.« Ich dachte daran, worüber Dad und ich gesprochen hatten. Kommunizieren. Ich atmete tief ein und sagte: »Aber wir müssen es etwas langsamer angehen. Okay? Du bist mein erster Freund.«

Landon hatte plötzlich dieses Lächeln auf dem Gesicht. »Was?«

»Was was?«

»Du hast mich gerade deinen Freund genannt.«

Roter Alarm.

»Ähm. Ist das okay?«

Landon sah mich auf diese bestimmte Art an.

Ein weiterer Komet stürzte ins Innere des Sonnensystems.

»Ja. Ja, das ist okay. Dein Freund.« Er biss sich auf die Lippen. »Manchmal vergesse ich, dass das alles neu für dich ist.«

»Tut mir leid.«

»Das muss es nicht. Wir machen es in deinem Tempo. Okay?«

»Okay.«

Landon gab mir einen letzten Schmatz auf den Mund.

»Bis später?«

»Bis später.«

»Darius. Kann ich dich einen Moment sprechen?«

»Klar.«

Mister Edwards Büro war in einem kleinen Winkel hinter dem Verkostungsraum untergebracht, hatte eine Glastür und eine Glaswand, aber auch zwei Wände aus freigelegtem Mauerwerk. Der Backstein war bedeckt mit Landkarten der Teeanbaugebiete der Welt und Fotos (inklusive einigen süßen Bildern von Landon, als er jünger war) und Klebezetteln mit To-do-Listen darauf. Mister Edwards zeichnete immer kleine Quadrate als Aufzählungszeichen für seine To-do-Listen, damit er sie mit einem Schnörkel abhaken konnte.

»Du bist jetzt seit drei Monaten hier, darum wollte ich mich einmal erkundigen, wie es dir geht. Bist du noch zufrieden?«

»Ja! Ja. Auf jeden Fall. Ich lerne viel.«

»Gut. Das Team mag dich.«

»Ich arbeite gern mit ihnen.«

»Und offensichtlich mag Landon dich auch.«

Ich wurde rot.

»Ich meine …«

Mister Edwards zwinkerte mir zu. »Also, du bist ein wertvoller Teil unseres Unternehmens geworden. Darum habe ich mir überlegt – würdest du gern dein Praktikum in etwas Offizielleres umwandeln?«

»In was zum Beispiel?«

Mister Edwards lachte. »Zum Beispiel in einen Job.«

»Ich dachte, ich müsste dafür achtzehn sein.«

»Für einige Dinge ja, wie die Arbeit an den Maschinen. Aber im Grunde arbeitest du ja schon. Sehr viel mehr, als ein Praktikant das tun sollte. Du verdienst eine Bezahlung.«

Ich spielte mit dem Saum meines T-Shirts und studierte die weißen Streifen auf meinen Sambas.

»Wirklich?«

»Wirklich.«

Ich konnte nicht anders.

Ich lächelte.

»Okay.«

Ich befüllte gerade die Geschirrspülmaschine nach Ladenschluss, als Landon kam und mich von hinten umarmte.

»Hey«, sagte er. »Hat mein Dad mit dir geredet?«

»Jep.«

»Du hast zugesagt, stimmt's? Ich habe ihm gesagt, dass du das tun würdest.«

»Das hast du?«

»Er hat es mir gestern Abend erzählt.«

Ich schloss die Spülmaschine und drehte mich um.

»Ich kann es immer noch nicht glauben.«

»Warum?«

Ich zuckte mit den Schultern. »Ich weiß nicht.«

Landon legte seine Arme um meinen Hals. »Du wirst ein großartiger Mitarbeiter sein.«

»Danke.«

Er küsste mich, und ich küsste ihn. Er kicherte, als ich mich an seinen Hals kuschelte, und er seufzte, als ich sein Kinn mit meinem Handrücken streichelte.

»Mein Freund«, flüsterte er, und ich lächelte gegen seinen Mund.

Landon trat auf mich zu, wodurch ich gegen die Spülmaschine gedrückt wurde. Sie schloss sich und piepte, aber wir ignorierten es und küssten uns weiter. Ich winkelte meine Hüfte an, sodass ich nicht gegen Landon gedrückt war, weil ich nicht wollte, dass er spürte, wie erregt ich war. Nicht, nachdem ich ihn gerade gebeten hatte, dass wir es langsam angingen.

Das Licht im Laden ging aus, und Mister Edwards rief uns zu, dass es Zeit war zu gehen.

Ich küsste Landon noch einmal, und er drückte kurz meinen Hintern, bevor wir unsere Kleidung glatt strichen und Mister Edwards zur Hintertür hinaus folgten.

Es war eine unbequeme Fahrt nach Hause, mit meiner Umhängetasche auf dem Schoß, während ich im Bus saß.

Dad hatte mir das Abendessen aufgewärmt, und der Tee war auch schon fertig. Wir hatten einen Zweiteiler vor uns – »Der geheimnisvolle Garak« Teil 1 und 2 –, und es war schon spät.

Aber ich konnte nicht stillsitzen. Immer wieder spielte ich den Abend im Kopf durch.

»Darius?«

»Jep?«

»Bist du wegen irgendetwas sauer auf mich?«

»Was? Nein. Warum?«

»Du bist so ruhig. Und dein Bein wackelt.«

Ich beruhigte mein Knie und drückte auf Pause. »Entschuldige. Es ist nur viel passiert auf der Arbeit. Mister Edwards hat mir sozusagen einen Job angeboten.«

»Das ist ja fantastisch!« Dad zog mich an sich heran, um mir einen Kuss auf die Stirn zu geben. »Ich bin so stolz auf dich. Warum hast du mir das nicht früher erzählt?«

»Ich weiß nicht. Es fühlt sich immer noch komisch an. Und, na ja. Diese andere Sache ist auch noch passiert.«

»Was war es denn?«

Fast fing ich wieder damit an, mit meinem Bein zu wackeln, konnte mich aber noch zurückhalten. »Landon und ich sind jetzt offiziell zusammen.«

Dad lehnte sich zurück und sah mir in die Augen.

»Wie fühlst du dich damit?«

»Glücklich«, sagte ich. »Wirklich glücklich.«

»Das ist wunderbar. Du verdienst es, glücklich zu sein.«

»Danke, Dad.«

Ich drückte wieder auf Play, wir beendeten die beiden Folgen, und ich hielt meine Hände im Schoß gefaltet, weil ich immer wieder an Landon dachte.

Es war wirklich mal wieder eine Nummer drei nötig.

Meistens machte ich das vor dem Schlafen und manchmal am Morgen, nach dem Joggen. Na ja, fast jeden Morgen, wenn ich ehrlich bin.

Seitdem Doktor Howell mein Rezept geändert hatte, war es, als wäre mein Sextrieb von Impuls- zu Warpantrieb gesprungen.

Ich fragte mich, ob andere Jungs sich genauso fühlten.

Ich fragte mich, ob es Landon so ging.

Ich fragte mich, wie es kam, dass ich mir zwar vorstellte, wie Landon mich berührte, wenn ich masturbierte, aber zurückschreckte, wenn er mich im echten Leben unterhalb der Taille anfassen wollte.

Aber das ist ja normal.

Stimmt's?

DIE TAXONOMIE DES FRÜHSTÜCKS

Statt am Samstagmorgen auszuschlafen, wachte ich von dem Geruch von etwas Wunderbarem auf: Zimtschnecken.

In der Taxonomie von Frühstücksspeisen sind nur Zimtschnecken noch höher einzuordnen als Bacon.

Ich schnappte mir meinen Kapuzenpulli vom Boden, zog die Jogginghosen von gestern an und folgte meinem wässrigen Mund in die Küche. Zimtschnecken konnten nur eines bedeuten: Grandma und Oma waren da.

Wie erwartet stand Oma an der Spüle und schrubbte eine Pfanne, die Dad über Nacht eingeweicht hatte, und Grandma füllte den Teekessel.

Ich räusperte mich. »Morgen.«

Grandma drehte sich um. »Morgen, Darius.« Melanie Kellner war groß – beinahe eins achtzig – mit grauem Haar, das zu einem Pixie geschnitten war, und himmelblauen Augen. Sie hatte eine Brille mit durchsichtigem Rahmen auf ihren Kopf geschoben und zog sie herunter, um mich genauer zu betrachten. »Du bist größer geworden.«

»Vielleicht.«

Oma spähte über ihre Schulter zu mir. »Und du hast dir endlich die Haare schneiden lassen.«

Ich rieb mir über den Hinterkopf. »Jep.«

Sie drehte sich zum Geschirr zurück, während ich ihr einen Kuss auf die Wange gab. Oma war größer als Grandma, aber nur gerade so. Sie hatte längeres Haar, das ihr bis zu den Schultern reichte und hellbraun war, auch wenn graue Strähnen darin waren. Sie hatte auch blaue Augen, aber ihre waren dunkler, eher so wie Dads. Und sie hatte auch Dads teutonischen Kiefer.

Ich gab Grandma einen Begrüßungskuss und eine von diesen unbeholfenen seitlichen Umarmungen.

Meine Großmütter umarmten nur auf diese Weise.

»Du hast eine beeindruckende Sammlung«, sagt Grandma, als sie meinen Teeschrank inspizierte. Er war vollgestopft mit Dosen und Beuteln und Vorratsgläsern. Nicht zu vergessen das Glas mit dem persischen Tee, das wir auf der Küchentheke stehen hatten, weil es zu groß war und nicht in den Schrank passte.

»Was davon ist neu?«

»Hier.« Ich zog ein Vorratsglas mit Assam-Gartentee herunter. »Der ist schön frisch.«

Sie drehte den Deckel auf und roch daran. »Mmm. Die Zimtschnecken sind fast fertig.«

»Wo ist Stephen?«, fragte Oma. Sie spülte den Topf aus und zog dann den Stöpsel, um das Spülbecken ablaufen zu lassen. »Und deine Mom und Laleh?«

»Dad lässt Mom am Wochenende gern ausschlafen.«

»Hm.«

Aber kaum hatte ich das gesagt, betrat Mom die Küche, bereits für die Arbeit angezogen.

Ich hasste es, wenn sie am Wochenende arbeiten musste.

»Die riechen so gut«, sagte sie und küsste Grandma und Oma zur Begrüßung. »Hebt ihr mir eine auf?«

»Natürlich«, sagte Oma.

Mom küsste mich auf die Stirn auf ihrem Weg zur Tür. »Viel Spaß mit deinen Großmüttern.«

»Werde ich haben. Danke.«

Während ich eine Kanne Assam machte, kam Laleh nach unten, ohne Zweifel angelockt von demselben verführerischen Geruch, der mich aus dem Bett geholt hatte.

»Willst du dabei helfen, sie zu glasieren, Laleh?«, fragte Grandma. Sie reichte Laleh einen kleinen Plastikbehälter mit Zuckerguss.

»Ja.«

Laleh benutzte eine Gabel, um ein Zickzackmuster über die Schnecken in ihrer runden Backform zu träufeln, während ich den Tisch für fünf Personen deckte.

»Euer Dad ist nicht wirklich noch im Bett, oder?«, fragte Grandma.

»Habe nur noch schnell geduscht«, sagte Dad aus dem Türrahmen. Er trug seine blauen Trainingshosen und ein graues Kellner & Newton-T-Shirt, seine kurzen Haare waren immer noch feucht und verstrubbelt. Normalerweise kämmte und stylte er sein blondes Haar zu einem perfekten Seitenscheitel, aber das war, bevor er und Mom die ganze Zeit müde waren.

»Hast du die Lüftung angelassen?«, fragte Oma. »Wir putzen die Badezimmer nach dem Frühstück.«

»Das müsst ihr nicht tun, Linda.«

Dad nannte Oma immer bei ihrem Vornamen.

»Irgendjemand muss es wohl übernehmen.«

Dad räusperte sich und legte seine Hand auf meinen Kopf. »Wer hat Hunger?«

Nach dem Frühstück rannte ich nach oben, um mich zu vergewissern, dass das Badezimmer in Ordnung war, bevor Grandma und Oma es sich vornahmen.

Ich meine, ich hielt mein Badezimmer selbst sauber, seit ich vierzehn war und bemerkt hatte, wie viel Beinhaare ich abstieß, und mich komisch fühlte, dass Mom und Dad es die ganze Zeit aufkehren mussten.

Und auch weil ich mir das Badezimmer mit Laleh teilte, war ich sehr darauf bedacht, nichts Unangenehmes im Blickfeld liegen zu lassen.

Nicht, dass ich überhaupt etwas Unangenehmes besitzen würde. Nur eine geöffnete Kondomschachtel, in der eines fehlte, weil Dad mich während einem unserer Gespräche hatte üben lassen, es über eine Gurke zu ziehen.

In persischen Haushalten sind tendenziell eher Gurken vorhanden als Bananen.

Ich würde sowieso keines davon benutzen, bevor das Haltbarkeitsdatum abgelaufen war. Das hatte ich Dad gesagt. Aber er sagte mir, ich solle sie behalten, »nur vorsichtshalber«. Deshalb hatte ich eine Schachtel Kondome in meinem Nachtschränkchen versteckt, von denen nur eines fehlte.

Okay. Zwei fehlten.

Einmal hatte ich auch an mir selbst geübt.

Nur vorsichtshalber.

»Darius?«

Ich stieß meinen Ellenbogen am Waschtisch an.

»Au.« Ich sah hoch. »Hey, Laleh.«

»Was machst du?«

»Ich wollte nur sichergehen, dass ich … ähm, dass wir genügend Putzmittel und so haben. Für Oma und Grandma.«

»Ich glaube, putzen ist eine ihrer Lieblingsbeschäftigungen.«

»Ich schätze auch.« Ich stellte den Allzweckreiniger auf den Waschtisch.

»Bist du bald fertig? Ich muss pinkeln.«

»Jep. Entschuldige.«

»Danke.«

Nach dem Abendessen – eine dieser Tiefkühllasagnen, die man im Ofen aufbackt, ein Grundnahrungsmittel in Grandmas und Omas kulinarischem Repertoire – bereitete ich eine große Kanne Dragon Well zu.

»Was ist das?«, fragte Oma, als sie daran nippte.

»Dragon Well. Long Jing. Wir haben ihn gestern verkostet.«

»Er schmeckt wunderbar.«

»Jep.«

Grandma streckte ihren Kopf aus dem Kühlschrank, den sie beschlossen hatte, von oben bis unten zu reinigen. »Dein Dad sagt, dass du einen Job bekommen hast.«

»Jep.«

»Das ist großartig.«

Oma nickte mir zu, und wir nippten schweigend unseren Tee.

Es war keine Unangenehme Stille, aber doch etwas unbehaglich.

Sobald Melanie oder Linda Kellner gesagt hatten, was sie zu sagen hatten, war es das.

Sie waren Smalltalk gegenüber genauso abgeneigt wie Vulkanier.

Dad schaute aus dem Wohnzimmer herein. »Darius. Bist du bereit für *Star Trek*?«

»Jep. Willst du eine Tasse Tee?«

Er nickte. »Mom? Linda? Wollt ihr mit uns mitgucken?«

»Nein, danke«, sagte Oma.

Und Grandma hatte ihren Kopf schon wieder zurück in den Kühlschrank gesteckt.

Also goss ich Dad Tee ein und füllte meine Tasse auf, und dann ließen wir uns auf der Couch nieder, um »Die Erforscher« zu sehen, diese wirklich exzellente Folge, in der Captain Sisko und sein Sohn Jake zusammen eine Reise in der Nachbildung eines alten Solarschiffs unternehmen.

Am nächsten Morgen würde Dad ohne mich zu einer Reise aufbrechen.

Ich fühlte mich melancholisch und unruhig, während ich mit Dads Arm um mich herum dasaß, und rutschte näher an ihn heran, sodass ich meinen Kopf an seine Schulter lehnen konnte, auch wenn ich dafür ein wenig auf der Couch nach vorn rutschen musste.

Seitdem ich größer geworden war als Dad, musste ich all meine Gewohnheiten ändern.

Das machte mich melancholisch.

Und unruhig.

Sonntagmorgen waren schon die Lichter im Haus an, als ich vom Joggen zurückkam. Das Garagentor war offen, und Moms Auto stand mit offenem Kofferraum in der Einfahrt. Ich blieb am Bordstein stehen, um meine Waden zu dehnen, aber Mom sah aus der Tür und winkte mich herein.

»Kannst du Dad mit dem Koffer helfen?«

»Oh. Klar.« Ich schleuderte meine Joggingschuhe weg, wischte mir das Gesicht ab und lief nach oben. Dad war gerade dabei, die durchsichtige Plastiktüte mit seinen Toilettenartikeln darin zu verschließen, als ich an den Türrahmen klopfte.

»Hey. Kann ich helfen?«

»Klar. Gib mir eine Sekunde.«

Er warf sein braunes Leder-Rasierset in den Koffer – er hatte sich bisher noch nicht rasiert, und seine goldenen Barthaare schimmerten im Badezimmerlicht – und zog ihn zu.

Ich griff nach dem Koffer, aber er hielt mich auf.

»Wirst du zurechtkommen?«

»Jep«, sagte ich. »Es ist ja nur ein Monat. Und du wirst an den Wochenenden zu Hause sein, stimmt's?«

»So oft ich kann.«

»Okay.«

Dad war auch schon früher auf Geschäftsreisen gewesen, aber das war damals, als er und ich noch nicht gut miteinander klarkamen, und es für uns beide wie ein kleiner Urlaub war, wenn er nicht in der Stadt war.

Nun schmerzte mich der Gedanke, dass er so lange weg sein würde.

Er zog mich näher an sich heran, seine Hand ruhte an meinem Hinterkopf, wo der ausrasierte Teil nicht mehr stachelig, sondern flauschig war.

Es schien mir, als ob er mich länger hielt als sonst.

Und ich bekam dieses Gefühl, dieses Flattern in meinem Zwerchfell. Ich konnte es nicht erklären.

Als er mich losließ, fragte ich: »Was ist mit dir? Wirst du zurechtkommen?«

»Natürlich. Aber ich werde dich vermissen.«

»Wir werden einiges an *Star Trek* aufzuholen haben, wenn du wieder da bist.«

»Das kannst du laut sagen.« Dad warf sich seine Umhängetasche über die Schulter. »Komm. Lass uns das Gepäck einladen.«

Während Mom Dad zum Flughafen brachte, entschieden sich Grandma und Oma dazu, das Wohnzimmer zu saugen.

Ich half so gut ich konnte, verschob die Couch und die Sessel, bis sie mich wegscheuchten, weil ich im Weg war.

Also machte ich stattdessen eine Kanne persischen Tee.

Laleh trank eine Tasse und aß eine übrig gebliebene Zimtschnecke dazu, während ich mir Rührei machte.

»Alles gut bei dir, Laleh?«

»Jep.«

»Bist du traurig, dass Dad weggefahren ist?«

Sie zuckte mit den Schultern. »Ich schätze schon.«

Laleh sah nicht zu mir hoch. Und ich dachte, dass es vielleicht noch etwas anderes gab, das sie beschäftigte.

Etwas, das sie nicht laut aussprechen wollte.

Mom kam um kurz nach neun zurück. Zu diesem Zeitpunkt waren Grandma und Oma dabei, die Küche von Grund auf zu putzen, also holte ich eine Tasse Tee für Mom, bevor die beiden ihren Quarantänebereich aufstellten.

»Danke«, sagte Mom. »Ich werde gleich Mamu anrufen. Willst du Hallo sagen?«

Meine Brust zog sich zusammen.

»Jep.«

Ich wollte wirklich gern mit Mamu sprechen.

Aber jedes Mal, wenn wir miteinander redeten, hatte ich schreckliche Angst davor, dass sie schlechte Neuigkeiten hatte.

Wir setzten uns ins Büro und schlossen die Tür, um das Geräusch des Geschirrklapperns von unten etwas zu dämpfen. Moms Nasenflügel blähten sich jedes Mal auf, wenn ein besonders lauter Knall den Boden erschütterte.

Nach ein paar Klingeltönen erschien Mamus Gesicht auf dem Computerbildschirm.

»Eh! Salam Shirin-jan, *chetori toh*?«

Mamu und Mom sprachen eine Minute auf Farsi, und ich

hörte zu und lächelte. Mamus Stimme klang warm und glücklich, obwohl ihre Augen müde waren.

»Hi Dariush-jan, wie geht es dir, Maman?«

»Mir geht es gut. Wie geht es dir?«

»Ach, weißt du, mir geht es gut. Ich habe immer etwas zu
tun. Wie geht es dir in der Schule? Hast du eine Freundin?«

Mamu fragte mich das fast jedes Mal, wenn wir sprachen.

Ich hatte ihr noch nicht von Landon erzählt.

Ich hatte ihr noch nicht erzählt, dass ich schwul bin.

Fariba Bahrami war Iranerin, und ich wusste genug über
den Iran, um zu wissen, dass Schwulsein ein umstrittenes Thema war. Niemand sprach je wirklich darüber.

Der einzige Grund, warum ich es Sohrab erzählt hatte, war,
dass ich Sohrab alles erzählte.

Es war nicht so, dass ich dachte, dass Mamu mich nicht
mehr lieben würde, wenn sie es wüsste.

Nicht wirklich.

Aber ich konnte die Angst nicht abschütteln, dass sie vielleicht, nur vielleicht, ein Problem damit haben würde.

Ich glaubte nicht, dass ich es aushalten könnte, wenn sich
Mamus Bild von mir verändern würde.

Ich glaubte nicht, dass mein Herz das überleben würde.

Mom verlagerte ihr Gewicht. Ich konnte spüren, wie ihre
Augen mich genau fixierten.

Also sagte ich: »Nein. Ich konzentriere mich gerade auf die
Schule.«

Und dann, um das Thema zu wechseln: »Wie geht es Babu?«

Mamu seufzte.

Manchmal, wenn wir miteinander sprachen, fing Mamu an
zu weinen.

Es war eine schreckliche Sache, seine Großmutter weinen

zu sehen. Durch die Entfernung und Grenzen und Sanktionen daran gehindert zu sein, die Hand auszustrecken und sie zu umarmen.

Aber in letzter Zeit seufzte sie stattdessen nur noch.

»Sein Zustand hat sich nicht sehr verändert. Er wacht nicht oft auf.«

»Oh.«

»Er fragt nach dir.«

»Das tut er?«

»Nach dir und Laleh.«

Ich spürte, wie sich mein eigener Eindämmungsbruch näherte. Ich schniefte.

»Uns geht es gut, Mamu. Sagst du ihm das? Und sagst du ihm, dass wir ihn lieb haben?«

Mamu lächelte mich an, aber ihre warmen Augen schimmerten, und ihre Augenwinkel blieben nach unten gerichtet.

Ich wischte mir mit den Fingern über meine eigenen Augen.

»Ich werde es ihm sagen, Maman.«

LOLLY

»Laleh«, rief Mom. »Wir werden zu spät kommen.«

Ich konnte Lalehs Antwort von meinem Zimmer aus nicht hören, wo ich mich für die Schule anzog, aber ich konnte mit Sicherheit sagen, dass es Mom nicht sehr glücklich machte, weil sie ihr mit Nachdruck zurief: »Komm jetzt!«

Mom hatte damit gewartet, zur Arbeit zu fahren, damit sie Laleh zur Schule bringen konnte – normalerweise machte das Dad –, aber das bedeutete, dass sie sich nun durch die Rushhour kämpfen musste.

Ich schnappte mir meine Sachen und ging nach unten. Laleh saß auf einem kleinen Hocker neben der Garagentür und band sich schniefend ihren rechten Schuh zu.

»Kann ich nicht einfach zu Hause bleiben?«

Das Gesicht meiner Schwester war rot und tränenüberströmt.

Ich musste eine Laleh-pokalypse verpasst haben, als ich unter der Dusche gewesen war.

»Nein«, sagte Mom, während sie Teller im Spülbecken stapelte. »Und du bist besser fertig, wenn ich wieder nach unten komme.«

Moms Stimme klang gepresst, ihr Gesicht war eine Sturmwolke.

»Morgen, Darius«, sagte sie, als sie zurück nach oben rannte.

»Hey, Laleh«, sagte ich sanft. Ich kniete mich neben sie, nahm ihren linken Schuh und schob ihn auf ihren Fuß. »Was ist los?«

Laleh schniefte, aber antwortete nicht. Sie beobachtete meine Hände, während ich ihr den Schuh zuband.

»Zu eng?«

Sie schüttelte den Kopf.

Ich schnürte ihr den rechten Schuh noch einmal richtig zu, nahm dann ihre Hände in meine und ließ sie ein wenig hin und her wippen.

»Laleh?«

»Ich möchte heute nur nicht in die Schule gehen.«

»Warum?«

»Ich mag es dort nicht.«

Ich war überrascht, meine Schwester das sagen zu hören, denn früher war sie immer gern zur Schule gegangen.

Laleh hatte die Gabe, bei Tests gut abzuschneiden – eine genetische Eigenschaft, die meine Eltern mir nicht vererbt hatten – und bekam immer Goldsterne auf ihre Hausaufgaben. Auch in ihrer Klasse wurde sie von allen gemocht.

Ich zog mir den Ärmel über die Handfläche und wischte Lalehs Tränen weg.

Vielleicht war das der Grund, warum sie seit Neuestem so still war.

»Wie kommt's?«

»Ich weiß es nicht.«

»Hat deine Lehrerin etwas gemacht?«

Sie zuckte mit den Schultern.

»War es jemand aus deiner Klasse?«

Wieder zuckte sie mit den Schultern, aber dann nickte sie.

»Willst du es mir erzählen?«

Laleh sah zu mir hoch und dann wieder runter auf ihre Schuhe. »Micah und Emily reden nicht mehr mit mir.«

»Warum? Was ist passiert?«

»Ich weiß es nicht.« Lalehs Stimme brach. »Sie nennen mich immer Lolly.«

Das war absurd. Micah und Emily waren seit der ersten Klasse mit Laleh befreundet. Sie wussten, wie man ihren Namen richtig aussprach.

»Das ist unhöflich.« Ich runzelte die Stirn. »Warum tun sie das?«

»Es hat angefangen, nachdem wir aus dem Iran zurückkamen.«

»Oh.«

Nach unserer Reise in den Iran hatte ich mich ebenfalls mit Ausgrenzungen und Gerüchten auseinandersetzen müssen. (Trent Bolger hatte sogar versucht, das Gerücht zu streuen, dass ich dem IS beigetreten sei.) Aber ich hasste, dass es meiner Schwester passierte.

Egal wie alt man ist, es ist nie gut, wenn den anderen auffällt, dass man anders ist.

Ansonsten läuft man Gefahr, eine Zielscheibe zu werden.

Ich machte Laleh so gut es ging zurecht, gab ihr einen Kuss auf den Kopf und half ihr in Moms Auto.

Mom kam raus, ihr Haar in einem unordentlichen Dutt – sie hatte in letzter Zeit oft einen Dutt, statt die Haare offen und gestylt zu tragen wie früher – und umarmte mich schnell.

»Danke, dass du deine Schwester beruhigt hast«, sagte sie. »Ich glaube, sie ist müde. Sie ist immer zu lange auf und liest ihre Bücher.«

»Das ist es nicht«, sagte ich. »Ihre Klasse verhält sich rassistisch.«

Mom schüttelte den Kopf. »Es sind Drittklässler.«

»Dennoch.«

Mom küsste mich auf die Wange. »Ich weiß, dass du nur auf sie aufpassen möchtest. Mach dir keine Sorgen, wir sprechen heute Abend. Hab dich lieb.«

Ich sah Mom und Laleh nach, wie sie davonfuhren. Als das Auto um die Ecke verschwunden war, zog ich mein Rad aus dem Fahrradständer und machte mich auf den Weg zur Schule.

Es nieselte, die Art von herbstlichem Nieselregen, der wie das Innere einer Tiefkühltruhe roch, und ich zog mir meine Kapuze über den Helm. Ungefähr anderthalb Kilometer vor der Chapel Hill Highschool sah ich Chip vor mir in die Pedale treten und fuhr etwas schneller, um ihn einzuholen. Sein Haar unter seinem Helm klebte an seiner Stirn, aber dennoch warf er ein Grinsen in meine Richtung.

Ich kannte niemanden, der so viel grinste wie Cyprian Cusumano.

»Hey, Darius.«

»Hey.«

»Gutes Wochenende gehabt?«

»War okay. Bei dir?«

Chip zuckte mit den Schultern.

»Nicht schlecht.«

»Cool.«

Chip grinste mich wieder an und sah dann nach vorn, als wir den Großen Hügel erreichten.

Ich schaltete runter und fiel hinter ihm zurück, damit wir näher am Gehsteig fahren konnten, weil es wenige Dinge im Leben gab, die angsteinflößender waren, als auf einem Fahrrad auf der Straße zur Chapel Hill Highschool unterwegs zu sein, wenn ein Senior zu spät zur ersten Unterrichtseinheit kam.

Chips T-Shirt schob sich seinen Rücken hoch, als er in die Pedale trat. Er hatte diese kleinen Grübchen an seinem unteren Rücken.

Ich schluckte und hielt meine Augen auf die Straße gerichtet.

»Wir sehen uns im Training?«, fragte er, als wir unsere Räder anschlossen.

»Jep, wir sehen uns.«

Coach Winfield musste es mögen, die Sportschüler der Chapel Hill Highschool zu quälen. Anders konnte ich es mir nicht erklären, warum er uns eine Stunde lang Kurzsprints machen ließ.

Nur Trent Bolger kam glimpflich davon, weil er offenbar einen »schlimmen Fall eines Schienbeinkantensyndroms« hatte.

Die Ballsport-Verschwörung war am Werk.

Als Coach Winfield in seine Pfeife pustete, dachte ich, dass ich mich übergeben musste. Sogar Gabe beugte sich über seine Knie, schnappte nach Luft und sah etwas grün aus, obwohl er, wie ich schon sagte, der schnellste Typ war, den ich kannte.

»Alles klar, Gentlemen«, rief Coach Winfield. »Räumt auf und schert euch raus.«

Ich humpelte hinter Jaden und Gabe zur Umkleidekabine. Beide hatten ihre Hände in der Kapitulationskobra hinter dem Kopf verschränkt, was unfair war, weil sie beide wirklich schöne Schultermuskeln hatten.

Ich wünschte, meine sähen so gut aus.

»Perversling-Alarm«, sagte Trent hinter mir.

»Halt die Klappe, Trent.«

»Leck mich, Dairy Queen.« Er joggte voraus und zeigte mir den Mittelfinger.

Jaden drehte sich um. »Hat er gerade —«

»Jep«, sagte Gabe und starrte Trents sich entfernendem Rücken wütend hinterher. »Wie kannst du ihn mit solchen Sachen davonkommen lassen?«

Ich zuckte mit den Schultern. »Es könnte schlimmer sein. Letztes Jahr hat er mich als Terrorist beschimpft.«

Jaden runzelte die Stirn. »Wirklich?«

»Jep.«

Die Sache mit Gabe und Jaden war die, dass sie zwar nette Typen waren, aber sich niemals damit auseinandersetzen mussten, eine Zielscheibe zu sein. Sie wussten nicht, was das bedeutete, bis sie mich kennengelernt hatten und sahen, wie Trent mich behandelte.

Ich glaube, in diesem Moment verstanden sie etwas über mich.

Jaden wurde langsamer, bis ich auf seiner Höhe war, und legte mir den Arm über die Schulter.

»Du bist ein cooler Typ, Darius«, sagte er. »Du verdienst das nicht.«

Und Gabe kam an meine andere Seite und sagte: »Wir stehen hinter dir.«

Mir war nach Weinen zumute.

Nur ein kleines bisschen.

Aber das durfte mir vor den beiden nicht passieren.

Also sagte ich stattdessen: »Danke. Aber am besten hält man sich nicht mit solchen Kleinigkeiten auf.«

KATASTROPHALER WARPKERNBRUCH

»Wie ist es gelaufen?«, fragte Chip. Er war bereits für das Training umgezogen und lehnte mit verschränkten Armen gegen einen Garderobenschrank, während ich meine Stollenschuhe zuschnürte.

»Hm?«

»Mit deiner Algebra.«

»Hab eine Drei bekommen. Ich halte mich einigermaßen.«

»Willst du später noch mal drübergehen?«

»Du musst das nicht machen.«

»Es macht mir nichts aus.«

Ich betrachtete Chip.

Er grinste mich nicht an – nicht wirklich –, aber da war etwas anderes in seinen braunen Augen. Der Ansatz eines Grinsens, vielleicht. Oder es hatte einen interdimensionalen temporalen Riss gegeben, und es war ein eigentlich zukünftiges Grinsen.

»Okay«, sagte ich. »Alles klar. Danke.«

Ich schob meine Schienbeinschoner zurecht und folgte Chip nach draußen aufs Spielfeld.

»Coach Winfield hat uns heute Kurzsprints machen lassen«, sagte ich. »Falls ich während des Trainings sterbe, sag meinem Tee, dass ich ihn liebe.«

»Falls du während des Trainings stirbst, kann ich dann dein Schließfach haben?«

Chips war am anderen Ende des Umkleideraums, bei den Footballspielern – ein letztes Vermächtnis seiner Zeit im Junioren-Footballteam der Chapel Hill Highschool. Mindestens einmal pro Woche beschwerte er sich, dass der Gestank ihm zusetzte.

»Okay, Chargers!«, rief Coach Bentley, als wir auf dem Spielfeld eintrafen. »Lauft ein paar Runden, und kommt dann beim Anpfiff in den Kreis!«

Chip klopfte mir auf den Rücken und lief los. Ich hielt mit ihm Schritt trotz des Brennens in meinen Beinen. Wir überholten Jaden, der aussah, als hätte er ebensolche Schmerzen wie ich. Gabe lief genau wie immer, sicheren Tritts und schnell und unermüdlich, als hätte er nach dem Mittagessen nicht eine Stunde lang Kurzsprints gemacht.

Als wir bei der Hälfte unserer fünften Runde waren, blies Coach Bentley zweimal in ihre Pfeife, und wir bildeten einen Kreis bei einem der Tore.

Der regnerische Morgen war in einen trüben Nachmittag übergegangen, und die kühle Brise durchdrang meinen Pullover und ließ mich frösteln. Wir verketteten unsere Hände miteinander, und ich war dankbar, dicht neben Chips und James warmen Körpern zu stehen.

Coach Bentley fing an. »Ihr habt euer erstes Spiel gewonnen, und dafür bin ich stolz auf euch. Aber ich bin noch stolzer wegen all der harten Arbeit, die ihr investiert habt. Lasst uns genauso weitermachen.«

Jonny ohne H erzählte uns, dass Jaden ihm Geld fürs Mittagessen geliehen hatte, und Gabe erzählte uns, dass Ricky seine Hausaufgaben in ihrem Kurs für Kreatives Schreiben gegengelesen hatte.

Neben mir sagte Chip: »Ich hatte gestern früh richtig schlechte Laune, aber ich habe Darius getroffen, und wir sind zusammen zur Schule gefahren. Da habe ich mich gleich viel besser gefühlt. Danke, Darius.«

Er drückte meine Hand ganz leicht.

Meine Ohren brannten.

Das hatte ich nicht mit Absicht getan.

Ich verdiente Chips Lob nicht.

Dann war ich an der Reihe, also sagte ich: »Chip hat mir angeboten, mir bei Algebra II zu helfen. Ich kann diese Hilfe wirklich gut gebrauchen. Also, danke, Chip.«

Ich versuchte, seine Hand zurückzudrücken, aber da unsere Arme über Kreuz waren, drückte ich stattdessen aus Versehen die Hand von James.

Ich glaube allerdings nicht, dass er es bemerkte, oder er dachte, dass ich ihm damit sagen wollte, dass er jetzt dran war, weil er anfing, uns zu erzählen, wie Coach Bentley sich die Zeit genommen hatte, mit ihm an seinem Fersenkick zu arbeiten.

Als wir die Runde durch den Kreis geschafft hatten, war mein Kiefer ganz verkrampft von der Kälte. Zum Glück sagte Coach Bentley: »Abzählen und los geht's.«

Wir teilten uns in Einsen und Zweien auf – ich und die anderen Zweien trugen hellblaue Westen, um uns besser von den anderen unterscheiden zu können – und positionierten uns auf dem Spielfeld. Christian, unser Kapitän und Torwart, führte uns durch ein paar Aufwärmübungen, bis Coach Bentley wieder in ihre Pfeife blies.

»Okay«, sagte Christian. »Kommt zusammen.« Er war ein Schwarzer Typ, ein Oberstufenschüler, mit hellbrauner Haut und den erstaunlichsten Wangenknochen, die ich je gesehen hatte. Er trug immer ein freundliches Lächeln auf dem Gesicht, aber es erschien mir wie die Art Lächeln, die mehr Schutzschild als Einladung war.

Das konnte ich ihm absolut nicht verübeln: Die Leute denken immer, Portland wäre dieser superlinke Ort, und das ist es auch, aber es ist außerdem auch super weiß.

So schlimm es auch war, die Einstige und Zukünftige Zielscheibe zu sein, ich wusste – ich wusste –, dass Christian Schlimmeres erlebt hatte.

Manchmal wollte ich mit ihm darüber reden. Ihn wissen lassen, dass ich hinter ihm stand, so wie Gabe und Jaden hinter mir.

Aber ich hatte keine Ahnung, wie ich das laut aussprechen sollte.

»Gabe spielt gern aggressiv«, sagte Christian und blickte über das Spielfeld zu den Einsen. »Seien wir klug. Wir haben die besseren Verteidiger. Bleibt entspannt und suchte eure Lücke.«

Wir alle nickten.

»Darius?«

»Jep?«

»Gib mir Deckung.«

»Okay.«

Wenigstens wusste Christian, dass ich ihm auf dem Spielfeld Rückendeckung gab.

Vielleicht war das genug für den Augenblick.

»Eins, zwei, drei«, sagte er.

»Chargers!«

Für Coach Bentley waren Trainingsspiele ein Qualifikationswerkzeug. Sie sollten Spaß machen und lehrreich sein.

Aber für Gabe und Christian, die schon seit der Mittelstufe zusammenspielten, war es ein Wettstreit des Willens, ein

Kampf der himmlischen Kräfte, der nur dann enden konnte, wenn der eine oder der andere völlig vernichtet wurde.

Sobald der Anpfiff ertönte, prallten unsere Teams aufeinander wie kollidierende Galaxien, und Gabes und Christians Egos waren die supermassiven Schwarzen Löcher in ihrem Zentrum. Ich blieb als Christians letzte Verteidigungslinie zurück, als Gabe durch unsere Mittelfeldspieler brach, sich den Ball mit Chip hin und her passte, Zack antäuschte und dann vorwärtsstürmte.

Gabe versuchte, zwischen mir und Bruno – einer unserer Innenverteidiger – hindurchzukommen, aber Bruno stahl ihm den Ball und spielte ihn Jaden zu.

Das Trainingsspiel ging hin und her. Christian rief Spielzüge und Ermutigungen und stöhnte gelegentlich, wenn wir knapp ein Tor gegen die Einsen verschossen. Ein Tor von Gabe konnte er nicht verhindern, hielt aber weit mehr ab.

Wir hatten mehr Glück, uns gelangen zwei Tore gegen ihren Torwart Diego. Er war ein Zehntklässler, der gerade erst aus Jacksonville hergezogen war, und alle dachten, dass er Christian im nächsten Jahr als Torwart ablösen würde.

Allerdings nicht als Kapitän: Einen so wenig inspirierenden Redner wie Diego hatte ich noch nie getroffen. Selbst wenn er etwas Nettes sagte, wie zum Beispiel in unserem Kreis, schaffte er es, immer so zu klingen, als würde er sich beschweren.

Ich dachte eigentlich sogar, dass Chip nächstes Jahr Kapitän werden würde. Alle mochten ihn, und er war ein großartiger Motivator.

Besonders, wenn er versuchte, an einem vorbeizukommen, um ein Tor zu erzielen: Als Gabe ihm den Ball zuspielte, und ich der Einzige zwischen ihm und Christian war, war ich extrem motiviert, ihn aufzuhalten.

Er versuchte, um mich herumzukommen, aber ich blieb an ihm dran. Bruno deckte Gabe, sodass Chip ihm nicht den Ball zurückspielen konnte.

Chip grinste mich an, täuschte links an und lief dann nach rechts, aber ich wusste, was er vorhatte. Ich rutschte dazwischen und stahl ihm den Ball.

Das war allerdings ein Fehler, weil ich genau in dem Moment versuchte, ihm den Ball abzunehmen, als er zum Schuss ansetzte.

Seine Augen weiteten sich für eine Mikrosekunde, als ob er wüsste, was er mir gleich antun würde.

Und dann erwischte mich sein Knie. Direkt zwischen den Beinen.

Ich fiel ins Gras, als ob jeder Muskel meines Körpers sich zu einem geleeartigen Zustand zurückentwickelt hätte.

Ich presste meine Augen zu und versuchte, zu atmen.

Ich war mir sicher, dass meine Hoden gerade einen katastrophalen Warpkernbruch erlitten hatten.

»Oh mein Gott, es tut mir so leid, bist du okay?« Chip kniete neben mir, seine Hände flatterten von meinem Rücken zu meiner Schulter zu meinem Nacken, als ob er dachte, dass er etwas tun müsste, aber nicht wusste, was.

Es gab nichts, was er tun konnte.

Es gab nichts, was irgendjemand tun konnte.

»Langsam, Darius«, sagte Coach Bentley. Ich konnte mich nicht erinnern, dass sie jemals zuvor meinen Vornamen benutzt hätte. »Kannst du sprechen?«

Ich schluckte den brennenden Geschmack von Gallenflüssigkeit herunter.

»Jep«, stöhnte ich.

»Kannst du dich bewegen?«

Ich nickte.

»Können wir dich vom Spielfeld nehmen oder willst du noch etwas liegen bleiben? Sollen wir einen Arzt rufen?«

»Ich bin okay«, sagte ich. »Ich kann aufstehen.«

»Ich helfe ihm«, sagte Chip. »Es war ein Unfall, Coach. Wirklich.«

»Ich weiß«, sagte sie. »Warum gehst du dich nicht frisch machen, Darius? Soll ich deine Eltern anrufen?«

»Nein. Ich meine, jep. Ich mache mich frisch. Sie brauchen meine Eltern nicht anzurufen.«

»In Ordnung. Cusumano, bring ihn zum Umkleideraum und schau, ob du Coach Steiner finden kannst.«

Chip half mir hoch.

»Ich kann gehen«, sagte ich.

»Okay.« Chip zog trotzdem meinen Arm über seine Schulter. Sein Rücken war schweißnass, und er roch nicht sonderlich gut, aber das tat ich wahrscheinlich auch nicht. »Los geht's.«

Chip brachte mich schweigend zu meinem Schließfach.

Der Schmerz ließ langsam etwas nach, aber eine Welle an Übelkeit ersetzte ihn, die von irgendwo tief hinter meinem Bauchnabel ausstrahlte. Ich lehnte meinen Kopf gegen das kühle Metall meines Schranks und schloss die Augen.

»Hey, nicht einschlafen«, sagte Chip. »So stirbt man.«

»Ich glaube, das gilt bei Gehirnerschütterungen.«

Ich ließ meine Augen geschlossen, aber ich konnte mir Chips immerwährendes Grinsen genau vorstellen.

»Also, ich habe dir eine ziemliche Eiererschütterung verpasst.«

»Jep.«

»Aber mal im Ernst. Ich bin gleich zurück. Kommst du kurz allein klar?«

»Jep.« Ich löste mich von meinem Schrank und holte mein Handtuch und meine Seife heraus. »Ich gehe mich abduschen.«

»Okay, aber wenn du Blut den Abfluss runterfließen siehst, musst du unbedingt laut schreien.«

»Du bist ekelhaft.«

Ich duschte mich so sanft wie möglich ab. Es kam zum Glück kein Blut. Meine Hoden waren schmerzempfindlich und fühlten sich plötzlich sehr kostbar an, aber sie waren unversehrt.

Ich trocknete mich ab und tappte zurück zu meinem Schließfach. Ich stieg gerade in meine Boxershorts, als ich Chip um die Ecke kommen hörte.

»Ich habe dir einen Eisbeutel besorgt, für den Fall, dass du … oh.«

Chip und ich starrten einander für einen Augenblick an.

Ich meine, wir waren schon öfter gemeinsam im Umkleideraum gewesen, aber ich glaube nicht, dass er mich jemals nackt gesehen hatte.

In diesem Moment fühlte ich mich tatsächlich sehr nackt.

Chips Blick schoss nach unten.

»Hm«, sagte er leise.

Das Übelkeitsgefühl kam zurück, als ich meine Unterwäsche ganz hochzog und mich umdrehte, sodass er stattdessen meinen Rücken sah.

Irgendetwas lag in der Luft.

Warum war es so seltsam, in Chips Nähe zu sein? Wir waren Mannschaftskameraden und Freunde.

Ich meine, andere Typen hatten mich auch schon nackt gesehen. Das geschah nun einmal, wenn man in einem Fußballteam war.

Sogar mein bester Freund, Sohrab, hatte mich nackt gesehen, als wir im Iran zusammen Fußball gespielt hatten.

Aber nichts hat sich je so unbehaglich angefühlt, wie der Moment, in dem Chip mich angesehen und »Hm« gesagt hatte.

Ich zog meine Jogginghose an, dann mein T-Shirt und fuhr mir mit einer Hand durchs Haar.

Hinter meinem Rücken sprach Chip endlich wieder.

»Immerhin sind sie nicht blau angelaufen.«

Und einfach so verflüchtigte sich die Spannung wieder.

Ich prustete. Es tat weh, zu lachen.

»Noch nicht.«

Chip legte den Eisbeutel auf die Bank. »Brauchst du Wasser oder irgendetwas? Ich kann dir was holen.«

»Ähm.«

Er sah mich wieder an, ganz schnell.

Ich war mir sicher, dass er auf meine Hose geguckt hatte.

Nur für eine Sekunde.

»Ich brauche nichts. Aber danke.«

Was passierte hier?

TEUTONISCHE PÜNKTLICHKEIT

Während Chip losging, um Coach Steiner zu finden, saß ich vor Coach Bentleys Büro und kühlte meine Hoden.

Coach Steiner war der Leichtathletiktrainer der Chapel Hill Highschool. Angeblich war er auch dafür verantwortlich, die Sicherheit und Gesundheit der Chapel-Hill-Highschool-Sportschüler im Blick zu behalten.

Go Chargers.

Meine Schmerzen waren mehr oder minder weg, solange ich mich nicht bewegte. Oder hustete. Oder nachdachte.

Als das Team nach dem Ende des Trainings wieder hereinkam, reihten sie sich auf, um mir nacheinander einen Fistbump zu geben und mir ihr Beileid auszudrücken.

Sie sagten tatsächlich: »Mein Beileid für deinen Verlust.« Einer nach dem anderen, Christian und Robby und Jaden und Jonny ohne H, und alle anderen Jungs, und als mit Gabe das Ende der Reihe bei mir angekommen war, musste ich lächeln, und es tat nicht mehr so weh, wenn ich lachte.

»Bist du okay, Kellner?«, sagte Coach Bentley.

Nun, da ich nicht mehr ausgestreckt im Gras lag, nannte sie mich wieder bei meinem Nachnamen, wie ein Coach das eben tat.

»Jep.«

»Was hat Coach Steiner gesagt?«

»Ich weiß nicht. Chip ist noch nicht zurück.«

Coach Bentleys Nasenflügel bebten.

Coach Steiner sollte eigentlich allen Teams gleichermaßen zur Verfügung stehen, aber er schien immer bei der Footballmannschaft zu sein und sie auf mögliche Gehirnerschütterungen zu überwachen.

»Ich schwöre …«, begann Coach Bentley, aber die Tür öffnete sich, und Chip trottete wieder hinein.

»Sorry. Coach Winfield war da, und er fing wieder damit an, dass ich ›den Sport im Stich gelassen‹ hätte. Ihr wisst, wie er ist.«

Coach Bentley zog die Augenbrauen hoch. »Hmm. Und was ist mit Coach Steiner?«

Chip schaute mich an, seine Wangen färbten sich rosa.

»Er sagte, wenn kein Blut zu sehen sei, solle man den, äh, betroffenen Bereich kühlen.«

Coach Bentley schüttelte den Kopf. »Darius, was möchtest du? Sollen wir einen Arzt rufen?«

Ich rutschte auf meinem Stuhl hin und her.

»Ich glaube, ich bin okay. Wirklich.«

Ich wollte nicht mehr als unbedingt notwendig mit Coach Bentley über meine Hoden sprechen.

»Wirst du nach Hause gefahren?«

Ich hatte noch nicht überlegt, wie ich nach Hause kommen würde.

Der Gedanke daran, auf meinem Rad zu sitzen, verursachte einen kleinen Anflug von Schmerz.

»Nein …«

»Warum laufen wir nicht zu mir?«, sagte Chip. »Deine Eltern könnten dich von mir abholen?«

»Sicher?«

Chip nickte.

»Danke.«

Chip und ich liefen mit unseren Fahrrädern den Großen Hügel hinunter. Er bestand darauf, meine Umhängetasche für mich zu tragen, also trug er seine und meine über je eine Schulter, so-dass die Riemen vor seiner Brust ein X bildeten, wie bei einem Animé-Held.

Das Nachmittagslicht beleuchtete die feinen Haare in seinem Nacken, wo der ausrasierte Teil anfing herauszuwachsen, und malte seine Haut golden.

Cyprian Cusumano war ein schöner Typ. Es war unmöglich, das zu ignorieren, auch wenn ich mit Landon zusammen war.

Aber das ist ja normal.

Stimmt's?

Wir sprachen während des Weges nicht viel, stapften einfach den Hügel hinunter. Ab und zu schaute Chip mich an und schenkte mir einen seiner Grinser.

Ich wusste nicht, was ich von Cyprian Cusumano halten sollte.

Und meine Brust fühlte sich angespannt an, weil ich mit ihm allein in aufgeladener Stille herumlief, wissend, dass er mich vorher nackt gesehen hatte, während mein eigener Freund mich noch nicht nackt gesehen hatte.

Warum fühlte sich das so komisch an?

Und falsch?

Und aufregend?

»Hier geht's lang«, sagte Chip und bog in eine Seitenstraße ab, die einen weiteren Hügel hochführte. Er war kleiner als der

Große Hügel, aber sehr viel steiler. »Wir wohnen ganz oben, sorry.«

»Ist okay. Ich wette, es nervt, hier immer nach dem Training hochzufahren.«

»Nach dem Training ist es nicht so schlimm. Es war viel schlimmer, als ich noch im Footballteam war, wo Coach Winfield uns Gewichtsschlitten schieben lassen hat.«

»Coach Winfield ist der Schlimmste.«

»Alter, ich weiß. Trent sagt, er weiß genau, wann Coach Winfield schlechte Laune hat, weil dann alle Kniebeugen machen müssen. Er sagt, dieses Wissen bringt ein Gefühl von Ordnung in sein Universum.«

Ich sagte nichts dazu.

Ich verstand wirklich nicht, wie Chip mit einem Seelenlosen Lakai der Orthodoxie wie Trent Bolger befreundet sein oder wie er ihn einfach so in einer Unterhaltung mit mir erwähnen konnte, wenn er wusste – und das tat er –, wie Trent mich behandelte.

Chip räusperte sich. »Hey. Kann ich dich etwas Persönliches fragen?«

»Ähm. Ich denke schon.«

»Ich habe dich kurz im Umkleideraum gesehen.«

Mein Nacken kribbelte.

Ich wusste nicht, wo diese Unterhaltung hinführte, aber ich hatte das starke Bedürfnis, mich den Hügel wieder hinunterzustürzen, den wir gerade hochliefen.

Ich blickte Chip von der Seite an – sein Gesicht war knallrot – und dann wieder auf meine Füße.

»Bist du ... unbeschnitten?«

»Ich meine – ja?« Ich schluckte. »Aber ich finde, intakt ist ein besseres Wort.«

»Oh«, sagte er.

Und dann sagte er: »Ich wünschte, meine Eltern hätten mich intakt gelassen.«

Mein gesamter Körper stand in Flammen.

Ich schluckte wieder.

Chip ging um ein Schlagloch herum und stieß mich mit der Schulter an.

»Sorry, falls ich es jetzt irgendwie seltsam zwischen uns gemacht habe.«

Es war superseltsam.

Ich hätte lieber noch ein Knie in die Eier bekommen, als mit Cyprian Cusumano über meine Vorhaut zu sprechen.

»Ist in Ordnung«, quietschte ich. »Es ist nicht seltsam. Meine ich.«

Ich wusste nicht, was ich meinte.

Ich räusperte mich.

Chip zuckte einfach nur mit den Schultern und führte mich seine Einfahrt hoch. Er kramte einen Moment in seiner Umhängetasche und hatte wahrscheinlich eine Fernbedienung für das Garagentor, denn die linke Seite begann, sich zu öffnen.

»Du kannst dein Rad hier drin lassen«, sagte er. »Wann …«

Bevor er den Satz beenden konnte, wurde die Tür von der Garage zum Haus aufgerissen, und ein kleiner Farbklecks schoss auf Chip zu.

Er lachte und hob das Kleinkind mit der hellbraunen Haut und dem dunklen, lockigen Haar – es konnte nicht älter als zwei Jahre sein – schwungvoll hoch.

Chip war weiß. Zumindest dachte ich, dass er weiß war, mit seiner blassen Haut und dem hellbraunen Haar. Also fragte ich mich, wer das Kind war.

Nicht, dass ich diese Art Frage hätte laut aussprechen können.

»Hi«, sagte ich, als das Kind mich über Chips Schulter hinweg ansah. Ich winkte ihm zu. »Ich bin Darius.«

Die Augen des Kindes wurden groß.

Chip lachte wieder und beugte sich so vor, dass sowohl er als auch sein Passagier mich sehen konnten.

»Sag Hi, Evie«, sagte Chip. Sein Grinsen war so breit, dass es nicht einmal mehr ein Grinsen war: Er strahlte.

»Hi«, flüsterte Evie.

Chip pflanzte einen lauten Schmatz auf Evies Wange, was ein Kichern erzeugte. »Das ist meine Nichte.«

»Oh. Cool.«

Chip führte mich ins Haus, während Evie ihn weiter in Beschlag nahm. Ich konnte kein Wort, das sie sagte, verstehen: Sie redete zu schnell und auf diese lustige Art, die Kleinkinder haben, wenn sie wissen, was sie sagen wollten, aber die Worte noch nicht ganz formen können. Chip lächelte so, dass seine großen Augen dabei zu blinzeln schienen.

Ich mochte es wirklich, ihn so lächeln zu sehen.

In der Schule lächelte er nie so.

»Geht es dir gut? Brauchst du einen neuen Eisbeutel?«

»Ich glaube, bei mir ist alles gut.«

Chip verlagerte Evie ein bisschen, um eine Hand freizubekommen, und zog eine Käsestange aus dem Kühlschrank. Er packte sie aus und reichte sie Evie.

»Wo ist deine Mommy?«, fragte er.

»Oben.« Evie wand sich ein bisschen. Chip küsste sie noch einmal und setzte sie dann ab. Sie rannte auf diese witzige Weise aus der Küche, die Kleinkinder so an sich haben, wenn sie die Knie weit hochheben und mit ihren kleinen Füßen stampfen, während sie laufen.

Chip nahm sich ein rotes Gatorade aus dem Kühlschrank und reichte mir ein lilafarbenes.

»Ich wusste nicht, dass du eine Schwester hast.«

»Wirklich? Sie hat letztes Jahr ihren Abschluss gemacht. Ana.«

»Oh«, sagte ich. »An der Chapel Hill?«

Chip nickte, als ob ich mich erinnern müsste. »Ich habe außerdem noch einen älteren Bruder. Aber er hat seinen Abschluss gemacht, bevor wir anfingen.«

Meine Ohren brannten.

Ich hatte einen ganzen Haufen an Fragen, aber ich wusste nicht, wie ich sie stellen sollte.

Genau genommen war ich sogar ziemlich sicher, dass es unhöflich wäre, sie zu stellen.

Also sagte ich: »Wie alt ist sie?«

»Ana?«

»Evie.«

»Oh. Sie wird im Dezember zwei.«

»Das ist ein gutes Alter«, sagte ich, aber das sagen immer alle, egal über welches Alter man gerade spricht.

»Jep.«

Wir sahen einander einen langen Moment an, und die Küchenwände schienen näher an uns heranzurücken. Die Luft im Raum wurde schwer und bedeutungsschwanger.

Was ein merkwürdiger Gedanke war, weil ich gerade daran gedacht hatte, dass Chips Schwester in der Highschool schwanger gewesen war. Und mich viele Dinge fragte, die mich nichts angingen.

Mein Herz pochte gegen mein Brustbein.

Chip sah mich immer noch an.

Ich sah auf meine Hände herunter.

»Ich sollte meine Großmutter wahrscheinlich wissen lassen, wo sie mich abholen kann.«

Ein dunkelblauer Toyota Camry fuhr in Chips Einfahrt: Omas Auto. Sie hupte zweimal.

Linda Kellner war der Inbegriff teutonischer Pünktlichkeit.

»Oh. Da ist mein Taxi«, sagte ich.

Ich warf meinen Ziplock-Beutel mit dem halb geschmolzenen Eis ins Spülbecken – ich hatte wieder Schmerzen, als wir zusammen meine Algebra-II-Antworten durchgingen –, während Chip unsere Gatorade-Flaschen einsammelte.

»Danke, dass ich hier abhängen durfte«, sagte ich. »Ich glaube nicht, dass ich das Radfahren heute Abend überlebt hätte.«

»Kein Problem.«

»Und danke für deine Hilfe. Echt.«

Chip grinste. »Mir hat's Spaß gemacht.«

Ich stöhnte. »Mathe macht keinen Spaß.«

»Also, immerhin habe ich die Gesellschaft genossen.«

Chip grinste mich immer noch an, aber es war nicht sein übliches Grinsen. Es hatte etwas Sanfteres an sich. Fast wie eine Frage.

»Also … danke.«

»Jederzeit. Willst du dein Rad hierlassen? Du könntest es morgen nach dem Training abholen?«

Mein Gesicht wurde heiß. Ich war mir nicht sicher, warum.

Aber ich sagte »Klar«, weil Oma keinen Fahrradträger hatte.

Als ich meine Schuhe zuband, rannte Evie die Treppen herunter. Chip fing sie halb in der Luft auf und schwang sie hoch, um ihr Gesicht mit Küssen zu bedecken. Sie quiekte und lachte und sagte: »Neeein!«

Chip hörte auf. »Nein?«

»Nicht jetzt.«

»Okay.« Chip setzte sie ab, und sie trappelte in die Küche.

Ich mochte es, dass er ihre Grenzen respektierte, obwohl sie ein Kleinkind war.

Das fand ich wirklich cool.

»Sag Tschüss zu Darius!«

»Tschüss, Evie!«, rief ich ihr nach, aber sie ignorierte uns beide. Chip schüttelte nur den Kopf.

In der Einfahrt hupte Oma wieder.

»Also.« Ich warf meine Tasche über meine Schulter. »Bis morgen.«

EISERNE GÖTTIN DER BARMHERZIGKEIT

Linda Kellner mochte es nicht, im Auto Musik zu hören. Sie hörte immer die Nachrichten.

Sie mochte es auch nicht so sehr zu reden.

»Hi, Oma«, sagte ich, als ich mich anschnallte. »Danke, dass du mich abholst.«

Oma nickte und schaltete dann das Radio an.

Das bedeutete, dass die Unterhaltung vorbei war.

Wie schon gesagt, hatten Oma und ich uns nie sehr nahegestanden. Genauso wenig wie Grandma und ich.

Linda und Melanie Kellner zeigten ihre Zuneigung nicht sehr offensichtlich.

Ich hatte gedacht, dass Großeltern vielleicht einfach so waren, bis ich im Iran war. Mamu hatte mich quasi mit ihren Umarmungen und Küssen erstickt, und sogar Babus Zurückhaltung war eingebrochen, als wir mehr Zeit miteinander verbrachten.

Als wir nach Hause kamen, parkte Oma auf Dads Seite der Einfahrt. Ich stieg aus und tippte den Code ein, um die Tür zu öffnen.

Grandma saß am Küchentisch über einem Puzzle, während Laleh las. Scheinbar hatte sie *Dune* ausgelesen, aber ich konnte nicht erkennen, was das neue Buch war.

»Hi, Grandma«, sagte ich und gab ihr einen Kuss auf die Wange. »Hi, Laleh.«

Laleh nickte, ohne das Lesen zu unterbrechen.

»Mach dich schon mal fertig«, sagte Oma. »Das Abendessen ist bald so weit.«

»Okay.«

Ich hatte eigentlich nicht viel zu tun, um mich fertig zu machen – nur mein Zeug in meinem Zimmer abzuladen –, aber ich nutzte die Gelegenheit, um in Ruhe den Zustand meiner Hoden zu überprüfen.

Sie waren immer noch rot, sahen aber weniger gefährlich aus, und sie taten nicht mehr so weh, wenn ich draufdrückte.

Ich seufzte vor Erleichterung.

Es war schlimm genug gewesen, dass ich Oma erklären musste, was passiert war und warum sie mich abholen musste.

Ich wollte das Thema nicht noch einmal eröffnen und sie bitten, mich wegen einem Hodenbruch zum Arzt zu fahren.

»Abendessen!«

Ich zog frische Kompressionsshorts an, um alles an Ort und Stelle zu halten, und ging nach unten.

Meine Großmütter hatten Hackfleisch-Tacos gemacht.

Mom sagte immer, dass die einzigen Gewürze, die Grandma und Oma kannten, Salz und Pfeffer waren, aber das stimmte eigentlich nicht, wenn man den Beutel Taco-Gewürz mitzählte, das Grandma verwendete.

Ich teilte Teller aus, machte mir zwei Tacos und setzte mich. Ich rutschte etwas hin und her und versuchte, nicht zu zucken, doch Oma bemerkte es.

»Wie fühlst du dich?«

»Okay«, sagte ich. »Nur etwas empfindlich.«

»Was ist passiert?«, fragte Laleh.

Meine Ohren brannten. »Ich wurde heute beim Training getroffen. Aber es ist alles okay.«

»Stephen sagte, dass ihr euer erstes Spiel gewonnen habt«, sagte Grandma. »Er hat Fotos geschickt. Es sah wie ein gutes Spiel aus.«

»Jep.«

Während Laleh an ihrem Taco knabberte – der hauptsächlich aus Käse und Tortilla bestand, mit ein wenig Salat und Tomate und einem klein wenig Hackfleisch –, fragte Oma: »Wann ist das nächste?«

»Freitag.«

»Also, dann mach weiter mit dem Gewinnen. Wenn du diese Saison gut abschneidest, hast du vielleicht Chancen auf ein Stipendium.«

Oma sagte: »Besonders, wenn du deinen Notendurchschnitt noch verbesserst.«

Ich knabberte geräuschvoll an meinem Taco, damit ich nicht antworten musste.

Die Sache ist die: Ich war mir nicht sicher, ob ich aufs College gehen wollte. Tatsächlich war ich mir sogar recht sicher, dass es nicht zu mir passen würde.

Ich wusste, dass meine Großmütter mich nur unterstützen wollten, aber irgendwie führte das dazu, dass ich mich nur noch schlechter fühlte.

Ich schluckte.

»Vielleicht.«

Während Grandma die Reste des Essens wegpackte und Oma sich ums Geschirr kümmerte, machte ich uns eine Kanne Tee.

»Was für einen machst du?«, fragte Oma über ihre Schulter.

»Tie Guan Yin.«

Tie Guan Yin bedeutet »Eiserne Göttin der Barmherzigkeit«. Es ist ein chinesischer Oolong mit so ziemlich dem coolsten Namen überhaupt.

Normalerweise bereitete ich ihn in einem Gaiwan zu, aber da wir zu dritt waren, war das nicht so praktisch.

Grandma und Oma machten es sich auf der Couch bequem, jede an einem Ende, und ich nahm den Sessel. Nach einer Weile griff Oma nach der Fernbedienung und schaltete einen Kochwettbewerb ein.

Für Leute, die keine Gewürze benutzten, mochten Grandma und Oma überraschend gern Kochsendungen.

Wir nippten und nippten, während sich die Stille um uns aufbaute, eine kaskadenartige Welle von verpassten Gelegenheiten.

Ich wollte, dass mich meine Großmütter fragten, ob ich mich zu ihnen setzen möchte.

Ich wollte, dass sie die Kochsendung pausierten, damit wir uns unterhalten konnten.

Ich wollte, dass sie mehr wie Mamu und Babu waren.

Aber ich wusste nicht, wie ich es laut aussprechen konnte.

Also sagte ich stattdessen: »Ich sehe mal nach, ob Laleh Tee möchte.«

Die Tür meiner Schwester war halb offen, aber ich klopfte an den Türrahmen: eins-drei-drei, unser besonderes Klopfzeichen. »Möchtest du Tee?«

»Jep.«

Laleh zog die Beine unter sich und ließ mich auf ihrem Bett sitzen. Sie hatte eines dieser riesigen Kissen mit Armlehnen daran in zartrosa mit einem lilafarbenen Fransenrand am oberen Ende. In der Mitte war es schon eingedrückt von all den Stunden, die sie lesend darin verbracht hatte.

Ich reichte ihr eine Probiertasse – eine aus Keramik, mit dem Rose-City-Logo verziert – und neigte meinen Kopf, um einen Blick auf den Rücken ihres Buches zu werfen.

»*Shining*?«, fragte ich. »Ist es gut?«

»Es ist okay.«

»Unheimlich?«

»Nee.«

Laleh pustete auf ihren Tee und nippte. Ich nahm einen größeren Schluck aus meiner eigenen Tasse.

»Mmm«, machte Laleh. Sie schmatze mit den Lippen. »Der ist süß.«

»Es ist ein bisschen Honig drin«, sagte ich. »Und Milch. Aber ich habe keinen Zucker hineingetan.«

»Wirklich?«

Ich nickte.

Laleh nahm noch einen Schluck. »Der ist okay. Nicht so gut wie persischer Tee.«

»Ist notiert.« Wir saßen zusammen und genossen unseren Tee.

Dann sagte ich: »Ist es in der Schule besser geworden?«

Laleh zuckte mit den Schultern.

»Behandeln Micah und Emily dich besser?«

Laleh schüttelte den Kopf.

»Das tut mir leid.«

»Ist okay.«

Aber es war nicht okay.

»Hast du mit deiner Lehrerin darüber gesprochen?«

»Nein.« Sie seufzte. »Emily ist ihr Liebling. Sie bekommt nie Ärger.«

»Oh.«

Am liebsten wollte ich ein Kraftfeld um meine Schwester errichten, um sie vor Micah und Emily und ihrer Lehrerin und all den anderen Seelenlosen Lakaien der Orthodoxie, die in der Zukunft lauerten, zu beschützen.

Ich hasste es, wie hilflos ich war.

»Gibt es irgendetwas, das ich tun kann?«

Laleh schüttelte erneut den Kopf und wandte sich dann wieder ihrem Buch zu, als ob sie nicht mehr darüber reden wollte.

Ich beugte mich vor und küsste sie auf den Scheitel.

»Ich hab dich lieb, Laleh«, flüsterte ich in ihr Haar.

Es war fast neun Uhr abends, als die Garagentür endlich rumpelte. Alle anderen waren schon im Bett, aber ich saß noch in der Küche und kühlte mich gerade wieder.

Ich ließ das Eis in die Spüle fallen und holte das übrig gebliebene Taco-Fleisch für Mom.

»Hey, Liebling.« Ich schloss Mom in eine Umarmung, aber ihr ganzer Körper war wie die polarisierte Hüllenpanzerung eines Raumschiffs, starr und spröde. Es dauerte einen Moment, dann entspannte sie sich schließlich. Leider piepste die Mikrowelle.

»Du musst das nicht für mich machen.«

»Ich möchte aber gern.«

»In Ordnung. Wie war dein Tag?«

»Es war okay«, sagte ich. Mom schien mir nicht in der Stimmung, um von meinem testikulären Trauma zu erzählen.

Und ich war auch nicht in der Stimmung.

»Wie war deiner?«

»Lang.«

Ich stellte ihr einen Teller hin und holte den Rest der Taco-Zutaten aus dem Kühlschrank, während sie etwas auf ihrem Handy ansah. Sie sah hoch und runzelte die Stirn. »Ich kann mir selbst Abendessen machen, weißt du.«

»Es macht mir nichts aus. Möchtest du Tee?«

Mom seufzte und setzte sich. »Besser nicht. Danke.«

Ich holte meine Tasse – mit dem zweiten Aufguss von Tie Guan Yin, der mehr florale Noten als der erste hatte – und setzte mich zu ihr.

»Wie lief dein Test?«

»Ich habe eine Drei bekommen.«

»Brauchst du Hilfe? Wir könnten deine Probleme gemeinsam durchgehen.«

»Ist schon okay. Ich war nach dem Training bei Chip, und wir haben zusammen daran gearbeitet.«

»Oh. Das ist schön.« Mom nahm einen Biss von ihrem Taco und betrachtete mich, während sie kaute. »Du verbringst in den letzten Wochen viel Zeit mit ihm.«

Ich weiß nicht, warum es sich für mich wie ein Vorwurf anhörte, als sie das sagte.

Ich weiß nicht, warum ich das Gefühl hatte, mich verteidigen zu müssen.

»Er hat mir sehr geholfen«, sagte ich. »Oh. Ich habe mein Fahrrad bei ihm gelassen. Meinst du, du könntest mich morgen früh bei ihm absetzen?«

Mom runzelte die Stirn. »Ich kann morgen nicht. Hab ein frühes Meeting. Oma oder Grandma werden das übernehmen müssen.«

»Oh.«

»Ich wünschte, ich könnte.«

»Das ist okay. Wirklich.«

Danach ließ ich Mom essen, und wir schwiegen.

Es gab etwas, das sie nicht laut aussprach, etwas, das ich hätte wissen sollen, aber ich hatte keine Ahnung, was es war.

Als sie fertig war, wischte sie ihre Hände und ihren Mund ab, vorsichtig, wegen ihres Lippenstifts.

»Ich bringe Laleh besser mal ins Bett.«

»Das hat Oma schon gemacht. Sie hat sie sogar überredet, ein Bad zu nehmen.«

»Wirklich?«

»Jep.«

»Ja, dann.« Mom blickte in Richtung der Treppe.

Ich nippte an meinem Tee.

»Möchtest du irgendetwas ansehen? *Star Trek*?«

»Ähm.«

Mom hatte mich noch nie zuvor gefragt, ob wir zusammen *Star Trek* sehen wollten.

Das war immer Dads und meine Sache gewesen.

Ich wusste nicht, was ich sagen sollte.

Ich überlegte, ob wir da weitermachen sollten, wo Dad und ich aufgehört hatten, oder ob wir eine andere Serie anfangen sollten, aber da sagte Mom: »Schon gut. Entschuldige.«

Sie stand auf, bevor ich noch etwas erwidern konnte.

Bevor ich ihr sagen konnte, dass ich gerne *Star Trek* mit ihr sehen würde.

Mom fuhr mir mit den Fingern durchs Haar und küsste meine Stirn. »Ich gehe ins Bett.«

ZERBROCHENE MÖBEL

Am Morgen setzte mich Oma bei Chip ab, damit ich mein Fahrrad abholen konnte.

»Hey.« Chip öffnete die Tür in einer weichen grauen Jogginghose, die wirklich gut an ihm aussah.

Gut im Sinne von: als ob er keine Unterwäsche trug.

Er hatte auch kein T-Shirt an, und wie ich schon sagte, hatte Cyprian Cusumano einen sehr schönen Bauch und eine schöne Brust. Ich wünschte ein wenig, ich würde auch so aussehen.

Angeblich sahen Typen wie ich ja so aus.

»Sorry, ich weiß, dass ich spät dran bin. Evie war sehr anstrengend.«

Meine Ohren fühlten sich an wie zwei Plasmafeuer.

»Ich muss mir nur ein paar Sachen anziehen. Möchtest du irgendetwas?«

Ich schüttelte den Kopf. Ich konnte nicht sprechen.

Wie konnte Chip nur so entspannt mit mir umgehen, wenn er gerade halb nackt war?

Und warum konnte ich nicht wegsehen?

Ich fragte mich, wie Landon wohl ohne T-Shirt aussehen würde.

Ob er Haare auf der Brust hatte oder ob sie glatt war.

Ich saugte an den Bändern meines Kapuzenpullis.

»Sorry«, sagte Chip, als er die Treppen in einer schwarzen Jogginghose und einem weißen T-Shirt mit V-Ausschnitt, das ihm einen Tick zu klein war, wieder heruntergerannt kam.

Das war nicht sehr viel weniger ablenkend.

Er hatte auch seine Haare gemacht und sie zu einer weichen braunen Tolle gestylt, die genau den richtigen Grad Unordentlichkeit hatte.

Cyprian Cusumano war wirklich ein schöner Kerl.

Ich hasste mich dafür, dass ich das dachte.

»Sorry. Ich bin fertig.«

»Alles gut.«

Im Training behandelten mich alle, als wäre ich aus Glas. Zu sehen, wie ich ein Knie in die Eier bekommen hatte, hatte sie womöglich an ihre eigene Sterblichkeit erinnert.

So etwas konnte sehr beunruhigend sein.

Als Coach Bentley das Time-out ausrief, griff ich mir meine Wasserflasche und wanderte rüber zu den Tribünen, um meine Waden zu dehnen. Coach Bentley folgte mir.

»Wie geht's, Darius?«

Sie verwendete wieder meinen Vornamen, als ob man sich besonders um mich kümmern müsste.

»Okay.«

»Wirst du diesen Freitag spielen können?«

»Jep. Auf jeden Fall.«

»Gut.« Sie nickte mir zu und ging dann mit ihrem Clipboard unter dem Arm davon, um Jaden und Gabe anzuschreien, die gerade herumalberten.

Ich hielt mich an der Tribüne fest, um meine Oberschenkelrückseite zu dehnen.

Obwohl ich irgendwie genervt davon war, dass mich alle schonten, mochte ich es andererseits doch sehr gern, dass Coach Bentley und das Team sich so um mich sorgten.

Es war ziemlich cool, ein Team zu haben.

So etwas hatte ich nie zuvor gehabt.

Als das Training vorbei war, rief Christian uns alle zusammen.

»Gute Arbeit, heute, Jungs«, sagte er.

Anders als seine Kapitänsstimme war seine Stimme, wenn er – so wie jetzt – normal sprach, warm und beruhigend.

Christians Kapitänsstimme wäre auch auf der Kommandobrücke eines Raumschiffs nicht fehl am Platz gewesen.

»Nächstes Spiel ist gegen Meadowbrook diesen Freitag. Vernichten wir sie!«

Wir alle jubelten.

»Und danach Party. Bei mir. Ich habe das neue FIFA.«

»Wuhu!«, rief Jaden und klatschte mit Christian ab.

Ich sah zu Chip, der mit den Schultern zuckte und grinste.

Ich war noch nie auf einer Party gewesen.

Würde es die Art Party werden, die man aus dem Fernsehen kannte? Mit Drogen und Alkohol und Sex und zerbrochenen Möbeln?

»Was, wenn ich mies im FIFA-Spielen bin?«, flüsterte Chip mir zu.

»Ich hab's noch nie gespielt.«

»Also, es kann nicht schlimmer werden als bei den Wrestling-Partys.«

Im Winter war Chip Teil der Chapel-Hill-Highschool-Wrestling-Mannschaft.

»Warum?«

»Die meisten Typen haben nach den Wettkämpfen nicht geduscht.«

»Ekelhaft.«

»Nicht wahr?« Chip lachte und fuhr sich mit den Händen durch sein verschwitztes Haar. »Die Fußball-Jungs sind sehr viel sauberer.«

Chip drückte meine Schulter und grinste mich an, dann folgte er den anderen in den Umkleideraum.

Ich blieb, wo ich war, kopfschüttelnd.

Manchmal wusste ich nicht, was ich von Cyprian Cusumano halten sollte.

Am Mittwochnachmittag hatte ich meine erste Schicht als richtiger Angestellter bei Rose City Teas. Ich arbeitete an der Teebar, plauderte mit den Kunden und ergründete, was für einen Tee sie wollten: schwarz oder grün oder Oolong, aromatisiert oder nicht-aromatisiert, eine bewährte Lieblingssorte oder ein neues Abenteuer.

Während ich an der Bar arbeitete, füllte Mister Edwards eine neue Charge chinesischen Phoenix Oolong in Tassen, der fruchtig und köstlich sein sollte. Landon steckte immer wieder den Kopf aus dem Verkostungsraum und gab mir ein Zeichen, dass ich dazukommen sollte, aber jedes Mal, wenn ich gerade losgehen wollte, tauchte weitere Kundschaft auf, die Hilfe benötigte, und Polli war zu beschäftigt, Latte macchiatos zu machen, um mich ablösen zu können.

Schließlich gab Landon auf und schloss die Tür.

Ich wusste nicht, warum mich das so traurig machte. Es war doch nur eine Verkostung.

Aber ich wollte wirklich gern den Phoenix Oolong probieren.

Stattdessen bereitete ich ein Gaiwan-Service für einen Mann vor, der ungefähr in Omas Alter war und mich mit Fragen über die Verarbeitung von Oolong-Produzenten und chinesischen Produzenten im Vergleich zu den taiwanesischen überschüttete. Ich versuchte gerade, ihm die Sache mit dem Bai Hao und den kleinen Käfern zu erklären, die versuchten, die Blätter zu essen, als Polli sich räusperte und mich darauf hinwies, dass sich eine Schlange gebildet hatte.

Ich entschuldigte mich und nahm noch mehr Bestellungen auf.

Als ich gerade eine Portionskanne Earl Grey ziehen ließ und einen zweiten Aufguss für ein weiteres Gaiwan-Service machte, tauchte Landon wieder aus dem Verkostungsraum auf, eine weiße Porzellantasse mit dem Rose-City-Logo in der Hand.

»Hier«, sagte er. »Das war der Gewinner.«

»Danke.«

Landon kümmerte sich für mich um den Gaiwan, während ich den Tee, an dem ich nippte, in einer Hand hielt und mit der anderen Earl Grey eingoss. Der Tee strotzte nur so vor Lychee-Geschmack, was mich irgendwie überraschte.

Ich hatte noch nie zuvor Lychee in einem Tee geschmeckt.

Ich fragte mich, wie die anderen Chargen geschmeckt hatten.

Ich fragte mich, was Landon über den Phoenix Oolong gelernt hatte und wo er herkam.

Ich fragte mich, was ich verpasst hatte.

Endlich löste sich die Schlange an der Teebar auf, sodass Mister Edwards Landon und mich etwas Inventur machen ließ. Als ich die Genmaicha-Dosen zählte, steckte Mister Edwards den Kopf herein. »Kann einer von euch etwas Dragon Well nach vorn bringen?«

»Klar, Dad.«

Landon ging zu den Regalen und streckte sich, um an das oberste heranzukommen, wo die Kartons mit dem Dragon Well gelagert waren. Dabei rutschte sein T-Shirt nach oben, was ein winziges Stück glatte Haut an seinem Rücken sowie den metallisch-silbernen Gummibund seiner Unterwäsche freigab.

Ich dachte an Chips graue Jogginghosen und daran, dass er keine Unterwäsche darunter getragen hatte.

Und ich dachte daran, dass Chip mich nackt gesehen hatte und ich vor Landon noch nicht einmal mein T-Shirt ausgezogen hatte.

Meine Ohren brannten.

»Darius?«

»Hm?«

»Könntest du …?«, fragte er, während er sich zu mir drehte und dabei ein paar Zentimeter seines blassen Bauchs zeigte.

Er hatte diese feine Haarlinie, die unter seiner Gürtelschnalle verschwand.

Landon Edwards war ein schöner Typ. Sehr viel attraktiver als ich.

Manchmal fragte ich mich, was er überhaupt in mir sah.

»Jep«, quietschte ich. Ich räusperte mich. »Hey. Was machst du am Freitag?«

»Zu deinem Spiel kommen?«

»Ich meinte danach.«

»Ich weiß nicht.« Landon schlang seine Arme um meine Taille. Ich zog meinen Bauch ein. »Was mache ich danach?«

Ich schluckte.

»Willst du zu einer Party mitkommen? Es wird nur das Team da sein, denke ich. Wir spielen FIFA und so.«

Er stieß dieses komische Schnauben aus. »Wirklich?«

»Ich schätze schon.«

Landon legte seine Hand auf meine Taille. Ich hasste es, dass sie nicht fest und glatt war wie seine.

»Sehr gern.«

»Wirklich?«

»Jep.«

Meine Wangen erwärmten sich.

Ich konnte mir ein Lächeln nicht verkneifen.

»Okay.«

GESCHMOLZENE GOLDKLUMPEN

Wie ich schon sagte, war ich noch nie auf einer Party gewesen.

Ich hatte mir eine Level-sieben-Ausschweifung vorgestellt, mit verklebten Partybechern und Jointstummeln und Leuten, die überall bewusstlos herumlagen.

Stattdessen waren wir zwanzig Personen in einem halb ausgebauten Keller und saßen auf Klappstühlen oder streckten uns mit Sofakissen aus dem Wohnzimmer auf dem Boden aus, um uns vor dem kalten, glatten Beton zu schützen.

Ein paar der anderen Jungs hatten ihre Freundinnen mitgebracht, und alle lächelten und lachten und waren glücklich darüber, dass wir ein weiteres Spiel gewonnen hatten.

Christians Eltern waren oben und nahmen Pizzabrötchen aus dem Ofen und schoben Popcorn-Chicken hinein, während sie sich mit einigen anderen Team-Eltern unterhielten.

Und es gab keinen Alkohol. Wir tranken Gatorade und wechselten uns dabei ab, FIFA auf Christians PlayStation zu spielen, die an einen winzigen Projektor angeschlossen war, den James – der in der Nebensaison Theater spielte – sich für das Wochenende ausgeliehen hatte. Er war auf die nackte Wand gerichtet, und wir konnten den Ton der eingebauten blechernen Lautsprecher über die Lautstärke der Gespräche kaum hören.

Landon und ich saßen auf dem Boden gegen eine Wand gelehnt, kuschelten und sahen dabei zu, wie sich alles abspielte. Wir lehnten unsere Köpfe aneinander und küssten uns ab und zu, aber nicht zu oft, weil jedes Mal, wenn wir es taten, einer der Jungs anfing zu johlen und zu applaudieren.

Es erinnerte mich daran, dass ich mal auf einer iranischen Hochzeit war, wo sich das Brautpaar jedes Mal küssen musste, wenn die Gäste mit ihren Gabeln gegen ihre Gläser klirrten und »Schalalalala« riefen.

»Alles gut bei dir?« Landons Haare kitzelten an meinen Lippen, als ich in sein Ohr sprach.

»Alles gut«, sagte er.

»Ich hol mir noch einen Drink.«

Ich löste meine Gliedmaßen von seinen und ging nach oben, um mir noch eine lilafarbene Gatorade – die beste Geschmacksrichtung – aus dem Kühlschrank zu holen. Ein paar der Jungs waren ebenfalls hier oben, hingen in der Küche ab oder lümmelten im Wohnzimmer herum und spielten mit ihren Smartphones.

Die Tür zur Terrasse stand weit offen, um etwas Luft hereinzulassen und den überwältigenden Geruch nach Pizzabrötchen und dichtgedrängten Jungs zu mildern.

Chip stand draußen und unterhielt sich mit Trent Bolger, der irgendwie an eine Einladung zur Party gekommen war. Soweit ich das beurteilen konnte, stritten sie.

»… hast mich schon wieder sitzen lassen, Alter«, sagte Trent.

»Ich beschwere mich doch auch nicht, wenn du Footballtraining hast.«

»Warum spielst du überhaupt Fußball? Das ist so ein Scheißsport.«

»Ich mag Fußball. Ich hab dir doch gesagt, dass Football nicht wirklich mein Ding ist.«

Trent grunzte.

»Jep, also gut, und was war mit Montag? Du wolltest mir eine Nachricht schreiben, wenn du rauskommst.«

»Ich habe dir doch schon gesagt, dass es mir leidtut. Ich habe Darius mit dem Knie in die Eier getroffen. Was hätte ich denn tun sollen, ihn am Straßenrand stehen lassen?«

Trent prustete. »Ich wünschte, ich hätte es gesehen.«

»Es war wirklich schrecklich. Du kannst es dir nicht vorstellen.«

»Ich wusste nicht, dass du so unbedingt intim mit ihm werden wolltest.«

Meine Ohren brannten.

Chip murmelte etwas, das ich nicht hören konnte, aber es brachte Trent wieder zum Lachen.

»Was auch immer.« Trent kam um die Ecke und sah, wie ich meine lilafarbene Gatorade an meine Lippen hielt, ohne zu trinken. »Was geht, D-Cheese.«

Das war neu.

Objektiv betrachtet, hatte Trent schon Schlimmeres gesagt. Dairy Queen zum Beispiel war eine homophobe Beleidigung, die mindestens auf Level drei war.

Aber D-Cheese verletzte mich mehr.

Ich hatte eine ausgezeichnete Körperhygiene, und ich hatte keine solchen Probleme mehr, seit ich ungefähr zwölf war.

Nicht, dass ich Trent Bolger das erzählen konnte.

Ich würde niemals mit Trent Bolger über meinen Penis diskutieren wollen.

»Bleib locker, Mann«, sagte Chip. »Hey, Darius.«

Ich nahm einen Schluck von meiner Gatorade. »Hey.«

Das Brennen meiner Ohren hatte sich auf meinen Nacken ausgebreitet.

Ich sah von Trent zu Chip und zurück zu Trent. Er hatte dieses Grinsen im Gesicht, als ob er wüsste, was ich dachte.

Ich mochte es nicht.

Hinter mir piepste der Ofen, und ich hörte Christians Mom von oben rufen: »Das sind die Pizzabrötchen!«

»Ich hole sie raus!«, rief ich zurück. Ich zog mir einen Ofenhandschuh über die Hand und holte das Blech mit den geschmolzenen Goldklumpen heraus, während Trent Chip an der Schulter packte.

»Komm jetzt.«

Chip schenkte mir ein schmales Lächeln und folgte dann seinem Freund nach unten.

Ich schaltete den Ofen aus und warf meine Gatorade in die Recyclingtonne. Der Klang von Trents hyänenartiger Lache hallte aus dem Keller herauf.

Ich ging nach oben, um das Bad zu benutzen.

Ich musste nicht wirklich pinkeln.

Ich meine, ich pinkelte, aber ich hätte nicht wirklich gemusst.

Ich musste einfach nur mal wegkommen.

Ich wusch mir die Hände und setzte mich mit meinem Handy auf den Badewannenrand. Ich las einen Artikel über die Regeneration nach einem Spiel, den Coach Bentley dem Team geschickt hatte, schrieb Mom eine Nachricht, um ihr zu sagen, dass die Party in Ordnung war und Christians Eltern zu Hause waren, und dann machte ich den *Star-Trek-Deep-Space-Nine*-Test: Welche Nebenfigur bist du?

Ich überlegte, mich einfach bis zum Ende der Party im Badezimmer zu verstecken, aber dann klopfte jemand an der Tür.

»Einen Moment«, sagte ich und betätigte noch einmal die Toilettenspülung, damit nicht gleich klar war, dass ich mich versteckt hatte. Ich wusch auch noch einmal meine Hände.

»Danke«, sagte Gabe und schloss die Tür hinter sich.

Ich fand Landon in der Küche, wo er eine orangefarbene Gatorade trank.

»Hey. Sorry.«

»Kein Problem.« Er zog mich für einen orangestichigen Kuss an sich heran. »Alles gut bei dir?«

»Jep. Ich brauchte nur mal einen Augenblick abseits der breiten Masse.«

Landons Arme glitten zu meinen Hüften herunter. Er küsste mich noch einmal, dann zog er mich in Richtung Wohnzimmer. Ich ließ mich auf einer Ecke der großen beigen Couch nieder, und Landon setzte sich auf meinen Schoß, mit seinen Knien rechts und links von meinen Hüften und seinem Hintern auf meinen Oberschenkeln.

»Hey.« Er küsste mich auf die Nase. »Du warst großartig heute.«

»Ja?«

Er küsste mich noch einmal, auf den Mundwinkel.

»Ja. Ich mochte es sehr, dir beim Spielen zuzusehen.«

»Wirklich?«

»Wirklich. Was glaubst du, wie du in diesen Shorts aussiehst?«

Ich konnte nicht atmen.

»Du magst sie?«, quietschte ich.

Landons Augen funkelten. »Das tue ich.« Und dann küsste er mich wieder, und seine Zunge glitt in meinen Mund, und ich beschloss, dass Atmen sowieso nicht so wichtig war.

Ich will nicht lügen: Bei alldem Küssen bekam ich ziemlich schnell eine Erektion.

Und ich konnte es zwar nicht sicher sagen, aber es kam mir so vor, als ob Landon auch eine hatte. Entweder das, oder es war seine Gürtelschnalle, die an mir rieb, als er sich mit den Hüften vor und zurück wiegte.

»Ist das okay?«, flüsterte er.

»Ähm.«

Was Landon tat, fühlte sich gut an.

Wirklich gut.

Wenn er nicht damit aufhörte, würde ich einen Eindämmungsbruch einer ganz anderen Art erleben.

Landons Hände umschlossen mein Hüftgold, und ich konnte nicht atmen, weil ich die ganze Zeit den Bauch einzog.

Und das gesamte Team war ein Stockwerk tiefer.

Chip und Trent waren dort unten.

»Warte.« Ich legte meine Hände auf seine Hüften, um sein Schaukeln zu stoppen.

»Zu viel?«

Ich nickte.

»Sorry.« Er lächelte und küsste mich wieder. Seine Küsse wanderten von meinem Mund zu meinem Nacken und dann hinunter zu meinem Schlüsselbein, was sich komisch anfühlte. Ich kicherte.

»Was?«

»Sorry. Das kitzelt.«

Er lehnte sich zurück, biss sich auf die Lippen und blickte auf meinen Schoß hinunter.

Ich wünschte, ich hätte meine Jeans angezogen und nicht meine Jogginghose.

»Willst du irgendwo hingehen, wo wir weniger ... exponiert sind?«

»Ähm.«

Mein Herz klopfte wie wild.

Die Vorstellung war aufregend.

Und beängstigend.

Schweiß bildete sich auf meiner Stirn.

Bevor ich antworten konnte, hallte das trommelnde Geräusch von Schritten auf der Kellertreppe zu uns nach oben.

Chip steckte seinen Kopf ins Wohnzimmer, und Trent war direkt hinter ihm.

»Oh. Hey, Mann«, sagte Chip. Er grinste nicht. Stattdessen waren seine Augenbrauen zusammengezogen. »Landon, stimmt's?«

Landon räusperte sich. »Jep.« Ich liebte es, wie rot seine Wangen waren.

»Lasst euch nicht von uns unterbrechen«, sagte Trent hinter Chip. »Dairy Queen kann etwas Einarbeitung gebrauchen.«

Meine eigenen Wangen wurden rot.

»Schade auch, dass dich niemand eingearbeitet hat«, murmelte Landon.

Ich prustete los, und Chip grinste, aber Trent sagte: »Was?«

»Komm schon.« Chip zog Trent weg und formte lautlos »Sorry« mit den Lippen, als er in die Küche verschwand.

»Arschlöcher«, sagte Landon.

»Trent ist furchtbar«, stimmte ich zu. »Aber Chip ist nicht so schlimm.«

Ich weiß nicht, warum ich das Gefühl hatte, Chip verteidigen zu müssen.

Ich war irgendwie auch wütend auf ihn.

Aber ich wollte nicht, dass Landon es war.

»Ist das nicht der, der dich in die Eier getreten hat?«

Ich zuckte zusammen.

»Er ist aber nett. Normalerweise.«

Landon starrte mich einen langen Moment an und biss sich auf die Lippen.

Und dann stieß er diesen winzigen Seufzer aus. »Hey. Ich mache mich besser auf den Heimweg.«

»Schon?«

»Jep. Ich habe morgen früh eine Bandprobe.«

»Oh.«

Landon küsste mich und stieg von meinem Schoß.

Unser Zusammentreffen mit Trent und Chip hatte alle Hindernisse beseitigt, die diesem Manöver zuvor noch im Wege gestanden hätten.

Ich wartete mit Landon in der Küche, bis er abgeholt wurde.

»Bist du sicher, dass alles okay ist?«, fragte ich.

»Jep. Warum?«

»Ich wollte nur mal nachfragen.«

Landon küsste mich auf die Wange, zog den Reißverschluss seines bauschigen Mantels zu und ging.

Und ich hatte dieses Gefühl. Als hätte ich etwas falsch gemacht.

Hinter mir räusperte sich Chip.

»Hey. Sorry für all das.«

»Jep. Nun ja.«

Ich wusste nicht, was ich sonst noch sagen sollte.

Ich mochte Cyprian Cusumano wirklich gern, aber er würde niemals verstehen, wer Trent Bolger wirklich war.

»Ich habe die Jungs überredet, Mario Kart zu spielen. Hast du Lust?«

»Ich denke schon.«

BIG RED ROBE

Als ich nach Hause kam, trank ich eine Tasse Tee und legte mich dann ins Bett und starrte an die Decke, während ich mir alles noch einmal durch den Kopf gehen ließ und herauszufinden versuchte, was ich falsch gemacht hatte. Warum Landon so plötzlich gegangen war.

Es war eine unruhige Nacht und ein noch schlimmerer Morgen, an dem ich den noch feuchten Rasen mähte, bevor ich mich auf den Weg in die Innenstadt zu meiner Schicht machte.

Ich war noch nie nervös gewesen, zu Rose City Teas zu gehen.

»Hey, Darius.« Kerry arbeitete an der Kasse. Sie war eine weiße Frau in ihren Zwanzigern, mit einer Reihe an Piercings an beiden Ohren. Sie trug diese grelle, kratzig aussehende Strickjacke über ihrem schwarzen Rose-City-T-Shirt, die Art, bei der man die einzelnen Fasern sehen kann, die sich nach oben strecken wie Bäume, die nach der Sonne greifen.

»Hey.« Ich sah mich um. »Wo brauchst du mich?«

»Lagerraum. Aber später.« Sie deutete mit ihrem Kopf in Richtung Verkostungsraum. »Mister Edwards hat ein Tasting für dich.«

»Cool.«

Nachdem ich das letzte Tasting verpasst hatte, war ich irgendwie besorgt gewesen, also klopfte ich voller Erleichterung an die Tür des Verkostungsraums, und Mister Edwards zog mich hinein.

»Dich erwartet heute etwas ganz Besonderes. Wir haben gerade eine neue Wuyi-Lieferung bekommen.«

Wuyi-Felsentee ist ein Oolong, der aus dem Wuyi-Gebirge in China stammt und für seine schwere Mineralität, seinen rauchigen Geschmack und eine Note von Steinobst bekannt ist. Das Wuyi-Gebirge ist angeblich auch die Heimat jener Teesträucher in China, die erstmalig für die Ernte des Tees verwendet wurden, der Da Hong Pao oder Big Red Robe genannt wird.

30 Gramm der edelsten Blätter kosten um die 30.000 Dollar.

Mister Edwards hatte das teure Zeug bisher einmal gekostet, durch reines Glück, als er vor einigen Jahren zu Besuch in China war.

Er sagte, es war der Geschmack seines Lebens.

»Würdest du ein paar Gaiwane holen?«

»Okay.«

Ich zog die Gaiwane aus dem obersten Regal des Schranks.

»Es ist schön, einen großen Kerl zum Helfen hier zu haben. Da brauchen wir den Tritthocker nicht mehr so oft.«

Ich spülte jeden Gaiwan mit warmem Wasser aus und trocknete sie dann so vorsichtig ich konnte mit einem weichen Handtuch ab. Als ich den Tisch deckte, steckte Landon den Kopf hinein.

»Hey, Dad«, sagte er. »Was steht an?«

»Da Hong Pao. Komm rein.«

Landon nickte mir zu und nahm an dem langen Tisch Platz, während ich Probiertassen und Löffel für uns herausholte. Mister Edwards griff sich den Wasserkessel und begann mit dem

Einschenken, während ich mein Notizbuch holte und mich neben Landon setzte.

»Hey«, sagte ich.

»Hey.«

Meine Haut vibrierte.

Ich war mir nicht sicher, ob es zwischen uns immer noch seltsam war oder nicht.

Aber dann griff Landon herüber und legte seine Hand auf meine. Ich strich mit dem Daumen über seinen Handrücken.

Mister Edwards reichte alle Teeblattsorten in ihrer Tasse herum, damit wir daran riechen konnten, bevor er den ersten Aufguss einschenkte. Wir nippten und machten uns Notizen, während Mister Edwards den zweiten Aufguss einschenkte.

»Zurückhaltende Komponente«, sagte Landon. Sein Dad schlürfte einen Löffel und nickte. Ich probierte ebenfalls.

Ich wusste nicht einmal, wie zurückhaltend schmecken könnte.

»Ähm. Rauchig?«

»Ja, es ist ein gerösteter Oolong, aber was schmeckst du außerdem noch?«

»Ähm.«

Ich schluckte und sah hinunter auf meine gekritzelten Notizen.

Ich fühlte mich, als wäre ich wieder in Algebra II und versuchte, die Gleichung einer Parabel zu bestimmen.

»Gutes Mundgefühl?«

Mister Edwards nickte, aber ich konnte die Enttäuschung spüren, die an seinen Schultern hing, als er mit dem zweiten Aufguss begann.

Wir machten noch drei weitere Aufgüsse, jeder zog etwas länger als der Vorherige. Die Blätter entfalteten sich in ihrer grünen Herrlichkeit, bis kaum noch Platz war, Wasser über sie zu gießen.

Nachdem wir bei unserer letzten Tasse angekommen waren, legte Mister Edwards seinen Löffel hin.

»Okay. Welchen würdet ihr kaufen?«

»Nummer vier hat am besten geschmeckt«, sagte ich.

»Landon?«

»Nummer zwei.«

»Warum?«

»Bessere Bedingungen.«

»Richtig. Wir haben hier ein größeres Volumen, eine bessere Preisgestaltung, und die Teebauern investieren in neue Geräte.«

Ich sah hinunter auf mein chaotisches Tasting-Notizbuch.

Ich fragte mich, ob ich es jemals richtig machen würde.

Was war der Sinn und Zweck, Tee zu lieben, wenn man den besten Geschmack nicht mit den Leuten teilen konnte?

Tee war Liebe, nicht Geld.

Ich blinzelte meine Frustration weg, bevor ich noch im Verkostungsraum einen Eindämmungsbruch erlebte.

»Gute Verkostung, ihr beiden.« Mister Edwards stand auf und schob seinen Stuhl an den Tisch. »Könnt ihr euch ums Aufräumen kümmern und anschließend um das Lager?«

»Klar«, sagte Landon.

Mister Edwards drückte Landons Schulter auf seinem Weg zur Tür.

Ich trug die Gaiwane zur Spülmaschine.

»Hey.« Landon brachte die Löffel rüber. »Sorry wegen gestern Abend.«

»Habe ich irgendetwas falsch gemacht?«

»Nein. Es war nur so, dass ich mich fehl am Platz gefühlt

habe, und dann hat sich dieser Typ wie ein Arschloch verhalten, als er uns unterbrochen hat.«

»Trent?«

»Jep. Es hat mir nicht gefallen, wie er dich behandelt hat.«

»Ich bin daran gewöhnt.«

Landon trat näher an mich heran, sodass sich unsere Hüften berührten. Er legte seine Hände an meine Taille.

»Das solltest du nicht sein.«

»Danke.«

»Ich hatte trotzdem Spaß.«

»Ich auch.«

»Das habe ich gemerkt.«

Meine Ohren brannten, und Landons Wangen erröteten. Er biss sich auf die Lippen.

»Ich wünschte irgendwie, wir wären allein gewesen.«

Ich bekam dieses kribbelige Gefühl.

Als ob ich mir das vielleicht auch gewünscht hätte.

Ich war mir nicht sicher.

Ich wusste nicht, wie ich Landon erklären sollte, dass ich noch nicht bereit war, dass wir so etwas miteinander machten.

Ich wusste nicht einmal, wie ich es mir selbst erklären sollte.

Landon drückte meinen Hintern ein wenig. »Vielleicht nächstes Mal …«

Kerry steckte ihren Kopf hinein. Landon ließ mich los.

»Hey Darius«, sagte sie. »Wir werden gerade an der Tasting-Bar überrannt. Würdest du kurz helfen?«

»Oh. Klar.« Ich küsste Landon. »Sorry.«

Landon küsste mich noch einmal. »Können wir trotzdem darüber reden? Heute Abend?«

Ich schluckte.

»Jep. Na klar. Heute Abend.«

FRÜHSTÜCK ZUM ABENDESSEN

Nach unserer Schicht kam Landon mit zu mir nach Hause, zusammen mit einer Tüte voller Lebensmittel, um Frühstück zum Abendessen zuzubereiten, was sein Lieblingsessen war. Das Haus war still, Laleh und Grandma und Oma kümmerten sich alle um ihre eigenen Sachen, und ich wurde das Gefühl nicht los, dass eine dunkle Wolke über unserer Familie hing.

Aber dann fing Landon an zu kochen. Er machte Rührei und Kartoffelrösti und Bacon und Rosenkohl und French Toast mit Briocheteig.

Irgendwann kam Laleh runter, ohne Zweifel angezogen von dem Geruch des Bacons.

»Kann ich helfen?«, fragte sie.

Landon lächelte sie an. »Klar.« Er ließ sie die Brioches eintauchen und die Rösti würzen und sogar den Rosenkohl vorkosten.

Laleh liebt es, mit Landon zu kochen.

Ich konnte mich nicht erinnern, wann meine Schwester das letzte Mal so viel gelächelt hatte.

Als Mom nach Hause kam und die beiden zusammen kochen sah, lächelte auch sie.

Ich konnte mich auch nicht erinnern, wann meine Mom das letzte Mal so viel gelächelt hatte.

Sogar Oma und Grandma wirkten glücklicher, als sie sich an den mit Bacon und Eiern und French Toast beladenen Tisch setzten.

Landon Edwards hatte magische Kräfte.

Nach dem Abendessen bestand Mom darauf, dass sie sich um das Geschirr kümmerte. »Du und Landon, ihr habt schon so hart gearbeitet«, sagte sie. »Entspannt euch.«

»Bist du sicher?«

»Ja. Den sollte man sich warmhalten, hm?«

Meine Ohren brannten.

»Danke.«

Ich zog Landon aus dem Wohnzimmer, wo er Oma gerade von dem Wuyi-Tee erzählte, den wir probiert hatten (Oma war ein großer Oolong-Fan) und führte ihn hoch in mein Zimmer.

»Hey«, sagte er, als ich die Tür zumachte und mich zu ihm umdrehte.

»Hey. Danke.«

»Klar.«

Ich schlang meine Arme um ihn und legte mein Kinn auf sein Haar.

»Das war wirklich schön.«

»Ja?«

»Ja. Alle waren so glücklich.«

Landons Augen funkelten. »Ich freue mich, wenn ich deine Familie glücklich machen kann.«

»Danke.« Ich lehnte mich zu ihm hinunter und küsste ihn.

Sein Mund schmeckte immer noch ein bisschen nach Bacon, aber ich mochte das irgendwie.

Ich führte ihn zu meinem Bett, rutschte in eine Ecke und ließ ihn auf meiner Brust liegen. Ich schlang meine Arme um ihn und küsste seine Wange, seinen Unterkiefer, seinen

Nacken, und dann lehnte ich meinen Kopf gegen seinen und schloss die Augen.

Ich liebte es, mit Landon zu kuscheln.

Aber es führte früher oder später immer dazu, dass wir uns küssten.

Dieses Mal war es nicht anders: Nach ein paar Minuten verlagerte Landon sein Gewicht, kam näher an mich heran und legte seine Lippen auf meine. Er tat das alles sehr langsam und bedächtig und zärtlich, fuhr mit seinen Händen durch mein Haar und berührte nur leicht meine Lippen mit seinen und lehnte seine Stirn gegen meine.

Ich schmolz quasi dahin.

Als er sich wieder entfernte, waren seine Lippen leicht geschwollen, seine Wangen etwas gerötet und seine Augen so sanft wie die einer Katze. Er lächelte, nahm meine Hand und legte sie auf seinen Bauch. Er schob unsere Hände unter sein T-Shirt. Die Haare über seinem Hosenbund kitzelten an meiner Handfläche.

Mein Atem stockte.

»Ist das okay?«, fragte er.

»Ich weiß nicht«, flüsterte ich.

»Kann ich es bei dir machen?«

Ich schüttelte den Kopf.

Er seufzte und ließ mich los. Ich zog meine Hand zurück und setzte mich darauf.

»Ist es etwas, das ich tue? Oder nicht tue?«, fragte er.

»Nein. Ich bin nur … Es ist hart.«

Landon kicherte.

»Nicht das, was du denkst. Ich weiß nur nicht …«

»Ich mag dich wirklich gern, Darius.«

»Ich mag dich auch wirklich gern.«

Landon schob mir das Haar aus der Stirn.

Ich schmolz noch ein wenig mehr.

»Ich würde dich niemals unter Druck setzen. Aber ich muss ehrlich sein, und, nun ja, Sex ist mir wichtig. Als Teil einer Beziehung.«

»Es tut mir leid. Ich bin einfach noch nicht so weit.«

»Was brauchst du, um so weit sein zu können?«

»Ich weiß es nicht.«

Ich hätte heulen können.

»Ich weiß es nicht.«

Landon zog an meinem Arm, bis er meine Hand wieder unter mir hervorgezogen hatte. Er küsste meine Handfläche, und dann strich er eine Träne von meiner Wange. »Okay.« Er schlang seine Arme um mich, legte seinen Kopf auf meine Brust und stieß einen kleinen Seufzer aus.

Als Landon auf dem Heimweg war und alle anderen ins Bett gegangen waren, machte ich mir noch eine Tasse Bai Mu Dan – dieser beruhigende, delikate weiße Tee –, um mich für die Nacht einzurichten.

Mein Zimmer roch immer noch schwach nach Landons Parfüm, und ich fühlte mich ein wenig klebrig und unruhig, als ich den Geruch einatmete.

Irgendwie fühlte ich mich nach einer Nummer drei.

Aber Samstagabend in Portland bedeutete Sonntagmorgen im Iran, und das bedeutete, dass Sohrab wach sein würde.

Es klingelte ein paarmal, bis er ranging.

»Hallo, Dariush! *Chetori?*«

»Mir geht's gut. Wie geht's dir? Was hast du heute gemacht?«

»Maman hat Kuku Sabzi für Mamu gekocht. Wir haben ein bisschen Zeit mit ihr verbracht.«

»Wie war es?«

»Es war okay. Sehr still. Babu hat die ganze Zeit geschlafen. Mamu sagt, er isst nicht mehr viel.«

Meine Brust zog sich zusammen.

Und ich hatte diesen schrecklichen Gedanken: dass das Warten schlimmer war, als wenn Babu tatsächlich sterben würde.

Dass es für alle einfacher wäre, wenn er nur friedlich einschlafen würde.

Ich hasste, dass ich das dachte.

Ich schämte mich so vor mir selbst.

»Was ist los, Dariush?«

Ich schüttelte den Kopf und bis mir auf die Lippen, um nicht zu weinen.

Was für ein Mensch denkt so etwas?

»Dariush?«

»Entschuldige.« Ich räusperte mich. »Ich hatte einen hässlichen Gedanken, das ist alles.«

Sohrab betrachtete mich einen Augenblick. »Ich habe das auch manchmal.«

»Ja.« Ich schniefte. »Wie läuft es in der Schule?«

Sohrab seufzte. »Maman will nicht mehr, dass ich hingehe.«

»Wirklich? Warum?«

»Die Polizei hat Amu Ashkan in letzter Zeit oft belästigt. Sie macht sich Sorgen, dass man das auch mit mir tun wird.«

Sohrabs Amu Ashkan betrieb ein Geschäft in Yazd.

»Aber warum jetzt?«

»Ich weiß es nicht, Dariush. Manchmal tun sie das einfach. Um die Leute daran zu erinnern, dass sie es können. Oder die Leute sind unzufrieden, und sie sagen, dass die Bahá'ís daran schuld sind.«

»Das tut mir leid«, sagte ich.

Und dann sagte ich: »Ich wünschte, du könntest stattdessen hier sein.«

Sohrab lächelte traurig.

»Manchmal wünschte ich das auch.«

»Wirklich?«

»Ja. Weißt du, es ist schwer für Bahá'ís, zur Universität zu gehen. Eine Zukunft aufzubauen. Und wir müssen Militärdienst leisten.« Er kaute auf seiner Lippe.

Wir hatten schon früher über die iranische Wehrpflicht gesprochen. Ich hasste es, dass das in der Zukunft auf ihn lauerte.

Ich hasste es, dass er sich Sorgen um seine Zukunft machen musste.

Es ließ meine eigenen Sorgen klein und unangemessen erscheinen.

»Meine Mom hat eine Schwester, die den Iran verlassen hat. Khaleh Safa. Sie und ihre Familie sind als Flüchtlinge nach Pakistan gegangen. Nun leben sie in Toronto.«

»Oh. Wow.«

»Mein Dad hat immer gesagt, dass er nicht verstehen konnte, warum jemand den Iran verlassen wollen würde. Und ich habe ihm immer zugestimmt. Aber nun denke ich viel an Khaleh Safa.«

»Willst du also woanders hinziehen?«

»Ich weiß es nicht. Ich wünschte, ich könnte in den USA zur Universität gehen.«

»Ich wünschte auch, dass du das könntest.«

Sohrab kaute an seiner Lippe.

»Genug traurige Dinge. Wie geht's Landon?«

Mein Nacken kribbelte. »Ihm geht's gut.«

Sohrab sah mich an, als wüsste er, dass da noch mehr war.

Sohrab wusste immer gleich Bescheid.

»Wir haben uns ein bisschen unterhalten. Über ein paar Dinge.«

Er sah mich immer noch an.

»Sex-Dinge.«

Sohrabs Augen weiteten sich kurz, und er stieß dieses kleine Husten aus.

»Oh.« Sohrabs Kamera war nicht gut genug, als dass ich hätte erkennen können, ob sein Gesicht rot geworden war, aber seine Stimme klang deutlich gepresst, als er sagte: »Habt ihr …«

Er konnte den Satz allerdings nicht beenden.

»Nein. Wir haben nur geredet. Landon … möchte gern.«

»Was willst du?«

»Ich weiß es nicht.«

Sohrab sah eine Minute weg. Er rutschte auf seinem Stuhl hin und her.

Ich spürte, dass er sich unwohl fühlte.

Sohrab hatte nicht viele Mauern in sich, aber eine hatte mit Sex zu tun. Er wurde immer nervös, wenn sich unsere Konversation auch nur in die Nähe dieses Themas bewegte.

Ich fühlte mich schlecht, dass ich damit angefangen hatte.

Also sagte ich: »Ich möchte, dass er glücklich ist.«

Und Sohrab sagte: »Ich möchte, dass du auch glücklich bist, Dariush.«

»Danke.«

Eine Stille hing zwischen uns, aufgeladen mit den Dingen, die wir nicht aussprechen konnten.

Ich schluckte.

»Mamu und Babu wissen es nicht.«

»Ich weiß.«

»Ich weiß nicht, wie ich es ihnen sagen soll.«

»Ich weiß.«

SPIEGELUNIVERSUM

Unser nächstes Fußballspiel war ein Auswärtsspiel gegen die Poplar Grove Highschool in Salem.

Nach der Schule schnappten wir uns unsere Auswärtstrikots und stiegen in den Bus, der auf dem Parkplatz auf uns wartete. Ich landete in der Mitte des Busses, mit Chip direkt auf der anderen Seite des Gangs. Coach Bentley stand vorn und räusperte sich.

»Es ist euer erstes Auswärtsspiel, meine Herren«, sagte sie. »Ich werde euch jetzt nicht mit Verhaltensregeln oder Ähnlichem langweilen. Ihr wisst alle, was von euch erwartet wird. Warum erzielen wir also nicht einfach ein Drei-zu-null?«

Wir alle jubelten. Die Luftdruckbremsen zischten, die Türen schwangen zu, und wir setzten uns in Bewegung, aber Coach Bentley blieb schwankend stehen, als der Bus über die Bodenschwellen am Ausgang des Parkplatzes fuhr.

»Einige von euch haben nach Recruitern gefragt.« Sie schaute sich um, und ihre Augen blieben an Gabe hängen. Er war, empirisch betrachtet, unser bester Spieler und hatte eine echte Chance, ausgewählt zu werden. »Ich nehme an, es werden heute einige da sein. Ich weiß, dass es nichts bringt, euch zu sagen, dass ihr euch nicht unter Druck setzen sollt. Aber ich hoffe, dass ihr euch daran erinnert, dass dies keine einmalige Gelegenheit ist, für niemanden von euch. Es wird andere Spiele geben, andere Recruiter und andere Wege in die Zukunft. Also geht einfach da raus, kämpft und habt Spaß. Go Chargers!«

»Go Chargers!«, riefen wir.

Der Bus federte, als wir auf den Highway fuhren, und die Jungs machten es sich auf der Fahrt bequem, spielten mit ihren Handys oder unterhielten sich miteinander oder riefen sich von einem Ende des Busses zum anderen etwas zu.

Vor mir spekulierten Gabe und Jaden darüber, welche Schulen Scouts bei dem Spiel haben könnten.

»Wahrscheinlich Washington und Oregon, mindestens«, sagte Jaden. »Vielleicht Idaho?«

Gabe lachte. »Gibt es überhaupt Universitäten in Idaho?«

»Keine Ahnung. Hey, Darius.«

»Jep?«

»Was glaubst du, wer beim Spiel sein wird?«

»Oh«, sagte ich. »Ich weiß nicht.«

Ich war ein Junior. Und außerdem war ich Verteidiger. Niemand achtete jemals auf die Verteidiger.

Noch dazu war ich wie gesagt ziemlich sicher, dass das College nichts für mich war. Ich wusste, dass Mom und Dad gern wollten, dass ich ging, aber ich konnte mir einfach nicht vorstellen, dass ich dort glücklich sein würde.

Mir gegenüber runzelte Chip die Stirn über seinem Handy, seine Daumen tippten wild auf den Bildschirm ein. Er schnaubte, überkreuzte seine Arme und starrte aus dem Fenster.

Ich beobachtete ihn eine Sekunde und sah dann aus meinem eigenen Fenster. Es war einer dieser perfekten klaren Herbsttage, an denen man gerade so den Mount Hood im Osten ausmachen konnte. Ich sah so gut ich konnte zu ihm rüber, auch wenn mein Blick hin und wieder von Werbetafeln unterbrochen wurde, aber mein Nacken prickelte.

Chip schnaubte wieder, und dann seufzte er.

Ich lehnte mich über den Gang. »Bist du okay?«

»Jep«, sagte er, aber er hielt die Arme immer noch verschränkt, und seine Schultern waren ungefähr auf der Höhe seiner Ohren.

Und dann sagte er: »Du hast eine Schwester, stimmt's?«

»Jep. Laleh.«

»Tut sie manchmal Dinge, für die du sie am liebsten umbringen würdest?«

»Nicht wirklich. Sie ist neun.«

»Ja, also, das ist dann okay.« Chip blies seine Wangen auf und stieß einen tiefen Seufzer aus. »Mein Bruder sollte heute Abend auf Evie aufpassen, weil Ana und Jason beide Unterricht haben, aber jetzt sagt er, dass er krank ist, und will, dass ich es mache. Als ob ich einfach aus diesem Bus steigen und umkehren könnte. Als ob unser Spiel nicht im Kalender am Kühlschrank stehen würde.«

»Das ist ätzend«, sagte ich.

Und dann sagte ich: »Wer ist Jason?«

»Jason Bolger? Evies Dad?«

Mein Gehirn erlebte eine schnelle und schmerzhafte Trägheitsbewegung.

»Ist er mit Trent verwandt?«

»Jep, Trents Bruder. Hat seinen Abschluss gemacht, als wir im ersten Jahr waren?«

Ich hatte ungefähr eine Millionen Fragen.

Ich konnte keine davon stellen.

Also sagte ich stattdessen nur: »Oh.«

Chip stieß einen weiteren Seufzer aus.

»Ich schätze, ich hätte mich längst daran gewöhnt haben müssen.«

»Tut mir leid.«

Ich wusste nicht, was ich sonst noch sagen sollte.

Ich dachte, dass Chip vielleicht gar nicht wollte, dass ich mehr dazu sagte. Sondern einfach nur zuhörte.

Manchmal brauchten Leute es, dass man ihnen einfach nur zuhörte.

Chip zuckte mit den Schultern und drehte sich zurück zum Fenster. Ich betrachtete ihn einen Augenblick. Das Sonnenlicht verlieh ihm eine goldene Silhouette und fing auch die feinen Haare in seinem Nacken ein.

Meine Brust zog sich ein wenig zusammen.

Ich zuckte ebenfalls mit den Schultern, blinzelte und drehte mich weg.

Unser Spiel gegen die Poplar Grove Highschool war ein voller Erfolg.

Das andere Team tat mir beinahe ein bisschen leid.

Beinahe.

Gabe erzielte ein Hattrick in der ersten Hälfte, während James und Jaden jeweils ein Tor in der zweiten Hälfte schossen.

Wir schüttelten unseren bezwungenen Gegnern die Hände, und dann zog Coach Bentley ein paar der Jungs (unter anderem Gabe) zur Seite, um mit zwei Erwachsenen in Trainingsanzügen in der ersten Reihe der Tribüne zu sprechen. Ich konnte das Logo auf ihrer Brust nicht erkennen, aber es war recht klar, dass sie Recruiter waren.

Als wir in die Gäste-Umkleide gingen, legte Chip seinen Arm über meine Schulter.

Das hatte er noch nie getan.

Es erinnerte mich daran, dass Sohrab das immer bei mir gemacht hatte.

»Gutes Spiel, hm?«

»Ich schätze schon.«

»Was meinst du?«

Ich zuckte mit den Schultern. »Ich habe den Ball zweimal berührt. Aber Gabe war großartig.«

»Jep.«

Chips Arm verschwand wieder von meiner Schulter, aber dann legte er seine Hand auf meinen Rücken.

»Ähm.«

»Hm?«, sagte Chip.

»Ich hab nichts gesagt.« Ich schluckte.

Die Stille zwischen uns vibrierte auf meiner Haut, dort, wo Chips Hand sie wärmte.

Der Umkleideraum der Poplar Grove Highschool roch so steril, dass meine Augen tränten, als hätte jemand sämtliche Oberflächen mit Ammoniak übergossen, dann vielleicht noch Alkohol darübergeschüttet und dann die Sprinkleranlage mit Bleichmittel gefüllt und sie ein paar Stunden laufen lassen.

Mein Rachen brannte, und ich hustete, während ich mich umzog. Chip stand direkt neben mir und strahlte Körperwärme und einen leichten Geruch nach Schweiß und Deodorant aus, als er sein T-Shirt über den Kopf zog.

Ich schlüpfte in meine Jogginghosen und machte, dass ich so schnell wie möglich da rauskam, weil ich nicht wollte, dass irgendjemand meine Erektion sah.

Was war nur los mit mir?

Es war dunkel, als der Bus wieder auf dem Parkplatz der Chapel Hill Highschool ankam.

»Gute Arbeit, heute, Jungs. Schlaft euch ein bisschen aus.«

Eine Reihe an Autos mit Eltern, die ihre Söhne abholten, säumte den Bordstein. Einige der Seniors holten ihre Autos von weiter hinten vom Parkplatz und fuhren ihre Freunde nach Hause. Ich schnappte mir meine Tasche und eine von Coach Bentley und half ihr, sie reinzutragen.

»Gute Leistung, heute, Darius«, sagte sie.

»Danke, Coach, aber ich habe nicht viel gemacht.«

Sie lächelte.

»Du gibst dir selbst nie genügend Anerkennung.«

»Nun ja.«

»Warten deine Eltern auf dich?«

»Ich bin mit dem Rad gekommen.«

»Alles klar. Bis morgen.«

»Jep. Bis morgen.«

Ich nahm meine Umhängetasche und meinen Helm aus meinem Schrank und ging nach draußen zu den Fahrradständern.

Chip Cusumano war auch da. Er schloss sein Fahrrad auf, aber es lag auf der Seite im Gras neben dem Bordstein, wo er mit seinem Kinn in den Händen saß.

»Hey«, sagte ich.

»Hey.«

Ich setzte mich neben ihn, aber mit einem guten halben Meter Abstand zwischen uns, weil ich mich immer noch komisch fühlte wegen der Erektion, die ich beim Umziehen neben ihm bekommen hatte, und wegen der Art, wie meine Haut vibrierte, wenn er mir nahe war.

Ich mochte das nicht.

Ich mochte nicht, dass mein Körper auf ihn genauso reagierte wie auf Landon. Als ob es keinen Unterschied machte, wen ich wirklich mochte.

Als ob es keinen Unterschied machte, wen ich wollte.

»Bist du okay?«, fragte ich.

»Jep. Ich denke schon.«

Er ließ seinen Blick über den Parkplatz schweifen. Orange-farbene Lichtkegel sprenkelten den leeren Asphalt und fingen den nebligen Regen ein, der zu fallen begonnen hatte.

Ich fuhr mir zur gleichen Zeit wie Chip mit den Händen durchs Haar, in dem Versuch, die feuchten Spitzen aus den Augen zu streichen.

Chip machte ein ploppendes Geräusch mit seinen Lippen. »Es nervt einfach so sehr.«

»Was nervt?«

»Meine Schwester ist sauer, weil ich nicht auf Evie aufpassen konnte. Als ob es nicht eigentlich der Abend gewesen wäre, an dem mein Bruder dran war. Und meine Mom ist auf ihrer Seite.«

»Das ist nicht fair.«

»Ja, oder? Ich meine, es ist nicht meine Aufgabe, ihr Chaos in Ordnung zu bringen. Aber aus irgendeinem Grund erwarten alle von mir, dass ich ›der Reifere‹ bin.« Er seufzte, ließ sich zurückfallen und streckte seine Arme über seinem Kopf im nassen Gras aus. »Ich darf nie derjenige sein, der Hilfe braucht.«

Ich lehnte mich auch zurück, benutzte meine Kapuze dazu, um meinen Hinterkopf zu schützen und legte meine Hände auf meinen Bauch. Der neblige Regen kitzelte an meinen Wimpern.

»Das nervt.«

»Jep.« Chip lehnte sich zu mir rüber, um mich anzusehen. »Wow.«

»Was?«

»Du hast echt lange Wimpern, Alter.«

Meine Wangen brannten.

»Oh. Das ist so eine persische Sache.«

»Hm!«

Chip starrte wieder nach oben.

»Sorin war schon immer ein Chaot. Und Ana hat nie wirklich Verantwortung übernommen, bis sie Evie bekommen hat. Und Mom hat alle Hände voll zu tun mit den beiden und nun auch noch mit Evie.«

Chip fuhr sich wieder mit der Hand durch die Haare, wodurch sie noch unordentlicher wurden als vorher.

Irgendwie ließ es sein Gesicht offener wirken.

Sogar verletzlich.

»Es ist, als hätten sie schon alle Luft zum Atmen im Haus aufgebraucht. Und nun ist da auch noch Evie. Und ich liebe sie, Gott, ich liebe sie, aber was bleibt noch für mich übrig? Nichts.«

»Es tut mir leid. Das ist echt scheiße.«

»Ja. Na ja. Ich bin mir ziemlich sicher, dass ich zumindest Evies Liebling bin. Sie kann Sorins Namen nicht einmal aussprechen.«

»Sorin ist dein Bruder?«

»Jep.«

»Das ist aber irgendwie ein cooler Name.«

Chip schnaubte.

»Sorin?«

»Ja.«

»Immerhin besser als Cyprian.«

»Wie meinst du das? Ich mag Cyprian.«

»Niemand kann den Namen schreiben.«

»Was bedeutet er überhaupt?«

»Mann aus Zypern.«

»Das passt zu dir. Ich meine, du wirkst wie ein Cyprian.«

»Danke«, sagte Chip.

Und dann sagte er: »Aber nach einem König benannt zu sein, ist schwer zu überbieten.«

»Genau genommen war Darius der Große ein Kaiser.«

»Ja, nun ja. Darius passt auf jeden Fall auch zu dir.«

Meine Ohren brannten. Ich dachte, sie würden den Regen gleich zum Dampfen bringen. »Danke.«

»Und es ist cool, dass du diese Verbindung hast. Mit deiner Familie im Iran.«

»Ich schätze schon. Es ist manchmal schwer. Ich bin nur ein Bruchstückhafter Perser. Und manchmal ist der persische Teil alles, was zählt. Und der amerikanische Teil ein zu großes Hindernis.«

Chip sah mich eine Sekunde an.

Ich blinzelte den Regen weg.

»Weißt du was?«, fragte er.

Aber bevor er den Satz beenden konnte, summte sein Handy. Er zog es heraus und hielt es über seinen Kopf, und als er tippte, kroch ein Grinsen über sein Gesicht.

Er setzte sich wieder auf. »Sorry. Das war Trent.«

»Oh.«

Ich konnte es mir immer noch nicht vorstellen: Trent Bolger, Seelenloser Onkel der Orthodoxie.

Das schien einigen fundamentalen Gesetzen des Universums zu widersprechen.

Ich setzte mich auf und wischte meine Handflächen an meinen Knien ab.

»Ich hänge nachher noch mit ihm rum. Möchtest du auch kommen?«

Ich starrte Cyprian Cusumano an, während mein Gehirn einen Kaskadenfehler erlebte.

Wenn man ein Typ wie Chip Cusumano und schon immer mit Trent Bolger befreundet war, konnte man sich vielleicht nicht vorstellen, dass irgendjemand ihn wie einen Warpkernbruch meiden wollte.

»Ich glaube, ich gehe nach Hause. Ich muss sowieso noch duschen.« Ich stand auf und setzte meinen Helm auf.

»Ach, komm schon.«

Ein weiterer Kaskadenfehler.

Warum wollte Chip überhaupt, dass ich mitkam?

Chip streckte seine Hand aus, und ich half ihm hoch. »Vielleicht nächstes Mal?«, fragte er, und seine Augenbrauen waren hoffnungsvoll hochgezogen.

»Vielleicht.«

Wenn wir uns jemals in einem Spiegeluniversum wiederfänden, in dem Menschen Ziegenbärte hatten und umgekehrte Moralvorstellungen.

»Cool.« Chip sprang auf sein Rad. »Bis bald, Darius.«

»Bis bald, Cyprian.«

Er grinste mich an und strampelte davon.

Ich schüttelte den Kopf, wischte mir über das Gesicht und machte mich auf den Nachhauseweg.

KOTAK MIKHAY

Grandma und Oma saßen Minztee nippend und lesend am Esstisch, als ich nach Hause kam.

Oma las immer Thriller – je verdorbener, desto besser –, während Grandma lieber Biografien mochte.

Ich hatte keine von ihnen überzeugen können, jemals Science-Fiction oder Fantasy zu lesen. Sie sagten, sie bevorzugten »echte Bücher«.

Ich weiß nicht, warum mich das so wütend machte.

Keine von beiden sah hoch, als ich reinkam. Ich zog die Tür hinter mir zu, und sie reagierten nicht.

Diese Aura von stillem Unglücklichsein war wieder in unser Haus zurückgekehrt, ein erdrückender Gifthauch, der in der Luft hing wie ein Kühlwasserleck.

Ich räusperte mich und sagte: »Hi.«

»Wie lief's heute?«, sagte Oma.

»Wir haben gewonnen.«

»Gut. Das sind dann drei in Folge, stimmt's?«

»Jep. Gabe – das ist unser Stürmer – hat sogar einen Hattrick hinbekommen.«

Grandma pfiff durch die Zähne, aber las weiter.

»Was ist mit dir?«, fragte Oma. »Wie hast du dich geschlagen?«

Ich zuckte mit den Schultern. »Der Ball hat seinen Weg kaum zu mir gefunden.«

»Du solltest aggressiver spielen.«

Das war etwas, was mein alter Coach, der mich als Kind trainiert hatte, immer gesagt hatte. Spiel aggressiver.

Coach Bentley sagte nie so etwas.

Das mochte ich wirklich sehr an ihr.

»Wo ist Laleh?«, fragte ich.

Grandma seufzte. »In ihrem Zimmer. Da ist sie schon fast den ganzen Abend.«

»Wie kommt's?«

Oma knickte die Ecke der Seite um, die sie gerade las, und klappte ihr Buch zu. »Sie ist heute in der Schule in einen Streit geraten.«

Zunächst einmal knickte ich niemals Seiten in Büchern – ich benutzte immer Lesezeichen –, und so fragte ich mich einen Moment lang, ob Oma und ich wirklich miteinander verwandt sein konnten.

Und zweitens war Laleh noch nie in ihrem Leben in einen Streit geraten. Nicht ein einziges Mal. Was Oma sagte, war unmöglich.

Also fragte ich: »Was?«

Und dann sagte ich: »Laleh ist noch nie in einen Streit geraten.«

Oma nickte. »Sie will uns nicht sagen, was passiert ist.«

Grandma sagte: »Ihre Lehrerin hat auch nicht die ganze Geschichte aus ihr herausbekommen.«

Also sagte ich dann: »Vielleicht spricht sie mit mir.«

Meine Schwester schloss nie ihre Tür, nicht einmal in der Nacht. Sie ließ sie immer einen Spalt offen.

Aber als ich nach ihr schauen wollte, war ihre Tür ganz zugezogen.

Ich schätze, ich wusste schon immer, dass es einmal diesen Punkt geben würde, an dem sie eine Tür zwischen uns schließen würde. Wenn sie zu groß war, um noch von mir Huckepack getragen oder von Mom und Dad am Abend in ihre Decke eingewickelt zu werden.

Ich klopfte, aber es kam keine Antwort.

»Laleh? Ich bin's. Kann ich reinkommen?«

»Schätze schon«, murmelte sie.

Ich öffnete ihre Tür und steckte meinen Kopf in ihr Zimmer. Das einzige Licht kam von der Lampe auf ihrem Nachttisch – dieses komische karussellartige Ding, das gruselig klingende Musik spielte, wenn man an einer Kurbel drehte.

Laleh verwendete diese Funktion nie, außer an Halloween, dann spielte sie die Musik und ich tat so, als ob ich schreckliche Angst davor hätte, und dann kreischte sie vor Lachen darüber, dass ich zusammenzuckte und um mich schlug und mich unter ihren Decken versteckte.

Laleh war schon im Bett, sie lag von mir abgewandt, mit dem Blick zur Lampe.

Ich setzte mich auf ihren Bettrand und musste dann irgendwie über mich lachen, weil Mom und Dad immer genau das Gleiche taten.

Standard-Elternmanöver Alpha.

»Lach nicht über mich«, murmelte Laleh.

»Tue ich nicht. Mom und Dad sitzen immer so auf dem Bettrand, wenn sie kommen, um mit mir zu reden.«

Laleh erwiderte nichts.

»Willst du mir erzählen, was passiert ist?«

Nichts.

»Habe ich dir je davon erzählt, dass ich einmal Ärger bekommen habe, weil ich jemanden geschlagen hatte?«

Daraufhin drehte Laleh sich um und ließ ihr Buch offen hinter sich liegen. »Du hast jemanden geschlagen?«

»Diesen Typen, Vance Henderson.« Ich rümpfte die Nase. »Er hat sich immer über mich lustig gemacht, was schlimm genug war. Aber einmal fing er an, sich über Mom lustig zu machen. Über ihren Akzent.«

Laleh verzog ihr Gesicht.

»Ich weiß. Also habe ich ihm einen Kotak gegeben.«

Laleh kicherte. »*Kotak Mikhay? Ba Posta das?*«

Als wir im Iran waren, hat einer unserer Cousins Laleh diesen Spruch beigebracht. Er bedeutet in etwa: »Möchtest du Schläge? Mit dem Rücken meiner Hand?«

Noch monatelang, nachdem wir wieder zu Hause waren, sagte sie es zu allen Leuten, die sie nervten. Und nach einer Weile begann sie, es zu sagen, wenn sie lustig sein wollte. Und dann ließ sie es irgendwann bleiben.

Aber ich mochte es, dass meine Schwester bei der Erinnerung daran noch immer lächeln musste.

»Genau genommen habe ich ihn mit der Handfläche geschlagen. Aber trotzdem.«

Laleh kicherte.

»Erzählst du mir, was passiert ist? Ich verspreche, dass ich mir nicht vorschnell ein Urteil bilde. Oder sauer werde.«

Laleh sah einen Moment auf ihre Hände, und dann entspannten sich ihre Schultern ein bisschen.

»Ich habe niemanden geschlagen«, sagte sie. »Nicht einmal einen Kotak gegeben.«

Ich war froh, das zu hören, aber ich sagte nichts, weil ich versprochen hatte, nicht vorschnell zu einem Urteil zu kommen.

»Ich habe Micah nur gesagt, dass er die Klappe halten soll. Wir dürfen Leuten nicht sagen, dass sie die Klappe halten sollen. Miss Hawn sagt, dass das ein schlimmes Wort sei. Aber das ergibt keinen Sinn. Es sind drei Wörter.«

Ich nickte.

»Wieso?«

»Wieso es ein schlimmes Wort ist?«

»Wieso hast du ihm gesagt, dass er die Klappe halten soll?«

»Er hat mich wieder Lolly genannt. Er hört nicht auf, es zu sagen.« Lalehs Stimme wurde leiser. »Und er hat gesagt, dass unsere Familie Terroristen seien.«

Ich atmete scharf ein.

Ich war beinahe daran gewöhnt, Terrorist genannt zu werden.

Beinahe.

Aber ich hasste die Vorstellung, dass jemand meine Schwester so bezeichnete.

Ich hasste es, dass Leute sie ansahen, unsere Familie ansahen, und so etwas sagten.

»Das tut mir leid, Laleh. So etwas tut weh. Einige Leute sagen das manchmal zu mir. Und auch noch andere Dinge. Hast du Miss Hawn erzählt, was passiert ist?«

Laleh schüttelte den Kopf. »Sie hat mich nicht gelassen. Sie hat mir einen Strafpunkt gegeben!«

Strafpunkte waren diese kleinen Papierstückchen, die im Wesentlichen ausdrückten, dass man seinen Lehrer oder seine Lehrerin enttäuscht hatte.

Sie bedeuteten nicht wirklich etwas, wenn man nicht drei in einer Woche bekam. Erst wenn das passierte, musste man ins Büro des Schuldirektors.

Aber ich erinnerte mich daran, dass ich in Lalehs Alter

dachte, dass Strafpunkte das Schlimmste waren, was einem passieren konnte.

»Das ist nicht fair«, sagte ich.

Lalehs Lippe zitterte.

Ich fuhr ihr mit meiner Hand durchs Haar. Als sie noch ein Baby war, war es fein und leicht, aber inzwischen fühlte es sich sehr viel mehr wie meines an: lockig und dick und kräftig.

»Also hat Miss Hawn gar nichts zu Micah gesagt?«

Laleh schüttelte den Kopf und wischte sich über die Augen.

»Und keiner will mir zuhören. Grandma und Oma sind einfach nur enttäuscht. Und Mom ist auf der Arbeit.«

»Und ich war beim Fußball«, beendete ich für sie. »Das tut mir leid. Aber jetzt bin ich da. Ich höre dir zu.«

Sie schniefte.

»Hey. Es ist okay.« Ich hielt die Arme auf. »Willst du eine Umarmung?«

Laleh wickelte sich aus ihren Decken und schlang ihre Arme um mich. Ich zog sie dicht an meine Brust und schaukelte sie hin und her.

»Alles wird wieder gut«, sagte ich. »Ich rede mit Mom. Wir werden eine Lösung finden.« Ich küsste Laleh auf den Scheitel.

Ich hätte alles in der Welt dafür getan, um meine Schwester vor den Seelenlosen Lakaien der Orthodoxie wie Micah Was-auch-immer-sein-Nachname-war zu beschützen.

Ich wollte nicht, dass sie sich jemals so fühlte wie ich.

Wie eine Zielscheibe.

»Ich hab dich lieb, Laleh.«

Ich brachte Laleh ins Bett, gab ihr einen Kuss auf die Stirn und ließ ihre Tür einen Spalt offen, so wie sie es mochte.

Ich versuchte, Sohrab zu erreichen. Er antwortete nicht, aber er war wahrscheinlich sowieso in der Schule.

Oma und Grandma waren schon ins Bett gegangen, aber ich blieb noch in der Küche mit einer Tasse New Vithanakande, einem Tee aus Ceylon, der ein rundes, mildes Mundgefühl mitbringt und eine Note von Schokolade am Gaumen hinterlässt.

Ich nippte an meinem Tee und arbeitete an meinen Algebra-II-Hausaufgaben. Wir waren inzwischen bei Logarithmen angekommen, die ich gar nicht verstand. Ich wünschte irgendwie, dass Chip da wäre, um mir zu helfen.

Aber das gab mir ein komisches Gefühl.

Ich schämte mich.

Ich war gerade dabei, fertig zu werden, als die Garagentür rumpelte.

»Hi, Schatz. Wie war dein Tag?«

»Okay«, sagte ich. »Besser als Lalehs. Hast du gehört, was passiert ist?«

Mom seufzte und ging zum Kühlschrank. Sie öffnete die Tüte mit dem übrig gebliebenen Bacon, zog ein Stück heraus und aß es kalt.

Meine Lippen kräuselten sich.

»Was denn?«

»Immer, wenn ich das gemacht habe, hast du mich angeschrien.«

»Habe ich nicht.«

Ich grinste.

»Habe ich?«

»Jep. Und dann hat Dad mich immer gefragt, warum ich stattdessen nicht lieber etwas Obst oder eine Stange Sellerie esse.«

Mom seufzte. Ihre Schultern sackten zusammen.

Ich hatte meine Mutter noch nie zuvor so erschöpft gesehen.

»Wir waren ganz schön beschissene Eltern, oder?«

Ich blinzelte.

Mom hatte noch niemals so etwas zu mir gesagt.

»Natürlich nicht.«

Mom griff sich noch ein Stück Bacon und warf die Tüte zurück in den Kühlschrank.

»Wirklich«, sagte ich.

»Danke dir, Schatz.« Sie ließ sich auf den Stuhl neben mir fallen. »Ich bin nur müde. Und jetzt will die Lehrerin deiner Schwester, dass ich zu einem Gespräch komme.«

»Hat sie dir erzählt, was passiert ist?«

»Sie sagte, dass Laleh in letzter Zeit Probleme in der Klasse hat. Und dass sie heute in einen Streit geraten ist.«

»Ein Mitschüler von Laleh hat sie Terroristin genannt«, sagte ich. »Und einige von ihnen nennen sie Lolly.«

Mom schüttelte den Kopf und sah zur Treppe.

Ich schluckte.

»Sie sagt, dass es so ist, seitdem wir aus dem Iran zurückgekommen sind.«

Mom fuhr mich an.

»Was willst du damit sagen? Dass wir nicht hätten fahren sollen?«

Ich wusste nicht, warum sie so wütend war.

Ich wusste nicht, was ich falsch gemacht hatte.

»Das habe ich nicht gesagt.«

Mom schnaubte.

»Wirklich.« Ich drehte den Saum meines T-Shirts um meinen Finger. »Wenn wir nicht gefahren wären, um Babu zu sehen, hätten wir das bestimmt für immer bereut.«

Ich sah, wie der Ärger aus Moms Gesicht wich.

»Es ist nur … Na ja, Laleh ist noch nie so hervorgestochen. Sie wurde immer wie all die weißen Kids behandelt. Aber jetzt …«

»Iraner sind allerdings auch weiß.«

Ich biss mir auf die Lippen.

Nur weil das die Option ist, die wir in Formularen beim Arzt ankreuzen, ist es nicht wahr. Niemand in der Schule hat mich je so behandelt, als ob ich weiß wäre, nachdem sie herausgefunden hatten, dass meine Mom aus dem Iran kommt.

Lalehs Klasse behandelte sie nicht, als ob sie weiß wäre.

Also sagte ich: »Laleh wird ausgegrenzt. Und ihre Lehrerin bestraft sie, obwohl die anderen Kinder sich über sie lustig machen.«

»Du hast recht.« Mom schürzte die Lippen. »Aber ich weiß nicht, was ich tun soll. Ich habe morgen Nachmittag ein Meeting mit einem Klienten. Grandma wird mit Laleh hingehen müssen.«

Ich stellte mir vor, wie Melanie Kellner versuchte, Lalehs Lehrerin Rassismus zu erklären.

Ich dachte daran, dass keiner der Lehrenden an der Chapel Hill Highschool je verstanden hatte, wie es sich für mich angefühlt hat. Dass sie nie versucht haben, mich davor zu schützen, eine Zielscheibe zu sein.

»Soll ich mit ihnen mitgehen?«

»Das musst du nicht tun, Schatz. Hast du nicht Training?«

»Coach Bentley wird es verstehen«, sagte ich. »Ich möchte gerne. Wirklich. Ich bin der Einzige, der weiß, wie es sich anfühlt.«

Mom fuhr mit ihren Fingern durch mein Haar.

»War es in der Schule für dich genauso?«

»Manchmal.« Es war immer noch so, irgendwie. »Manchmal mögen die Leute einfach keine Menschen aus dem Iran. Oder irgendjemanden aus dem Nahen Osten.«

»Es tut mir leid.«

»Das muss es nicht.«

Mom starrte aus dem Küchenfenster.

»Weißt du, als ich hierhergezogen bin, haben die Leute solche Dinge auch zu mir gesagt. Besonders nach den Anschlägen vom 11. September.«

Sie spielte weiter mit meinem Haar.

»Ich schätze, ich habe mich einfach daran gewöhnt. Und ich habe hart daran gearbeitet, mich so weiß wie möglich zu verhalten. Das ist einer der Gründe, warum ich dir Farsi nicht so beigebracht habe, wie ich es hätte tun sollen.«

Mom hatte mir das schon einmal erzählt: dass sie nicht wollte, dass ich mich anders fühlte als die anderen Kinder.

»Ich habe mich sogar eine Weile Sharon genannt, weil meine Professoren Shirin nicht richtig aussprechen konnten.«

»Sharon Bahrami?«

Mom prustete. »Es hat genau zwei Wochen angedauert, bevor dein Dad es mir ausgeredet hat.« Sie lächelte, wickelte eine meiner Haarsträhnen um ihren Finger, ließ sie dann los und bewunderte die Locke. Sie legte ihre Hand an meine Wange.

»Vielleicht hätte ich mehr lernen müssen, um dich und deine Schwester besser darauf vorbereiten zu können. Aber niemand möchte glauben, dass seine Kinder in der Schule Terroristen genannt werden. Und dass man sie nicht davor beschützen kann.«

»Du musst mich nicht beschützen, Mom.«

Mom zog meinen Kopf zu sich hinunter, um mich auf die Stirn zu küssen.

»Doch, das muss ich«, sagte sie. »Immer.«

»Nun ja.« Ich schluckte. »Ich muss Laleh beschützen.«

Mom lächelte traurig.

Ich hatte noch nie zuvor die kleinen Fältchen in ihren Augenwinkeln bemerkt.

»Du bist ein guter Bruder.«

»Danke, Mom.«

SPONGEBOB SCHWAMMKOPF

Rising Hill Grundschule war eine ziemliche Fehlbezeichnung. Die Schule lag in einem Tal zwischen zwei kleineren Hügeln, von denen keiner wirklich Rising Hill hieß – oder überhaupt irgendeinen Namen hatte, soweit ich wusste.

Die Schule war neu: Sie wurde fertiggestellt, kurz bevor Laleh in die erste Klasse kam. Von außen sah man endlos glänzende Fenster und Wände aus wiederverwertetem Holz, es gab Solarzellenplatten auf dem Dach und eine Erdwärmeheizung sowie eine geothermische Kühlung im Inneren.

Der Parkplatz war immer noch voll, als Grandma Omas Camry auf einem der Besucherplätze abstellte.

Laleh rutschte auf dem Rücksitz hin und her.

»Wir sind spät dran.« Grandma schnalzte mit der Zunge. »Beeilen wir uns besser.«

Unsere Besprechung mit Lalehs Lehrerin war auf siebzehn Uhr angesetzt.

Es war 16.55 Uhr.

Melanie Kellner war immer und überall zwanghaft früh dran.

Ich öffnete Laleh die Tür und bot ihr an, meine Hand zu nehmen, als wir hineinliefen, aber sie schüttelte den Kopf, zog die Schultern hoch und trottete mit den Händen in ihren Manteltaschen zwischen mir und Grandma.

Alles in der Rising Hill Grundschule wirkte so klein: Schilder hingen tiefer an den Wänden, Flure waren schmaler, Trinkwasserbrunnen auf Kniehöhe.

War meine eigene Grundschule so klein gewesen?

Ein freundlicher weißer junger Mann mit Krawatte und einer dick gerahmten Brille begrüßte uns.

»Hier für eine Besprechung?«, fragte er. Er hatte eine sanfte Stimme, in der etwas war, was mich vermuten ließ, dass er auch queer sein könnte.

Manchmal malte ich mir aus, dass andere Leute, die ich im Alltag traf, queer waren. Weil ich mir gern vorstellte, dass es viele von uns gab.

Ich fragte mich, ob andere auch so dachten.

Ich fragte mich, ob Grandma und Oma so dachten.

»Wir sind hier, um Miss Hawn zu sehen«, sagte Grandma, als ob wir in einer Arztpraxis wären.

»Na klar.« Der Typ nahm Grandmas Führerschein entgegen und meinen Schülerausweis und ließ beides durch einen kleinen Scanner/Drucker laufen, um Besucheraufkleber für uns zu machen. »Bitte sehr.«

Der Typ schaute zu Laleh hinunter. »Glaubst du, du kannst sie zu deinem Klassenzimmer führen, Lalah?«

Meine Nackenhaare stellten sich förmlich auf. So, wie er den Namen meiner Schwester ausgesprochen hatte, reimte er sich auf Challah-Brot.

Laleh nickte nur. Aber ich sagte: »Man spricht es Laleh aus.«

Der Typ blinzelte. »Oh. Es tut mir so leid. Laleh.«

»Jep.«

»Danke. Ich werde es nicht noch einmal falsch aussprechen.«

»Cool.« Ich schenkte dem Typen ein Lächeln, das nur aus

hochgezogenen Mundwinkeln bestand, und folgte Laleh zu ihrem Klassenzimmer.

Miss Hawns Klassenzimmer war ein Albtraum.

Die Sache ist die: Ich habe noch nie den Sinn und Zweck von SpongeBob Schwammkopf verstanden.

Ich habe mir die Sendung nie angeschaut, als ich klein war. Laut Dad habe ich immer angefangen zu weinen, wenn sie im Fernsehen lief, und er musste schnell den Sender wechseln.

Um ehrlich zu sein, fand ich SpongeBob immer noch zutiefst verstörend.

Als ich also in Miss Hawns Klassenzimmer trat und eine SpongeBob-Schwammkopf-Figur auf ihrem Schreibtisch sah und ein Poster von ihm mit dem Satz »Lesen ist magisch«, der auf einem Regenbogen zwischen seinen Händen schwebte, schauderte es mich irgendwie.

Miss Hawn saß an ihrem Schreibtisch und sah uns mit einem einstudierten Lächeln an. Sie hatte blaue Augen und blonde Haare, die in der Mitte gescheitelt und an den Seiten gelockt waren.

Sie sah aus wie ein Bananensplit.

Ich dachte, dass es irgendwie gemein war zu denken, dass Lalehs Lehrerin wie ein Dessert aussah, das Milchprodukte und (höchstwahrscheinlich) Nüsse enthielt, aber es war schwierig, etwas Nettes über sie zu denken, nachdem ich Laleh im Arm gehalten hatte, während sie sich in den Schlaf weinte.

»Setzen Sie sich doch«, sagte Miss Hawn. »Sie sind wahrscheinlich …«

»Melanie Kellner«, sagte Grandma. »Lalehs Großmutter.«

»Schön, Sie kennenzulernen«, sagte sie und streckte ihre Hand über den Schreibtisch. Grandma schüttelte sie und nahm dann auf einem ungemütlich aussehenden Klappstuhl aus Metall Platz. »Und du musst Darius sein.«

»Jep.«

Ihre Augen legten sich in Falten. »Wenn ich gewusst hätte, dass du kommst, hätte ich dir einen besseren Sitzplatz organisiert.«

»Das ist okay.«

Ich setzte mich neben Laleh auf einen der Stühle, die für Kinder in der dritten Klasse ausgelegt waren. Meine Knie berührten fast meine Brust, und Laleh kicherte über mich. Ich wollte eine Grimasse für sie schneiden, aber wir waren hier, um über eine ernste Sache zu reden, also legte ich nur meine Hände auf meine Knie und versuchte, so professionell wie möglich in meinen Arbeitsjeans und dem hellgrünen Hemd auszusehen, das ich für Veranstaltungen beim Fußball bekommen hatte, für die wir legere Geschäftskleidung tragen sollten.

»Also.« Miss Hawn tippte in ihren Computer, klickte ein paarmal mit der Maus und drehte sich wieder zu uns um. Sie legte ihre Hände auf ihren Schreibtisch, eine auf die andere. »Es tut mir leid, dass ich Sie bitten musste, zu einer Besprechung zu kommen. Normalerweise behandeln wir Disziplinarverfahren im Unterricht, aber ich habe auch noch andere Bedenken.«

»Andere Bedenken?«, sagte Grandma.

»Abgesehen von ihrem ungewöhnlichen Verhalten gestern ist Laleh Klassenbeste. Sie ist immer die Erste, die ihre Aufgaben abgibt. Ihr Lesen ist deutlich über dem Niveau der Klasse. Und ich mache mir Sorgen, dass sie im Unterricht unterfordert ist.« Miss Hawn räusperte sich und steckte sich eine Bananensplit-Strähne hinter ihr Ohr. »Ich glaube, dass das zu ihrem jüngsten Verhalten beiträgt.«

Neben mir verschränkte Laleh die Arme und sah auf ihre Füße. Sie trug ihre weißen Lieblingsturnschuhe und schlug immer wieder die Hacken zusammen, wie Dorothy, die sich nach Hause wünschte.

Ich hob meine Hand.

Einige Gewohnheiten sind schwer abzulegen.

Miss Hawns Nase kräuselte sich, als sie halb lächelte. »Ja?«

»Also.« Ich schluckte. »Was ist mit den anderen Kindern?«

Sie blinzelte.

»Was soll mit ihnen sein?«

»Nun ja, was passiert mit den Kindern, die Laleh immer ›Lolly‹ nennen?«

Sie blinzelte wieder. »Ich habe nicht … hmm. Das habe ich nicht bemerkt. Ich verspreche, dass ich stärker darauf achten werde.«

»Was ist mit Micah, der Laleh Terroristin nennt?«

Miss Hawns Augen weiteten sich.

»Das hat Micah gesagt?«

Laleh starrte immer noch auf ihre Füße. Ich spürte sie leicht neben mir zittern, also legte ich ihr meine Hand aufs Knie und drückte es. Nach einer Sekunde nickte sie.

»Das ist sicherlich nicht akzeptabel«, sagte Miss Hawn. »Aber ich glaube nicht, dass er den Kontext dessen versteht, was er da sagt.«

Meine Stimme zitterte. »Ich glaube, das tut er sehr wohl.« Grandma legte ihre Hand auf meine Schulter, aber ich sprach weiter. »Er sieht so ein Zeug die ganze Zeit im Fernsehen. So sehen weiße Leute Laleh und mich.«

Miss Hawns Hände verkrampften sich.

»Nicht alle von uns«, sagte sie.

»Das ist nicht —«

Aber Grandma unterbrach mich. »Ich glaube, was Darius sagen will, ist, dass es so scheint, als würden Sie Laleh aussondern, indem Sie nur sie bestrafen.«

Ich blinzelte Grandma an.

Das war absolut nicht, was ich sagen wollte.

Ich hatte versucht zu erklären, wie es für Laleh war.

Und für mich.

Grandma schien davon nie etwas wissen zu wollen.

Miss Hawn räusperte sich wieder. »Ich werde morgen mit Micah sprechen. Aber ich möchte gern, dass wir uns jetzt auf Lalehs Zukunft fokussieren.«

»Was meinen Sie damit?«, fragte Grandma.

»Ich möchte, dass Laleh an dem Test für das Begabtenprogramm des Bezirks teilnimmt. Ihre Testergebnisse sind vorbildlich, und ihre anderen Lehrer denken ebenfalls, dass es gut für sie wäre.«

Grandma sah von mir zu Laleh, die immer noch ihre Hacken gegeneinanderschlug.

Und dann nickte sie sich selbst zu und wandte sich wieder an Miss Hawn.

»Was würde das genau bedeuten?«

Die Fahrt nach Hause war sehr still.

Grandma sprach nicht, weil sie, genau wie Oma, nie redete, wenn sie Auto fuhr.

Anders als Oma, hörte sie kein Radio: Sie ließ es ausgeschaltet, weil sie keine Ablenkung wollte.

Und Laleh sprach nicht. Ich bekam das Gefühl, dass sie irgendwie immer noch wütend auf Miss Hawn war, zu wütend, um die positiven Dinge zu verarbeiten, die Miss Hawn über sie gesagt hatte. Und wütend auf Grandma, weil sie so tat, als ob alles gut wäre. Und vielleicht auch wütend auf mich, weil ich sie im Stich gelassen hatte.

Miss Hawn wollte nicht auf mich hören. Und Grandma hat das, worüber ich sprechen wollte, in eine völlig andere Richtung gelenkt. Nichts würde sich ändern.

Ich schämte mich so.

Auch ich sprach nicht.

Als wir zu Hause ankamen, rannte Laleh direkt in ihr Zimmer. Ich ging mit Grandma hinein.

»Ich rufe deine Mutter an«, sagte sie.

Ich machte eine Kanne Tee – eine marokkanische Minze, die Laleh mochte – und belud ein Tablett mit Tassen und Löffeln und einem Glas regionalem Wildblütenhonig.

Die Tür zum Zimmer meiner Schwester war wieder geschlossen. Ich fragte mich, ob das der neue Normalzustand für sie war.

»Laleh? Ich habe beide Hände voll. Kann ich reinkommen?«

Einen Moment lang dachte ich, dass sie nein sagen würde. Oder mich einfach ignorieren würde. Aber dann wurde die Tür entriegelt.

Ich schob sie mit der Schulter auf und schloss sie dann hinter mir mit meinem Fuß.

»Möchtest du Tee?«

»Sicher.«

Laleh ließ sich wieder mit dem Gesicht nach vorn auf ihr Bett fallen, direkt zurück auf die feuchte Stelle, auf die sie geweint hatte.

»Honig?«

Laleh nickte. Ich goss ihr eine Tasse ein und rührte einen Klecks Honig hinein.

»Willst du umrühren?«

Laleh setzte sich auf, nahm ihre Tasse und ließ den Löffel beim Umrühren gegen den Rand klirren.

Sie ließ ihren Löffel immer gegen die Tasse klirren. Wenigstens das hatte sich nicht verändert.

»Hey.« Ich setzte mich auf ihren Boden und lehnte mich gegen ihr Bett. »Es tut mir wirklich leid, Laleh.«

»Warum?«

»Ich habe dich im Stich gelassen. Bei Miss Hawn.«

Laleh schüttelte den Kopf. »Warum wollte sie nicht auf dich hören?«

»Ich weiß es nicht. Ich wünschte, ich wüsste es.«

Ich schlürfte meinen Tee.

Laleh schlürfte ihren.

»Manchmal denken die Leute, dass sie etwas Gutes tun, und dann ignorieren sie, dass sie gleichzeitig auch etwas Schlechtes tun. Miss Hawn und Grandma waren so begeistert von dem Begabtenprogramm, dass sie all die Mikroaggressionen und die anderen Sachen ignoriert haben.«

Laleh runzelte die Stirn.

»Ich habe auch mit solchen Dingen zu tun. Wusstest du, dass einige Leute mir Schimpfnamen gegeben haben?«

Ich konnte nicht zu konkret werden gegenüber meiner Schwester. Ich wollte ihr nicht erklären müssen, warum D-Cheese eine Beleidigung war.

Ich konnte mir nicht vorstellen, jemals mit Laleh Kellner über irgendetwas Penisbezogenes zu sprechen.

»Ich kann sie nicht immer dazu bringen aufzuhören. Aber ich kann bessere Freunde finden. Bessere Lehrerinnen und Lehrer. Und bessere Orte.«

»Wie Sohrab?«

»Jep. Und auch wie den Fußball. Meine Trainerin und meine Teamkameraden. Vielleicht ist dieses Begabtenprogramm gar nicht so schlecht. Vielleicht ist es eine Chance für dich, einen neuen Ort zu finden. Und ein paar neue Freunde zu gewinnen.«

»Aber ich will nicht in eine andere Klasse gehen.«

Ich verstand das. Wirklich, das tat ich.

Laleh wollte nicht anders sein.

Anders zu sein, machte dich zu einer Zielscheibe.

Aber wenn meine Schwester zu einer Zielscheibe wurde, dann wenigstens für etwas Gutes. Etwas Besonderes.

»Wirst du wenigstens ein bisschen darüber nachdenken? Für mich?«

Laleh sah durch ihre Wimpern zu mir hoch. Sie hatte lange, dunkle Wimpern wie ich. Wie Mom.

»Okay.«

»Möchtest du noch mehr Tee?«

»Ja, bitte.«

FAMILIENANGELEGENHEITEN

An diesem Abend kam Landon vorbei und bereitete wieder das Abendessen für uns zu: Moms Rezept für Khoresht-e Karafs, Eintopf mit Sellerie.

»Riecht gut«, sagte ich und küsste ihn auf die Schläfe.

Er trug Dads *Star-Trek*-Schürze und rührte eine weitere Handvoll frische Petersilie ein.

»Danke. Mache ich das mit dem Reis richtig?«

Neben dem Khoresht dampfte ein Topf Reis unter einem von Moms Geschirrhandtüchern.

»Ich glaube schon. Ich habe es noch nie selbst gemacht.« Ich wollte den Deckel anheben, aber Landon legte seine Hand darauf.

»Es steht hier, dass man den Deckel drauflassen soll, bis der Reis fertig ist.«

»Woher weiß man, wann er fertig ist, wenn man den Deckel nicht abnehmen darf?«

Landon zuckte mit den Schultern. »An diesem Punkt ist das Rezept ein wenig vage.«

Wie ich schon sagte, Landon Edwards hatte magische Kräfte.

Der Reis wurde perfekt – eine schimmernde Goldscheibe –, und er stürzte den Topf genau in dem Moment auf eine Platte, als Mom nach Hause kam.

»Wow«, sagte Mom. »Das sieht großartig aus.«

Landons Wangen färbten sich rosa. »Danke.«

Ich deckte den Tisch, während Mom sich Jogginghosen anzog und wir uns alle zum Essen niederließen. Landon servierte perfekte Stücke Tahdig und große Kellen voll Auflauf.

»Danke noch einmal, dass du Laleh begleitet hast«, sagte Mom.

»Kein Problem, Shirin«, sagte Grandma. »Ich lege dir die Unterlagen über das Begabtenprogramm auf deinen Schreibtisch.«

Meine Ohren brannten.

Grandma tat so, als ob das das Einzige wäre, was zählte.

Aber Mom nickte nur.

»Oh, nimmst du daran teil, Laleh?«, fragte Landon.

»Ich weiß nicht.« Laleh sah zu mir hoch und dann auf ihr Essen. »Vielleicht. Ich schätze schon.«

Ich schob mir etwas Eintopf auf meinen Löffel.

»Ich habe daran teilgenommen. Bis zur achten Klasse.« Landon drückte mein Knie unter dem Tisch. »Du auch?«

Ich schüttelte den Kopf.

»Oh.« Landon sah auf seinen Teller herunter. »Nun ja. Es ist wirklich cool, Laleh. Ich denke, du wirst es mögen.«

Laleh sagte: »Okay.«

Ich starrte auf meinen Eintopf. Er war saftig grün, mit gebratenen Stücken Rindfleisch, die darin schwammen wie dunkelbraune Inseln in einem üppigen Sumpf.

Viele persische Eintöpfe sahen aus wie ein Sumpf, sogar – nein, besonders – die Köstlichsten von ihnen.

Ich schluckte den Kloß in meinem Hals weg.

Mir war nach Weinen zumute.

Ich weiß nicht, warum.

Aber ich konnte einfach nicht am Esstisch weinen.

Landon hatte früh am nächsten Morgen Bandprobe, deshalb konnten wir uns nur für ein paar Minuten in mein Zimmer stehlen, bevor sein Dad ihn abholte. Ich winkte Mister Edwards zu, als sie davonfuhren und half Mom dann mit dem Geschirr.

Während wir aufräumten, ließen Grandma und Oma sich im Wohnzimmer nieder, um die Wiederholungen von *Law & Order* zu sehen. Das Original.

Ich verstand nun, wo Dad seine Fernsehgewohnheiten herhatte, weil sie eine einzige Folge pro Abend sahen. Und es gab viele Folgen von *Law & Order*.

»Wie fandest du die Besprechung?«

»Ich glaube, es ist Miss Hawn nicht klar, dass Laleh rassistisch behandelt wird. Oder vielleicht ist es ihr auch egal.«

Mom seufzte. »Ich glaube nicht, dass sie es wahrnimmt. Oder dass sie zumindest nicht weiß, wie sie damit umgehen soll. Aber ich glaube schon, dass sie sich um Laleh bemüht.«

Ich kaute auf meiner Lippe und tauchte meinen Schwamm in den Reistopf, den ich gesäubert und mit schaumigem Seifenwasser gefüllt hatte.

Mom ließ das Wasser wieder laufen und begann erneut mit dem Spülen.

»Landon hat das Khoresht gut hinbekommen.«

»Jep.«

»Er ist etwas Besonderes, hm?«

»Jep.«

»Wie ist eigentlich dein Test gelaufen?«

»Okay. Chip hat mir beim Lernen geholfen.«

»Wie kommt es eigentlich, dass du nie Landon fragst, ob er dir beim Lernen helfen kann? Es klingt, als wäre er auch schlau.«

Ich schluckte den Kloß in meinem Hals herunter.

»Ich weiß nicht. Seine Kurse sind ganz anders.«

»Hm.«

Mein Nacken kribbelte.

»Erinnere mich noch mal daran, wann dein nächstes Spiel ist?«

»Freitag.«

»Vielleicht kann dein Dad es sich ansehen, wenn er zu Hause ist.«

»Vielleicht.«

Unser Spiel gegen die Beaverton East Eagles war hart. Keines der Teams erzielte ein Tor, weshalb es schließlich zum Elfmeterschießen kam.

Der erste Schütze der Eagles traf mit einem kniffligen Schuss, der von der Ecke abprallte und ins Netz ging, aber Gabe glich mit einem gekonnten Schuss aus. Niemand sonst erzielte danach noch ein Tor: James und Nick und Jaden verschossen, und genauso erging es den Beaverton Schützen.

Aber dann war Chip an der Reihe.

Ich hielt den Atem an, als er das Tor taxierte und schoss.

Und punktete.

Die Tribünen tobten – zumindest das kleine Grüppchen an Eltern und Freunden. Den Leuten war das Männerfußballteam der Chapel Hill Highschool nicht so wichtig wie das Footballteam.

Dad war verdächtig abwesend. Sein Flug hatte Verspätung.

Die Jungs versammelten sich alle um Chip, lachten, schubsten einander herum, gaben sich High Fives und tauschten schwitzige Umarmungen aus.

Ich ließ mich etwas zurückfallen. Ich weiß nicht warum.

Aber dann sah mich Jaden. Er lachte und zog mich mit ins Gedränge, und er klopfte mir auf den Rücken und legte mir seinen Arm um den Hals, und Gabe gab mir einen Fistbump, und Chip grinste mich an, und ich lächelte unwillkürlich zurück, und wir schrien und sprangen herum, bis Coach Bentley kam und uns anwies, uns zu beruhigen, damit wir dem anderen Team die Hände schütteln konnten.

Allerdings grinste auch sie.

Und immerhin für einen kleinen Augenblick war es okay, dass Dad nicht da war.

Nur für einen kleinen Augenblick.

Chip fand mich bei den Fahrradständern.

»Hey«, sagte er.

»Hey. Du warst großartig.«

»Glückstreffer.«

Ich schüttelte den Kopf.

»Machst du heute Abend was?«

»Ich werde nach Hause fahren. Mein Dad ist wahrscheinlich wieder in der Stadt.«

»In der Stadt?«

»Jep. Er war für einen Auftrag in Kalifornien.«

»Oh.« Chips Grinsen fiel ein bisschen in sich zusammen.

»Warum?«

»Trent kommt vorbei. Wir passen auf Evie auf und spielen Spiele oder so. Ich wollte fragen, ob du auch kommen willst.«

Ich blinzelte.

Manchmal ergab Chip einfach keinen Sinn.

»Du weißt, dass er mich hasst, oder?«

Chip schüttelte den Kopf. »Er hasst dich nicht. Und Evie liebt dich.«

»Ich glaube nicht …«

Chips Handy plingte. Er schnitt eine Grimasse und schaute auf die Nachricht.

»Sorry, ich muss los. Scheinbar hat sich niemand ums Abendessen gekümmert.«

»Oh. Tut mir leid. Bis bald.«

Chip seufzte.

»Jep. Bis bald.«

Wie ich schon sagte.

Ich wusste nicht, was ich von Cyprian Cusumano halten sollte.

Dad saß am Tisch und aß Khoresht-e Karafs, als ich nach Hause kam. Er sprang vom Tisch auf und zog mich in eine Level-sieben-Umarmung.

Ich hielt ihn fest.

»Hey, Dad.«

Er hielt mein Gesicht einen Augenblick in seinen Händen und küsste dann meine Stirn.

»Wie ist's gelaufen?«

»Haben beim Elfmeterschießen gewonnen.«

Dad strahlte. Aber dann sackten seine Schultern irgendwie zusammen.

»Ich kann nicht glauben, dass ich es verpasst habe.«

»Ist okay.«

Dad drückte meine Schulter. »Ich bin fast fertig. Ich kümmere mich um das Geschirr, wenn du den Tee machst.«

»Okay.«

Ich machte uns eine Kanne Genmaicha, und wir ließen uns auf der Couch nieder, um »Familienangelegenheiten« zu sehen, wo Quarks Mutter Profit macht, obwohl Frauen das bei den Ferengi gesetzlich verboten ist.

»Was meinst du, was passiert, wenn ich anfangen würde, Mom ›Moogie‹ zu nennen?«, fragte ich.

Quark nannte seine Mutter Moogie.

Dad prustete. »Ich würde es nicht versuchen.«

Als es vorbei war, saßen wir zusammen auf der Couch und tranken unseren Tee. Dad hatte seinen Arm um mich gelegt.

»Wie geht es dir? Jetzt mal wirklich?«

»Okay.« Ich kaute einen Augenblick auf meiner Lippe. »Ich vermisse dich.«

Dad nickte und seufzte. Er sah aus, als hätte er sich seit ein paar Tagen nicht mehr rasiert, und nun, da ich neben ihm saß, konnte ich dunkle Halbmonde unter seinen Augen sehen.

Mein Vater sah zerknittert aus.

Ich hatte nicht gewusst, dass Leute zerknittert aussehen konnten.

»Dad? Bist du okay?«

»Ich? Mir geht's gut. Bin nur müde.«

Aber da war dieses Etwas in seiner Stimme, dieses nicht näher bestimmbare Timbre, das mir ein Schaudern über den Rücken jagte.

Ich kratzte mich im Nacken.

Dad seufzte wieder.

Stephen Kellner seufzte nie.

»Es ist hart, immer unterwegs zu sein.«

Er drückte meine Schulter.

»Von euch allen weg zu sein … ist härter, als ich gedacht habe. Ich hätte diesen Job abgelehnt, aber wir brauchen das Geld.«

Dad trommelte mit den Fingern gegen seine Teetasse.

Und dann seufzte er wieder.

»Entschuldige. Es ist nur … Ich habe im Moment nur so eine kleine Episode. Das wird schon wieder.«

»Eine depressive Episode?«

Er nickte.

»Kann ich irgendwie helfen?«

Dad drückte wieder meine Schulter.

»Nein. Ich habe es unter Kontrolle, und ich habe mit Dr. Howell darüber gesprochen, meine Dosis zu erhöhen.«

»Ich könnte Mister Edwards nach mehr Stunden fragen. Oder einen zweiten Job annehmen.«

»Auf keinen Fall. Du hast jetzt schon genug zu tun, mit deinem Job und dem Fußball und der Schule. Und außerdem ist es unser Job, auf euch aufzupassen und nicht andersrum.«

»Aber ich möchte helfen.«

»Das tust du doch schon. Dadurch, dass du glücklich bist. Dass du mit deiner Schwester hilfst.«

»Ja, aber …«

»Kein aber.« Dad lächelte. »Wir werden das schaffen.«

Dad atmete lange aus.

»Komm, genug schwere Themen. Erzähl mir, was Interessantes passiert ist, während ich weg war.«

»Nun ja«, sagte ich. »Ich wurde letzte Woche in die Eier getreten.«

Dad fuhr zusammen und seine Hand zuckte, als hätte er den Impuls, sich selbst zu schützen.

»Mir geht's aber gut. Keine Sorge.«

Dad schüttelte den Kopf.

Aber dann kicherte er ein bisschen.

Und dann begann er zu lachen.

Es fühlte sich gut an, Dad zum Lachen zu bringen.

FURCHTBAR NULLACHTFÜNFZEHN

»Kannst du zwei Kartons Tencha holen?«, rief Alexis. »Und einen vom Masala Chai?«

Ich stellte den Tencha an der Tür ab und ging dann zum Schwarztee-Regal. Es herrschte völlige Unordnung: Die verschiedenen Sorten Ceylontee, Darjeeling und Earl Grey waren alle willkürlich ins Regal gestopft, ohne dass die Etiketten nach vorn zeigten.

Ich schob ein paar Kartons Ceylon zur Seite und fand den Masal Chai weiter hinten versteckt.

»Hab ihn«, rief ich zurück.

Ich machte so gut es ging Ordnung in den Regalen und nahm die Kartons mit nach vorn.

»Aufstocken? Gut.« Kerry nickte in Richtung der leeren Regalflächen und wandte sich dann wieder ihrem Kunden zu, einem weißen Typ in seinen Zwanzigern mit langem blondem Haar, einem blonden Vollbart, Cargo-Shorts und einem dieser bunten Kapuzenpullis, die aussahen, als wären sie aus Alpakawolle oder so was hergestellt.

Um ehrlich zu sein, sah der Typ aus, als müsste er schnellstens auf irgendeinen Berggipfel zurück und Alpakas hüten.

Ich schlüpfte am Alpaka-Mann vorbei und bekam unglücklicherweise einen Hauch seines Moschusgeruchs ab (zumindest hoffte ich, dass er es war und nicht ich), wich Alexis aus, die ein Gaiwan-Service zu einem Tisch in der Ecke trug, und schaffte es zu den Regalen.

Rose City Teas war noch nie so voll gewesen. Aber es war ein ungewöhnlich warmer Samstag, und wir hatten unseren neuen Nitro-Earl-Grey im Verkauf, der zusammen mit Vanilleeis aus dieser hochwertigen Eismanufaktur am Ende des Blocks serviert wurde.

Ich wischte mir den Schweiß mit der Armbeuge von der Stirn und begann, die Kartons auszupacken, indem ich ein kleines rechteckiges Teppichmesser verwendete, um das Klebeband zu zerschneiden und die Kartons plattzumachen.

In jedem Karton mit sechzehn Dosen waren vier kleinere Kartons mit jeweils vier Dosen enthalten.

Ich verstand den Sinn und Zweck davon nicht, zwei Kartons ineinander zu packen.

»Habt ihr English Breakfast Tee?«, fragte eine Stimme hinter mir.

»Oh.« Ich steckte das Messer zurück in meine Tasche, und als ich mich umdrehte, stand ich vor einer Frau, die etwa in Moms Alter war und ihre Handtasche über eine Schulter gehängt und die Arme verschränkt hatte. »Wir haben keinen traditionellen English Breakfast. Aber wir haben einen Assam-Tee, der ist ähnlich, und –«

»Kannst du bitte im Lager nachsehen?«

Ich blinzelte.

Wir hatten keinen English Breakfast im Lager, weil wir keinen English Breakfast verkauften.

Mister Edwards hatte mir einmal gesagt, dass English Breakfast absolut langweilig und »furchtbar Nullachtfünfzehn« sei.

Ich hatte nie genau gewusst, was er damit meinte – bis jetzt.

»Entschuldigung. Ich meinte, dass wir keinen verkaufen. Aber ich kann Ihnen dabei helfen, etwas Ähnliches zu finden. Wir haben viele andere tolle Optionen.«

Ich zog ein paar verschiedene Assam- und Keemun-Tees aus dem Regal.

»Dies sind alles Gartentees. Diese beiden sind aus Indien, und dieser ist aus China.«

Ich ließ die Frau an allen Tees riechen (nur an den trockenen Blättern), während ich ihr die Geschmacksprofile beschrieb.

Ich fühlte mich fast ein bisschen wie Mister Edwards, als ich Wörter wie malzig und rauchig und umami verwendete. Die Augen der Frau leuchteten auf, als sie den Second-Flush-Assam roch.

»Der riecht großartig!«, sagte sie.

»Möchten Sie eine Tasse probieren? Ich kann Ihnen eine aufgießen.«

»Gern.«

Ich führte sie an die Teebar und ließ eine Tasse ziehen. Während die Blätter sich entfalteten, erzählte sie mir, dass sie und ihre Frau erst vor Kurzem nach Portland gezogen waren und sich nach einem neuen Teeladen umgesehen hatten.

Ich erzählte ihr gerade mehr über unsere anderen Teesorten, als Mister Edwards nach mir rief.

»Darius, solltest du nicht die Regale aufstocken?«, fragte Mister Edwards. Seine Ärmel waren hochgerollt und brachten auf seinem linken Unterarm ein Tattoo einer gewundenen Weinrebe zum Vorschein. Seine Wangen waren gerötet.

»Sorry, ich habe –«

»Ich brauche mehr Nitro. Jetzt.«

»Sorry.« Ich drehte mich zu der Dame zurück, meine Ohren brannten. »Sorry. Genießen Sie Ihren Tee.«

»Das werde ich. Danke.«

Ich versuchte, nicht zu erröten.

Ich liebte es, wenn ich jemandem dabei helfen konnte, den perfekten Tee zu finden.

Ich drückte mich an Kerry vorbei in Richtung Lagerraum, wo wir die Holzpalette mit den Stickstofftanks aufbewahrten. Sie waren ungefähr einen Meter hoch und hatten keine Griffe: unpraktisch, aber nicht allzu schwer. Ich brachte einen mit zurück nach vorn zur Bar, wo Mister Edwards ihn mich abstellen ließ.

»Danke.« Er kniete unter der Bar, um den leeren Tank zu entfernen. »Hier. Weißt du, wo das Leergut hinkommt?«

»Jep.«

Aber bevor ich es ihm abnehmen konnte, gab es einen klirrenden Knall von Porzellan, der von einem der Ecktische kam.

Mister Edwards gab dieses Geräusch von sich, das halb Seufzen, halb Lachen war.

»Kannst du …«

»Jep.«

Inzwischen war ich so oft zwischen dem Laden und dem Lagerraum hin und her gelaufen, dass ich überrascht war, keine Rille in den Boden getreten zu haben. Ich nahm mir den Besen und die Kehrschaufel von der Wand und schnappte mir ein paar Handtücher aus dem Regal.

»Ich mache das für Sie sauber«, sagte ich zu den beiden älteren Männern, die es geschafft hatten, zwei Gaiwane vom Tisch zu fegen. Scherben von weißem Porzellan und lange grüne Oolong-Blätter lagen in einer einsamen Pfütze verschwendeten Tees auf dem Boden.

Einer der Männer nickte mir zu, aber sah mir nicht in die Augen. Ich kehrte alles so gut es ging zusammen und kniete mich hin, um die Reste auf die Kehrschaufel zu bekommen, aber als ich das tat, hörte ich etwas.

Etwas Schreckliches.

Das Geräusch von etwas, das zerriss.

Ich schob die letzten Stücke Gaiwan zusammen und nahm so viel wie möglich mit den Handtüchern auf, aber es war einfach so viel.

»Ich bin gleich zurück mit einem Mopp. Sorry.«

»Könnten wir noch etwas von eurem Da Hong Pao bekommen?«

»Ähm. Natürlich.«

Ich zog mein T-Shirt hinter mir mit einer Hand herunter und beeilte mich, ins Lager zu kommen.

Etwas Schreckliches war mit meiner Hose passiert.

Ich versteckte mich hinter der Tür und griff in meine Taschen, wo ich dann auch das Problem fand.

Die Ecke des Teppichmessers, das ich verwendet hatte, ragte immer noch hervor, weit genug, um ein Loch in meine Jeans zu stechen. Ein Loch, das sich erweitert und ausgedehnt hatte, Stück für Stück, jedes Mal, wenn ich mich nach vorn gebeugt hatte oder in die Hocke gegangen war, bis meine Jeans schließlich eine plötzliche Oxidations- oder Zerfallsreaktion erlitt.

Ich blickte zur Tür und fuhr dann mit meiner Hand in meine Hose, um sicherzugehen, dass ich kein Blut fühlte.

Was sollte ich tun?

Ich hörte den Lärm draußen im Laden, also griff ich mir eine Rolle Packband aus dem Regal, riss ein paar Stücke ab und klebte meine Hose so gut es ging zusammen.

Ich hoffte, dass es niemand bemerken würde.

Ich griff mir den Mopp und noch mehr Handtücher und ging wieder raus.

»Da bist du«, blaffte Landon mich an, als ich wieder auftauchte, leicht watschelnd, damit ich den Riss nicht noch vergrößerte. »Warum hast du so lange gebraucht?«

»Äh.«

Landons Wangen waren rot und seine Augenbrauen zusammengezogen.

»Es wäre beinahe jemand über das gefallen, was du aufwischen solltest!« Landons Stimme war so scharf wie ein Teppichmesser. Alle drehten sich um und sahen uns an: Kerry an der Kasse, Alexis an der Teebar und die Kunden in der Schlange.

Ich hatte noch nie diese Stimme an Landon gehört.

Ich fühlte mich, als hätte ich wieder einen Tritt in die Eier bekommen.

Meine Augen kribbelten, und ich wischte den Rest Tee auf. Ich rieb mir mit meiner Schulter über mein Gesicht und schniefte.

Um alles zu erwischen, musste ich wieder auf meine Hände und Knie gehen, ein Unterfangen, das prädestiniert dazu war, der strukturellen Identität meiner Jeans noch mehr Schaden zuzufügen. Das Teppichmesser ziepte an meinen Beinhaaren, und als ich wieder aufstand, spürte ich kühle Luft an der Innenseite meines Oberschenkels.

Großartig.

»Entschuldigung dafür«, sagte ich zu dem Tisch über mir. Ich räusperte mich und drückte meine Beine zusammen, um den Totalschaden meiner Jeans zu verstecken. Sie nippten bereits an ihren neuen Tassen Big Red Robe.

»Kein Problem«, sagten sie, ohne mich überhaupt anzusehen.

Ich nickte dem Boden zu.

»Genießen Sie Ihren Tee.«

STRUKTURELLE INTEGRITÄT

Mir war nach Heulen zumute. Ich meine, ich war am Heulen. Ein kleines bisschen. Aber eigentlich war mir nach mehr zumute.

Ich schloss mich ins Bad ein, damit mich niemand sah.

Ich hatte auch schon früher mal schlechte Tage auf der Arbeit gehabt. In meinem alten Job bei Tea Haven hatte es vierteljährliche Schlussverkäufe gegeben, was deutlicher schlimmer gewesen war.

Aber ich schätze, ich hatte gedacht, dass es bei Rose City anders werden würde.

Ich hatte gedacht, dass ich Leute die besten Tees servieren und ihnen dabei helfen würde, neue Lieblingssorten zu entdecken. Nicht, dass es vor allem um Gewinnmargen und Einfuhrzölle gehen würde.

Ich hatte für einen Augenblick dieses Gefühl.

Dass ich es nicht mochte, bei Rose City zu arbeiten.

Aber das war lächerlich.

Ich schniefte, schleuderte meine Schuhe weg und schlüpfte aus meiner lädierten Jeans.

Sie war völlig zerstört. Der Riss hatte sich entlang der Innennaht verlängert, bis hoch zur Schrittnaht und etwa dreißig Zentimeter darunter. Ausgefranste Ränder wehten in der Luft wie winzige blaue Anemonen.

Ich schloss den Toilettensitz, setzte mich in meiner Unterwäsche (einem Paar grüner Boxershorts mit glänzendem schwarzen Gummizug) darauf und zog mein Handy aus der Jeanstasche, um auf die Uhr zu sehen.

Meine Schicht dauerte noch eine Stunde.

Was sollte ich tun?

Jemand klopfte an die Badezimmertür.

»Darius?«

Es war Landon.

»Bist du okay?«

»Jep«, sagte ich.

Einen Moment war es still. Und dann sagte Landon, mit einer sanfteren Stimme: »Bist du sauer auf mich?«

»Nein.«

Ich war nicht sauer.

Nur verletzt.

Und beschämt.

»Es tut mir leid, dass ich dich angeschrien habe. Ich wollte nicht, dass mein Dad sauer wird.« Er klopfte an die Tür. »Kommst du da wieder raus?«

»Ich kann nicht.«

»Warum?«

Ich räusperte mich.

»Darius?«

»Ich habe ein Loch in meiner Jeans.«

»Ich bin sicher, dass wir das reparieren können.«

»Das glaube ich nicht.«

»Lässt du mich rein?«

»Ich bin in Unterwäsche.«

»Das ist nicht schlimm.«

Ich seufzte.

Und dann erhob ich mich von der Toilette und stellte mich hinter die Tür, während ich sie öffnete und sie nach innen aufschwingen ließ.

Landon zwängte sich durch den Spalt und schloss dann die Tür hinter mir. Er sah auf die zerrissene Jeans in meinen Händen herunter.

Und dann wanderten seine Augen weiter nach unten, in Richtung meiner Unterwäsche.

Meine Beinhaare standen zu Berge.

Landons Augen schossen wieder nach oben zu meinen.

»Ich glaube nicht, dass wir das reparieren können«, sagte er.

»Was soll ich jetzt tun?«

Fast blickte er wieder zu meiner Unterwäsche. Vielleicht bemerkte er gar nicht, dass er es tat.

»Alexis hat vielleicht Sicherheitsnadeln oder so was. Und ich glaube, dass wir irgendwo eine Schürze haben. Du könntest dich damit bedecken.«

Meine Lippe zitterte.

»Es muss dir nicht peinlich sein.«

»Ist es nicht«, sagte ich.

»Doch, ist es.« Er trat näher an mich heran, so nahe, dass er meine Hände – die immer noch meine Jeans festhielten – gegen mich drückte. »Aber das muss es nicht. Ich bins doch nur.«

Er beugte sich vor, um mich zu küssen, aber ich wich zurück.

Landons verzog sein Gesicht. »Du bist sauer auf mich.« Er sank zurück auf seine Fersen. »Ich habe doch gesagt, dass es mir leidtut.«

»Ich …«

»Es ist, als ob ich nie etwas richtig machen könnte.«

»Das stimmt nicht.«

»Was ist es dann?«

»Ich meine … Ja, was du gemacht hast, hat mich verletzt.«
Ich hasste es, wie sehr meine Stimme wackelte. »Ich war schon
dabei aufzuräumen, und du hast mich einfach vor allen angeschrien. Statt mir zu helfen oder … es selbst zu machen. Und
jeder hat zehn Dinge gleichzeitig von mir gewollt, und ich habe
versucht hinterherzukommen, und ich habe kaum geschlafen,
weil ich mir Sorgen um meinen Dad gemacht habe, und es war
ein wirklich harter Tag. Okay?«

Ich holte tief Luft und schaute zur Decke hoch.

Landon sah auf seine Füße herunter.

Eine angespannte, zerbrechliche Stille hing zwischen uns.

»Du hast recht«, flüsterte er schließlich. »Es tut mir leid.«

Mit seinen Daumen wischte er mir die Tränen aus den
Augenwinkeln.

»Warum machst du dir Sorgen um deinen Dad?«

»Er hat eine depressive Episode.«

»Hat er?«

Ich nickte.

»Er wird wieder in Ordnung kommen.«

»Aber bist du es? In Ordnung, meine ich.«

Ich zuckte mit den Schultern.

»Ich denke schon.«

Landon betrachtete mich einen Augenblick. Er hob die
Hand und strich mir die Haare aus der Stirn.

»Du bleibst kurz hier. In Ordnung? Mach einfach … ein
bisschen Pause. Und ich bringe dir was zum Anziehen. Okay?«

»Okay.«

»Es tut mir wirklich leid, Darius.«

Er stellte sich auf die Zehenspitzen, um mich auf die Wange
zu küssen und dann seine Hand daranzulegen.

»Ist okay.«

Er schloss die Tür auf, drehte sich aber noch mal um, seine Wangen färbten sich rosa.

»Nur, dass du es weißt.« Er blickte wieder nach unten. »Ich mag deine Unterwäsche.«

Mein eigenes Gesicht schaltete auf Roter Alarm.

Und einen Augenblick lang fragte ich mich, wie Landon wohl in Unterwäsche aussah.

Er warf mir ein kurzes, schüchternes Grinsen zu, dann schloss er die Tür hinter sich.

Landon kam mit einer Schürze und ein paar Sicherheitsnadeln zurück, und wir hefteten meine Jeans so gut wie möglich wieder zusammen.

Er sagte nichts mehr zu meiner Unterwäsche, aber er schaute mich immer wieder von der Seite an.

Irgendwie fühlte ich mich mit Landon in meiner Unterwäsche noch nackter, als ich mich mit Chip im Umkleideraum gefühlt hatte.

»Danke«, sagte ich, als meine Jeans so gut repariert war, wie es eben ging.

»Kein Problem.« Landon lehnte sich zu mir und küsste mich auf die Schulter, was er noch nie zuvor getan hatte. Es war nur ein kurzer Schmatz, aber es fühlte sich nach mehr an. »Es ist fast schade, dass du dich wieder anziehst.«

»Hör auf«, sagte ich, aber ich hatte schon Gänsehaut.

Ich hatte diese Vorstellung. Das Bild, wie wir im Badezimmer miteinander rummachten.

Dann wechselte das Bild, und jemand klopfte an die Tür und unterbrach uns, und wir kamen in Schwierigkeiten (oder erlitten zumindest eine Level-zwölf-Peinlichkeit).

Ich schlüpfte wieder in meine Jeans, band mir die schwarze Schürze um die Hüfte und stopfte meine Füße wieder in meine noch zugebundenen Schuhe.

Ich wollte nicht riskieren, mich nach vorn zu beugen: Die Sicherheitsnadeln konnten die strukturelle Integrität meiner Jeans gerade so aufrechterhalten.

»Ich habe mit Alexis gesprochen. Sie sagte, sie tauscht mit dir, damit du den Rest deiner Schicht an der Teebar arbeiten kannst.«

Ich hakte meine Finger in Landons Gürtelschlaufen ein und beugte mich zu ihm herab, um ihn auf die Schulter zu küssen.

Das war ein guter Platz für einen Kuss, beschloss ich.

»Du bist der Beste.«

Landon strahlte mich an.

»Ich bemühe mich.«

Als es endlich fünf Uhr schlug, kam Mister Edwards zu mir und erlöste mich.

»Gute Arbeit heute, Darius«, sagte er, als er unter der Theke kniete, um einen weiteren Stickstofftank anzuschließen. »Da ist etwas für dich bei deiner Tasche.«

»Oh. Danke.«

Und tatsächlich lag in der Kammer neben meiner Umhängetasche ein langer Briefumschlag mit Fenster.

Das Fenster zeigte nur ein weißes Blatt Papier, aber der Umschlag war nicht verschlossen, also öffnete ich ihn.

»Oh«, sagte ich.

Es war mein erster Gehaltsscheck von Rose City Teas, etwas mehr als zweihundert Dollar netto. Nicht so viel, wie ich im Tea Haven verdient hatte, aber immerhin. Mit dem Geld konnte ich Fußballkleidung kaufen. Oder mehr Unterwäsche, da Landon scheinbar mochte, was ich anhatte. Oder ein neues Paar Jeans.

Aber ich dachte auch an die kaputte Geschirrspülmaschine zu Hause.

Und Lalehs dezimiertes College-Geld. Und das Schulmaterial, das sie für das Begabtenprogramm brauchen würde.

Ich dachte an die Ringe unter Moms Augen und daran, dass Dad sich nicht mehr darum kümmerte, sich zu rasieren.

Und aus irgendeinem Grund fühlte ich mich sehr egoistisch.

»Was ist das?«, fragte Landon.

»Mein erster Gehaltsscheck.«

Er grinste.

»Du kannst auch eine Direktüberweisung bekommen, wenn du möchtest. Aber Dad gibt das erste Gehalt gern in Form eines Schecks heraus. Er findet, dass sich das bedeutsamer anfühlt.«

»Cool«, sagte ich.

Und es war cool.

Aber ich hatte diesen Knoten im Bauch.

Und ich wusste, dass ich glücklich sein sollte, aber ich fühlte mich einfach nur müde.

Und ich hatte diesen Gedanken.

Dass ich mich eigentlich nicht so fühlen sollte.

»Hey.« Landons Finger streiften meine Handfläche. Ich fing seine Hand mit meinem Daumen ein, und er umschloss meine Finger mit seinen. »Was ist los?«

»Nichts«, sagte ich.

Sehr viel war los.

Ich wusste nur nicht, wie ich es sagen sollte.

»Ich glaube, es ist nur etwas seltsam für mich. Ich wollte schon immer ein Praktikum hier machen. Aber ich hätte mir nie vorstellen können, dass es einmal ein richtiger Job werden würde.«

»Du arbeitest härter als alle anderen hier. Du verdienst es.«

»Vielleicht.«

Ich tat, was ich immer hatte tun wollen.

Warum war ich also nicht glücklich?

TEUFLISCHES BOHNEN-KONGLOMERAT

Dad verlängerte seinen Besuch noch bis Montag, damit er unser Fußballspiel gegen die Willow Bluffs Highschool miterleben konnte. Das Spiel fand früh statt, also hing ich noch etwas in der Bibliothek herum, bis es Zeit war, in den Bus zum Spielfeld der Willow Bluffs zu steigen. Die Cafeteria in der Bibliothek hatte schrecklichen Tee – tatsächlich kam er vom Tea Haven, das von irgendeinem Teuflischen Bohnen-Konglomerat aufgekauft worden war in den Monaten, nachdem ich weg war –, aber sie hatten kostenloses heißes Wasser, und wie ich schon sagte, hatte ich für solche Notfälle immer ein paar Beutel Tee von Rose City dabei.

Chip saß neben mir, und ich hatte auch ihm einen Beutel Ceylon mitgebracht. Wir nippten unseren Tee und verglichen unsere Notizen zu unserer aktuellen Lektüre für Amerikanische Literatur: *Der Fänger im Roggen*, was etwas interessanter war als *Ein anderer Frieden*, aber enttäuschenderweise kein Queer Coding aufwies. Die meiste Zeit redete Chip, und ich hörte zu, weil ich den *Fänger im* Roggen nicht wirklich verstand. Ich wünschte, wir würden Fantasy oder Science-Fiction lesen. Oder wenigstens etwas Aktuelleres.

»So schlecht ist es nicht«, sagte Chip. »Immerhin schubst er seinen Freund nicht aus einem Baum.«

»Das ist wahr.«

Chips Arm lag auf dem Tisch direkt neben meinem. Ich rutschte zur Seite, um ihm etwas mehr Platz zu machen.

»Wie geht's mit deiner Algebra II voran?«

»Was ist die Quadratwurzel aus furchtbar?«

»Autsch. Komm schon, zeig mir, was du schon hast.«

»Du musst das nicht machen.«

»Ich möchte aber gern helfen.«

Ich studierte meine verschränkten Hände.

Chip legte seine linke Hand obendrauf. Als ob das eine Sache wäre, die Jungs eben taten.

»Ich meine es ernst«, sagte er. »Lass mich dir helfen. Bitte?«

»Okay.« Ich befreite meine Hände und zog meinen Laptop heraus, um ihm unser aktuellstes Übungsblatt zu zeigen.

Fünf Minuten vor Ende der zweiten Hälfte in unserem Spiel gegen die Willow Bluffs Highschool Trojans – ernsthaft, ihr Kampflied war »Roll on, roll on, Trojans«, was für Jungs im Teenageralter einer psychologischen Kriegsführung gleichkam – hatten wir den Spielstand mit 1:1 gehalten.

Die Willow Bluffs Highschool Trojans hatten hart gekämpft.

Coach Bentley nahm Christian raus, nachdem er sich bei einer großartigen Ballabwehr, für die er quer durch das gesamte Tor gesprungen war, das Brustbein gestoßen hatte. Er hatte den Ball aufgehalten, bekam danach aber kaum mehr Luft. Sie schickte Diego rein.

Diego war gut, aber er war kein Christian. Noch nicht. Und das bedeutete, dass Cooper, Bruno und ich doppelt so hart kämpfen mussten, um den Trojaner mit der Nummer 7 abzuwehren, der die schnellsten Füße hatte, die ich je gesehen hatte.

Die Trojaner drängten uns weiter und weiter auf unsere Spielfeldseite zurück. Ich schnappte mir den Ball und passte ihn zu Chip, der nur zwei Schritte weit kam, bevor er ihn Jonny ohne H zuspielen musste, damit er ihm nicht abgenommen wurde.

Von der Tribüne schrie Dad immer wieder »Defense! Defense!«, als ob wir nicht schon alles geben würden. Aber er jubelte jedes Mal, wenn wir den Ball wieder nach vorn brachten. Er hatte es geschafft, auch Grandma und Oma mitzubringen, auch wenn sie sehr viel reservierter waren: Ein wenig höfliches Klatschen war die enthusiastischste Reaktion, die die Chapel Hill Chargers ihnen entlocken konnten. Ich glaube, Oma hat sogar einmal gepfiffen, als wir unser Tor in der ersten Hälfte geschossen haben, aber das war es auch.

Jonny ohne H gelang es, den Ball zu Jaden nach vorn zu spielen, was den Druck lange genug von uns nahm, dass ich mir mein Gesicht einmal mit dem Kragen meines Trikots abwischen konnte. Ich fuhr mir mit den Händen durchs Haar und schüttelte den Schweiß ins Gras ab. Am Wochenende hatte ich mir meine Frisur auffrischen lassen, und der ausrasierte Teil war wieder kurz und glatt.

Am anderen Ende des Spielfelds tauschten Nick und Jaden den Ball aus und liefen im Zickzack um die Verteidiger der Trojaner. In der letzten Sekunde spielte Jaden den Ball zu Chip, der das Tor ansteuerte.

Er wäre erfolgreich gewesen, wenn der Torwart nicht zwei Meter groß gewesen wäre, mit lächerlich langen Spaghetti-Armen, die alles aus den unmöglichsten Winkeln abfangen konnten.

Er rollte den Ball zu uns zurück. Chip schüttelte den Kopf, änderte die Richtung und lief zurück ins Mittelfeld.

Die Trojaner passten hin und her, hin und her. Sie deckten Bruno und Cooper, als Nummer 7 auf mich zu sprintete und unser Tor ins Visier nahm.

»Du schaffst das, Darius!«, rief Dad.

Stephen Kellner, Fußball-Dad, war eine Naturgewalt, mit der man rechnen musste.

Nummer 7 versuchte, links anzutäuschen, dann rechts. Ich blieb an ihm dran und suchte nach seiner Schwachstelle.

Aber dann schoss er den Ball direkt zwischen meinen Füßen durch und flitzte an mir vorbei, während ich herumwirbelte, um die Verfolgung aufzunehmen.

Zumindest versuchte ich herumzuwirbeln.

Stattdessen rutschte ich aus und fiel mit dem Gesicht voran ins Gras.

Für einen Augenblick fühlte es sich so an, als ob ich in Öl statt auf Gras gefallen wäre. Meine Stollenschuhe bekamen keine Bodenhaftung. Endlich kam ich wieder auf die Füße, aber es war zu spät. Diego hatte Nummer 12 gedeckt und sich darauf verlassen, dass ich mich um Nummer 7 kümmerte, weshalb er nicht schnell genug die Richtung ändern konnte.

Nummer 7 traf.

Der Schlusspfiff ertönte.

Tor für die Trojaner.

Es war unsere erste Niederlage.

Alles nur, weil ich Nummer 7 an mir vorbeigelassen hatte.

Es fühlte sich so an, als hätte es regnen müssen, als wir uns zum Händeschütteln mit den Trojanern aufreihten.

Vielleicht sogar ein wenig Donner in der Ferne oder so was.

Aber die Sonne schien, und ich blinzelte dagegen an, um mich vom Weinen abzuhalten.

Als wir die Reihe entlangliefen, gab mir Nummer 7 einen Fistbump. »War nicht leicht«, sagte er.

»Danke.«

Aber doch leicht genug.

Ich hatte ihn letztlich an mir vorbeigelassen.

Ich wünschte, Sohrab wäre da.

Mit Sohrab war ich unbezwingbar.

Als wir zu unserer Umkleidekabine trotteten – einige der Jungs, Jaden und Gabe zum Beispiel, mit den Händen hinter dem Kopf in der Kapitulationskobra –, legte Chip seine Hand auf meine Schulter.

»Bist du okay?«

»Jep.«

Chip drückte mich ein wenig.

»Mach dir nicht –«

Er beendete den Satz nicht, weil Trent Bolger ihm von der Tribüne aus zupfiff und winkte, immer noch in seinem Chapel-Hill-Highschool-Footballmannschafts-Pulli. Er musste direkt vom Training gekommen sein.

Ich konnte nicht glauben, dass ausgerechnet Trent Bolger nach dem Training quer durch die Stadt fuhr, um Chips Fußballspiel zu sehen.

Chip klopfte mir auf den Rücken und joggte rüber zu Trent.

Ich ging ein bisschen langsamer hinterher und steuerte in die Richtung, wo Dad mit Grandma und Oma stand.

»Gutes Spiel, Sohn«, sagte Dad.

»Danke«, sagte ich. »Ich wünschte, du hättest uns gewinnen sehen können.«

»Du warst super da draußen. Du hast dein Bestes gegeben.«

Neben ihm sagte Oma: »Ich wette, auf den Trick fällst du nicht noch mal rein.«

»Ich schätze nicht.«

»Diese Nummer 7 war schon ein starkes Stück«, sagte Grandma. »Ist er schon irgendwo verpflichtet?«

»Oh. Ähm. Ich weiß nicht, wie er heißt.«

»Ich gehe mal und frage seinen Trainer.« Grandma klopfte mir auf den Arm, als sie an mir vorbeiging. »Das nächste Mal machst du deine Sache besser.«

Oma drehte sich zu Dad. »Meine Knie machen Probleme. Treffen wir uns beim Auto?«

»Klar.«

Sobald meine Großmütter außer Hörweite waren, atmete Dad hörbar aus.

»Sie meinen es nicht so«, sagte Dad.

»Wie denn?«

»So …« Dad schluckte. »Ich will nur nicht, dass du glaubst, dass sie von dir enttäuscht sind.

»Oh.«

Ich meine, genau das dachte ich.

Was auch sonst?

Enttäuscht war die Standardeinstellung von Oma und Grandma. So wie Liebe die Standardeinstellung von Mamu und Babu war.

Meine Augen begannen wieder zu brennen. Ich blickte nach oben in die Sonne, damit Dad es nicht bemerkte.

Neben uns sagte Trent etwas, das Chip so zum Lachen brachte, dass er klang wie ein Esel.

Chip Cusumano hatte eine höchst amüsante Lache.

Ich sah genau im falschen Moment in die Richtung der beiden, weil Trent meinen Blick auffing. Er machte diese Geste, bei der man sein Kinn anhob, um jemanden zu grüßen.

Trent Bolger war die Art Typ, die man aus Filmen kennt, wo

es immer diesen einen Typ gibt, der irgendwie gemein zu allen ist, aber sein Verhalten wird geduldet, weil er gut aussieht oder so was. Aber Trent sah nicht einmal gut aus. Seine Nasenlöcher waren zu groß für seine Nase, und er hatte einen schrecklichen Haarschnitt: einen Undercut mit einem kleinen Oval an längeren Haaren am Oberkopf, die größtenteils zur Seite gekämmt waren, aber am Hinterkopf taten seine Haare, was sie wollten.

Der Schnitt schmeichelte nicht gerade seiner prominenten Stirn.

»Darius?«

»Hm?«

Dad kicherte. »Geh schon zu deinen Freunden.«

»Okay.« Ich trat auf ihn zu für eine dieser seitlichen Umarmungen, um ihn nicht mit Schweiß oder Gras zu beschmieren.

Dad küsste meine Stirn. »Ich bin so stolz auf dich.« Er hielt meinen Nacken fest und sah mir in die Augen.

Und dann sagte er: »Ich habe dich lieb, Sohn.«

»Ich habe dich auch lieb, Dad.«

Er stieß diesen winzigen Seufzer aus.

»Wir sehen uns zu Hause?«

»Jep.«

Ich machte mich auf den Weg in Richtung Umkleide. Chip redete immer noch mit Trent, aber als ich an ihnen vorbeiging, sagte Trent: »Direkt zwischen die Beine, hm? Aber daran bist du ja gewöhnt.«

Chip gab Trent einen kleinen Schubs. »Hey, Mann.«

Trent zuckte mit den Schultern. »Man sieht sich, D-Cheese.«

Ich starrte die beiden einen Augenblick an.

Chip sah auf seine Füße.

»Was auch immer.«

DIE BALLSPORT-VERSCHWÖRUNG

Es war so ziemlich die ruhigste Busfahrt, die wir je hatten. Sogar das Grollen des Motors wirkte gedämpft durch den Schleier, der sich nach unserer ersten Niederlage über das Team gelegt hatte.

Ich hatte das Tor zugelassen.

Meine Schuld.

Ich ließ mich auf den Sitz fallen und zog mein Handy heraus, um Landon etwas über das Spiel zu schreiben.

Es kam allerdings keine Antwort. Wahrscheinlich hatte er gerade Bandprobe.

Ich schlang meine Arme um mich und starrte aus dem Fenster. Die Nachmittagssonne war einer goldenen Abenddämmerung gewichen, schöner, als sie hätte sein dürfen.

Ich wischte mir mit meinen Ärmeln über die Augen.

»Hey.« Chip setzte sich in die Reihe mir gegenüber. »Darius?«

»Was.«

Es tat immer noch weh, dass Chip einfach nur dagestanden und zugelassen hatte, dass Trent sich über mich lustig gemacht hatte.

Aber das war, was Chip Cusumano immer tat.

»Rutsch mal rüber.«

Ich wollte Nein sagen.

Ich wollte ihm sagen, dass er sich jemand anderen suchen sollte, den er nerven konnte. Jemanden, der nicht D-Beutel, D-Arsch-ius, D-Atem, D-Cheese war.

Ich wollte allein sein.

Aber Chip sprang über den Gang, und ich rutschte auf den Fenstersitz, damit er sich auf meinen Platz setzen konnte. Unsere Oberschenkel lagen aneinander, aber das schien ihm nichts auszumachen.

»Bist du okay?«

»Mir geht's gut.«

»Weinst du?«

»Nein.«

»Es ist nicht deine Schuld.«

Ich schniefte und wischte mir wieder über die Augen.

Ich sagte nichts.

Und Chip sagte auch nichts. Er saß einfach nur neben mir, als ob ihm die Stille nichts ausmachte.

Schließlich sagte ich: »Ich habe diesen Typen an mir vorbeigelassen.«

»Das habe ich auch. Genau wie alle anderen. Genau wie Diego.«

»Diego war aber an der Nummer 12 dran.«

Chip seufzte.

»Wir sind ein Team. Wir gewinnen und verlieren zusammen.«

»Aber ich habe alle im Stich gelassen.«

»Nein, das hast du nicht. Das verspreche ich dir.« Chip legte seine Hand auf mein Knie und rüttelte es ein bisschen hin und her. »Hey. Das hast du nicht.«

»Warum fühle ich mich dann so, als ob ich es getan hätte?«

»Weil dir die Dinge am Herzen liegen. Weil du manchmal ein bisschen zu streng mit dir bist.« Er drückte mein Knie. »Weil du Darius bist.«

Ich starrte auf Chips Hand. Sie war irgendwie quadratisch geformt, und seine Finger waren kürzer als seine Handfläche.

Es war eine schöne Hand. Ich konnte ihre Wärme durch meine Jogginghose spüren.

Das brachte mich dazu, ein bisschen zu schwitzen.

»Es fühlt sich nur so an, als würde ich in letzter Zeit alles falsch machen.«

»Das ist natürlich scheiße.«

Er drückte mein Knie noch einmal und sah mich an.

Meine Brust fühlte sich eng an. Meine Ohren brannten.

»Ähm.«

Ich sah auf mein Knie herunter. Chips Hand lag immer noch da.

Ich atmete tief ein.

»Jep.«

Jaden, Gabe und ich waren sehr still, als wir uns am nächsten Tag für das Konditionstraining umzogen. Ich glaube, dass Gabe sogar noch verstimmter wegen des Spiels war als ich. Coach Bentley hatte durchsickern lassen, dass ein Recruiter von der Universität Berkley dagewesen war.

Ich bin mir sicher, dass sie immerhin einen positiven Eindruck von Robbie Amundsen mitgenommen hatten, der unbezwingbaren Nummer 7.

Grandma hatte dafür gesorgt, dass sie seinen Namen herausbekam.

Und dann hatte sie dafür gesorgt, dass ich ihn erfuhr, als wir zu Hause waren.

Und dann hatte sie mich gebeten, ihr dabei zu helfen, ihn zu googeln, um herauszufinden, ob er schon irgendwo verpflichtet war.

(Ausgerechnet bei der Arizona State University)

Als wir in den Kraftraum kamen, stand Coach Winfield in einer Ecke und sprach mit Trent, der seinen linken Fuß hinter sich gestreckt hatte und seine Wade dehnte. Beide sahen zu uns rüber, als wir hereinkamen.

»Fangt an, euch zu dehnen«, sagte Coach Winfield. »Ihr habt einen Acht-Kilometer-Lauf vor euch.«

Ich machte ein paar einfache Dehnübungen – seitliche Ausfallschritte, Raupen, so Sachen – und legte mich dann mit dem Gesicht nach unten auf den Boden. Ich legte mein rechtes Bein in einem Bogen über mein linkes, drehte meine Hüfte und legte meinen Fuß auf dem Boden ab.

Das Ziehen tat so unglaublich gut.

»Kellner, was machst du da auf dem Boden?«, fragte Coach Winfield.

»Sich auf sein nächstes Date vorbereiten«, murmelte Trent verstohlen.

Es war laut genug, dass es alle gehört hatten, aber leise genug, dass Coach Winfield es ignorieren konnte.

»Was war das, Bolger?«

»Nur ein Scherz, Coach. Er wurde beim Spiel gestern ganz schön gefickt.«

»Was?«

»Gekickt. Einer aus der Gegenmannschaft hat an ihm vorbeigekickt. Als er ausgerutscht ist.«

»Hmm.« Coach Winfields Augen verengten sich, aber er ließ es dabei bewenden.

Die Ballsport-Verschwörung war wieder einmal am Werk.

»Hey. Darius hat gestern zwölf Schüsse geblockt«, sagte Gabe. »Wann bist du das letzte Mal von der Bank runtergekommen?«

»Okay, regen wir uns nicht auf.« Coach Winfield ließ Footballspieler mit allem möglichen Zeug durchkommen, aber er ließ nie zu, dass sich die Fußballspieler verteidigten.

Er ragte über mir auf, als ich die Seiten wechselte und mein linkes Bein über das rechte ausstreckte. »Kellner?«

Ich atmete hörbar aus. »Ich dehne den Hüftbeuger. Coach Bentley hat uns gesagt, dass wir das vor dem Laufen machen sollen.«

»Hm.«

Danach sagte er nichts mehr, sondern ging davon, um nach einem Trio Zehntklässler aus dem Cross-Country-Team zu sehen, die wahrscheinlich schon vor der Schule zehn oder fünfundzwanzig Kilometer gelaufen waren.

Ich war mir ziemlich sicher, dass Coach Winfield ein bisschen Angst vor Coach Bentley hatte, weil er immer nur: »Hm« antwortete, wenn wir ihm sagten, dass sie uns ausdrückliche Anweisungen gegeben hatte.

»Ihr habt dreißig Sekunden, meine Herren. Auf geht's.«

Jaden bot mir seine Hand an. Ich verhakte unsere Daumen und ließ mich von ihm hochziehen.

»Hör einfach nicht auf ihn«, sagte er und nickte in Trents Richtung.

»Das werde ich nicht.«

Trent Bolger war wie ein Warpkern ohne Antimaterie: kraftlos. Er versuchte immer wieder dieselben alten Taktiken, damit ich mich schlecht fühlte, aber ich war erwachsen geworden. Es war nicht mehr so einfach, mich zu schikanieren.

Ich hatte sogar Freunde.

Die Grundpfeiler von Trents Weltbild schienen darauf zu beruhen, dass ich für immer eine Zielscheibe bleiben würde.

Coach Winfield pfiff. »Los geht's, Gentlemen!«

Ich blieb bei Jaden und Gabe, als wir die Flure entlang- und aus den Nebeneingängen hinausrannten, Richtung Laufbahn. Die Cross-Country-Typen sahen sehnsüchtig zur Straße, aber wir durften das Schulgelände während des Unterrichts nicht verlassen.

»Was ist eigentlich mit Trent los?«, fragte Jaden, während wir dem Gänsekot auswichen, der sich einmal quer über die Bahn zog.

»Ich weiß nicht«, sagte ich. »Er ist ungefähr seit der ersten Klasse so zu mir.«

»Hast du jemals das Bedürfnis, ihm in die Eier zu treten?«

»Nein. Vielleicht. Ich weiß es nicht.« Ich seufzte.

Und dann sagte ich: »Nachdem es mir selbst passiert ist, glaube ich nicht, dass ich es irgendjemandem wünschen würde. Nicht einmal Trent.«

Gabe wirbelte herum, sodass er rückwärtslief, und sah uns an.

»Ja, aber, kommt es nur mir so vor oder ist es mit ihm in letzter Zeit schlimmer geworden?«

»Ich weiß nicht.« Ich blickte hinter uns, wo Trent allein vor ein paar Zwölftklässlern lief, die sich nur deshalb für diesen Kurs angemeldet hatten, weil sie den Abschluss fast in der Tasche hatten und noch ein paar Punkte im Sportunterricht brauchten.

»Ich glaube, er ist sauer, dass Chip bei den Auswahlspielen vom Fußball mitgemacht hat. Dass er jetzt in unserem Team ist. Er und Trent waren davor immer im selben Team.«

»Ja, aber sie hängen immer noch die ganze Zeit zusammen rum«, sagte Jaden.

»Ich schätze, ja.«

Ich fragte mich, wie viel von ihrem gemeinsamen Rumhängen in letzter Zeit mit dem Babysitten zu tun hatte.

War Trent auch darüber sauer? Oder mochte er es, auf Evie aufzupassen? Sie auf seinem Schoß zu halten, durchs Haus zu jagen und ihr Kichern zu hören?

»Ich weiß nicht, ob Trent Freunde hat. Abgesehen von Chip, meine ich. Vielleicht ist er sauer, dass er ihn nun teilen muss.«

Ich erwähnte nicht, dass Trent Chip vor allem mit mir teilte. Dass wir zusammen lernten. Und dass ich bei ihm zu Hause gewesen war. Und dass wir manchmal nebeneinander im Bus saßen und über alles und nichts redeten, und dass Chip seine Hand auf mein Knie legte.

Nichts davon konnte ich erwähnen.

Ich war mir immer noch nicht sicher, was ich von alldem halten sollte.

»Also«, sagte Gabe. »Ich weiß, dass ich eigentlich Schulgeist zeigen sollte, aber ich hoffe, dass er beim nächsten Heimspiel so richtig eingeseift wird.«

Ich grinste.

»Dafür müsste er allerdings erst einmal von der Bank kommen.«

MÜDE ALTE QUEERS

An diesem Abend kochte Landon wieder einmal eine seiner grandiosen Mahlzeiten für uns: Spargelrisotto mit italienischer Wurst. Danach lagen wir auf meinem Bett und sahen uns an, ich hatte einen Arm unter Landons Kopf und den anderen über seine Hüfte gelegt.

Landons Hände lagen zusammengefaltet vor ihm. Ich mochte die kleinen blauen Streifen in seinen grauen Augen sehr, die man nur im richtigen Licht sah.

Landon Edwards hatte wunderschöne Augen.

»Was?«, fragte er.

»Ich hatte gerade nur einen Gedanken.«

»Und was für einen?«

»Wie schön du bist.«

Er strahlte mich an und lehnte sich mir entgegen, um mir einen Kuss auf die Nase zu geben.

»Du bist auch schön.«

Ich schüttelte den Kopf, aber er griff zärtlich nach meinem Kinn, um diese Bewegung zu unterbrechen.

»Doch, das bist du.«

»Danke.«

»Ich wünschte, du würdest nicht immer so schlecht von dir selbst denken.«

Ich sah auf Landons Hände herunter, damit ich nicht in seine Augen sehen musste.

»Manchmal kann ich es nicht verhindern.«

Das passiert, wenn man depressiv ist. Es ist wie ein supermassives Schwarzes Loch zwischen deiner Selbstwahrnehmung und deinem tatsächlichen Ich, und alles, was du sehen kannst, ist die Art und Weise, wie du durch einen Gravitationslinseneffekt all deiner Unzulänglichkeiten aussiehst.

»Hey. Tu das nicht.«

»Sorry.«

»Ich wünschte, du würdest dich nicht die ganze Zeit entschuldigen.« Landon legte seine Hand an meine Wange. »Ich wünschte, ich könnte da hineingreifen und diese ganze Depression aus deinem Gehirn rausschaufeln. Damit du glücklich sein könntest.«

Ich schloss meine Finger um seine. »Ich bin glücklich«, sagte ich. »Ich bin nur eben auch depressiv.«

Meine Depression war ein Teil von mir. Genau wie das Schwulsein ein Teil von mir war.

Ein Teil, aber es machte mich nicht vollständig aus.

Landon biss sich auf die Lippen. »Das ergibt keinen Sinn.«

»Ich bin nur …«

Ich dachte an Dad und an seine letzte depressive Episode.

Und ich dachte an Sohrab, der sich Sorgen machte, ob er vielleicht auch depressiv war.

Und ich dachte daran, dass es sich manchmal fast wie ein Coming-out anfühlte, Leuten zu erzählen, dass ich depressiv war.

»Depressiv zu sein, bedeutet nicht, dass ich nicht glücklich bin. Man kann es sich so vorstellen, dass glücklich eine Farbe wäre. Und depressiv eine andere Farbe. Und du kannst glücklich malen und dann eine kleine Depression um die Ränder herum.«

Landon fuhr mit seinem Zeigefinger meinen Nasenrücken entlang. Ich erschauderte ein wenig.

»Wenn du es sagst.«

»Das tue ich.«

Er fuhr mit seinem Daumen über meine Unterlippe und dann zu meinem Kinn hinunter.

»Sorry, dass ich dein Spiel verpasst habe.«

»Wir haben sowieso verloren«, sagte ich.

»Hey.«

»Es ist okay für mich.«

Landons Daumen bewegte sich zu meinem Schlüsselbein hinunter, federleichte Striche, die mir Gänsehaut verliehen.

»Homecoming steht bald an, oder?«

Ich schluckte schwer. Mein Herz hämmerte.

»Jep«, quietschte ich.

Ich räusperte mich.

»Also.«

»Also?«

»Hast du mal darüber nachgedacht … ob … wir vielleicht zusammen hingehen wollen?«

»Ähm.«

Darüber hatte ich noch nie nachgedacht.

Wie fragte man einen Typen, ob man zusammen zum Homecoming gehen wollte?

Wie fragte irgendjemand irgendjemanden, ob man zusammen zum Homecoming gehen wollte?

»Wow«, sagte Landon. Er begann, sich von mir wegzurollen.

»Warte«, sagte ich. »Es ist nur, dass ich noch nie zu einem Tanzabend gegangen bin.«

»Noch nie?«

»Nicht einmal in der Schule. Ich war bei vielen persischen Tanzabenden. Aber die sind anders.«

Landon kicherte.

»Ich schätze … Ich habe noch nie zuvor wirklich darüber nachgedacht.«

»Und jetzt?«

Mein Gesicht fühlte sich an wie ein Fusionsreaktor.

»Möchtest du mit mir zum Homecoming gehen?«

Ich verabschiedete mich von Landon und rollte mich dann auf der Couch mit meiner neuen Lektüre für Amerikanische Literatur ein: *Der Schokoladenkrieg*, was eine noch größere Enttäuschung als *Der Fänger im Roggen* war.

Wir mussten einen Essay über die darin vorkommenden Motive schreiben, die sich meiner Meinung nach auf: »die Menschen sind schrecklich und Tyrannen gewinnen immer« beliefen.

Ich gähnte, markierte mir die Stelle, an der ich war, und machte mir eine Schale Matcha-Tee. Ich hatte noch weitere fünfzig Seiten vor mir, und ich wusste, dass ich es niemals schaffen würde ohne etwas, das mir wach und fokussiert hielt.

»Kannst du nach all dem Matcha überhaupt noch einschlafen?«, fragte Oma, als ich das smaragdgrüne Pulver siebte.

»Ohne werde ich einschlafen«

»Ist noch etwas Wasser übrig?«

»Jep.«

Oma machte eine Kanne Genmaicha, während ich meinen Matcha schlug. Ich verwendete die M-Methode, genau wie Mister Edwards es mir beigebracht hatte, indem ich den Chasen – ein Bambusbesen – in Form eines M bewegte, um den richtigen Schaum zu erzeugen. Gelegentlich strich ich jedoch auch kurz über den Rand der Schüssel, um alle Partikel zu erwischen, die ich vielleicht übersehen hatte.

Oma und Grandma hatten es sich auf der Couch gemütlich gemacht, jede mit ihrem eigenen iPad, und spielten eines dieser Denkspiele, wo man bunte Punkte auf einem Raster so zusammenbrachte, dass sie verschwanden. Ich nahm mein Buch und faltete mich in den Sessel, die Beine vor mir ausgestreckt.

Wenn ich jetzt in Yazd wäre, bei Mamu und Babu, würden wir uns vielleicht über meinen Tag unterhalten. Und Tee trinken und ein Dessert essen und ein paar alte Familiengeschichten miteinander teilen.

Aber stattdessen saßen wir schweigend zusammen, und alles, was man hörte, war die Musik von Omas Spiel.

Ich fand meine Stelle und begann wieder zu lesen, aber ich war nur einen Absatz weitergekommen, als Grandma fragte, ohne von ihrem iPad aufzusehen: »Worüber habt Landon und du euch unterhalten?«

»Hm?«

»In deinem Zimmer.«

Ich wurde rot.

Ich wusste, dass wir nichts miteinander gemacht hatten, aber dennoch fühlte ich mich irgendwie schuldig.

Warum fühlte ich mich schuldig?

»Wir haben uns nur unterhalten. Über das Homecoming.«

»Ist das jetzt bald?«, fragte Oma.

»Jep.« Ich sah auf mein Buch hinunter. »Wir werden zusammen hingehen.«

»Wirklich? An deiner Schule ist man damit einverstanden?«

»Oh. Jep.«

Grandma bekam diesen wehmütigen Blick. »Einfach so?«

»Was?«

Sie sperrte ihr iPad und sah Oma einen langen Augenblick an. Und dann sagte sie: »Weißt du, als wir jung waren, hätten zwei Jungen niemals zusammen zu einem Tanzabend gehen können. Und wir konnten von Glück reden, dass wir verheiratet waren, lange bevor sich Oma geoutet hat.«

Oma tätschelte Grandmas Hand.

»Es gab Zeiten, in denen ich dachte, dass wir vielleicht nicht verheiratet bleiben könnten, sobald ich mit der Transition begonnen hatte. Aber heute …« Sie schürzte eine Sekunde ihre Lippen. »Landon und du könnt einfach händchenhaltend die Straße entlanglaufen, als ob es keine große Sache wäre.«

»Ähm.«

»Was deine Großmutter meint«, sagte Grandma, »ist, dass die Dinge für euch heute so viel einfacher sind. Du musst nicht so viel um Akzeptanz kämpfen wie wir damals.«

Ich blinzelte.

An einigen Tagen fühlte es sich so an, als täte ich nichts anderes, als darum zu kämpfen, akzeptiert zu werden. Weil ich depressiv war. Weil ich Iraner war. Weil ich schwul war.

Das konnte ich ihnen allerdings nicht sagen.

Nicht, wenn sie sich mir gegenüber endlich ein bisschen öffneten.

»Aber weißt du, du wirst es immer einfacher haben als wir«, sagte Grandma. »Als Cis-Mann. Du wirst es im Leben immer leichter haben.«

»Oh.«

Ich sank zurück in meinen Sessel, Ohren in Flammen.

Ich wusste nicht, was gerade passierte.

Es fühlte sich so an, als ob meine Großmütter sauer auf mich wären.

»Sorry«, sagte ich.

Oma betrachtete mich einen Augenblick. »Es muss dir nicht leidtun. Du hast deine eigenen Probleme. Es ist ja nicht so, als ob heute alles ganz einfach wäre. Wir sind nur ein paar müde alte Queers.«

Ich schüttelte den Kopf.

Grandma kicherte. »Doch, das sind wir. Verbringe genügend Zeit deines Lebens kämpfend, und du wirst auch müde.«

»Ich wünschte, ihr hättet nicht kämpfen müssen.«

Oma zuckte mit den Schultern. »Es war, wie es war.«

Ich hatte noch nie mit Oma und Grandma so gesprochen. Nicht ein einziges Mal.

Ich wollte nicht, dass sie aufhörten.

»Ähm.«

Ich nahm meinen Matcha in die Hand und nippte. Und nippte noch einmal.

Und dann sagte ich: »Vielleicht können wir im nächsten Sommer zusammen zum Pride gehen.«

Grandma seufzte. »Ich weiß nicht.«

»Oh.«

»Wir sind auf unsere Märsche gegangen. Du warst so klein, dass du dich wahrscheinlich nicht erinnerst, aber wir haben jeden Montag für die eine oder andere Sache demonstriert. *Don't Ask, Don't Tell.* DOMA. *Prop 8.*« Oma zuckte mit den Schultern. »Nach einer Weile geht einem die Luft aus.« Ich hatte nicht gewusst, dass Grandma und Oma jemals auf einer Demo waren.

Ich wollte alles über jede Demonstration wissen, auf der sie waren. Was auf ihren Schildern stand. Was sie gerufen hatten.

Aber bevor ich nachfragen konnte, hatte Grandma ihr iPad geöffnet und begann, wieder zu spielen. Und eine Sekunde später tat Oma dasselbe. Unterhaltung beendet.

Ich verstand meine Großmütter nicht.

Ich hatte früher geglaubt, dass es eine Mauer zwischen mir und Moms Seite der Familie gab: eine Art Kraftfeld, das durch Zeit und Distanz zwischen uns entstanden war.

Da war keine Mauer zwischen mir und Grandma und Oma. Nur eine Tür. Aber egal wie oft ich diese Tür öffnete, sie schlossen sie jedes Mal wieder.

Ich wollte sie kennenlernen.

Ich wollte wissen, wie das Queersein ihre Leben geformt hatte.

Ich wollte Rat von ihnen und dass sie mir unsere Geschichte beibrachten, und ja, ich wollte mit ihnen zu Protestmärschen gehen.

Aber stattdessen trank ich meinen Matcha aus und suchte nach der richtigen Stelle in meinem Buch.

Und die Tür zwischen uns fiel knarrend wieder zu.

PLASMALEITUNG

Donnerstagmorgen rief ich Sohrab an.

»Hi, Dariush«, sagte er. »Ich kann nicht lange reden.«

»Ist das ein schlechter Zeitpunkt?«

»Es ist okay, bin nur etwas beschäftigt.«

»Oh.«

Sohrab wischte sich mit dem Arm über die Stirn. Ich konnte nicht sagen, ob es Schweiß war oder nicht, aber er atmete schwer.

»Was machst du?«

»Ich helfe Maman mit ein paar Dingen.«

»Oh. Wie geht es dir? Wie ist es in der Schule? Hast du in letzter Zeit Fußball gespielt?«

»Mir geht es gut. In der Schule ist es –«

Sohrabs Bild fror ein, während er sich an der Nase kratzte.

»Sohrab?«

Ich wartete etwa dreißig Sekunden, aber als sich das Bild dann immer noch nicht wieder bewegte, legte ich auf und versuchte es noch einmal.

Dieses Mal dauerte es ein paar Klingeltöne lang.

»Dariush?«

»Hey. Ich glaube, die Verbindung wurde getrennt.«

»Ja, sorry. Hör mal, ich muss los. Aber wir sprechen uns bald wieder, okay?«

»Oh.« Ich schluckte.

Ich bekam dieses Gefühl, direkt hinter meinem Brustbein. Diese Blase der Traurigkeit, die langsam zu meinem Hals aufstieg.

Sohrab hatte noch nie einen Anruf von mir auf diese Weise abgewimmelt.

Hatte ich irgendetwas falsch gemacht?

Ich verstand nicht, was gerade passierte.

Also sagte ich nur: »Okay.«

»Pass auf dich auf. Tschüss.«

Unser Spiel gegen die Hillsboro West an diesem Nachmittag gewannen wir 3:0. Es fühlte sich irgendwie hart an, sie so deutlich zu besiegen, aber nach unserer Niederlage gegen die Willow Bluffs Highschool Trojans half es sehr dabei, unsere Moral wieder zu stärken.

Als ich nach Hause kam, hatten alle schon gegessen. Mom hatte Essen von dem Thailänder in der Nähe ihres Büros mitgebracht.

»Ich habe dir dein Lieblingsgericht bestellt.« Sie hielt mir die Styroporschachtel hin.

»Süß und sauer?«

»Extra viel Rindfleisch.«

»Danke.«

Ich schaufelte das Bratgericht – es bestand aus Rindfleisch und Paprika und Zwiebeln und Ananas – auf einen Turm Reis und stellte es in die Mikrowelle.

»Wie war euer Spiel?«

»Wir haben gewonnen.«

»Das ist super!«

»Jep.«

Die Mikrowelle piepste, also holte ich mir ein Paar Stäbchen und nahm meinen Teller mit zum Tisch.

Mom ging zum Herd, wo der Teekessel dampfte und ein kleinerer Topf auf persische Art obendrauf gestellt war. »Tee?«

»Ja, danke.«

Mom goss uns zwei Tassen in die besonderen Gläser ein, in denen sie persischen Tee servierte, und küsste mich, bevor sie sich hinsetzte, auf den Kopf.

»Mmmm.« Der Tee war perfekt mit Kardamom abgerundet. Und mit noch etwas anderem: »Zimt?«

»Ich mag, wie du ihn zubereitest.«

Ich gab immer eine Prise Zimt in meinen persischen Tee.

Ich wusste nicht, dass Mom das auch mochte.

»Danke.«

Mom nippte an ihrem Tee und sah mir dabei zu, wie ich mein Essen hinunterschlang. Normalerweise aß ich immer einen Snack vor einem Spiel, aber ich war so nervös gewesen, dass ich nichts anderes runterbekommen hatte als etwas lilafarbene Gatorade.

»Wir haben von Lalehs Schule gehört.«

»Wirklich?«

»Am Mittwoch beginnt sie mit dem Begabtenprogramm.«

»Wow. Habt ihr es ihr schon erzählt?«

»Ich dachte, etwas Bratreis hilft ihr vielleicht, die Nerven zu beruhigen.«

Meine Schwester liebte Bratreis.

»Oma sagte, dass du mit Landon zum Homecoming gehen wirst?«

Ich hustete.

»Oh. Jep. Ich wollte dir das auch noch erzählen.«

»Das ist schon in Ordnung«, sagte Mom, aber da war etwas in ihrer Stimme.

Als ob es vielleicht doch nicht in Ordnung wäre.

»Musst du noch shoppen gehen? Ich könnte dich fahren.«

»Ich brauche einen Anzug. Meiner passt nicht mehr.«

Mom kaute auf ihrer Unterlippe.

»Mach dir keine Gedanken. Ich kann ihn selbst bezahlen. Und es gibt da diesen Secondhandladen, den Landon kennt.«

Mom seufzte. Sie nahm eine meiner Locken und drehte sie um ihren Finger.

»Wir können den Anzug auch zahlen. Es ist dein erster Tanzabend. Es ist eine große Sache.«

»So eine große Sache ist es nicht, Mom.«

»Aber für mich ist es das. Und für deinen Dad.« Sie lächelte, aber es erreichte nicht ganz ihre Augen. »Wir unterstützen dich dabei. Okay?«

»Okay.«

Laleh lag zusammengerollt auf ihrem Bett, in einem Kokon aus Kissen und Stofftieren, als ich zu ihr ging.

»Hey, Laleh. Was liest du?«

Sie hielt eine abgegriffene Ausgabe von *Milos ganz und gar unmögliche Reise* hoch.

»Das ist eines meiner Lieblingsbücher.«

»Ich habe es mir ausgeliehen«, sagte sie. »Ist das okay?«

»Natürlich. Kann ich mich setzen?«

Sie nahm ihre Knie zur Seite, und ich setzte mich auf ihr Bett.

»Mom hat mir die Neuigkeiten erzählt.«

»Jep.«

»Ist es das, was du willst?«

Laleh sah auf ihre Hände herunter. »Ich weiß es nicht.«

»Das ist in Ordnung.« Ich schlang meine Arme um Laleh

und gab ihr einen Kuss auf den Kopf. »Sind die Kids in deiner Klasse wieder erträglicher? Und Miss Hawn?«

»Nein«, grummelte Laleh.

»Das tut mir leid. Ich wünschte, ich wüsste, wie man das wieder hinbekommt.«

»Ist schon okay.«

»Es ist nicht okay. Ich möchte, dass du das weißt. Es ist nicht okay, dass das in deiner Klasse mit dir gemacht wird. Und es nicht okay, dass die Seelenlosen Lakaien der Orthodoxie das mit mir machen. Nur weil sie es tun, bedeutet das nicht, dass es okay ist.«

»Was ist ein Seelenloser Lakai der Orthodoxie?«

»Oh. So nenne ich Leute, die einen schikanieren.«

Laleh zog die Nase kraus.

»Entschuldige. Aber weißt du, was es einfacher macht, wenn ich einen doofen Spruch abbekomme?«

»Was?«

»Ich weiß, dass es niemanden gibt, der mich so behandelt, wenn ich zum Fußballtraining gehe. Dass ich dann mit Leuten zusammen bin, die mich gernhaben. Und das macht es leichter, durch den Tag zu kommen, wenn ich weiß, dass ich am Ende an einem anderen Ort bin. Wo ich mir keine Sorgen machen muss.«

Laleh sah wieder auf ihre Hände.

Ich umschloss sie mit meinen. Sie passten so perfekt hinein, dass mir nach Weinen zumute war.

»Wirst du es ausprobieren? Nur für eine gewisse Zeit?«

»Okay.«

»Nein, warte.« Chip deutete auf meinen Fehler. »i3 ist -i.«

»Mist.«

Ich radierte meinen Fehler aus und begann noch einmal von vorn.

Ich hatte am Montag einen Test in Algebra II, und Chip hatte sich bereit erklärt, mit mir zu lernen, solange wir uns bei ihm trafen, damit er Evie babysitten konnte.

Sie saß auf seinem Schoß, völlig hypnotisiert von der orangenen Plastikschüssel mit Cheerios vor ihr. Ihre winzigen Finger griffen zu, ließen ein paar Cheerios wie Wassertropfen fallen und stopften dann das, was übrig geblieben war, in ihren Mund.

Von Zeit zu Zeit lehnte sich Chip zu ihr herunter und gab ihr einen Kuss auf den Kopf.

Ich arbeitete mich noch einmal durch meine Gleichungen, aber immer wieder schaute ich zu Chip und seiner Nichte.

Irgendwie war Chip, seitdem wir uns kannten, von Trent Bolgers Sidekick zu einem Typen in meinem Fußballteam und schließlich zu einem wirklichen Freund geworden. Einem Freund, der süß aussah dabei, wie er mit seiner kleinen Nichte auf dem Schoß am Tisch saß.

Ich richtete meinen Blick wieder auf mein Papier und arbeitete weiter.

»Warte«, sagte ich, nachdem ich noch ein paar Minuten gekritzelt hatte. »Diese ganze Sache läuft einfach nur auf null hinaus?«

Chip lehnte sich herüber, um nachzusehen. Seine Lippen bewegten sich lautlos, als er über meine Arbeit schaute.

»Jep, das ist —«

Aber bevor er den Satz beenden konnte, schlug Evie auf den Rand der Schüssel, und die Cheerios flogen überall hin.

»Evie! Sorry dafür.« Er setzte sie auf dem Boden ab, und sie quietschte und rannte ins Wohnzimmer, ihre kleinen Beine pumpten auf und ab, als wären ihre Oberschenkelmuskeln ermüdet von zu vielen Kniebeugen.

»Kein Problem.«

Ich schüttelte die Cheerios von meinem Laptop auf mein Schmierpapier und half Chip dabei, das, was runtergefallen waren, vom Boden aufzuheben.

»Danke.« Er sah zu mir hoch und kicherte.

»Was?«

Er griff in mein Haar und zog einen Cheerio hervor. Ich erschauderte, als seine Finger meine Kopfhaut berührten.

»Oh. Danke.«

Chip grinste sein lustiges Grinsen.

Er sagte nichts, sah mich nur an.

Ich schluckte.

Mein ganzer Körper war warm, als wäre ich in eine Plasmaleitung gefallen.

»Ähm«, sagte ich.

Und dann versuchte ich aufzustehen, aber ich stieß mir den Kopf am Tisch an.

»Au.«

Chip brach in Gelächter aus.

»Sorry. Sorry. Das ist nicht witzig.«

»Jep. Nun ja. Wenn ich eine Gehirnverletzung bekomme, muss ich vielleicht nicht an diesem Test teilnehmen.«

»Hey.« Chip runzelte die Stirn. »Du kannst das. Wirklich.«

Im Wohnzimmer stieß Evie ein Quietschen der Freude aus. Vielleicht aus Begeisterung über einen Unfug, den sie gerade trieb.

Es gab ein Geräusch, das klang, als ob etwas aus Plastik auf den Boden gefallen wäre.

Chip atmete hörbar aus und stieß die Luft seitlich aus seinem Mund aus.

»Gib mir eine Sekunde«, sagte er.

Sobald er Evie unter Kontrolle hatte – wofür er sie mit einer Apfelschorle in einer Schnabeltasse bestechen musste –, setzte er sich wieder und lehnte sich zu mir rüber, um sich den Rest meiner Übungen anzusehen.

»Langsam hast du den Dreh raus. Aber hier.«

Er zeigte mir, wo ich einen Schritt ausgelassen hatte, und lehnte sich dann zurück, während ich arbeitete.

»Ah, warte, du musst es erst faktorisieren.« Er rutschte mit seinem Stuhl näher an mich heran, sodass sich unsere Knie berührten. Evie nutzte die Gelegenheit, um von seinem Schoß auf meinen zu klettern.

»Evie …«, begann Chip.

»Das ist okay. Es macht mir nichts aus.«

Evie legte ihren Kopf in meine Ellenbogenbeuge, während sie ihren Saft trank und ich mit imaginären Zahlen kämpfte.

Ich verstand den Sinn und Zweck von imaginären Zahlen nicht wirklich.

»Okay. Besser.« Chip sah mich an und nickte. »Ich glaube, jetzt hast du's verstanden.«

Ich seufzte. »Nun muss ich es nur noch während des Tests verstehen.«

»Mach dir keine Sorgen. Du wirst das super machen.«

»Vielleicht.«

Die Sache mit Chip war, dass er die Dinge einfach verstand. Und er wusste nicht, wie es war, wenn man etwas nicht verstand.

Wenn man es versuchte und trotzdem keinen Erfolg hatte.

Evie wand sich auf meinem Schoß.

»Willst du runter?«, fragte ich.

Sie nickte. Ich hielt sie, während ich vom Tisch wegrutschte, und setzte sie dann ab. Sie warf ihren Saft auf den Boden und rannte wieder davon.

Chip schüttelte den Kopf und hob die Schnabeltasse vom Boden auf. Er sah mich an und hatte dieses halbe Lächeln auf dem Gesicht.

Ich blinzelte und sah dann auf meine Hände herunter.

»Ich denke, ich gehe dann mal besser nach Hause.«

»Keine Eile.« Er tätschelte mein Knie. »Hey. Was machst du eigentlich an Homecoming?«

»Ich. Äh.« Meine Wangen begannen, warm zu werden. »Ich habe Landon gefragt, ob er mit mir hingeht.«

»Cool.«

»Was ist mit dir?«

»Ich glaube, ich habe meine Chance verpasst.« Er zuckte mit den Schultern. »Ich hätte mal früher den Mund aufmachen müssen.«

»Oh. Sorry.«

»Jep. Es nervt irgendwie, wenn man jemanden mag, der einen nicht auf dieselbe Art mag.«

»Als schwuler Typ habe ich überhaupt keine Ahnung, wie sich das anfühlen könnte. Ich habe definitiv noch nie für irgendwelche Hetero-Jungs geschwärmt.«

Chip prustete.

»Trent hat auch kein Date, also gehen wir mit einer größeren Gruppe hin. Landon und du, ihr könntet euch anschließen, wenn ihr wollt?«

»Oh«, sagte ich. »Nein danke, ich glaube, das ist schon okay.«

Chips Augenbrauen zogen sich zusammen. »Was?«

»Was was?«

»Du hast ein Gesicht gezogen.«

»Nein, habe ich nicht.«

»Doch, hast du!«

Um ehrlich zu sein, war die statistische Wahrscheinlichkeit, dass ich ein Gesicht zog, wenn Trent Bolger erwähnt wurde, nicht gleich null.

»Du machst es schon wieder!«

»Ich mache was?«

»Dieses Gesicht!« Chip stupste mich in die kleine Falte zwischen meinen Augenbrauen.

Ich lehnte mich zurück.

»Mach das nicht.«

»Sorry. Aber was ist denn los?«

Ich seufzte.

Und dann sagte ich: »Warum versuchst du die ganze Zeit, mich dazu zu bringen, mit ihm abzuhängen? Du weißt, dass er mich hasst.«

»Er hasst dich nicht.«

»Nun ja, er war noch nie nett zu mir. Warum bist du überhaupt mit so einem Typ befreundet?«

In dem Moment, als ich es sagte, wünschte ich bereits, dass ich es wieder zurücknehmen könnte.

Man konnte nicht einfach solche Dinge zu jemandem sagen. Zu kontrollieren versuchen, mit wem jemand befreundet war.

Aber dann sagte ich: »Ich verstehe, dass du wegen Evie und so mit ihm zu tun haben musst, aber …«

Chip schüttelte den Kopf. »So ist es nicht. Ich meine, wir sind schon seit der Vorschule befreundet. Erinnerst du dich?«

»Ich erinnere mich daran, dass Trent und du mich Doofius genannt habt.«

Chip senkte den Blick.

»Sorry.«

»Was auch immer. Wir waren Kinder. Aber jetzt bist du …«

»Was?«

»Du bist nett.« Ich schluckte. »Ich meine, in den letzten Monaten warst du wirklich nett zu mir. Seitdem ich aus dem Iran zurückgekommen bin. Und Trent ist immer noch … irgendwie gemein.«

»Du kennst ihn nur nicht sehr gut. Das ist alles. Es ist sein Sinn für Humor. Er zieht dich nur auf.«

»Es fühlt sich nicht nach aufziehen an«, sagte ich. »Hat es noch nie.«

Chip blinzelte mich an.

Ich schaute wieder auf meine Hände hinunter. Meine Nagelhaut sah etwas rau aus, wahrscheinlich, weil ich damit angefangen hatte, jedes Mal, wenn ich über die Quadratwurzel von minus eins nachdachte, daran herumzukauen.

»Ich habe es nicht so gemeint«, sagte Chip. Seine Stimme war leise und gedrückt. »Es tut mir leid, dass ich dich verletzt habe.«

»Danke.«

»Ich habe dich verletzt, oder nicht?«

Ich zuckte mit den Schultern. »Manchmal.«

Chip atmete hörbar aus.

»Also.«

»Jep.«

Und so saßen wir, in einer Peinlichen Stille vom Level zwölf. Ich hatte es seltsam zwischen uns gemacht.

Aber dann rannte Evie zurück in den Raum mit einer Sicherheitsschere, die sie irgendwo gefunden hatte.

Chip sprang von seinem Stuhl auf. »Evie! Das ist kein Spielzeug!« Er rannte hinter ihr her.

Und der Moment war vorbei.

VERTIKAL BEGABTE MENSCHEN

Mittwochmorgen steckte ich ein Paar Toaster-Kirschtaschen in den Tischbackofen, um Laleh an ihrem ersten Tag im Innovationszentrum des Bezirks zu überraschen.

(Wir hatten keinen normalen Toaster zu Hause, nur den Tischbackofen. Menschen persischer Abstammung neigen dazu, große Fladenbrotstücke zu toasten, wofür normale Toaster einfach nicht ausreichen.)

Grandma war am Küchentisch, trank ihren Kaffee und löste ihr neuestes Sudoku.

»Was genau hast du da zum Frühstück?«

»Es ist für Laleh«, sagte ich. »Für ihren ersten Tag.«

Grandma kicherte. »Das ist wohl kaum ein echter Genuss. Schau hier.«

Bevor ich begriff, was gerade geschah, hatte Grandma das Mehl aus der Speisekammer geholt, ein paar Eier und eine Schüssel von unter dem Küchentresen.

»Pfannkuchen sind ein echter Genuss«, sagte sie.

Der Tischbackofen piepte.

Beinahe hätte ich die Kirschtaschen dort drin vergessen – der Anblick von Melanie Kellner, die Pfannkuchen machte, hatte mich so fasziniert wie ein Meteoritenregen aus nächster Nähe –, aber als ich den angebrannten Teig roch, musste ich mich schließlich doch wegdrehen und die Kirschtaschen herausholen.

Wir hörten Laleh die Treppe hinunterstampfen, bevor sie in der Küche auftauchte, immer noch in ihrem Schlafanzug.

»Hey, Laleh«, sagte ich.

»Morgen«, sagte Grandma. »Es gibt Pfannkuchen.«

Als sie das hörte, wurde Laleh munter. Grandma stellte ihr einen Teller auf den Tisch und daneben eine Flasche Ahornsirup.

Ich sah Laleh dabei zu, wie sie ihre Pfannkuchen aß und wie Grandma weiter an ihrem Sudoku arbeitete, mit einem kleinen Lächeln auf dem Gesicht.

Was war gerade passiert?

Für einen kurzen Moment war es, als ob der Mond in seiner Umlaufbahn verrutscht wäre, und eine glückliche Melanie Kellner die Melanie Kellner, die ich zu kennen glaubte, in ihren Schatten gestellt hatte.

Aber dann, genau wie eine Mondfinsternis, war es wieder vorbei.

Ich kapierte es nicht.

Ich sammelte mein Zeug zusammen und küsste Laleh und Grandma zum Abschied.

»Hab einen schönen Tag, Laleh.«

Sie sah von ihrem Teller auf und schenkte mir ein breites Lächeln.

»Danke.«

Bei den Fahrradständern lief mir Chip über den Weg.

»Hey«, sagte er, aber er grinste nicht sein übliches Grinsen.

Seit Sonntag waren die Dinge seltsam zwischen uns.

Ich wünschte, ich hätte zurücknehmen können, was ich gesagt hatte.

Also. Nicht wirklich. Ich hatte ja die Wahrheit gesagt.

Aber ich hätte nie gedacht, dass die Wahrheit so gefährlich sein konnte.

»Hey«, sagte ich.

»Hat Miss Albertson deine Note schon gepostet?«

»Gestern Abend.«

Ich lächelte beinahe.

Beinahe.

»Ich habe eine Zwei!«

Das entlockte Chip ein Grinsen.

»Das ist super.«

»Danke noch mal. Dass du mir geholfen hast.«

»Na klar.« Chip grinste mich weiter an, aber nach einer Minute entglitt es ihm.

Und dann war es wieder seltsam zwischen uns.

»Wir sehen uns beim Training?«

Ich schluckte.

»Jep.«

Als ich vom Training nach Hause kam, fühlte es sich an, als ob ich ein Holodeck betreten hätte.

Die Szene vor meinen Augen war zu surreal für das normale Leben.

Laleh, Grandma und Oma saßen am Küchentisch und hatten Schüsseln mit warmem Wasser vor sich. Ein Haufen Handtücher lag zwischen ihnen und obendrauf Nagelfeilen und -knipser, und daneben stand ein kleiner Korb mit Nagellack.

»Wir machen eine Maniküre!«, verkündete Laleh, als ich hereinkam. Sie hielt ihre zurechtgemachten Hände hoch, um sie mir zu zeigen.

»Das ist großartig.«

Ich lehnte mich hinunter, um ihr einen Kuss auf den Kopf und Grandma und Oma einen auf die Wange zu geben.

»Wie war es in der Schule?«

»Gut. Miss Shah ist so cool. Wusstest du, dass ihre Familie aus Indien kommt?«

»Das ist super.«

»Sie hat meinen Namen richtig ausgesprochen und alles.«

Meine Schwester schäumte praktisch über.

»Hast du Hunger?«, fragte Oma. »Wir können hier aufräumen.«

»Nein, das ist okay.«

Laleh sah zu mir hoch. »Möchtest du auch eine Maniküre?«

»Ähm«, sagte ich.

Grandma und Oma sahen mich an.

Ich sah auf meine Hände und meine zerfetzte Nagelhaut hinunter. Ich hatte noch nie zuvor eine Maniküre bekommen.

»Das hört sich wirklich gut an.«

Oma zog einen Stuhl für mich heran. »Setz dich. Ich hole dir eine Schüssel.« Sie gab ein paar Tropfen Teebaumöl ins Wasser, das Öl mit dem trügerischsten Namen, den ich je gehört hatte, da es nicht wirklich von der *Camelia sinensis* stammte.

Ich weichte meine Hände im Wasser ein, während Laleh uns alles über ihren Tag erzählte: von dem Buch, das sie gerade lasen, von der Taxonomie der Lernstufen nach Bloom und davon, »Algebra zu machen«.

Darüber musste ich lächeln.

Ich hoffte, dass Algebra für Laleh einfacher werden würde als für mich.

Oma nahm meine rechte Hand und begann, meine Nagelhaut zurückzuschieben.

»Du musst aufhören, daran herumzukauen«, sagte sie.

»Sorry.«

»Du bist nervös. Wie Stephen.«

Ich nickte.

»Magst du das?«

»Jep. Es fühlt sich schön an.«

»Als ich in deinem Alter war, konnten Jungs so etwas nicht tun.«

»Einige Jungs tun es auch heute noch nicht.«

Grandma schnaubte und sagte: »Das Patriachat lässt grüßen.« Und dann malte sie Lalehs Mittelfinger weiter an, in einem auffälligen, großartigen Rosaton.

Als meine Nägel in Form gebracht waren, sagte Oma: »Möchtest du deine wie die von Laleh angemalt bekommen?«

»Nicht wirklich«, sagte ich.

Aber dann sagte ich: »Habt ihr ein Blau?«

Omas Augen leuchteten auf.

Und Grandma sagte »Hier«, und reichte eine Flasche mit einem wirklich hübschen Türkis herüber.

»Hast du dir jemals zuvor die Nägel lackiert?«

Als sie trocken waren, hatten meine Nägel die perfekte Farbe. Sie erinnerte mich an Yazd. An die in der Sonne leuchtenden türkisfarbenen Minarette der Jameh-Moschee.

Daran, mit Sohrab auf dem Dach von dieser öffentlichen Toilette im Park zu sitzen, in dem wir Fußball gespielt hatten.

Daran, in wohltuender Stille mit Mamu und Babu Tee zu trinken.

Grandma bestand darauf, den Abwasch zu machen, also setzten Laleh und ich uns ins Wohnzimmer und halfen Oma bei einem Puzzle.

»Hallo?«, rief Mom aus der Küche.

Ich hatte gar nicht gehört, dass sich das Garagentor geöffnet hatte.

»Oh. Hi.«

Mom war mit Einkaufstüten beladen. Ich stellte sie auf der Küchentheke ab und holte den Rest aus ihrem Kofferraum.

Als alles ausgeladen war, umarmte ich Mom und ließ sie meine Stirn küssen.

»Warte mal.«

Sie griff sich meine Hände und drehte sie um.

Meine Ohren brannten.

»Gefällt es dir?«, flüsterte ich. »Oma hat es gemacht. Wir haben alle unsere Nägel gemacht diesen Nachmittag.«

»Es ist schön«, sagte sie.

Aber ihre Stimme klang gepresst, als sie es sagte, und da war etwas in ihrem Blick.

Ich bekam dieses hässliche Gefühl. Eines, das ich nicht abschütteln konnte.

Ich fragte mich, ob ich Mom peinlich war.

»Es erinnerte mich an Yazd«, sagte ich.

Mom legte mir ihre Hand an die Wange.

»Mom! Mom!« Laleh rannte herein. »Guck mal!« Sie zeigte ihre rosafarbenen Nägel, die an den Daumen Fuchsia waren und dann zu einem kaugummifarbenen Ton an den kleinen Fingern übergingen.

»Sie sind wunderschön, Laleh«, sagte sie. »Wie war es in der Schule?«

Laleh erzählte Mom alles über ihren Tag, während ich eine Kanne Jasmintee kochte.

Aber als er fertig war, war das Puzzle schon vom Tisch geräumt und Oma und Grandma spielten wieder auf ihren iPads.

Laleh hatte sich zusammengerollt und las ihr Buch, und Mom war nach oben gegangen.

Es war, als hätten wir in einer statischen Blase der Freude gelebt, aber dann war sie wie ein Subraumfeld kollabiert, und jetzt war alles mit den melancholischen Rückständen überzogen.

Unser perfekter Moment hatte sich in Luft aufgelöst.

Und ich wusste nicht, wie ich ihn zurückholen konnte.

In dieser Nacht konnte ich kaum schlafen.

Als ich in der achten Klasse gewesen war und wieder einmal eine neue Medikamentenumstellung durchmachen musste, hatte es Nächte gegeben, in denen ich wach lag, an die Decke starrte und das Gefühl hatte, als würde ich erdrückt.

So fühlte ich mich gerade wieder. Als läge das Gewicht eines Dunkle-Materie-Nebels auf meiner Brust, und jeder traurige Gedanke hallte in meinem Kopf wider, direkt am Ereignishorizont der Singularität meines Lebens.

Ich hätte am liebsten geweint. Oder aufgeheult.

Aber es war spät, und das ganze Haus schlief bereits.

Also drehte ich mein Kissen um, auf der Suche nach einer kühlen Stelle, und dann versuchte ich zu schlafen.

Gegen zwei Uhr früh klopfte jemand an meine Tür.

Ich griff nach meiner Unterhose und zog sie mir unter der Decke an.

»Ja?«

Die Tür ging quietschend auf. Moms Silhouette zeichnete sich ab, in Flurlicht getaucht.

»Mom?«

Sie stand einfach nur da.

»Ist alles okay?«

»Nein«, sagte sie. »Ich habe gerade mit deinem Dayi Soheil gesprochen.«

Mein Herz pochte wie wild.

»Babu ist gestorben.«

ÜBER ZEIT UND RAUM HINWEG

Nun war an Schlaf nicht mehr zu denken.

Ich zog mir etwas an und ging nach unten, um den Wasserkessel aufzusetzen.

Als wir im Iran waren, hatte Babu mir gezeigt, wie man dort Tee zubereitete. Und ihn dann mit einem Zuckerwürfel zwischen den Zähnen getrunken.

Als ich die Kardamomkapseln zerdrückte, konnte ich die Tränen nicht mehr länger zurückhalten.

Ich hatte gewusst, dass Babu sterben würde. Wir hatten es schon seit Monaten gewusst.

Aber es tat nicht weniger weh, ihn Stück für Stück zu verlieren, weil es sich immer noch so anfühlte, als hätten wir ihn auf einen Schlag verloren.

Es gab keinen Ardeshir Bahrami mehr.

In der Mitte unserer Familie war ein Loch.

Oma und Grandma trotteten die Stufen herunter, Oma in ihrem seidenen Morgenmantel und Grandma in ihrem dunklen Schlafanzug.

»Es tut mir so leid, Darius«, sagte Grandma leise. Sie nahm meine Hände und zog mich für eine kurze Umarmung fest an sich. »Weine nicht.«

»Wo ist Mom?«

240

Oma riss ein Stück Küchenrolle ab und reichte es mir. »Bei deiner Schwester.«

Ich nickte und putzte mir die Nase.

Grandma sagte: »Solltest du nicht versuchen, noch einmal ins Bett zu gehen?«

»Ich kann nicht schlafen«, hickste ich. »Ich sollte mal nach ihnen sehen.«

Ich goss drei Tassen Tee ein und stellte sie auf ein kleines Holztablett, das Mom aus dem Iran mitgebracht hatte. Es war das Gleiche, das Mamu in Yazd hatte und mit dem sie Tee und Snacks gebracht hatte, wenn Babu sich ausruhte.

Ich unterdrückte ein Schluchzen.

Lalehs Tür war angelehnt.

»Mom?«

»Komm rein.«

Ich drückte die Tür mit dem Ellenbogen auf. Mom saß auf Lalehs Bett, hielt eine schluchzende Laleh im Arm und wiegte sie hin und her.

Sie sah zu dem Tablett mit dem Tee hoch.

»Ich wusste nicht, was ich sonst tun sollte«, krächzte ich.

Mom nickte und rutschte zur Seite, um Platz für mich zu machen. Ich stellte das Tablett auf Lalehs Nachttisch ab und setzte mich auf Lalehs Bett. Ich schlang meine Arme um Mom und Laleh. Mom lehnte ihren Kopf an meine Schulter.

Ich war schon seit ein paar Jahren größer als Mom, aber das erste Mal wurde mir klar, dass sie mich nie wieder so halten können würde, wie sie Laleh gerade hielt. Und eines Tages würde auch Laleh zu groß dafür sein, als dass sie so gehalten werden konnte. Und auch Mom würde älter werden.

Die Zeit würde unaufhaltsam weiterfließen.

Und eines Tages würde auch sie nicht mehr da sein.

Ich hielt meine Mom so fest ich konnte.

Und ich weinte stärker, als ich je zuvor geweint hatte.

Oma und Grandma kamen rein, um nach uns zu sehen und das Tablett mit dem kalten, unangetasteten Tee mitzunehmen. Sie brachten uns eine neue Schachtel Kleenex und eine extra große Mülltüte, küssten Laleh auf die Stirn, flüsterten etwas in Moms Ohr und klopften mir auf die Schulter. Aber größtenteils überließen sie uns unserer Trauer.

Als wir uns ausgeweint hatten – Laleh hatte sich sogar zurück in den Schlaf geweint –, küsste Mom uns beide ungefähr hundertmal. Sie schniefte und flüsterte: »Ich muss Mamu anrufen.«

Ich stand so leise ich konnte auf und half Mom, Laleh wieder in die Bettdecke einzuwickeln. Sie schob ihr das Haar aus der Stirn und küsste sie ein letztes Mal, und dann zogen wir die Tür hinter uns zu.

Mom startete den Anruf auf ihrem Computer, während ich einen Stuhl heranzog, um mich neben sie zu setzen.

Wir warteten.

Und warteten.

Und als ich schon dachte, Mom würde auflegen und es später noch einmal versuchen –

»Hallo?«

Mamus verpixeltes Gesicht erschien auf dem Bildschirm. Ihre Stimme klang roboterhaft und gepresst, als ob ihre Datenübertragungsrate gedrosselt wäre, was wahrscheinlich auch der Fall war.

Mom begann wieder zu weinen, aber sie schniefte und wischte sich über die Augen. »Hi Maman. *Chetori*?«

Mom und Mamu begannen, auf Farsi zu sprechen.

Normalerweise konnte ich ihren Unterhaltungen halbwegs folgen, aber dadurch, dass Mamu klang, als würden wir mit ihr über eine defekte Subraumrelaisstation kommunizieren, und durch mein eigenes Schniefen, verpasste ich einiges.

Schließlich entstand eine Pause, und Mamu sagte: »Hi, Dariush-jan. Wie geht es dir?«

»Hi, Mamu«, sagte ich. Ich versuchte, für sie zu lächeln, aber mein Gesicht sah höchstwahrscheinlich nur aufgedunsen aus. »Ich bin okay. Wie geht es dir?«

»Ich halte irgendwie durch«, sagte sie.

Mamu blinzelte und wischte sich über die Augen, und ich tat dasselbe.

Ich wollte ihr sagen, wie leid mir alles tat.

Ich wollte ihr sagen, wie sehr ich sie vermisste.

Ich wollte ihr von dem Loch in meinem Herzen erzählen.

Aber ich fühlte mich hilflos angesichts ihrer und Moms Trauer und meiner eigenen.

Ich hasste, wie machtlos ich war.

»Ich habe dich lieb, Mamu«, sagte ich. »Ich wünschte, ich wäre da.«

Und ich meinte es so sehr.

Aber es fühlte sich nicht annähernd genug an.

Vielleicht würde nichts jemals genug sein.

Vielleicht nicht.

Mom ging wieder ins Bett, nachdem wir uns von Mamu verabschiedet hatten.

Ich lag im Bett und starrte an die Decke. Und dann, als ich die Stille nicht mehr aushalten konnte, rief ich Sohrab an.

Manchmal musste man einfach mit seinem besten Freund reden.

Aber es klingelte und klingelte. Sein Icon pulsierte auf dem Bildschirm.

Schließlich ploppte eine kleine Fehlermeldung auf.

Ich kann nicht sagen, warum, aber das kleine Ploppgeräusch setzte mir zu.

Mein Großvater war nicht mehr da.

Ich rollte mich wieder in meinem Bett zusammen, wickelte meine Decken um mich wie einen Burrito und weinte in mein Kissen, bis ich endlich einschlief.

An irgendeinem Punkt musste Mom für mich in der Schule angerufen und mich entschuldigt haben, weil sie, als sie gegen Mittag an meine Tür klopfte, sich nur erkundigte, ob ich irgendetwas brauchte.

»Nein, danke«, sagte ich.

Und dann: »Wir haben heute Abend ein Spiel.«

»Ich habe mit deinem Coach geredet. Sie weiß Bescheid, dass du nicht dabei sein wirst.«

»Okay.«

Schließlich bekam ich dieses Gefühl in den Beinen, als ob Sprungfedern darin wären, und da wusste ich, dass ich aufstehen musste.

An diesem Nachmittag ging ich mit Oma einkaufen. Als wir zurückkamen, saß ich mit Laleh im Wohnzimmer, während sie las.

Ich versuchte wieder, Sohrab zu erreichen – er ging nicht ran –, und schrieb ihm dann eine E-Mail.

Wir riefen Dad an, und ich sprach eine Weile mit ihm.

»Es tut mir so leid«, wiederholte er immer wieder, als ob es seine Schuld wäre, dass Babu nicht mehr da war. »Ich werde bald zu Hause sein. Alles wird gut. Ich habe dich lieb.«

Am Abend machte Oma Käse-Sandwiches und Tomaten-suppe.

Linda Kellners Lösung für alle Probleme im Leben waren Käse-Sandwiches und Tomatensuppe.

Es war nicht so, als ob die Sandwiches oder die Suppe besonders gut gewesen wären. Oma verwendete die üblichen amerikanischen Käsescheiben und Weißbrot für die Sandwiches. Und die Suppe kam aus der Dose und war mit Wasser statt mit Milch angerührt, weil Grandma laut Oma von Milch Blähungen bekam.

Aber ich dachte, dass Kochen vielleicht Omas Art war, uns zu zeigen, dass sie uns lieb hatte, da sie es so gut wie nie laut aussprach.

»Kann ich irgendetwas helfen?«, fragte Landon.

Er war nach der Schule vorbeigekommen, mit einem kleinen Blumenstrauß für Mom und einer Karte für mich.

»Alles gut«, sagte Oma. »Entspannt euch ein bisschen.«

Landon rutschte unruhig auf seinem Stuhl herum.

Ich glaube, der Anblick, wie Oma mit amerikanischem Käse kochte, verstörte ihn zutiefst.

»Warum macht ihr nicht einen Tee?«, schlug Oma vor.

»Okay.«

Also setzte Landon den Wasserkessel auf, während ich einen Second-Flush-Darjeeling aus dem Schrank holte, den Mister Edwards uns vor ein paar Wochen zum Probieren gegeben hatte. Er war malziger als der First Flush vom selben Anwesen und frischer, aber dennoch sehr gut.

Während der Tee zog, schnitt Oma die Sandwiches diagonal in Viertel – die einzige akzeptable Art, Sandwiches zu schneiden – und begann, Suppe in Schüsseln zu schöpfen. Landon deckte den Tisch, und ich holte Laleh aus ihrem Zimmer.

»Laleh?«

Sie lag zusammengerollt gegen ihr Kissen gelehnt, ein neues Buch aufgeschlagen auf ihrem Schoß.

»Was liest du?«

Laleh hielt das Buch so, dass ich das Cover sehen konnte: *Zerrissene Erde.*

»Ist es gut?«

»Besser als *Dune*«, sagte sie.

»Cool. Willst du Abendessen?«

Wir aßen in Stille, unsere Sandwich-Triangel in die samtige Fertigsuppe tunkend.

Ich fühlte mich dadurch tatsächlich etwas besser.

Danach, als Landon sich fertig machte, um nach Hause zu gehen, sagte er: »Wirst du zurechtkommen?«

»Jep«, sagte ich.

Und dann sagte ich: »Es ist ja nicht so, als wenn es überraschend passiert wäre.«

Und dann sagte ich: »Ist es schlimm, dass ich irgendwie froh bin, dass es vorbei ist?«

Ich fühlte mich schrecklich, sobald ich es ausgesprochen hatte.

Welcher Enkel sagt so etwas?

Landon nahm meine Hand. »Ist es nicht.«

Ich schniefte.

»Es ist okay.«

Er zog mich näher an sich heran, um mich zu küssen, aber ich schüttelte den Kopf. »Es tut mir leid. Ich –«

Landon biss sich auf die Lippen. »Nein. Ist schon okay.«

Es klingelte an der Tür.

»Das ist wahrscheinlich Dad«, sagte er.

Aber als ich die Tür öffnete, war es nicht Mister Edwards, der davorstand.

Es war Chip.

»Oh. Hey«, sagte ich.

»Hey.« Er fuhr sich mit der Hand durchs Haar. Es war unordentlich und zerdrückt von seinem Helm. Er blickte an meiner Schulter vorbei und nickte Landon zu.

»Wie geht's?«

Ich zuckte mit den Schultern.

»Jep.« Er sog seine Lippe ein und schob sie wieder heraus. »Die Jungs haben alle für dich unterschrieben.« Er zog eine Karte aus seiner Umhängetasche. »Wir haben dich beim Spiel vermisst.«

»Danke.«

Ich weiß nicht warum, aber die Karte brachte mich beinahe wieder zum Weinen, und ich hatte sie noch nicht einmal geöffnet.

Ich hätte nie gedacht, dass ich einmal solche Freunde haben würde, die mir Karten schrieben, wenn mein Großvater starb.

»Wie ist es gelaufen?«

»Wir haben gewonnen.«

»Gut.«

»Jep.« Chip trat von einem Bein aufs andere. »Deine Nägel sehen schön aus.«

Ich sah auf meine Hände hinunter.

»Die Farbe steht dir.«

»Danke«, sagte ich. »Ähm.«

»Ich fahre besser nach Hause. Aber. Also. Wenn du irgendetwas brauchst?«

»Jep«, sagte ich. »Danke, Chip.«

»Bis dann«, sagte Landon hinter mir. Er trat in den Hauseingang, nahm meine Hand und verschränkte unsere Finger miteinander.

Chip sah von Landon zu mir und wieder zurück. »Jep. Bis dann.«

Wir sahen ihm nach, wie er davonfuhr.

Landon hielt meine Hand hoch, um meine Nägel zu studieren.

»Die Farbe steht dir wirklich gut, weißt du.«

Ich lächelte.

Es fühlte sich an, als würde ich gegen eine Regel verstoßen.

»Danke.«

EIN ÜBERANGEBOT AN ESSEN

Wir hielten Babus Gedenkfeier im Persischen Kulturzentrum Portland ab.

Das PKZP (ein Akronym, das mir als Kind immer extrem witzig vorgekommen war) war ein umfunktionierter Matratzenladen, mit einem großen gefliesten Aufenthaltsraum im vorderen und Büroräumen für Konferenzen und kleine Zusammenkünfte im hinteren Teil. Es gab einen winzigen Buchladen, der vor allem Kochbücher, Sprachlernbücher für Farsi und Broschüren für lokale Aktivitäten führte.

Und dann gab es eine Küche, die am umfangreichsten umgestaltet werden musste.

Alles, was mit Küchen zu tun hat, nimmt man im Iran notorisch genau. Mom sprach immer darüber, unsere zu Hause umzugestalten, aber inzwischen hatte sie es schon eine Weile nicht mehr erwähnt. Unsere Ersparnisse waren aufgebraucht, und die Spülmaschine war immer noch kaputt.

Mom zeigte dem Sicherheitsbeamten am Eingang ihren Ausweis, und er ließ uns hinein.

Ich fühlte mich etwas komisch dabei, dass das Persische Kulturzentrum Portland einen Sicherheitsdienst benötigte.

Scheinbar hatte es viele eingeschlagene Fenster und sogar einige Vorfälle von Belästigung gegeben, bevor ich geboren wurde und auch danach, aber Mom sagte immer, dass es direkt nach dem 11. September am schlimmsten gewesen sei.

Das PKZP hatte bereits einen Sicherheitsdienst am Eingang, solange ich mich erinnern kann, und kleine Kameras, die in den Ecken hingen. Aber die hatte es noch nicht gegeben, als Mom den Ort entdeckt und Dad bei ihrem dritten Date zu einer Hafez-Lesung eingeladen hatte.

Dad hätte eigentlich auch da sein sollen, aber sein Flug in Los Angeles hatte Verspätung, und er wusste noch nicht, wann er es nach Hause schaffen würde.

»Kannst du die nehmen?« Mom reichte mir eine riesige Pappschachtel mit winzigen Vasen mit Jasminblüten darin.

Ich vermisste den Geruch von Jasmin in Babus Garten.

»Jep.«

Ich nahm die Schachtel in eine Hand und bot Laleh meine andere an. Sie legte ihre Finger in meine Handfläche, und ich führte sie in die Küche, die zugleich auch der Sammelraum für das Dekor war.

Das Schöne an dem Persischen Kulturzentrum Portland war, dass es förmlich eine Explosion an allerlei iranischen Dingen war: Fotografien vom Iran säumten die Wände, viele von ihnen verblichene Bilder aus der Zeit vor der Revolution von Teheran und Täbris und Schiras. Einige zeigten sogar Yazd. An einigen Stellen hingen Gemälde von Naser ad-Din Schah – die am wenigsten kontroverse Figur in der iranischen Porträtmalerei. (Nicht, dass es keine Kontroversen um ihn geben würde, aber immerhin. Er hatte vor der Islamischen Revolution und sogar der Pahlavi-Dynastie gelebt, die ihr vorangegangen war.)

Blecherne Lautsprecher in der Decke spielten das iranische Pendant zu Fahrstuhlmusik.

»Hast du Durst, Laleh?«

»Jep.«

Ich goss ihr einen Becher Wasser ein und half Oma und Grandma dabei, die Aluminium-Tablette mit Reis und Kebab vom Kabob House abzuholen, dem iranischen Restaurant in Beaverton.

Keine Zusammenkunft von Menschen mit persischen Wurzeln wäre komplett ohne ein Überangebot an Essen.

Alle trugen schöne Kleider – Moms war schwarz, aber nicht trauervoll –, und ich hatte graue Anzughosen und ein dunkelblaues Hemd an. Darunter trug ich mein Trikot der iranischen Fußballnationalmannschaft, Team Melli.

Sohrab hatte es mir geschenkt, als ich im Iran war. Dadurch fühlte ich mich dem Iran und Babu und den Rook-Spielen und dem schweigenden Teetrinken sehr viel näher.

Ich schnappte mir ein Taschentuch und wischte mir über die Augen.

Ich weinte immer wieder in den komischsten Momenten.

Ich hatte noch nie zuvor jemanden verloren, den ich liebte.

Ich wusste nicht, wie ich damit umgehen sollte.

»Darius? Hey.«

Es gab noch eine andere Person mit persischem Hintergrund an der Chapel Hill Highschool: Javaneh Esfahani.

Sie war Oberstufenschülerin, und nun, da wir in der Mittagspause nicht mehr zusammen aßen, sah ich sie kaum noch. Tagsüber hatte sie Leistungskurse, und am Nachmittag war sie mit ihrer Arbeit für das Organisationsteam der Schule beschäftigt.

Javaneh trug ein glattes schwarzes Kleid mit einer roten Bluse darüber und ein dunkelrotes Kopftuch. Sie hatte auch eine neue Brille in Katzenaugenform mit grünen Farbtupfern auf dem Rahmen.

»Oh. Hey.«

»Du siehst aus, als ob du eine Umarmung gebrauchen könntest.«

»Ich schätze ja.«

Javaneh schnaubte und zog mich an sich heran.

Ich konnte mich nicht daran erinnern, sie je zuvor umarmt zu haben. Sie fühlte sich warm und tröstlich an, wie eine Decke, wenn man an einem Morgen im Spätherbst aufwacht, bevor die Heizung aufgedreht ist, und sich nicht vorstellen kann, jemals das Bett zu verlassen, weil man weiß, dass der Boden kalt sein wird.

»Wie geht es dir?«

»Okay. Ich versuche, mich für Mom zusammenzureißen.«

Sie nickte. »Als meine Großmutter gestorben ist, hatte mein Dad auch eine schwere Zeit.«

»Das ist echt schlimm.«

»Jep. Ich vermisse sie manchmal immer noch.«

Ich schniefte. Javaneh zog ein paar Kleenex aus ihrer großen schwarzen Handtasche.

Sie war noch in der Highschool, aber sie hatte schon die voluminöse Handtasche einer Echten Persischen Frau, eine von denen, die ein Tor zu einer anderen Dimension zu sein schienen.

»Danke.«

»Na klar.« Sie blickte hinter mich. »Ich glaube, da ist jemand für dich.«

»Oh?« Ich drehte mich um und sah Landon im Eingang stehen. Er war von Kopf bis Fuß schick gekleidet, in einen dunklen Anzug mit einem weißen Hemd und einer grauen Krawatte.

Er sah makellos aus.

»Hi.«

»Hi«, sagte er und hüllte mich in eine Umarmung ein. Ich ließ mich hineinsinken.

Wir küssten uns allerdings nicht. Ich glaube, er versuchte vielleicht noch herauszubekommen, wie die Regeln waren, hier, wo er von einem Haufen iranischer Fremder umringt war.

Vielleicht tat er das.

Vielleicht tat ich es auch.

Als wir uns voneinander lösten, sagte ich: »Javaneh, das ist mein Freund. Landon.«

Javaneh strahlte über das ganze Gesicht und hielt ihm ihre Hand hin.

»Javaneh Esfahani. Ich gehe mit Darius zur Schule.«

Landons Schultern entspannten sich, als er ihre Hand nahm. »Schön, dich kennenzulernen.«

»Auch so.« Javaneh blickte in Richtung des großen Raums, und ihre Augen traten für einen Moment hervor. »Oh, nein. Meine Eltern versuchen zu helfen.«

Landon blinzelte. »Ist das schlecht?«

»Meine Eltern taarofen, als wäre es eine olympische Disziplin.«

»Oh, nein«, stimmte ich ihr zu.

Landon blickte zwischen uns hin und her. Trotz meiner besten Bemühungen, ihm Taarof zu erklären – das komplexe Set an gesellschaftlichen Signalen, das jegliche zwischenmenschliche Beziehung im Iran bestimmte –, hatte er es noch nicht ganz begriffen.

»Wünscht mir Glück.« Javaneh drückte meinen Arm und eilte davon, um ihre Eltern davon abzuhalten, eine ganze Gedenkfeier zu übernehmen.

Landon hielt meine Hände und sah an mir hoch und runter.

»Du hast deinen Nagellack entfernt«, sagte er.

Grandma hatte mir geholfen, den Lack loszuwerden. Türkis-farbene Nägel wirkten etwas zu fröhlich auf einer Gedenkfeier.

Zu fröhlich. Und zu schwul.

Ich würde nie mehr die Gelegenheit haben, Babu zu erzählen, dass ich schwul war.

Ich hasste meine eigene Feigheit.

»Es schien mir nicht der richtige Anlass zu sein.«

»Du siehst immer noch gut aus.« Er spielte mit ein paar Haarlocken, die mir in die Stirn gefallen waren. »Geht es dir gut? Wirklich?«

»Ich bin okay.«

Landon hantierte an meinen Schulternähten herum.

Und ich bekam dieses Gefühl, dass ich aus irgendeinem Grund genervt von ihm war.

Doktor Howell sagte, dass es normal war, solche Dinge zu fühlen – hässliche Dinge –, wenn man Schmerz verarbeitete.

Ich versuchte, es mir nicht anmerken zu lassen.

»Bist du bereit, da rauszugehen?«

Ich holte tief Luft.

»Jep.«

DER INBEGRIFF DER PERSISCHEN PRO-FESSION

Die Gedenkfeier war schlicht: Sobald alle angekommen waren (etwa eine Stunde später, als wir die Leute eingeladen hatten, da die iranische Volksgruppe prädestiniert war, unpünktlich zu sein), sprach Mom ein Gebet, erst auf Englisch, dann auf Farsi, dann in holprigem Dari. Sie sprach über Ardeshir Bahramis Leben, der in Yazd aufgewachsen war: wie er in eine zoroastrische Familie hineingeboren wurde, zur Schule ging, einen Laden aufmachte, die Revolution überstand, drei Kinder und acht Enkel (mit einem Urenkel auf dem Weg) großzog. Wie freundlich, aufmerksam und großzügig er war. Dass er Rook spielen konnte wie der Teufel. Wie sehr er seinen Garten liebte.

»Das Einzige, was mein Vater mehr liebte als seinen Garten, war seine Frau, Fariba. Und das Einzige, was er mehr liebte als Fariba, war ihr Essen.«

Alle hatten bis zu diesem Punkt trauervoll ausgesehen, einige Leute hatten sogar geweint. Aber als Mom das sagte, veränderte sich die ganze Atmosphäre im Raum. Erst hörte man hier und da ein Glucksen, dann unbehagliches Kichern und schließlich auch einige richtige Lacher.

Am Tisch direkt hinter uns lachte Javanehs Vater laut auf. Er – genau wie die meisten Männer im Raum – trug einen Anzug.

Offensichtlich hatte ich wieder einmal versäumt, die Bedeutung von Persisch Leger für eine Veranstaltung richtig einzuschätzen.

Mom wischte sich die Tränen weg und lächelte. »Ich wünschte, meine Mom wäre hier, um heute Abend für uns zu kochen. Aber stattdessen haben wir das Kabob House. *Nush-e jan*!«

Grandma und Oma standen auf, um am Büfett zu helfen. Ich stand auch auf und nahm Lalehs Hand.

»Kann ich helfen?«, fragte Landon.

»Klar.«

Laleh bediente an der Brotstation – das machte sie am liebsten –, während Landon Reis auf die Teller der Leute schaufelte und ich den Tahdig ausgab, den das Kabob House mit dünn geschnittenen Kartoffeln am Boden des Topfs zubereitet hatte.

Die Schlange bewegte sich langsam, da alle sich die Zeit nahmen, miteinander zu sprechen, manchmal auf Farsi, manchmal auf Englisch, manchmal beides, diskutierend und taarofend und Neuigkeiten mit Freunden austauschend, die sie nicht mehr gesehen hatten, seit dem letzten Mal, als alle ins PKZP gekommen waren.

Landon lächelte mir verunsichert zu, als zwei ältere iranische Ladys, an die ich mich nur schwach erinnerte und deren Namen ich nicht kannte, vor uns anhielten und auf Farsi debattierten. Ihre Stimmen wurden immer lauter, schrill und spitz über den Lärm hinweg, bis sie plötzlich kicherten. Sie drehten sich zu mir.

»Dariush!«

»Hi.«

»Schau dich an. Du hast abgenommen.«

»Ähm.«

Meine Ohren brannten.

»Wer ist das? Ein Schulfreund?«

»Mein Freund«, sagte ich. »Landon.«

Die Frau links von mir, die ihre braunen Haare zu einem raffinierten Dutt hochgesteckt trug, drehte sich zu ihrer Freundin und fragte etwas auf Farsi.

Ihre Freundin, die etwas größer war, lange schwarze Haare hatte und verschnörkelte goldene Creolen trug, erwiderte etwas. Sie beäugte erst mich und dann Landon, und dann sagte sie noch etwas zu ihrer Freundin. »Nur Tahdig für mich, Dariush«, sagte sie.

Ich gab ihr ein Stück mit einer schönen Kartoffelscheibe. »Passt das so?«

»Perfekt.«

Ihre Freundin schaute immer wieder von mir zu Landon und wieder zurück.

»Kein Reis für mich, danke«, sagte sie.

Und dann sagte sie: »Schön, dich kennenzulernen«, und ging weiter.

»Was ist da gerade passiert?«, flüsterte Landon mir zu. »Worüber haben sie gesprochen?«

Ich hatte nicht genug verstanden.

Ich war mir ziemlich sicher, dass ich es auch nicht verstehen wollte.

»Nicht ganz sicher.«

Javanehs Vater, ein Arzt, hielt Landon seinen Teller hin, damit er ihm Reis auftat. Er hatte einen Schnurrbart, der mich an Babu erinnerte, obwohl seiner schwarz und gestutzt statt grau und buschig war. »Oh, nur ein bisschen«, sagte er, als Landon ihm eine große Kelle anbot.

»Sorry«, sagte Landon und begann, die Hälfte des Reises wieder zurückzufüllen.

Panik zeichnete sich auf Doktor Esfahanis Gesicht ab.

»Bitte, nehmen Sie mehr. Es ist so viel da«, sagte ich.

»Wenn du darauf bestehst.«

Landon blickte mich verwirrt an, und dann gab er Doktor Esfahani seinen Reis.

Wie ich schon sagte, beherrschte Landon die Kunst des Taarof immer noch nicht, die erforderte, Essen höflich abzulehnen, auch wenn man es eigentlich annehmen wollte, und Leute dazu zu zwingen, Essen anzunehmen, das sie angeblich ablehnen wollten.

»Dariush. Javaneh hat erzählt, dass du dieses Jahr im Fußballteam bist.«

»Jep.«

»Wie läuft‹s?«

»Gut. Wir haben einmal verloren und sechsmal gewonnen.«

Landon ergänzte: »Er ist der beste Verteidiger im Team.«

Ich errötete und schüttelte den Kopf.

»Natürlich ist er das! Perser sind exzellente Fußballspieler. Das ist genetisch bedingt.«

Als Arzt – der Inbegriff der persischen Profession, falls es je eine gegeben hat – behauptete Javanehs Vater immer, dass alles genetisch war.

Doktor Esfahani nahm ein großes Stück Tahdig an, ohne zu diskutieren – er war eindeutig immer noch erschrocken darüber, beinahe zu wenig Reis bekommen zu haben – und bewegte sich weiter in der Schlange, in Richtung Kebab.

Ich bediente Javanehs Mutter, die auch eine Doktorin war – Doktorin der Physik, sie unterrichtete an der Portland State Universität –, und dann Javanehs zwei Brüder, die noch in der Mittelstufe waren.

Als unser erstes Blech mit Tahdig zur Neige gegangen war,

nahm ich es zusammen mit ein paar anderen leeren Behältern mit in die Küche. Mom war auch dort und füllte riesige Thermoskannen Tee am Heißwasserhahn der Kaffeemaschine auf.

»Oh, Darius. Kann ich einen Augenblick mit dir sprechen?«

»Ja, klar. Geht es dir gut?«

Mom nickte. Sie hatte den Tag bisher überstanden, ohne ihre Mascara zu verschmieren.

Ich selbst hatte schon viermal geweint.

»Was ist los?«

»Weißt du, viele von unseren Gästen sind … traditionelle Iraner.«

»Ich weiß.« Ich hielt meine Hände in die Höhe, mit den Nägeln nach vorn.

Mom senkte die Augen.

»Es tut mir leid.«

»Schon okay.«

Mom sah mich an, als ob sie noch etwas anderes sagen wollte, aber da steckte Oma ihren Kopf hinein. »Wir haben fast kein Kebab mehr.«

»Ich hole welches.« Ich drehte mich zurück zu Mom. »Haben einige Leute etwas über Oma und Grandma gesagt?«

»Nein. Du kennst die Iraner. Sie murmeln sich nur Dinge zu.«

»Okay.«

Mom griff nach meinem Arm.

Sie sah mich einen Augenblick an.

»Schau, dass Landon genügend zu Essen bekommt. Es war lieb von ihm, dass er gekommen ist.«

Sobald die Schlange kürzer geworden war, half ich Landon, einen Teller zusammenzustellen. Es war sein erstes richtiges

Tschelo-Kabab-Erlebnis, also zeigte ich ihm, wie er es am besten anging: Zunächst schichtete ich Brot auf seinen Teller, damit es den Bratensaft aufnehmen konnte, dann erklärte ich ihm die verschiedenen Philosophien, was den Reis anbelangte (Butter oder keine Butter, vermischt mit gehackten gegrillten Tomaten oder nicht), dann machte ich ihn mit dem Gewürz Sumach bekannt.

»Ich glaube, du hast mir zu viel gegeben«, sagte Landon, als er den Haufen Reis, Fleisch und Gemüse betrachtete, den ich ihm auf seinen Papierteller gequetscht hatte.

»Auch das ist eine persische Tradition.«

Er schnaubte und lächelte.

»Danke, dass du hier bist. Wirklich.«

»Natürlich.« Er stellte seinen Teller ab und fuhr mir mit seinen Händen über meine. »Ich mache das gern.«

Ich stellte mir selbst einen Teller zusammen, und dann setzten wir uns neben Laleh, die bereits Reis mit einem Servierlöffel, der größer war als ihr Mund, in sich hineinschaufelte.

Nach dem Abendessen, als alle Tee tranken und Zulbia aßen – im Wesentlichen ein mit Sirup getränktes, stärkehaltiges Schmalzgebäck –, erzählten Mom, Laleh und ich Geschichten über Babu.

»Als ich Babu das erste Mal traf, stand er auf dem Dach seines Hauses«, sagte ich. »Er wollte seine Feigenbäume wässern.«

»Er liebte seine Feigenbäume!«, rief Mom. »Ich glaube, er liebte sie mehr als seine Kinder!«

Das brachte alle zum Lachen, vor allem, weil die Wahrscheinlichkeit, dass es stimmte, nicht gleich null war.

»Dabei war er auch noch schick angezogen, in Anzughosen und seinen feinen Schuhen.«

Mom nickte und lachte, aber ihre Augen glänzten. Ich war mir nicht sicher, ob vom vielen Lachen oder weil es ihr nun letztlich doch zu schaffen machte.

Vielleicht war es beides.

»Er rief Sohrab immer wieder zu, dass er ihm helfen sollte. Sohrab ist sein Nachbar. Mein bester Freund. Wie auch immer, Sohrab versuchte, den Schlauch zu entwirren, und ich stand die ganze Zeit dabei und sah zu, und Babu verhielt sich so nach dem Motto: ›Ich komme ja gleich runter, es ist mir egal, dass du gerade um die Welt geflogen bist, um mich kennenzulernen, erst muss ich meine Feigen zu Ende wässern.‹«

»Den Teil hast du mir noch gar nicht erzählt«, rief Mom erstaunt.

Anschließend erzählte Laleh allen – unterbrochen durch gelegentlichen Schluckauf und Tränen – davon, wie sie iranische Seifenopern mit Babu gesehen hatte, der alle Charaktere und Handlungsstränge der letzten zwanzig Jahre kannte.

Danach entstand eine Pause, und ich goss Landon frischen Tee nach.

»Danke«, sagte er. Ich drückte seine Hand unter dem Tisch, und er sah mich irgendwie komisch an.

»Hey Mom«, sagte ich. »Hast du allen schon von Babu und dem Aftabeh erzählt?«

Moms Augen weiteten sich, und die Leute um uns kicherten.

»Wer hat dir davon erzählt?«

»Zandayi Simin.«

»Ich werde Simin-Khanum umbringen«, sagte Mom. Sie seufzte und begann dann, auf Farsi zu reden.

Hinter mir fragte Grandma: »Was ist ein Aftabeh?«

»Das ist eine Art Gießkanne. Man benutzt sie zum selben Zweck wie ein Bidet.«

Oma prustete und Grandma hielt sich die Hand vor den Mund, und dann konnte ich nichts anderes mehr sagen, weil sich alle kaputtlachten.

MIKRO-ILLUSIONEN

Schließlich gingen auch die letzten Gäste. Landon half Mom dabei, die Tische zusammenzuklappen und die Stühle aufeinanderzustapeln, während Laleh die Pappbecher und -teller für den Müll einsammelte. Ich half Oma und Grandma in der Küche, den Berg an Übriggebliebenem unter Kontrolle zu bekommen.

»Bist du okay?«, fragte Grandma.

»Ich schätze schon.«

Ich hielt Oma einen Ziplockbeutel für das Kebabfleisch auf, der bestimmt fünf Liter fassen konnte.

»Du bist schrecklich ruhig«, sagte Oma. »Beschäftigt dich etwas?«

»Ich habe Babu nie erzählt, dass ich schwul bin.«

Oma nahm mir den Beutel ab und zippte ihn zu. Sie sah zu Grandma und dann wieder zu mir.

»Glaubst du ...«, begann ich, aber Oma unterbrach mich.

»Weißt du, ich wusste, dass deine Eltern Freunde im College hatten, die transsexuell waren. Trotzdem war es gar nicht so einfach, mich ihnen gegenüber zu outen.«

»Und? Haben sie es schlecht aufgefasst, als du es getan hast?«

Oma schüttelte den Kopf. »Nein. Aber sie waren so beschäftigt mit dir, dass ich nicht glaube, dass sie das alles sofort verarbeitet haben. Du warst ja noch ein Baby.«

Ich nickte.

»Ich erinnere mich daran, dass deine Mom immer wieder fragte, was sie mit all ihren Fotos machen sollte. Von der Hochzeit, von der Zeit, als du geboren wurdest. Aber dann hat sie sich daran gewöhnt. Sie und Stephen haben sich beide daran gewöhnt. Ich glaube, sie haben sich schneller damit arrangiert als Melanie.«

Grandma räusperte sich und Oma schüttelte den Kopf und begann, Reis in eine andere Plastiktüte zu schaufeln.

Ich hatte meine Großmütter noch nie von Omas Coming-out erzählen hören.

Ich wollte, dass sie weitersprachen.

»Was meinst du damit?«

Grandma warf mir diesen langen Blick zu. Sie blickte zu Oma, die gerade wieder aus dem Kühlschrank auftauchte mit zwei Tüten Sabzi.

»Nur, dass die Leute einen überraschen können«, sagte Oma. Sie legte das Sabzi ab und eine Hand auf Grandmas Schulter. »Und manchmal musst du ihnen Zeit geben und daran glauben, dass die Dinge sich regeln werden.«

Mom steckte ihren Kopf hinein. »Ich habe gerade von Stephen gehört. Sein Flugzeug ist endlich gelandet.«

»Wir machen hier noch sauber. Hol du ihn ruhig ab«, sagte Grandma.

»Danke. Wir sehen uns zu Hause?«

»Klar.«

Mom küsste mich. »Ich nehme deine Schwester mit. Sie ist völlig erledigt.«

»Okay. Hab dich lieb.«

»Ich dich auch.«

Nachdem wir fertig aufgeräumt hatten, beluden Landon

und ich den Kofferraum von Omas Camry mit den Überbleib-
seln des Essens.

»Möchtest du noch mit zu mir kommen?«, fragte ich.

»Heute Abend kann ich nicht.«

»Oh.«

»Wirst du zurechtkommen?«

»Jep.«

Landon drückte meine Hand. »Vielleicht solltest du sowieso besser mit deiner Familie zusammen sein.«

Oma schaltete das Radio an, aber ließ es nur leise laufen. Es
war irgendwie beruhigend: diese leise, melancholische Stimme,
die ich nicht ganz verstehen konnte und die leise in mein Ohr
flüsterte.

Landon sah mich an und warf mir dieses traurige Lächeln zu.

Und dann legte er seine Hand auf mein Bein, gewisserma-
ßen auf meine Oberschenkelinnenseite.

Ich starrte darauf: auf seine Finger und wie sie auf dem glatten Stoff meiner Anzughosen lagen. Sein kleiner Finger fuhr an
der Innennaht meiner Hose hin und her, hin und her.

Meine Ohren brannten.

Ich hatte wieder dieses hässliche Gefühl.

Ich wollte Landon sagen, dass er das lassen sollte, aber ich
konnte es nicht.

Er war heute so geduldig mit mir gewesen, und vielleicht
sollte ich im Gegenzug auch geduldiger mit ihm sein.

Aber ich wollte im Auto meiner Großmutter keine Erektion
bekommen.

Also umschloss ich seine Hand mit meiner, nahm sie von
meinem Bein und verflocht unsere Finger miteinander.

Er sah mich auf diese Art an.

Als ob er vielleicht verärgert wäre.

Oder enttäuscht.

Und ich bekam wieder ein hässliches Gefühl. Dass ich nur wollte, dass er mich in Ruhe ließ.

Aber das ist ja normal.

Oder?

Obwohl wir noch im PKZP aufgeräumt und Landon nach Hause gebracht hatten, kamen wir zuerst zu Hause an.

Ich setzte den Teekessel auf, stellte ihn auf 75 Grad ein, um einen Dragon Well zuzubereiten, und zog meine Persisch-Leger-Kleidung aus.

Ich fühlte mich irgendwie komisch und kribbelig an der Stelle, wo Landons Hand an meinem inneren Oberschenkel gelegen hatte, gefährlich nah an meinem Penis.

Die Garagentür rumpelte unter meinen Füßen. Ich schüttelte meinen Kopf und zog saubere Unterwäsche und Jogginghosen an.

Ich musste noch eine Minute warten, ehe ich runtergehen konnte.

Mom stand in der Tür und hielt sie für Dad auf. Sie murmelte ihm etwas zu, und er lachte und flüsterte etwas in ihr Ohr, und dann sah er mich.

»Da ist er ja«, sagte er und zog mich in eine Level-zwölf-Umarmung. Ich konnte mich nicht daran erinnern, wann Dad mich das letzte Mal so fest oder so lange umarmt hatte. Sein Bart rieb gegen meine Wange. Er war über das Stadium, in dem er kratzte, hinaus und nun in die grobe Phase übergegangen, wo er noch nicht superweich, aber nicht mehr störend war.

Ich hatte meinen Vater noch nie zuvor mit einem echten Bart gesehen. Er war dunkler als sein sandfarbenes Haar, beinahe ein helles Braun, und um seine Mundwinkel herum war er etwas lückenhaft.

Ich fühlte etwas Feuchtes an meinen Wangen, aber ich sagte nichts dazu.

Ich wusste nicht wie.

Also sagte ich: »Ich bin froh, dass du zu Hause bist« und drückte seinen Rücken so stark ich konnte, bis er endlich genug zu haben schien. Er klopfte auf meinen Rücken, legte mir seine Hand in den Nacken und zog mich an sich heran, um mir einen Kuss auf die Stirn zu geben.

»Es tut mir leid, dass ich zu spät bin.«

»Das ist okay. Ich bin froh, dass du zu Hause bist.«

Ich ließ Mom und Dad durch und Laleh folgte ihnen, wobei sie Dad auf den neuesten Stand brachte zu allem, was er verpasst hatte – inklusive, Laleh zufolge, »Miss Hawn und den Mikro-Illusionen.«

Dad sah von Mom zu mir.

»Mikroaggressionen«, flüsterte ich und schlüpfte an ihnen vorbei nach draußen, um Dads Koffer zu holen.

Ich ließ den Kofferraum aufspringen und kämpfte mit dem großen Koffer, der immer wieder an der Gummidichtung des Kofferraums hängen blieb. Normalerweise packte Dad seinen Koffer immer so, dass er völlig flach war, aber dieses Mal war er klumpig und ungelenk, als hätte er alles zusammengeknüllt und hineingeworfen, statt seine Kleidung zu falten oder zusammenzurollen und in ordentlichen Reihen nebeneinanderzulegen.

Ich stellte den unhandlichen Koffer auf seinen Rollen ab und zog den kleineren heraus, dann griff ich mir die Kellner & Newton-Umhängetasche vom Fußraum der Beifahrerseite.

»Bist du hungrig?«, fragte Mom. »Wir haben noch etwas Kebab übrig.«

»Etwas« Kebab war eine Untertreibung.

Wir hatten noch genügend Überreste, um das gesamte Männerfußballteam der Chapel Hill Highschool zu verpflegen.

»Hier. Setz dich.« Mom zwang Dad auf einen Stuhl am Tisch. Laleh kletterte auf den Stuhl neben ihm und erzählte weiter ihre Geschichten aus der Schule.

Der Wasserkessel war so weit, also füllte ich die Teekanne auf und hievte den Koffer nach oben.

Mom folgte mir.

»Danke dir, Schatz«, sagte sie.

»Kein Problem.«

»Du kannst ihn hier stehen lassen. Ich sortierte die Sachen für die Wäsche aus.«

»Okay.«

Ich legte den Koffer in die Ecke neben der Toilette ab. Mom öffnete den Reißverschluss und begann, Kleidungsstücke herauszuziehen.

Wie vermutet, waren sie alle durcheinandergeworfen und lagen zwischen Dads Schuhen, die nicht einmal in den Kordelzug-Stoffbeuteln steckten, die er normalerweise benutzte.

Mom stieß einen Seufzer aus, der so leise war, dass ich ihn mir vielleicht auch nur eingebildet hatte.

Ich dachte daran, dass sie schon früher einmal die depressiven Episoden von Stephen Kellner durchlebt hatte.

Ich dachte daran, dass sie auch meine durchlebte.

Ich dachte daran, dass sie zusätzlich zu alldem auch noch die Trauer um ihren Vater verarbeiten musste.

»Ähm«, sagte ich. »Möchtest du einen Tee?«

»Ja, gern.«

»Okay.«

Während Dad sein Kebabfleisch aß, kamen Grandma und

Oma die Treppe herunter. Sie hatten sich auch umgezogen und trugen nun nicht mehr Persisch Leger, sondern gemütliche Jogginghosen, auch wenn Oma noch immer ihre Haare hochgesteckt hatte.

»Steh nicht extra auf«, sagte Grandma, aber Dad tat es dennoch. Er gab beiden einen Kuss auf die Wange.

»Du müsstest dich mal wieder rasieren«, sagte Oma.

Dad zuckte nur mit den Schultern und widmete sich wieder seinem Abendessen.

Alle waren einen Augenblick still, und die Stille war so angespannt, dass man sie wie einen Zweig zerbrechen hätte können.

Ich fragte: »Wie war es in Kalifornien?«

»Arbeitsreich«, sagte Dad.

»Wann musst du wieder zurück?«

Er seufzte. »Montag.«

»Immerhin ist es dort warm«, sagte Grandma.

Oma nickte, sagte aber nichts dazu. Sie betrachtete Dad mit geschürzten Lippen.

Die Stille war wieder da.

Das war so eine Sache mit der Stille. Manchmal kam sie immer wieder zurück.

»Will sonst noch jemand Tee?«

»Gern.« Oma blickte zu Grandma und dann zurück zu Dad. »Du bist sicher, dass es dir gut geht, Stephen?«

»Ich bin sicher.«

»In Ordnung.«

Grandma legte ihre Hand auf Dads Schulter. »Du siehst müde aus.«

»Wirklich. Mir geht es gut, Mom.« Dad lächelte, aber seine Augen lächelten nicht mit.

Was passierte hier gerade?

Eine verschleierte Spannung lauerte in der Küche, aber mir wurde nicht klar, warum, also tat ich, was ich immer tat und schenkte Tee ein.

»Was ist das?«

»Dragon Well.« Ich reichte Dad das Sieb mit den übergossenen Blättern darin, damit er daran riechen konnte. »Pfannengerösteter grüner Tee. Aus China.«

Dad schnupperte lange. »Der riecht gut.«

»Jep.«

»Enthält er viel Koffein?«

»Nicht wirklich.«

»Hmm. Mach danach am besten etwas Stärkeres, damit wir für *Star Trek* wach bleiben können.«

»Wirklich?«

Dad lächelte, dieses Mal richtig. Er hatte dunkle Ringe unter den Augen und sein Haar war ein einziges Chaos, aber das erste Mal, seitdem er zu Hause war, sah er wieder aus wie mein Dad.

»Wirklich.«

DER BESUCH

So lange ich mich erinnern kann, hatte Dad immer eine feste Regel: eine Folge pro Abend, außer, wenn es sich um einen Zweiteiler handelt, dann durften wir beide Teile sehen. (Dreiteiler wurden dennoch auf drei separate Abende aufgeteilt, aus irgendeinem unerklärlichen Grund, den Dad nie preisgeben wollte.)

Aber als wir »Der Weg des Kriegers, Teil 1 und 2« gesehen hatten – wo Worf aus *The Next Generation* Teil der Besatzung von *Deep Space Nine* wird –, schaltete Dad den Fernseher nicht aus, und er stoppte auch nicht das automatische Anspielen der nächsten Folge.

»Wir müssen die verlorene Zeit wieder aufholen.« Dads Stimme war heiser, und er räusperte sich, als er näher an mich heranrutschte. Er legte seinen Arm um meine Schulter. »Ich habe das hier vermisst.«

Ich räusperte mich ebenfalls. »Ich auch.«

Einen Augenblick waren wir still. Es war keine angespannte Stille wie in der Küche, sondern eine angenehme Stille. Dad atmete aus, und ich atmete aus, und unter dem Gewicht seines Arms sank ich tiefer in die Couch.

»Hey, Dad?«

»Jep?«

»Geht es dir wirklich gut?«

Dad drückte auf Pause (die kurze Vorschau von »Der Besuch« hatte gerade begonnen) und sah mich an. »Warum fragst du?«

»Es ist nur, weil du das letzte Mal, als du zu Hause warst sagtest, dass du depressiv bist.«

Dads Mund verzog sich etwas zur Seite.

»Und du wirkst …«

»Wie?«

Zerknittert war der erste Ausdruck, der mir in den Sinn kam.

Aber das konnte ich nicht sagen.

Ich konnte es nicht.

»Müde«, sagte ich stattdessen.

Und dann sagte ich: »Traurig.«

Und dann, weil ich nie wusste, wann man die Klappe hielt, sagte ich: »Einsam.«

Dad seufzte. Er starrte auf den Bildschirm und fuhr mit seinem Zeigefinger unter seiner Lippe entlang, über die Lücken in seinem Bart.

Ich wollte, dass Dad etwas sagte. Mir eine Antwort gab.

Aber stattdessen legte er wieder seinen Arm um mich, griff sich die Fernbedienung und drückte auf Play.

»Der Besuch« ist eine der besten Episoden von *Star Trek: Deep Space Nine*. Es geht um Captain Siskos Sohn, Jake, der versucht, seinen Vater wieder nach Hause zu holen, nachdem dieser in der Zeit verloren gegangen ist.

Es war vielleicht einfach nur ein Zufall, dass wir uns diese Folge ansahen, nachdem ich meinen Großvater gerade für immer verloren hatte.

Als ich gerade Angst hatte, meinen Vater an seine Depression zu verlieren.

Das letzte Mal, als Dads Depression richtig schlimm wurde, hatten wir einander für beinahe sieben Jahre verloren.

Ich hätte es, glaube ich, nicht ertragen können, wenn er sich wieder von mir entfernt hätte.

Neben mir weinte Dad. Nicht nur eine einzelne Träne, wie es normalerweise bei ihm der Fall war, sondern einen richtigen Tränenausbruch. Er schniefte und wischte sich über die Augen und gab dieses Geräusch von sich, wie ein Stöhnen oder Wimmern, und er zog mich so dicht an sich heran, dass ich dachte, er würde mich gleich erdrücken.

Ich schlang auch meinen Arm um ihn, und wir hielten einander eine lange Weile.

»Dad?«, fragte ich, als es so wirkte, als hätte er sich genügend beruhigt, um zu sprechen.

»Sorry.« Dad wischte sich seine Augen mit den Handrückseiten ab. »Das hat mich nur gerade sehr berührt.«

»Ist okay. Wirklich.«

Ich wollte, dass Dad wusste, dass es in Ordnung war, vor mir zu weinen.

Als die Folge vorbei war und der Abspann begann, reichte ich ihm ein paar Kleenex und putzte mir selbst die Nase.

Dad lehnte sich zurück und seufzte.

»Eine noch?«, fragte er.

»Ähm.«

Es war bereits nach Mitternacht.

»Bitte?«

Dad hatte so etwas in der Stimme.

Es brach mir das Herz, dieses Etwas zu hören.

»Klar.«

Also sahen wir uns noch eine Episode an (»Der hippokratische Eid«, ehrlich gesagt eine Folge, die nicht wirklich besonders ist), und ich lehnte meinen Kopf gegen Dads Schulter, als ich anfing, müde zu werden. Dad legte seine Hand auf meinen Kopf und spielte mit meinem Haar.

Ich konnte mich nicht erinnern, dass Dad das je zuvor getan hatte.

Mom machte das die ganze Zeit. Aber nicht Dad.

Er strich es immer wieder zurück und spielte mit den drei Wirbeln auf meinem Scheitel.

»Hey«, sagte er, nicht sehr viel lauter als ein Flüstern. »Fühlst du dich manchmal schlechter, wenn ich in deiner Nähe bin, wenn ich depressiv bin?«

»Nein«, sagte ich. »Nicht wirklich.«

Dads Finger auf meinem Kopf hielten inne.

»Bist du sicher? Es führt nicht dazu, dass du dich selbst depressiver fühlst?«

»Ich bin sicher. Warum?«

Dads Finger begannen, sich wieder zu bewegen. Er war eine lange Zeit still.

Ich unterdrückte ein Gähnen.

»Manchmal, wenn ich in der Nähe deiner Großeltern bin … Ich weiß auch nicht. Ich fühle mich dann, als wäre ich wieder dreizehn Jahre alt und läge mit depressiven Gedanken im Bett. Und ich spüre dann auch ihre Depression, wie eine Wolke über dem Haus.«

»Ich wusste nicht, dass Grandma und Oma es auch haben.«

»Also, sie sprechen nicht gern darüber. Und sie waren noch nie bei jemandem deswegen, also haben sie auch nie eine offizielle Diagnose bekommen. Ich hatte immer den Eindruck, dass sie bipolar sein könnten.«

»Oh.« Ich unterdrückte noch ein Gähnen. »Haben sie es dir schwergemacht, dir Hilfe zu holen?«

Dad legte sein Kinn auf meinen Kopf. »Manchmal. Sie wollten, dass ich allein damit fertigwerde.«

»Das tut mir leid.«

»Das muss es nicht.«

Meine Augenlider wurden schwer. Ich blinzelte ständig, aber ich wusste, dass ich wach bleiben musste.

»Sehen wir sie deshalb so selten?«

»Nein. Vielleicht.« Dad seufzte. Sein Atem kitzelte mein Haar. »Ich weiß es nicht.«

»Oh.«

»Ich dachte, wenn sie jetzt hier sind … Also, ich wollte, dass deine Schwester und du ein besseres Verhältnis mit ihnen habt, als ich es hatte.«

Um ehrlich zu sein, war ich mir nicht sicher, ob Dads Plan aufging.

Aber das konnte ich ihm nicht sagen.

Ich gähnte.

Dad kicherte.

»Okay.« Er gab mir wieder einen Kuss auf den Kopf. »Du musst jetzt ins Bett.«

»Ich bin hellwach«, sagte ich, obwohl meine Augen geschlossen waren.

»Alles klar.«

Ich ließ mich von Dad halten. Und ich hielt ihn auch fest.

»Mach dir keine Sorgen um mich«, flüsterte er. »Mir wird es wieder gut gehen.«

»Versprichst du mir das?«

»Ich verspreche es dir.«

ELEKTROMAGNETISCHE STRAHLUNG

»Darius, kannst du den Müll rausbringen?«, fragte Polli.

»Jep.«

Der meiste Müll, den wir produzierten, landete in unserem Kompost – wir gaben ihn an ein Farm-to-Table-Restaurant in unserer Straße weiter, die ihn für ihren Garten benutzten –, aber ich musste den Müll zunächst sortieren, weil auch einige Leute von der Straße ihre Abfälle in unsere Tonne warfen: Plastikverpackungen, leere Glasflaschen und Red-Bull-Dosen.

Ich verstand den Sinn und Zweck von Red Bull nicht.

Als ich alles sortiert und in die große Komposttonne geworfen hatte, rannte ich ins Badezimmer, um meine Hände zu waschen und sicherzugehen, dass ich nicht irgendetwas auf mir verschüttet hatte.

»Entschuldigung?«, fragte eine etwa Mitte zwanzigjährige Person mit einem Beanie und riesigen Flesh-Tunnel-Piercings, sobald ich in die Tür trat.

»Hey. Kann ich dir helfen?«

»Ich suche nach einem Geschenk für meine Partnerin.«

»Oh. Weißt du, was sie gern trinkt?«

»Sie mag kein Koffein«, sagte die Beanie-Person.

Also gingen wir zu unserer Auswahl an Kräutertees. Ich sprach über Rooibusch und fruchtbasierten Tee und

Schmetterlingsblütentee und öffnete dabei die entsprechenden Probierdosen.

Von der Theke aus schrie Kerry mir zu: »Darius, wir brauchen mehr Nitro!«

Mein Nacken brannte.

»Ähm. Sorry. Kommst du zurecht? Ich muss …«

»Klar«, sagte die Beanie-Person.

»Du kannst an der Theke nachfragen, wenn du noch Hilfe brauchst.«

»Danke.«

»Wir machen gleich ein Tasting«, sagte Mister Edwards, als ich mit den Nitro-Tanks zurückkam. »Ich habe gerade eine neue Charge verschiedener Darjeelings geliefert bekommen.«

»Großartig.«

Ich begann schon, ihm zu folgen, als wir einen Aufschrei und Geklirr und das Aufklatschen von Flüssigkeit hörten. An einem der Tische war gerade eine volle Karaffe Hibiskus-Eistee verschüttet worden, der dunkelviolett war, durch den Agavennektar sehr klebrig und wirklich schwer vom Boden zu entfernen, wenn er sich erst einmal festgesetzt hatte.

Polli winkte mich zu sich. »Darius?«

»Ich kümmere mich darum.« Ich drehte mich zu Mister Edwards. »Bin gleich da.«

Ich wischte den verschütteten Tee auf und half dann, ein paar Kartons für das Recycling zusammenzufalten. Ich war gerade wieder auf dem Weg zum Verkostungsraum, als Kerry sagte: »Darius. Ich brauche mehr Uva. Und New Vithanakande.«

»Dosen?«

»Packungen.«

»Okay.«

»Es dauert noch einen Augenblick«, sagte sie zu einer großen, bärtigen Person mit Trucker-Kappe, die an der Kasse wartete.

Um ehrlich zu sein, war sie der letzte Mensch in diesem Quadranten, von dem ich Interesse für feine Teesorten aus Sri Lanka vermutet hätte.

»Danke«, sagte Kerry, als ich ihr die Packungen überreichte.

»Gern. Ich stoße jetzt noch zu dem Tasting dazu, wenn es okay ist.«

»Viel Spaß.«

Mister Edwards und Landon hatten bereits vier verschiedene Tassen Darjeeling aufgegossen und tauchten ihre Löffel in die dritte, als ich an die Tür des Probierraums klopfte.

»Genau rechtzeitig«, sagte Mister Edwards. »Hol dir einen Löffel.«

Ich setzte mich neben Landon und tauchte meinen Löffel in den ersten Tee.

»Mm«, sagte ich. »Der ist gut.«

»First oder Second Flush?«, fragte Mister Edwards.

»Ähm.«

Ich roch an dem Tee, studierte die Flüssigkeit, nahm noch einen Schluck. Er war leichter und sanfter.

»First?«

»Gut. Was noch?«

»Blumig?«

»Hm.« Seine Lippen schürzten sich für eine Sekunde. »Eher würzig als blumig, denke ich. Kardamom.«

»Oh.«

Es schmeckte für mich überhaupt nicht nach Kardamom, und ich trank Kardamom die ganze Zeit.

Ich versuchte Nummer zwei. »Ähm. Tropisch?«

»Ja, Guave und Passionsfrucht. Versuche bei der Verkostung noch etwas spezifischer zu sein.«

Das Brennen in meiner Brust war wieder da: dieses komische, irgendwie flatterige Gefühl, als ob ich einen Pulsar hinter meinem Brustbein hätte, der sich drehte und in schnell aufeinanderfolgenden Intervallen elektromagnetische Strahlung aussendete.

Ich wünschte, ich könnte einfach Tee trinken und es genießen.

Neben mir kratzte Landons Stift auf dem Papier seines Notizbuchs.

Mister Edwards räusperte sich. »Und der dritte?«

»Irgendwie nussig? Mandeln?«

»Besser. Und Nummer vier?«

Ich fühlte mich, als wäre ich wieder in Algebra II. Und es gab keinen Chip, der mir beim Lernen half.

Ich schnupperte und nippte und überlegte.

»Fruchtig.«

»Grapefruit«, ergänzte Landon.

»Richtig. Du musst noch etwas an deinem Geschmackssinn arbeiten, Darius.«

Der Pulsar rotierte schneller.

Und ich hatte wieder dieses lächerliche Gefühl, noch stärker als zuvor.

Als würde ich hier nicht mehr gern arbeiten.

Als ob Tee früher oder später zu einem weiteren Test für mich werden würde, bei dem ich versagen konnte.

»Alles klar. Dann räumen wir mal auf. Gute Arbeit.«

»Macht es dir etwas aus, dich darum zu kümmern?«, fragte Landon. »Ich muss das Lager aufstocken.«

Ich räusperte mich. »Klar.«

Ich leerte die Tassen aus und stellte sie in die Spülmaschine, wischte den Tisch ab und sagte mir, dass alles okay war.

Wirklich.

Ich hatte eigentlich vorgehabt, nach der Arbeit nach Hause zu gehen, aber Landon lud mich zu sich ein.

Landon lud mich so gut wie nie zu sich ein. Aus irgendeinem Grund hingen wir normalerweise bei mir ab.

Als er mich also fragte, wusste ich, dass ich Ja sagen musste.

Landon und sein Dad lebten in einer Eigentumswohnung im Stadtzentrum, nur ein paar Straßenbahnhaltestellen vom Rose City entfernt. Es war ein umgestaltetes Art-déco-Bürogebäude, im achten Stock. Landon tippte den Code an der Eingangstür ein und führte mich zum Fahrstuhl. Er griff sich einen Zettel, der in den Türrahmen gesteckt worden war und ließ uns rein.

Jedes Mal, wenn ich Landons Zuhause sah, war ich beeindruckt. Das Wohnzimmer hatte diese riesigen Fenster, die auf die Innenstadt hinausblickten – man konnte sogar Rose City Teas sehen, wenn man, wie ich, groß genug war –, und alles war weiß und verchromt und glatt.

Landon führte mich zu der eckigen schwarzen Couch. »Möchtest du irgendwas?«

»Nein, danke.«

Er setzte sich und lehnte seinen Kopf gegen meine Schulter.

»Bist du okay? Du warst furchtbar still heute.«

»Ich weiß nicht. Ich bin nur …« Ich spielte mit dem Saum meines T-Shirts. »Ich weiß es nicht.«

Landon schob seinen Arm hinter mir durch, um mich um die Taille zu fassen. »Sprich mit mir.«

Ich wusste nicht, wie ich ihm sagen sollte, wie sehr es mich ermüdete, bei den Tastings nie die richtige Antwort parat zu haben.

Dass ich nur Tee trinken und das mit Leuten teilen wollte.

Dass ich bei Rose City nicht glücklich war.

Ich wusste nicht, wie ich das alles laut aussprechen sollte.

Also sagte ich stattdessen: »Ich mache mir nur Sorgen um meinen Dad, glaube ich.«

»Ist er immer noch depressiv?«

»Jep. Außerdem bin ich immer noch traurig wegen meines Großvaters.«

»Das verstehe ich.«

»Babu liebte Tee. Jedes Mal, wenn ich jetzt eine Kanne zubereite, eine Tasse trinke, ist es als ob … Dann fällt es mir wieder ein. Ich habe keinen Großvater mehr.«

»Es tut mir leid.«

Ich nahm seine freie Hand in meine und verwob unsere Finger miteinander. »Es ist okay.«

Landon küsste meine Schulter.

Ich seufzte.

Er lächelte mich an, und dann lehnte er sich näher an mich heran, um seine Lippen auf meine zu drücken, warm und weich und lange.

Es war sanft und schön. Seine Hand bewegte sich von meiner Hüfte zu meinem Nacken, seine Finger fuhren an meinem Haaransatz entlang, bevor sie sich zu meinem Kopf bewegten und mit meinen Locken spielten.

Ich erschauderte.

Landon lehnte sich zurück. Seine Lippen waren rot und an einem Mundwinkel ein bisschen aufgesprungen. Seine Zunge fuhr zu diesem Punkt.

»Ist das okay?«, fragte er.

»Jep«, sagte ich, weil ich nicht reden musste, wenn wir uns küssten. Dann musste ich nicht denken.

Dann fühlte ich den Pulsar in mir nicht mehr.

Landon rutschte näher, bis er fast auf meinem Schoß saß, und küsste mich wieder. Er schlug seine Zunge leicht gegen meine Zähne, und ich öffnete meinen Mund etwas, um ihr entgegenzukommen. Aber dann machte er diese Sache, bei der er seine Wangen einzog und meine Zunge in seinen Mund saugte.

Mein Atem stockte. Es war das merkwürdigste Gefühl, das ich je hatte.

Merkwürdig und großartig.

Schließlich musste ich den Kuss unterbrechen und Atem holen. Landons Wangen waren gerötet. Seine Augen glänzten.

»Jemand ist erregt«, flüsterte er und stupste die merkwürdige Beule an, die meine Jeans vorn machte.

»Das ist nur eine Falte in meiner Jeans«, flüsterte ich zurück, und Landon kicherte.

Ich meine, ich war hart, aber er war durch den Stoff meiner Hose an meinem linken Oberschenkel gefangen.

Landon fuhr meine Lippen mit seinem Daumen nach. Ich küsste seine Daumenkuppe, aber dann steckte er ihn in meinen Mund und rieb ihn gegen die Innenseite meiner Wange.

Es war wie so eine Sache, die man in Pornos sehen würde.

(Wenn ich ehrlich bin, war es eine Sache, die ich tatsächlich in einem Porno gesehen hatte.)

»Was machst du?«

»Nichts.«

»Ich glaube nicht, dass ich das mag.«

Landon wurde blass. »Sorry.«

»Ist okay.« Ich küsste seine Schulter.

Er legte seine Hand auf meinen Oberschenkel (meinen rechten, zum Glück) und rieb auf und ab. Er lehnte sich mir für einen weiteren Kuss entgegen und sog wieder meine Zunge ein.

Meine Haut kribbelte überall.

Dieses Mal war es Landon, der den Kuss unterbrach.

Ich war mir ziemlich sicher, dass er auch erregt war.

»Mein Dad wird erst spät nach Hause kommen«, sagte er. »Was wollen wir machen?«

»Du könntest für mich spielen. Ich habe dich noch nie Fagott spielen hören.«

Landon starrte mich an.

»Oder wir könnten so bleiben. Und noch etwas kuscheln.«

Landon küsste mich und legte seinen Kopf wieder an meine Brust. »Ich mag es, mit dir zu kuscheln.«

Ich nahm seine Hand von meinem Oberschenkel und brachte sie an meine Lippen. Ich küsste seine Fingerknöchel, einen nach dem anderen.

Landon bewegte sich ein wenig und sein Haar kitzelte mich am Kinn, als ich meine Arme um ihn schlang und mich mit ihm quer über seine Couch legte.

Ich nahm einen langen, tiefen Atemzug.

Und dann prustete Landon und murmelte »Falte deiner Jeans«, und wir fingen beide an zu lachen.

ZWEITE AUFGÜSSE

An diesem Abend, nachdem Dad und ich »Indiskretionen« gesehen hatten, eine etwas psychedelisch angehauchte Folge von *Deep Space Nine*, versuchte ich, Sohrab zu erreichen. Wieder einmal. Aber das kleine grüne Anrufen-Symbol blinkte vor sich hin, und die Dut-dit-dut-dit-dut-dit-Melodie hallte in meinem Zimmer wider. Und Sohrab ging nicht ran.

Ich wusste nicht, was ich tun sollte.

Sohrab war derjenige, der mir sonst immer helfen konnte, herauszufinden, was ich tun sollte.

Ich legte auf und versuchte es noch einmal. Und auch noch ein drittes Mal. Ich ließ es klingeln, bis der Anruf wegen Zeitüberschreitung beendet wurde.

Nichts.

Ich kaute eine Weile auf meiner Unterlippe, und dann versuchte ich stattdessen, Mamu zu erreichen.

Ich hasste es, dass ich so egoistisch war, meine Großmutter anzurufen, weil ich meinen besten Freund nicht erreichen konnte.

Wie sollte ich überhaupt mit Mamu reden, jetzt, da Babu nicht mehr da war?

Sie nahm fast sofort ab. Es gab eine Sekunde lang eine komische klingende Rückkoppelung, und dann blinkte der

Bildschirm schwarz und dann weiß, während sich die Verbindung herstellte.

»Hi, Dariush-jan.«

»Hi, Mamu.« Ich weinte fast, so sehr liebte ich die Stimme meiner Großmutter. »Wie geht es dir?«

Sie seufzte. »Ich komme zurecht, Maman. Weißt du, es ist schwer.«

»Ja.«

»Ich vermisse dich. Ich wünschte, du könntest wieder zu Besuch kommen.«

»Ich auch.«

Nun fing ich tatsächlich an zu weinen. Nur ein bisschen.

»Ist Dayi Jamshid bei dir? Oder Sohrab?«

Ich hasste den Gedanken, dass Mamu allein in diesem Haus war.

Und ich dachte, dass Sohrab vielleicht dort war.

»Nein. Ich bin allein. Zandayi Simin kommt nachher vorbei, und wir machen Abgusht. Kennst du Abgusht?«

»Jep.«

Abgusht bedeutet übersetzt »Fleisch« und »Wasser«, mehr oder minder also »Fleischbrühe«. Aber es ist eigentlich ein Eintopf mit Fleisch, das so lange geschmort wird, bis es vom Knochen fällt, und es wird mit knusprigem Brot gegessen.

»Du weißt, das war Babus Lieblingsessen.«

Ich schniefte.

»Wie geht es dir, Dariush-jan? Wie läuft es in der Schule? Und beim Fußball? Wie ist dein Job? Wie geht's deinem Dad? Und deiner Mom?«

»Ähm. Es geht ihnen gut. Allen geht es gut.« Ich konnte ihr nicht sagen, wie müde Mom war. Oder dass Dad depressiv war. Oder dass ich anfing, meine Arbeit zu hassen.

Ich musste so tun, als wäre hier alles okay, weil ich wusste, dass es das dort drüben bei ihr nicht war.

»Hey, Mamu?«

»Ja?«

»Hast du Sohrab zufällig in letzter Zeit gesehen?«

Mamu sah zur Seite.

»Es ist nur so, dass ich schon eine Weile nichts von ihm gehört habe.«

Und ich brauchte ihn.

Ich hasste, wie egoistisch ich war.

Aber ich brauchte meinen besten Freund.

»Weißt du, er ist im Moment sehr beschäftigt. Mit der Schule. Und seiner Mom.«

»Oh.«

»Ich werde ihm sagen, dass du angerufen hast. Okay?«

»Jep. Okay.«

»Es war schön, mit dir zu sprechen, Dariush-jan.« Mamus Stimme klang anders. Höher.

Ich wusste nicht, was los war.

Was nur wollte Mamu nicht laut aussprechen?

»Ich habe dich lieb, Mamu.«

»Ich dich auch, Dariush-jan. Tschüss.«

Ich wünschte, Dad hätte länger bleiben können.

Ich wünschte, er hätte mir sagen können, was ich tun sollte wegen Rose City. Wegen allem.

Aber stattdessen hatte ich genau eine Minute, um mich zu verabschieden, bevor er am Montagmorgen zum Flughafen fuhr.

»Dad?«

»Jep?«

»Komm bald zurück.«

»Sobald ich kann.«

Er hielt mein Gesicht zwischen seinen Händen. Die Ringe unter seinen Augen waren wieder dunkler geworden.

Ich hätte alles getan, um diese Ringe verschwinden zu lassen.

»Hab dich lieb.«

»Bist du okay?«, fragte Chip mich, als wir am Montagnachmittag den Umkleideraum verließen.

»Jep. Warum?«

»Du spielst die ganze Zeit mit den Bändern deines Pullis. Das machst du, wenn du nervös bist.«

Ich ließ das Band fallen.

Mir war nicht klar gewesen, dass das etwas war, was den Leuten auffiel.

Mir war nicht klar gewesen, dass Chip ein Typ war, dem so etwas auffiel.

»Willst du zusammen abhängen oder so? Evie mag es sehr, wenn du bei uns bist.«

»Kann nicht.«

»Oh.«

Chip fuhr sich mit einer Hand durch sein Haar.

»Ich muss zur Arbeit.«

»Oh. Ich dachte, du wärst vielleicht noch sauer auf mich.«

»Das bin ich nicht. Es ist nur …«

»Es ist nur was?«

»Ich weiß es nicht.«

Chip lehnte sich gegen den Fahrradständer und sah mich an.

Er sagte nichts.

Und aus irgendeinem Grund sagte ich: »Ich will nur nicht zur Arbeit gehen, heute.«

»Wie kommt's?«

»Ich weiß es nicht.«

»Gefällt es dir dort noch?«

»Ja«, sagte ich automatisch. »Vielleicht. Ich weiß es nicht.«

»Es klingt, als ob du es sehr wohl wüsstest.«

Ich schüttelte den Kopf.

Und dann sagte ich: »Ich wollte dort einfach schon immer arbeiten.«

Chip sagte: »Weißt du, warum ich dieses Jahr an den Probespielen für Fußball und nicht für Football teilgenommen habe?«

Ich griff nach meinem Kapuzenband, aber stoppte mich dann gerade noch.

»Weil ich Football gehasst habe. Seit der Kindheit habe ich gespielt, und jedes Jahr mochte ich es ein bisschen weniger. Letztes Jahr habe ich mich jeden Tag davor gegraut, zum Training zu gehen. Und Trent war der einzige Freund, den ich im Team hatte. Das Einzige, was mich durch die Saison gebracht hat.«

»Oh.«

»Es war schwer aufzuhören. Coach Winfield ist immer noch sauer auf mich. Mom ist auch irgendwie sauer, weil wir so viel Geld für Polster und Helme und so ausgegeben haben. Sorin hat früher auch gespielt, weißt du?«

Chip schluckte. Sein Adamsapfel hüpfte hoch und runter.

Er hatte einen wirklich ausgeprägten Adamsapfel.

»Ich schätze, was ich sagen will, ist, wenn dich etwas nicht glücklich macht, ergibt es dann nicht Sinn, es loszulassen?«

Meine Brust fühlte sich warm an. Das Pulsar-Gefühl war wieder da.

Konnte ich Rose City wirklich loslassen?

Einfach so?

Ich räusperte mich. »Ich brauche aber einen Job. Meine Eltern machen beide ständig Überstunden und müssen sich trotzdem Sorgen ums Geld machen.«

»Es gibt andere Jobs.«

»Aber ich bin in nichts anderem gut.«

Chip warf mir diesen Blick zu. Als ob es ihm wehtat, wenn ich so etwas sagte.

Ich weiß nicht, warum ich mich so schämte.

»Sorry. Ähm. Ich muss los. Will nicht zu spät kommen.«

»Oh. Alles klar. Hey, hast du schon deine Tickets fürs Homecoming morgen?«

»Hab sie heute geholt.«

»Cool«, sagte Chip, aber da war etwas in seiner Stimme.

Ich wusste nicht, was es war.

Er schloss sein Rad auf.

Ich schloss meins auf.

»Wir sehen uns morgen?«

»Jep.«

Er setzte sich seinen Helm auf.

»Und Chip?«

»Ja?«

»Danke.«

Während der Bus in Richtung Innenstadt rumpelte, kaute ich an meinem Proteinriegel herum – einem Erdnussbutterriegel, den Coach Bentley empfohlen hatte – und ließ mir durch den Kopf gehen, was Chip gesagt hatte.

Ich spürte den Pulsar wieder in voller Intensität in mir rotieren, als ich mein Zeug in mein Fach stopfte.

»Hey«, sagte Kerry. »Kannst du die Kasse übernehmen?«

»Klar.«

Es war ein entspannter Tag – Montage waren üblicherweise entspannt –, aber ein beständiger Strom an Kunden bewegte sich durch den Laden. Ich bonierte Gläser mit Nitro-Earl-Grey und Dosen mit Darjeeling und große Packungen mit je fünfzig Genmaicha-Aufgussbeuteln.

Im Verkostungsraum brühten Mister Edwards und Landon einen Bai Mu Dan zum Probieren auf.

Ich fragte mich, ob Chip vielleicht mit allem recht hatte.

Ich dachte, dass das womöglich so war.

Der Pulsar in mir strahlte immer stärker.

Und ich wusste, was ich zu tun hatte.

Irgendwann kam Mister Edwards aus dem Verkostungsraum und ging zu seinem Büro.

»Kannst du mich für ein paar Minuten ablösen?«, fragte ich Kerry. »Ich muss mit Mister Edwards sprechen.«

»Klar.«

Ich rieb mir den Hinterkopf und klopfte an Mister Edwards' Tür.

»Darius«, sagte er. »Komm rein.«

»Danke.«

»Alles okay?«

Meine Kehle zog sich zusammen. Ich schluckte.

»Ähm. Ich wollte mir Ihnen über etwas reden.«

»Natürlich.«

»Ähm«, sagte ich.

Und dann sagte ich: »Ich habe in letzter Zeit viel über einige Sachen nachgedacht.«

Und: »Es tut mir wirklich leid. Aber ich glaube, ich möchte kündigen.«

»Oh.«

Mister Edwards lehnte sich in seinem Stuhl zurück und sah mich an.

»Ist irgendetwas passiert?«

Ich schüttelte den Kopf.

»Nein. Es ist nur. Ich glaube nicht, dass ich hierfür gemacht bin.«

»Ich glaube nicht, dass ich jemals jemanden getroffen habe, der so perfekt für diesen Job geeignet ist wie du.«

»Ich bin es aber nicht«, sagte ich. Ich spürte, wie die Tränen in mir hochstiegen und kämpfte dagegen an. »Ich vertue mich bei allen Tastings. Ich bin überfordert mit dem Aufstocken des Lagers und der Inventur und allem. Ich … Ich liebe Tee. Aber ich glaube nicht, dass ich ihn verkaufen will.« Ich wollte noch weiterreden, aber meine Kehle war wie zugeschnürt.

Mister Edwards ließ ein Kichern vernehmen.

Es klang nicht gemein.

Eher so, als würde er sich an etwas erinnern.

»Wusstest du, dass ich Gitarre spiele?«

Ich nickte. Landon hatte mir die Gitarrensammlung seines Dads gezeigt.

»Ich bin ziemlich gut darin, weißt du. Ich hatte immer gehofft, dass Landon es aufgreift, aber ihm gefiel das Fagott besser.«

»Oh.«

»Wie auch immer. Ich habe eine Zeit lang in einer Band gespielt. *Die zweiten Aufgüsse.*«

Darüber musste ich kichern.

»Hey, nicht frech werden. Wir waren ziemlich gut. Wir haben ein Album rausgebracht. Konzerte gegeben. Haben etwas Geld gemacht. Aber weißt du was?«

»Was?«

»Nach einer Weile hat es mich nicht mehr glücklich gemacht. Ich liebe es, Gitarre zu spielen, aber ich habe es nicht geliebt, in einer Band zu sein.« Er lehnte sich vor und klopfte mir aufs Knie. »Es ist okay, etwas, das du liebst, für dich zu behalten.«

»Wirklich?«, quietschte ich.

»Wirklich. Es ist okay.«

Und ich hatte dieses Gefühl. Dass ich wieder atmen konnte.

»Danke.«

»Natürlich. Ich werde dich aber sicherlich vermissen.«

»Ich werde trotzdem noch kommen und meinen Tee hier kaufen. Ich liebe diesen Ort.«

Mister Edwards strahlte.

Er hatte das Lächeln seines Sohns.

»Das freut mich sehr. Ich wollte, dass dieser Laden ein Ort für Leute wird, die Tee lieben.« Aber dann fiel sein Lächeln etwas in sich zusammen. »Willst du es Landon sagen oder soll ich?«

Ich kaute auf meiner Unterlippe. »Ich mache es.«

»War es etwas, das ich getan habe?«, fragte Landon.

»Nein.«

»Etwas, das jemand anders getan hat?«

»Nein. Ich verspreche es.« Ich zog meine Tasche aus meinem Schließfach. »Es liegt an mir. Ich kann es einfach nicht mehr machen.«

»Warum?«

»Das ist schwer zu erklären.«

Landon studierte seine Füße. Ich griff nach seiner Hand und rieb meinen Daumen in kleinen Kreisen auf seinem Handrücken.

Schließlich fragte er: »Bist du sauer auf mich?«

»Natürlich nicht.«

»Okay.«

Ich küsste ihn auf die Nase. Er kicherte.

»Hey.«

»Hey was?«

»Ich habe unsere Tickets fürs Homecoming morgen besorgt.«

Landons Gesichtszüge wurden augenblicklich weicher. »Hast du?«

»Jep.«

»Was wirst du anziehen? Sollen wir im Partnerlook gehen?«

»Mom geht am Wochenende mit mir einkaufen.«

»Was ist deine Lieblingsfarbe?«

»Oh.« Ich weiß nicht, warum es mich so traf, dass Landon nach meiner Lieblingsfarbe fragte. »Blau.«

»Das ist leicht.«

»Leichter als orange auf jeden Fall.« Das war Landons Lieblingsfarbe.

Er grinste. »So würden wir definitiv auffallen. Aber ich habe einen grauen Anzug, der mir noch passt.«

Landon Edwards sah perfekt aus in grau.

Es brachte seine schönen Augen zur Geltung.

»Was machen wir … danach?«, fragte er.

»Danach?«

»Jep. Wir könnten noch irgendwo hingehen.«

»Ähm.«

»Ich weiß, es ist ein Klischee. Nun ja.« Sein Grinsen verblasste langsam, und eine Röte kroch auf sein Gesicht, von der Kieferpartie bis zu den Wangen. »Manchmal verbringen Paare danach noch etwas Zeit, weißt du. Nach einem Tanzabend.«

Sein Gesicht glühte beinahe.

»Oh«, sagte ich.

Mein Magen machte einen kleinen Salto.

Ich wusste nicht, was ich sagen sollte.

Und ich bekam dieses wirklich hässliche Gefühl.

Dass Landon nur Sex von mir wollte.

Ich wusste, dass das nicht fair war. Ich wusste, dass ich ihm wirklich etwas bedeutete. Aber ich konnte nichts dagegen tun.

Aber das ist ja normal.

Oder?

»Denk einfach drüber nach«, sagte Landon und küsste mich auf die Schulter. »Okay?«

»Okay.«

IM GOLDENEN LICHT

»Bist du nervös wegen des Homecomings?«, fragte Mom, als sie ihr Auto in eine Parklücke fuhr.

»Hmm?«

Sie stellte das Auto ab und sah mich an. »Machen dir die Leute in der Schule das Leben schwer?«

»Oh. Nein.«

Ich konnte Mom nicht erzählen, dass ich beunruhigt war, dass Landon dachte, wir würden hinterher noch etwas machen.

Sex-Zeug.

Ich würde niemals mit Shirin Kellner über schwulen Sex reden wollen.

»Hm«, machte Mom, aber ich schnallte mich ab und öffnete die Tür, bevor sie noch mehr sagen konnte.

Der Dragon & Phoenix Second Hand Shop + Boutique (ein Name, der besser zu einem Oolong-Tee als zu leicht gebrauchter Mode passen würde) war dieser große Laden am Ende der Einkaufsmeile von Beaverton. Das Innere leuchtete wortwörtlich wegen der vielseitigen Auswahl an Deckenlampen, und der Geruch von Räucherstäbchen kitzelte meine Nebenhöhlen.

»Weißt du schon, wonach du suchst?«

»Nicht wirklich.«

Ich zeigte ihr das Bild, das Landon mir von seinem Anzug geschickt hatte: grau mit dünnen, glatten Jackenaufschlägen.

»Schön«, sagte Mom.

»Jep.«

»Okay. Dann schauen wir mal, was sie hier so haben.«

Mom wanderte herum und zog beinahe jeden Anzug von der Stange, um ihn zu betrachten, während ich direkt in den Bereich mit den Übergrößen ging. Ich fuhr mit den Fingern die Reihe an Kleiderbügeln entlang. Die meisten Anzüge waren schwarz oder braun oder zu groß oder nicht groß genug.

Und dann, als ich um eine Ecke bog, sah ich ihn.

Den perfekten Anzug.

Hellblau, nicht ganz pastellfarben, aber fast. Und er glänzte, als ob etwas Metallisches in die Fäden eingewoben wäre.

Er war mit nichts vergleichbar, was ich je in meinem Leben getragen hatte.

»Oh«, sagte Mom. »Was hast du da?«

Ich hielt den Anzug hoch. »Der gefällt mir.«

»Wirklich?« Da war etwas in ihrer Stimme. »Du bist sicher, dass das okay ist fürs Homecoming?«

»Jep.« Er war hell und schillernd, aber ich wusste, dass es okay wäre.

Mom griff nach dem Ärmel, um sich den Preis anzusehen.

»Bist du sicher, dass du so viel ausgeben willst?«

»Jep.« Es würde den größten Teil meines letzten Gehaltsscheck aufzehren, aber das war mir egal. »Ich kann ihn ja auch zu anderen Anlässen tragen.«

Mom hielt den Ärmel gegen das Licht und betrachtete den Glanz. »Meinst du wirklich?«

»Warum?«, fragte ich. »Ist er zu schwul?«

Mom blinzelte mich an.

»Nein.« Sie blinzelte noch einmal und ließ den Ärmel fallen. »Nein.«

Ich fragte mich, was Shirin Kellner als »zu schwul« empfand.

Ich fragte mich, warum ich diesen Gedanken hatte.

Es war ein hässlicher Gedanke.

»Du wirst darin sehr gut aussehen«, sagte sie. »Na, los. Probier ihn an und schau, ob er noch geändert werden muss.«

»Hey«, sagte Chip, als wir nach unserem Trainingsmittwoch zu unseren Fahrrädern liefen. »Was machst du jetzt noch?«

»Ich bin auf dem Weg nach Hause.«

»Oh?«

»Jep. Landon hat zu tun. Außerdem habe ich meinen Job gekündigt.«

»Wirklich?«

»Jep. Du hattest recht. Ich muss etwas finden, das mich glücklich macht. Hoffentlich bald.«

»Oh. Cool.« Chip fuhr sich mit der Hand durchs Haar. »Willst du zum Lernen dann mit zu mir kommen? Meine Mom macht Empanadas.«

»Oh. Danke. Aber ich kann nicht. Ich muss auf Laleh aufpassen.«

Chip ließ seine Hand fallen. »Oh.«

Ich fühlte mich irgendwie schlecht, ihn so stehen zu lassen.

Besonders, nachdem er nicht einmal Trent erwähnt hatte.

»Möchtest du stattdessen mit zu mir kommen?«

Er grinste.

»Jep.«

Wir fuhren zu meinem Haus, als die klare Herbstsonne endlich hinter den schweren Wolken hervorlugte. Die nassen Straßen glänzten, und Chip lachte, als er durch eine Pfütze fuhr.

Ich weiß nicht warum, aber ich musste auch lachen.

Cyprian Cusumano sah wirklich schön aus in dem goldenen Licht.

Ich gab mein Bestes, nichts davon mitzubekommen.

Laleh hatte schon den Wasserkessel auf den Herd gestellt, als wir nach Hause kamen. Sie schaufelte etwas Tee in die Teekanne.

»Hey, Laleh«, sagte ich. »Erinnerst du dich an Chip?«

»Hey«, sagte Chip.

Laleh blickte zu Chip und errötete.

»Hi«, murmelte sie. Und dann drehte sie sich wieder zurück zur Küchentheke. »Willst du mir helfen, etwas Hel zu zerschlagen?«

Chip sah mich an.

»Kardamom. Für den Tee.«

»Oh. Klar.«

Lalehs Gesichtsröte breitete sich von ihren Wangen bis zu ihren Ohren aus. Aber sie arrangierte fünf Kardamomkapseln auf einem Papiertuch und faltete es einmal um. »Es geht leichter, wenn man den Boden des Topfes benutzt.«

»Was soll ich machen?«

»Draufschlagen, bis sie aufspringen. Du kannst so stark draufhauen, wie du willst.«

Chip grinste, und Laleh schenkte ihm ihr Zahnlücken-Lächeln.

»Hey«, ich kniete mich hin und sah mir Lalehs Lächeln genauer an. »Hast du endlich diesen Zahn verloren?«

»Jep. Beim Mittagessen.« Sie streckte ihre Zunge durch die Lücke, wo ihr Eckzahn gewesen war.

Auf Lalehs anderer Seite rollte Chip den Topfboden über den Kardamom.

»Du musst richtig draufschlagen«, sagte Laleh. »So.«

Chip reichte ihr den Topf. Sie schlug ihn fünfmal gegen die Küchentheke, tack tack tack tack tack! Ich zuckte bei dem Geräusch zusammen.

Ich drückte die Kapseln normalerweise nur auf. Aber Laleh liebte es, Hel zu zerschlagen.

Chip sah mich mit großen Augen an.

Ich kicherte. »Soll ich das heiße Wasser aufgießen?«

»Klar«, sagte Laleh.

Als unser Tee fertig war, setzten wir uns alle an den Tisch und breiteten unsere Hausaufgaben vor uns aus.

»Woran arbeitest du?«, fragte ich Laleh, die über ihrer halb fertigen Zeichnung die Stirn runzelte.

»Wir zeichnen gerade Weltraum-Elemente.«

»Oh. Cool.«

Wir haben nie Weltraum-Elemente im regulären Unterricht gezeichnet.

Ich wäre vielleicht sogar ganz gut darin gewesen, bei all dem *Star Trek*, das ich sah.

»Das habe ich geliebt«, sagte Chip. Er lehnte sich über den Tisch, um sich ihr Blatt anzusehen. »Ist es das, wo du deine eigenen Sternbilder erstellst?«

Laleh nickte.

Tatsächlich war das Papier mit Lalehs Malen-nach-Zahlen-Figuren bedeckt.

»Die sehen klasse aus«, sagte ich.

»Wir müssen uns eine Geschichte dazu ausdenken.«

»Was wirst du machen?«

»Es muss etwas über unsere Familie sein.«

»Wie wäre es mit unserem Trip in den Iran?«

»Ich weiß nicht«, sagte Laleh. »Was, wenn sie sich über mich lustig machen?«

»Weswegen?«, fragte Chip.

»Weil sie iranische Wurzeln hat«, sagte ich, aber dann drehte ich mich zu Laleh. »Ich wette, Miss Shah lässt so etwas nicht zu. Hast du nicht erzählt, dass auch ein paar andere Bruchstückhafte Kids in deiner Klasse sind?«

»Ich schätze ja.«

Chip sagte: »Würde sich wirklich jemand lustig machen?«

»Ich meine … auch über mich haben sich einige Leute lustig gemacht.«

Ich sprach nicht aus, dass Chip und Trent diejenigen gewesen waren, die sich über mich lustig gemacht hatten, genau wie Micah und Emily und andere Prototypen von Seelenlosen Lakaien der Orthodoxie sich über Laleh lustig gemacht hatten.

Aber ich denke, Chip verstand trotzdem, was ich meinte.

Er bekam diesen ernsten Gesichtsausdruck und nickte.

Und dann drehte er sich zu Laleh und sagte: »Dein Bruder hat recht. Du solltest über den Iran erzählen. Damit deine Klassenkameraden dich verstehen.« Er schluckte. »So findet man neue Freunde.«

Laleh blickte von Chip zu mir und zurück auf ihr Papier.

»Okay.«

Und dann sagte sie: »Hilfst du mir?«

»Na klar.« Ich rutschte näher.

»Du auch«, sagte sie zu Chip, auch wenn ihre Wangen sich dabei wieder röteten.

Er grinste. »Alles klar.«

Laleh zeigte auf eines der Strichmännchen-Sternbilder, die sie gezeichnet hatte, eines, das beinahe so aussah, als hätte es einen Schnurrbart. »Das hier wird Babu werden.«

VOLLES PROGRAMM PERSISCHE MUTTER

Samstagmorgen versuchte ich wieder, Sohrab zu erreichen.

Er antwortete immer noch nicht.

Ich dachte daran, Mamu anzurufen, aber ich konnte sie nicht jedes Mal anrufen, wenn ich Sohrab nicht erreichte.

Das wäre nicht cool.

Also schrieb ich ihm stattdessen noch eine E-Mail.

Als ich das erste Mal aus dem Iran zurückkam, schrieben wir uns die ganze Zeit E-Mails, bis wir dann einen guten Zeitpunkt zum Telefonieren gefunden hatten. Und sobald das geklärt war, fühlten sich die E-Mails plötzlich unpersönlich an.

Ich konnte nicht sehen, wie seine Augen beim Lächeln in den Lachfalten verschwanden. Oder sein Lachen hören.

Und sogar das war nur ein blasser Abklatsch vom echten Sohrab.

Ich vermisste es, mit ihm im Iran zu sein.

Ich vermisste es, mit ihm auf unserem Dach zu sitzen und der Sonne dabei zuzusehen, wie sie unser Khaki-Königreich küsste.

Ich vermisste die Art, wie er seinen Arm um meine Schulter legte, als würden Jungs so etwas einfach tun.

Aber eine E-Mail war meine einzige Option.

Also fragte ich ihn, wie es ihm ging und sagte, dass ich hoffte, dass er okay sei und dass er mir bald zurückschrieb. Ich erzählte ihm von meinen Fußballspielen (wir hatten inzwischen zehnmal gewonnen und einmal verloren) und davon, dass ich meinen Job gekündigt hatte. Ich erzählte ihm von Laleh und meinem Dad und meiner Mom. Ich erzählte ihm von Landon und dem Homecoming.

Hatten sie so etwas wie Homecoming im Iran?

Und ich sagte ihm, dass ich mich ganz okay fühlte, was die Depression anging. Und dass ich hoffte, dass es ihm auch so ging, weil er mein bester Freund in der ganzen weiten Welt war und ich wollte, dass er glücklich und gesund war.

Ich sagte ihm nicht, dass ich Angst hatte.

Angst, weil er nicht zurückgeschrieben oder angerufen hatte. Angst, dass ihm etwas Schlimmes passiert war.

Angst, dass er sauer auf mich war. Dass ich irgendetwas falsch gemacht hatte.

Ich hätte mein Leben für Sohrabs gegeben.

Also schrieb ich nur *Ghorbunet beram. Alles Liebe, Darius* und drückte auf Senden.

Sohrab hatte mir immer gesagt, dass mein Platz leer gewesen war.

Das ist ein iranisches Sprichwort.

Aber jetzt war sein Platz leer.

Ich vermisste ihn schrecklich.

»Mom?«

»Jep?«

»Hast du in letzter Zeit mit Mamu gesprochen?«

»Gestern. Warum?«

»Ich habe eine Weile nichts mehr von Sohrab gehört. Und als ich Mamu danach gefragt habe, ist sie irgendwie komisch geworden.«

Mom sah von meinen Händen auf. Sie malte mir gerade die Nägel in dem perfekten Yazd-Blau für das Homecoming an.

»Sie hat es nicht erwähnt«, sagte sie. »Ich bin mir aber sicher, dass es ihm gut geht.«

Ich war mir nicht so sicher.

Ich wurde das Gefühl nicht los, dass Mamu etwas wusste, was sie mir nicht erzählen wollte.

Die Stille zwischen uns war so zäh gewesen wie ein Sahnebonbon. Und klebrig auch.

Mom ließ meine linke Hand los und nahm meine rechte. Sie drehte sie ein bisschen, um meinen Daumen flach zu halten.

Und dann sagte sie, ohne mich dabei anzusehen: »Landon weiß von Sohrab, oder?«

»Hm?« Ich blinzelte. »Jep.«

Ich verstand nicht, warum Mom das anbrachte.

»Ist er manchmal eifersüchtig?«

»Auf Sohrab?«

Mom nickte.

»Nein. Ich glaube nicht. Warum?«

»Ich habe mich das nur gefragt«, sagte Mom. »Wegen der Art, wie du dich mit Sohrab verhalten hast. Als wir im Iran waren. Ich habe mich einfach gefragt …«

Mein Nacken kribbelte.

»Was … hast du dich gefragt?«

»Ob etwas zwischen euch beiden war.«

»Ähm.«

Mom sah mich an, aber ich schaute auf meine Hände.

Und dann sagte ich: »Wir sind nur Freunde, Mom.«

»Ich weiß, aber zu der Zeit …«

»Wir waren auch da nur Freunde.«

Mom seufzte.

Ich seufzte auch.

»Ich glaube, ich habe damals wirklich einen Freund gebraucht.«

»Also habt ihr nie …«

»Nein.«

Mom sah wieder auf meine Nägel hinunter.

»Vielleicht habe ich ein bisschen für ihn geschwärmt.«

Mom nickte.

»Du weißt, dass es für Jungs im Iran anders ist, oder?«

»Was?«

»Es ist üblicher, dass Männer Zuneigung füreinander ausdrücken. Platonische Zuneigung. Es bedeutet nicht dasselbe, was es hier bei uns bedeutet.«

Ich wusste nicht, warum Mom das Gefühl hatte, dass sie mir all das erzählen musste.

»Warum fragst du das plötzlich?«

»Ich habe nur darüber nachgedacht, was ich vielleicht noch alles verpasst habe.«

»Was meinst du damit?«

»Dass ich das nicht von dir gewusst habe. Dass du …«

»Schwul bist?«

Mom nickte.

»Dein Dad hat es mir erzählt, bevor du es mir erzählt hast.«

»Ähm.«

»An manchen Tagen fühlt es sich so an, als ob alles an dir neu wäre.«

Ich wusste nicht, was ich dazu sagen sollte.

Mom beendete die Arbeit an meinem rechten kleinen Finger und lehnte sich zurück.

»Fertig. Nun musst du sie nur noch trocknen lassen, bevor du dich anziehst.«

»Okay. Ähm. Danke.«

»Gern geschehen.« Sie hob die Hand und strich mir das Haar aus der Stirn.

Ich hatte mir gestern meine Frisur nachschneiden lassen. Mein Haar war weich und glatt und voluminös, der ausrasierte Teil schön frisch.

»Hab viel Spaß heute Abend.«

Landon wurde von Mister Edwards vorbeigebracht, etwa eine Stunde vor dem Abendessen.

Ich war immer noch dabei, mich anzuziehen, als er an meine Tür klopfte.

»Hey«, quietschte ich.

»Hey.« Er sah großartig aus: Sein Anzug musste extra für ihn angefertigt worden sein, wegen der Art, wie er sich an seine schlanke Taille und seine schönen Beine schmiegte.

Ich zog sofort meinen Bauch ein, als ich ihn sah.

Sein Haar war sehr förmlich zur Seite gekämmt, abgesehen von der einen Locke, die ihm in die Stirn fiel. Sein Lächeln war perfekt.

»Wow«, sagt er. Er sah an mir hoch und runter, mit diesem sanften Lächeln. »Du siehst wunderschön aus.«

Meine Ohren brannten.

»Ist es nicht zu … ähm …«

»Es ist perfekt.« Er nickte in Richtung meiner Krawatte. »Hast du damit Probleme?«

»Normalerweise hilft mir mein Dad«, gab ich zu.

Er streifte seine eigene Krawatte ab, eine blaue mit dünnen orangefarbenen Streifen: Sie war aufsteckbar.

»Da kann ich dir leider nicht helfen.«

»Verstehe.«

Er trat näher an mich heran und legte seine Hände auf meine Brust. Ich ließ meine Krawatte los und beugte mich zu ihm hinunter, um ihn zu küssen.

»Hey«, sagte ich.

Seine Hände glitten zu meiner Hüfte hinab.

»Du riechst gut.«

»Danke.« Ich hatte mir etwas von Dads Cologne genommen, das einen holzigen Geruch hatte – Wacholder und Salbei – und das er immer im Herbst trug. »Du auch.«

Er roch nach Geißblatt und Zitrusschalen.

»Komm, binde dir deine Krawatte. Wir wollen nicht das Abendessen verpassen.«

»Ich werde diesmal darauf achten, keine Zwiebeln zu bestellen.«

»Gut. Ich habe nämlich Pläne für uns.«

Ich schluckte.

»Okay.«

Mom zog bei Landon und mir das volle Programm einer persischen Mutter durch: Es dauerte mindestens zwanzig Minuten, bis alle Fotos aufgenommen waren, die sie wollte. Sie machte Bilder von jedem von uns allein, damit sie unsere Outfits aus so ziemlich allen Blickwinkeln aufnehmen konnte, und dann eine ganze Serie an Bildern von uns beiden zusammen, auch wenn sie uns für die ersten stockstei stehen ließ, mit unseren Armen an den Seiten, bis Landon fragte, ob sie wollte, dass wir uns an den Händen hielten.

»Oh«, sagte sie. »Klar.«

Grandma und Oma waren in der Küche, ignorierten uns größtenteils und spielten Monopoly mit Laleh, obwohl ich glaubte, gesehen zu haben, dass Oma einmal zu uns geblickt und genickt hatte.

Schließlich sagte ich: »Mom, wir werden zu spät kommen.«

»Nur noch eines«, sagte sie. »Macht was Lustiges.«

Landon sagte: »Alles klar.« Er zog mich an sich und küsste mich. Direkt vor meiner Mom.

Ich hörte das Klickgeräusch von Moms Handy, und dann sagte sie, mit etwas gepresster Stimme: »Toll.« Sie wischte sich eine Träne weg. »Toll. Okay.«

Ich küsste Mom auf die Wange. »Danke, Mom.«

»Du siehst so gut aus«, flüsterte sie mir zu. »Hab viel Spaß.«

»Das werde ich. Ich hab dich lieb.«

»Ich dich auch.«

Wie ich schon sagte, war ich noch nie zuvor auf einem Homecoming-Ball gewesen. Oder auf irgendeinem anderen Tanzabend an der Chapel Hill Highschool.

Die Tribünen waren an die Seiten der Hauptturnhalle geschoben worden, und riesige Banner hingen von den Geländern, mit Bildern von Palmen und Stränden und Sonnenschein und all den anderen »Fun in the Sun«-Motto-Details, die dem Homecoming-Komitee eingefallen waren.

Ich hielt Landons Hand, während ich ihn herumführte. Wir sagten Gabe und Jaden und ihren Dates Samantha und Claire Hallo, die beide Seniors im Frauenfußballteam der Schule waren.

»Gut seht ihr aus«, sagte Jaden. Er gab Landon einen Fistbump und drehte sich dann zu mir. Er kniff die Augen zusammen und griff nach meiner Hand, um meine Nägel zu begutachten. »Schön!«

Meine Ohren brannten. »Danke. Du siehst auch schick aus.« Er hatte einen burgunderfarbenen Anzug an und trug dazu ein leuchtend weißes Hemd und Turnschuhe.

Der DJ ließ »Don't Stop Believing« von Journey in ohrenbetäubender Lautstärke aus den miserablen Deckenlautsprechern schallen, die durch Basketballeinschläge eingedellt waren.

Ich fühlte mich wie in einer Teenager-Fernsehserie.

Landon sah um ein entscheidendes bisschen besser aus als ich. Er lächelte und quatschte mit Gabe und Samantha über irgendetwas, aber ich konnte es nicht verstehen wegen der lauten Musik.

Bei der Konzeption der Hauptturnhalle der Chapel Hill Highschool hatte man nicht an die Akustik gedacht.

Journey waren zu Ende, und der DJ ließ den Titel in einen K-Pop-Song übergehen, von dem aktuell alle besessen waren.

»Hey.« Landon nahm meine Hand. »Es ist ein Tanzabend, oder?«

»Oh. Richtig.«

Er führte mich auf die Tanzfläche, wo die Musik noch lauter war und alle so dicht aneinandergedrückt tanzten, wie es der vom Anstandskomitee festgelegte Mindestabstand erlaubte.

Ich entdeckte Chip in der Menge, der in einer großen Gruppe tanzte. Er sah wirklich attraktiv aus in seinem kastanienbraunen Anzug mit einem weißen Hemd darunter und einer Krawatte mit Blumenmuster.

Ich hasste es, dass ich dachte, dass er attraktiv aussah.

Ich hätte das nicht denken dürfen.

Ich erhaschte einen Blick auf Javaneh Esfahani in einem wunderschönen roten Kleid und einem goldenen Kopftuch, wie sie mit Mateo tanzte, dem Vizepräsidenten vom Queer-Straight-Alliance-Club der Chapel Hill. Mateo hatte das Haar violett gefärbt und zu einer Tolle hochgestylt und steckte in einem schwarzen Anzug, der glänzte, als wären Glitzerpartikel in den Stoff gewoben.

»Er ist süß«, sagte Landon und nickte in Mateos Richtung. »*They.*«

»Oh, sorry. Jedenfalls mag ich den Anzug.«

»Jep. Ich hatte mir irgendwie Sorgen um meinen gemacht.«

»Inwiefern?«

Ich sah auf meine Ärmel herunter.

»Ich habe nur noch nie so etwas getragen.«

Landon kicherte und legte seinen Arm um meine Taille, auf der vom Anstandskomitee noch erlaubten Handhöhe.

»Du siehst toll aus.«

Meine Wangen brannten.

»Danke.«

Landon wiegte mich hin und her, sehr viel langsamer, als der Rhythmus des Songs es vorgab. Aber ich lächelte ihn an, und er lächelte zurück.

Und es war schön.

Wirklich schön.

Dennoch machte mich das Gedränge der Körper um uns herum und das konstante Dröhnen von DJ Vorzeitiger Hörverlusts Kaufhausmusik nach etwa fünf Tänzen – einige schneller, einige langsamer – unruhig.

»Ich brauche mal einen kurzen Moment«, schrie ich Landon zu, und wir schoben uns an Jonny ohne Hs kreisenden Hüften – sicherlich nicht vom Anstandskomitee abgesegnet – vorbei zum Getränketisch. Ich schnappte mir einen Becher Wasser und reichte Landon auch einen. Er trank seinen direkt aus, aber ich roch erst einmal an meinem.

»Ich dachte irgendwie, dass vielleicht etwas untergemischt wurde.«

Er kicherte. »Ich glaube, das passiert nur in Filmen.«

»Oh.«

Ich brachte meinen Becher genau in dem Moment an meine Lippen, als mich jemand von hinten anrempelte. Ich verschüttete alles auf meinem Anzug.

»Mist.« Ich blickte mich nach Servietten oder irgendetwas um. »Ähm. Ich bin gleich wieder da.«

Landon strich mir Wasser vom Kinn. »Brauchst du Hilfe?«

»Ich komme klar. Gib mir nur eine Sekunde.«

Die Umkleidekabinen waren verschlossen, also musste ich zu den Toiletten im Südflur gehen. In der Chapel Hill Highschool gab es keine Papierhandtuchspender, sondern nur Lufttrockner, also ging ich in die dritte Kabine, um mir etwas Toilettenpapier zu holen.

Ich trocknete die Vorderseite meines Jacketts so gut es ging ab, und dann meine Hose, auf der ein großer nasser Fleck direkt um meinen Reisverschluss herum prangte. Wenn ich schwarz getragen hätte, wäre es nicht so aufgefallen, aber auf meinem hellblauen Anzug stachen dunkle Flecken sofort ins Auge.

Sie stachen ins Auge und waren verdächtig.

Ich rieb an den Flecken herum, aber das hauchdünne, einlagige Toilettenpapier, das wir an der Chapel Hill Highschool hatten, zerfiel sofort in kleine weiße Fusseln.

Was war der Sinn und Zweck von einlagigem Toilettenpapier?

»Hey. Kein Wichsen an der Schule, Dairy Queen.«

Ich fuhr herum und stieß mir das Kinn an der Toilettenschüssel, was großartig war.

Trent Bolger stand an den Waschbecken, wusch seine Hände und sah mich im Spiegel an.

Ich hatte mir immer vorgestellt, Trent Bolger wäre die Art Typ, der seine Hände nach dem Toilettengang nicht wusch.

»Lass mich in Ruhe, Trent.«

Ich strich mir die weißen Krümel von meiner Hose und ging zu dem Waschbecken, das am weitesten von Trent entfernt war, um mir die Hände zu waschen.

Ich hatte die Toilette nicht benutzt, aber ich spürte trotzdem den Drang, mir die Hände zu waschen, wenn ich in den Toilettenräumen gewesen war.

So etwas gab es.

Trent hielt seine Hände unter den Handtrockner. »Hast du Spaß mit deinem Typ?«

Es klang wie eine unverfängliche Frage, aber nichts an Trent Bolger war jemals unverfänglich.

»Ja.« Der einzige andere Handtrockner war rechts neben Trent, und ich wollte nicht, dass Wasser auf meine Ärmel kam.

Er warf mir diesen Seitenblick zu, und dann sagte er: »Hast du dir deine Nägel angemalt?«

»Jep.«

Er schnaubte – eine beunruhigende Erfahrung, wenn man die Größe seiner Nasenlöcher bedachte. »Ich weiß echt nicht, was Chip in dir sieht.«

»Was soll das denn heißen?«

»Tu doch nicht so, als ob du es nicht gemerkt hättest. Er ist so unglaublich scharf auf dich.«

Ich schluckte.

»Chip ist mein Freund. Tut mir leid, wenn du eifersüchtig bist oder was auch immer.«

Trent rollte mit den Augen. »Echt nicht. Chip und ich, wir sind schon immer befreundet. Und jetzt sind wir sogar eine Familie. Ich werde immer noch da sein, wenn er längst über dich hinweg ist.«

Er drückte sich an mir vorbei und stieß mich hart an der Schulter an, als er rausging.

»Man sieht sich, D-Cheese.«

DIE VORHAUTFIEDEL

Ich stand noch ein paar Minuten im Toilettenraum, spielte mit meinem Handy herum und ging im Kopf noch einmal durch, was Trent gesagt hatte.

Trent Bolger war ein Fiesling, egal was alle sagten. Egal wie viele Strafen er umging, weil er im Footballteam der Chapel Hill Schulmannschaft war.

Und Cyprian Cusumano war mein Freund. Auch wenn ich immer noch nicht richtig verstand, warum.

Aber was meinte Trent damit, dass Chip so unglaublich scharf auf mich sei? Er war eifersüchtig auf unsere Freundschaft und eifersüchtig darauf, dass Chip sich in eine andere Richtung entwickelte als er, und er hätte sicherlich alles gesagt, um Ärger zu machen.

Ich konnte mir nicht vorstellen, dass Chip mich mehr mochte, als man einen Freund eben mochte.

Solange ich ihn kannte, hatte Chip immer nur Mädchen gedatet. Falls er auch auf Typen stand, hätte er das irgendwann mal erwähnt.

Sogar, wenn er nicht auf mich stand, hätte er doch mal etwas erwähnt.

Oder?

Ich ließ mein Handy in meine Tasche gleiten. Landon

wartete, und ich würde es sicher nicht zulassen, dass Trent Bolger mir den Abend ruinierte.

»Bist du okay?«, fragte Landon, als er mich wieder auf die Tanzfläche führte.

»Jep.«

»Dein Gesicht ist rot.«

»Es ist heiß hier drinnen.«

Landon legte seine Hände auf meine Hüften, während wir uns im Takt der Musik wiegten – DJ Laute Geräusche hatte einen schönen langsamen Song ausgewählt, einen, den ich Dad für Mom singen hören hatte, wenn er dachte, dass ihn sonst niemand hörte.

Ich wartete darauf, dass gleich jemand vom Anstandskomitee vor uns stehen würde, aber es kam niemand.

»Das ist schön«, sagte Landon. Er trat näher an mich heran, so nah, dass sich unsere Körper fast berührten. Ich konnte sein Cologne riechen und auch etwas Schweiß.

Der Song wurde von einem etwas schnelleren abgelöst, mit trommelndem Bass und einem anspielungsreichen Text. Landon kam noch näher, und obwohl es für mich okay war, den vom Anstandskomitee festgelegten Mindestabstand nicht einzuhalten, wusste ich nicht, wie angenehm ich es fand, dass er sich auf der Tanzfläche an mir rieb. Nicht, wenn uns alle sehen konnten.

Landon machte diesen Move, bei dem er seine Hüften gegen mich rollte. Ich bog meinen Rücken, um mich ein kleines bisschen zu entziehen.

»Was?«, fragte er.

»Ich will keinen Ärger bekommen«, rief ich über die Musik hinweg.

Er rollte mit den Augen.

»Mit dir kann man keinen Spaß haben.«

Alle um uns herum tanzten und lächelten, und hier und da wurden sogar verstohlen Küsse ausgetauscht.

Aber Coach Winfield strich um die Ränder der Tanzfläche herum und starrte alle missbilligend an, die einander zu nahekamen.

Landon folgte meinem Blick und zuckte mit den Achseln. Er wich ein bisschen zurück, tanzte aber weiter. Ich gab mein Bestes, mitzuhalten und meine Hüften im Takt zu bewegen. Ich war nicht der beste Tänzer, aber ich war auch nicht der schlechteste. Jahrelanges Tanzen auf persischen Veranstaltungen hatte bei mir ein Gefühl für Rhythmus und solide Fußarbeit hinterlassen.

Cyprian Cusumano hingegen war ein abgrundtief schlechter Tänzer, aber es schien ihm nichts auszumachen: Er sprang und ruderte mit den Armen und lächelte und lachte, als ob es ihm egal wäre, wer ihn dabei sah. Er fing meinen Blick auf und winkte, mit diesem albernen Grinsen quer über seinem Gesicht. Ich schüttelte den Kopf.

»Was?«, schrie Landon. Er blickte sich um und sah Chip herumspringen. »Wow.«

Er nahm meine Hand und drehte mich herum. Ich grinste und drehte ihn auch.

Und dann entschied ich mich, es zu riskieren: Ich beugte mich ihm entgegen und gab ihm einen superschnellen Kuss, kaum mehr als ein Schmatzer auf die Lippen.

»Kellner!«, bellte Coach Winfield hinter mir. »Vorsicht!«

»Sorry, Coach.«

Er starrte mich an, bis ich die Augen senkte – obwohl er einige Zentimeter kleiner war als ich – und verschwand dann im Nebel der tanzenden Körper.

Landon fing an zu lachen.

»Wie hat er das gemacht?«

»Coach Winfield hat es auf mich abgesehen.«

»Also, dann solltest du dich wohl besser benehmen.«

»Ich werde es versuchen.«

Als mir die Wärme von so vielen eng zusammengedrängten Menschen zu viel wurde, führte ich Landon von der Tanzfläche weg, um zu rehydrieren. Der Getränketisch war allerdings inzwischen eine einzige Sauerei, also zog ich ihn raus in den Flur. Sobald wir die Turnhallentüren hinter uns geschlossen hatten, war der Lärmpegel hinter uns kaum mehr zu hören, abgesehen von dem Bassbrummen, das durch meine Schuhsohlen vibrierte.

Ich tupfte mir mit meinem Handrücken den Schweiß von der Stirn. »Ich kann wieder denken.«

»Ich kann wieder atmen«, sagte Landon. »Ich glaube, einige deiner Mitschüler haben ihr Deodorant vergessen.«

»Das ist ein wiederkehrender Albtraum von mir. Dass ich mein eigenes Deo vergesse.«

»Wirklich?«

»Jep.« Ich zuckte mit den Schultern. »Ich will niemals dieser Typ sein, der schlecht riecht.«

»Du riechst immer gut.«

»Danke.« Ich verschränkte meine Finger mit seinen und führte ihn in Richtung der Toiletten, wo ich vorher Trent Bolger getroffen hatte. Dort gab es keine Schlange am Trinkwasserbrunnen.

Landon trank zuerst und trat dann für mich zur Seite.

Wieder einmal wünschte ich, es gäbe Papiertücher in der Chapel Hill Highschool, weil ich mir damit super meine schwitzigen Augenbrauen hätte abwischen könnten.

Die Wände des Flurs waren mit Bildern von den Sportgruppen der Chapel Hill Highschool gesäumt. Der Hauptturnhalle am nächsten fand man das Footballteam der Schule, dann, über den Waschräumen, das Junioren-Footballteam. Landon nickte in Richtung der Reihen an Fotos.

»Hast du irgendwo ein Bild?«

»Im Flur beim Kunstraum.«

»Zeigst du es mir?«

Ich führte Landon an der Turnhalle vorbei in Richtung Kunst-Flur. Die fluoreszierenden Lichter waren ausgeschaltet, abgesehen von ein paar Leuchtplatten, die am Abend immer eingeschaltet waren. Unsere Anzugschuhe klangen wie Hufe, die auf den Fliesen klapperten.

Als wir uns der nächsten Ecke näherten, wechselten die Fotos vom Wrestlingteam der Schule (wo noch ein Foto von Chip in seinem rot-schwarzen Einteiler vom letzten Jahr hing) zum Junioren-Wrestlingteam und schließlich zum Männerfußballteam der Schule.

Go Chargers.

Die Sache ist die: Ich bin nicht sonderlich fotogen. Ich glaube, das ist genetisch. Menschen aus dem Iran haben auf Fotos immer einen finsteren Blick.

(Als Bruchstückhafter Perser sah ich nur aus, als litte ich gerade unter Verstopfung, aber immerhin.)

Ich trug mein Trikot und hatte meine Arme vor meiner Brust verschränkt: die Standard-Pose für eine Aufnahme als Sportler. Das Foto war in der ersten Woche nach Schulanfang aufgenommen worden, bevor ich mir die Haare schneiden ließ, weshalb noch mein alter Heiligenschein aus schwarzen Locken mein Gesicht umrahmte.

»Deine Haare sahen echt süß aus.«

»Ja? Vielleicht sollte ich sie wieder wachsen lassen.«

Ich strich mir über den Hinterkopf.

Landon legte seine Hand über meine. »Nee. So ist es sexier.«
Er zog meinen Kopf zu sich hinunter, um mich zu küssen.

Ich küsste ihn zurück, aber nicht zu intensiv: Wir waren immer noch in der Schule, und es fühlte sich merkwürdig an, in den Fluren der Chapel Hill Highschool rumzumachen.

Das Geräusch von widerhallenden Schritten ließ mich innehalten, meine Lippen schwebten über Landons. Ich öffnete meine Augen und blickte mich um, aber ich konnte niemanden sehen.

Ich lehnte meine Stirn gegen Landons. Er ließ seine Finger unter meinen Hosenbund gleiten, genau an meiner Lendenbeuge entlang.

»Erinnerst du dich, worüber wir gesprochen haben?«

»Ähm.«

»Mein Dad ist heute Abend nicht da.« Er lehnte sich mir entgegen und küsste mich wieder. »Wir hätten die Wohnung für uns.«

»Oh.«

Mein Gesicht fühlte sich so heiß an, dass ich überrascht war, dass Landons Stirn noch nicht mit meiner verschmolzen war.

»Ähm.«

Mein Herz raste.

»Willst du noch mit zu mir kommen?«

Beinahe wollte ich.

Beinahe.

Aber was, wenn Landon nicht mochte, wie ich aussah?

Was, wenn ich zu groß war?

Was, wenn ich zu klein war?

Was, wenn wir nicht so zusammenpassten, wie Landon es sich wünschte?

Was, wenn es mir nicht gefiel?

Was, wenn ich es noch nicht wollte?

»Ähm.«

Vielleicht war das das Einzige, was ich noch zu sagen imstande war.

Landon sah mir in die Augen.

»Was sagst du dazu?«

Ich schluckte. »Bin nervös.«

»Es wird Spaß machen. Ich versprech's«, sagte er. »Ich möchte das gern für uns. Du nicht?«

»Ja. Vielleicht. Ich weiß es nicht.«

Er runzelte die Stirn.

»Wie meinst du das, du weißt es nicht?«

»Ich meine, es ist ein großer Schritt. Für mich.«

»Also. Irgendwann musst du ihn machen. Oder?«

Irgendwie störte es mich, wie er das sagte. Als ob ich Sex haben wollen müsste.

Es gab viele Leute, die es nicht wollten.

Um das klarzustellen, ich wollte Sex. Ich wollte es wirklich.

Und ich dachte sogar, dass es vielleicht Spaß machen würde, es mit Landon zu tun.

Aber jedes Mal, wenn ich daran dachte, fühlte es sich an wie das Ende der Welt. Ich weiß nicht warum, aber so war es.

Ich hatte Angst.

Ich dachte, dass ich vielleicht bereit für Sex sein würde, wenn der Wunsch größer war als die Angst. Wenn die Gravitation meiner Lust sich verlagerte.

»Ich …«

Landon seufzte. Er öffnete den Mund, aber dann blickte er zur Seite.

Wir hörten wieder Schritte, dieses Mal direkt hinter der Ecke. Und Stimmen.

»Alter, du hast so krass um dich geschlagen."

»Halt die Klappe."

Es waren Chip und Trent.

»Es war beinahe schmerzhaft, dabei zuzusehen. Wie Zähne gezogen zu bekommen«, sagte Chip.

»Was auch immer.«

»Ich bin nicht sicher, ob ich mich noch mit dir in der Öffentlichkeit sehen lassen kann.«

»Als ob das was Neues wäre.«

»Was soll das denn heißen?«, fragte Chip.

»Ich sehe dich nur noch in der Schule oder wenn wir auf Evie aufpassen. Es ist, als wäre ich dir peinlich oder so.«

»Du bist mein bester Freund.«

Jemand scharrte mit dem Schuh auf dem Boden. Das Quietschen hallte im Flur wider.

Landon biss sich auf die Lippe und blickte von mir zu der Ecke, hinter der Chip und Trent standen, gerade noch außer Sichtweite.

Wir saßen in der Falle.

»Warum verhältst du dich dann nicht so?«, sagte Trent. »Du bist immer …«

Aber was es auch war, was Chip immer war, wir fanden es nicht heraus, weil die beiden genau in diesem Moment um die Ecke bogen.

Trent starrte uns an – die Arme umeinander, ich mit dem Rücken gegen ein Schließfach und Landon gegen mich lehnend –, und Chips Augenbrauen zogen sich zusammen.

»Oh«, sagte Chip. »Hey.«

»Hey«, sagte ich.

Trents Lippen kräuselten sich. Seine Augen verweilten an Landons Hand, deren Fingerspitzen immer noch unter meinem Hosenbund steckten.

»Ähm.«

»Ihr macht eine Pause?«, fragte Chip.

Landon nicke. »Es wurde irgendwie stickig da drin.«

»Ich glaube, wir hauen bald ab«, sagte Chip. »Es scheint so, als wenn sich hier alles langsam dem Ende zuneigt.«

»Oh.«

»Wir gehen noch zu mir und spielen Videospiele oder so. Ein paar andere Jungs aus dem Team sind auch dabei. Wollt ihr mitkommen?«

Ich sah Landon an.

»Ich glaube, wir gehen noch zu mir.« Er grinste mich an. »Um noch ein bisschen Zeit zusammen zu verbringen.«

Trent kicherte.

»Wird jetzt endlich auf der Vorhautfiedel gespielt?«

Die Zeit stand still, als ob wir alle am Ereignishorizont eines Schwarzen Lochs schwebten, das kurz davor war, uns zu verschlucken.

Und endlich verstand ich, warum Trent angefangen hatte, mich D-Cheese zu nennen, kurz nachdem Chip mich im Umkleideraum gesehen hatte.

Meine Augen trafen Chips für den Bruchteil einer Sekunde. Sie waren voller Scham und Panik.

»Was zum Henker, Alter?«, rief er.

Und obwohl es in meinen Ohren klingelte und ich mich fühlte, als ob sich ein junger Sternhaufen in meiner Brust entzündet hätte, dachte ich darüber nach. Darüber, dass Chip so altmodisch »Henker« sagte.

Trent lachte nur. »Was denn?«

Chip hatte diesen entsetzten Ausdruck auf dem Gesicht. Als ob dieses Mal er derjenige wäre, dem nach Weinen zumute war.

Landon sah mich an, dann Chip, dann Trent und dann wieder zurück zu mir. Er betrachtete meine brennenden Wangen und biss sich auf die Lippe.

»Nicht cool.« Chip schubste Trent den Flur hinunter.

»Habt viel Spaß!«, gackerte Trent. »Benutzt ein Gummi!«

Chip zog Trent weg und warf mir im Davongehen einen entschuldigenden Blick zu.

Landon trat einen Schritt zurück, und ich zitterte, mit dem kalten Schließfach in meinem Rücken und ohne Landons Wärme an meiner Vorderseite.

»Was sollte das denn?«

»Was?« Meine Stimme krächzte. Ich räusperte mich. »Ähm. Was?«

»Das wurde alles auf einmal sehr seltsam. Als er erwähnte, dass wir Sex haben würden.« Er blickte auf meine Hose hinunter. »›Auf der Vorhautfiedel spielen‹, hm?«

»Trent ist ein Arschloch«, sagte ich.

Und dann sagte ich: »Sie sind beide Arschlöcher.«

»Ich dachte, Chip ist dein Freund?«

»Das dachte ich auch.«

Ich trat vom Schließfach weg und schlang meine Arme um mich.

Mir war immer noch irgendwie nach Weinen zumute.

»Also bist du …« Landons Augen wanderten wieder nach unten.

»Was?«

»Du weißt schon.«

Ich schüttelte den Kopf.

»Unbeschnitten?«

»Intakt«, sagte ich.

»Oh. Hm.«

Ich hasste diese Äußerung: Hm.

Ich wischte mir über die Augen, weil ich am liebsten weinen wollte, aber nicht wollte, dass Landon mich dabei sah.

Ich war mehr oder minder immun dagegen, dass Trent mich demütigte. Ich hatte mich daran gewöhnt.

Aber was sollte ich tun, wenn jetzt auch Chip damit anfing?

»Das stört mich nicht. Ich hab schon mal mit unbeschnittenen Typen rumgemacht.«

»Rumgemacht?«

»Nur einen runterholen und so.«

Ich wollte wirklich nichts darüber wissen, wie Landon andere Typen masturbiert hatte.

»Ist das alles, was du tun willst? Rummachen?«

»Nein. Das …« Landons Wangen waren feuerrot. »Du verdrehst mir die Worte im Mund.«

Meine eigenen Wangen begannen auch zu brennen.

»Warum bist du so wütend auf mich?«

»Warum bist du nicht ehrlich zu mir? Warum weiß Chip überhaupt, dass du unbeschnitten bist?«

»Er hat mich gesehen an dem Tag, als ich mich verletzt habe.«

Ich wischte mir wieder über die Augen.

Das hier fühlte sich genauso schlimm an wie ein Knie in den Eiern.

Sogar schlimmer.

Landon starrte mich einen langen Moment an.

Und dann sagte er: »Hast du was für Chip übrig?«

»Was?«

»Magst du Chip?«

»Er ist mein Freund«, sagte ich. »Das ist alles.«

Ich hatte nichts für Chip übrig.

Das durfte gar nicht sein.

»Bei mir willst du nicht einmal dein T-Shirt ausziehen, aber er hat deinen Schwanz gesehen?«

»Das ist doch nur Fußball«, sagte ich. »Es war ein Missgeschick. Aber wir … du … Ich brauche mehr Zeit. Ich habe dir gesagt, dass ich noch nicht bereit bin.«

»Okay, aber was ist denn mit dem, was ich brauche? Was ist mit dem, wofür ich bereit bin? Warum geht es immer nur um dich?«

»So ist das doch gar nicht«, sagte ich. »Du bist mir wichtig. Und was du möchtest auch.«

»Ich habe dir gesagt, dass mir Sex wichtig ist. Aber du willst nie darüber reden. Du willst, dass wir zusammen auf Tanzveranstaltungen gehen und süß aussehen, du willst, dass ich für dich und deine Familie koche, aber wenn es darum geht, Sachen miteinander zu machen – Sachen, von denen ich dir gesagt habe, dass ich sie möchte, Sachen, die mir in einer Beziehung wichtig sind –, sagst du, du bist ›noch nicht bereit‹. Wir sind jetzt seit vier Monaten zusammen, und du ziehst bei mir noch nicht einmal das T-Shirt aus. Du bist ein Feigling. Und du bist egoistisch.«

»Es tut mir leid. Ich weiß nicht, was ich dazu sagen soll. Es tut mir leid. Ich bin noch nicht bereit.«

»Aber vor Chip schwingst du deinen Schwanz rum?«

»Das war im Umkleideraum. Was soll ich denn tun?«

»Ich weiß es nicht.« Landon schloss seine Augen. »Weißt du was? Ich werde jetzt gehen.«

»Was?«, quietschte ich.

»Es ist offensichtlich, dass du nicht mit mir nach Hause kommen willst. Oder?«

»Ähm.«

Ich wollte Ja sagen.

Ich wollte zu allem Ja sagen.

Aber ich konnte nicht.

Ich wischte mir über die Augen und sagte: »Landon …«

Aber er schüttelte den Kopf. »Das ist doch alles Bullshit.«

Und dann sagte er: »Ich gehe.«

Und dann ging er davon.

ANGEMESSEN MELANCHOLISCH

Ich wollte Landon hinterhergehen.

Ich wollte ihm im Regen nachlaufen, die Hand nach ihm ausstrecken und ihn dazu bringen, seine Meinung zu ändern, wieder zurückzukommen und mir zu sagen, dass er sich falsch verhalten hatte, dass es ihm leidtat und dass alles wieder gut werden würde.

Aber zum einen nieselte es noch nicht einmal richtig. Nicht annähernd genug für irgendeine Art dramatischer Versöhnung.

Außerdem war ich ein Feigling.

Und drittens fiel mir nichts ein, was ich ihm hätte sagen können, um seine Meinung zu ändern.

Ich blieb noch einen Augenblick in der Doppeltür stehen, während er darauf wartete, dass er abgeholt wurde. Als er weg war, schlüpfte ich hinaus auf den leeren Parkplatz und sah den Rücklichtern des Autos nach, wie sie im Nebel verschwanden, was sich immerhin angemessen melancholisch anfühlte.

Es war die Art von Situation, die nach irgendeiner bedrückenden Klaviermusik verlangte oder vielleicht einem einprägsamen Cello-Motiv, aber der einzige Soundtrack, den es gab, war der Bass von »Despacito«, der hinter mir die Fensterscheiben der Hauptturnhalle zum Vibrieren brachte.

Ich setzte mich auf den Bordstein, wischte mir über die Augen und spürte, wie sich eine gähnende Leere von Selbsthass vor mir auftat.

Die Sache mit den Depressionen ist die, dass man das Kreisen der Gedanken zwar wahrnimmt, aber nichts dagegen tun kann.

In meinem Kopf hallte Landons Stimme wider: »Egoistisch.«

Und ich sah auch immer wieder Chips Augen vor mir. Wie er mich kaum ansehen konnte.

Ich hatte ihm vertraut.

Ich kannte seine Geschichte mit Trent. Ich wusste, dass er sich ihm gegenüber noch nie behauptet hatte. Wusste, dass er genauso sehr Komplize wie Zeuge war, weil Trent am besten mit Publikum arbeitete.

Und ich hatte ihm trotzdem vertraut.

Also hatte ich das hier verdient.

Ich schniefte und zog mein Handy hervor. Die feinen Tröpfchen hinterließen winzige regenbogenfarbene Flecken auf dem Display.

Was sollte ich nur Mom sagen?

Hatten Landon und ich uns gerade getrennt oder war das nur ein Streit?

Mich bei einem Tanzabend stehen zu lassen, fühlte sich wie eine Trennung an.

»Darius?«

Ich blickte mich um und sah dann wieder auf mein Handy hinunter. Mom schickte Oma, um mich abzuholen.

Chip ließ sich neben mir nieder. Seine Knie fielen nach außen und stießen gegen meine.

»Also, das war ja mal super unangenehm«, sagte er und gab eine Art nervöses Kichern von sich.

»Was willst du, Chip?«

Er runzelte die Stirn und schaute auf seine Hände.

»Ich wollte mich nur dafür entschuldigen, was Trent gesagt hat.«

Was Trent gesagt hat.

Chip entschuldigte sich immer nur für Trent.

Ich sagte nichts.

»Bist du okay?«

»Mir geht's gut.«

»Wo ist Landon?«

Ich schüttelte den Kopf.

»Was ist passiert?«

»Trent und du, ihr seid passiert!«, rief ich, aber dann senkte ich wieder die Stimme. »Er war schon meinetwegen frustriert, aber dann habt Trent und du auch noch Witze über mich gemacht, und es war einfach …«

»Ich habe keine Witze über dich gemacht«, sagte Chip.

»Aber du hast Trent von diesem Tag im Umkleideraum erzählt.«

Chip seufzte.

»Ja.«

»Warum hast du das getan?« Ich verschluckte mich. »Ich dachte, wir wären Freunde.«

»Weil ich dich mag, okay?« Chip schluckte schwer. »Ich mag dich, und ich habe Trent erzählt, dass ich das Bild von dir nicht aus dem Kopf bekommen habe. Wir waren allein, und du warst so schön. Du bist es immer noch. Du bist schön und witzig und rücksichtsvoll und freundlich. Du bist die netteste Person, die ich kenne. Und ich konnte es nicht aushalten, dich verletzt zu haben. Ich konnte es nicht aushalten, dir so nahe zu kommen.«

Chip legte mir seine Hand aufs Knie und versuchte, es zu drücken, aber ich nahm seine Hand weg.

»Fass mich nicht an«, sagte ich.

»Aber –«

Ich konnte Chip nicht vertrauen.

Wenn er mich wirklich mochte, warum behandelte er mich dann nicht besser?

Der Pulsar in mir explodierte.

»Wir sind hier nicht in einer … in irgendeiner Fernsehsendung, wo du mich jahrelang fertigmachen und dann küssen kannst, so nach dem Motto: ›Überraschung! Ich war die ganze Zeit schon schwul und stand auf dich!‹ So funktioniert es nicht.«

»Ich bin queer. Ich habe schon immer auch Jungs gemocht«, flüsterte Chip. »Und ich habe nie versucht, dich zu küssen. Ich habe dich nicht fertiggemacht.«

»Du hast einfach nur dagestanden, jedes Mal, wenn Trent irgendetwas zu mir gesagt oder irgendetwas gemacht hat. Bei jedem rassistischen Witz. Bei jedem homophoben Spitznamen. Du hast ihn nie daran gehindert.«

»Trent ist nicht homophob. Er weiß, dass ich queer bin.«

»Man kann queere Freunde haben und trotzdem homophob sein, Chip.«

Er schniefte.

Ich konnte nicht sagen, ob er weinte oder ob es nur der Regen war.

»Hast du mir darum geraten, meinen Job zu kündigen?«

»Was?«

»Wolltest du, dass ich kündige, damit ich nicht mehr mit Landon zusammenarbeite?«

»Nein! Ich würde nie … Du warst so traurig. Ich wollte nur, dass du glücklich bist. Versprochen!«

»Warum sollte ich auf irgendetwas hören, das du sagst? Du bist genauso schlimm wie Trent.«

»Es tut mir leid. Ich sorge dafür, dass er dich in Ruhe lässt. Versprochen!«

Cyprian Cusumano kapierte es einfach nicht.

Es ging nicht nur darum, wie Trent mich behandelte.

Es ging auch darum, wie er mich behandelte.

Ich erkannte den Schein von Omas Scheinwerfern, die um den Parkplatz herumkurvten. Sie bremste und hupte.

Ich seufzte und stand auf.

»Darius?«, sagte Chip. »Es tut mir leid. Ich wollte dich nicht verletzen. Es tut mir leid.«

Chip sagte immer nur, dass es ihm leidtat. Aber er verhielt sich nie so. Er veränderte sich nicht.

Ich wischte mir übers Gesicht und räusperte mich.

»Jep, also.«

Ich wusste nicht, was ich noch sagen sollte.

Vielleicht gab es nichts anderes mehr zu sagen.

TAG DER SEELISCHEN GESUNDHEIT

Montagmorgen klopfte Mom an meine Tür.

Ich drehte mich im Bett um und stöhnte.

Ich hatte den Wecker ausgestellt, als er mich für meine Joggingrunde aufwecken wollte, und trotz des Lärms, den die anderen beim Aufstehen machten, war ich wieder eingeschlafen.

Okay. Davor hatte ich noch versucht, Sohrab zu erreichen.

Schon wieder.

Und er nahm nicht ab.

Schon wieder.

Das war der Zeitpunkt, als ich mich wieder ins Bett legte.

Mom klopfte noch einmal.

»Darius?«

»Ja?«

Mom öffnete die Tür einen Spalt und spähte zu mir hinein.

»Bist du okay?«

Ich seufzte.

»Kann ich heute einen Tag der seelischen Gesundheit bekommen?«

Ich hatte keinen Tag der seelischen Gesundheit mehr genommen seit dem Herbst in meinem neunten Schuljahr, als ich einen Medikamentenwechsel durchstehen musste und jeden Morgen Angstattacken hatte, wenn es Zeit war, mich anzuziehen.

Dad war ein überzeugter Anhänger von Tagen der seelischen Gesundheit.

Mom kam herein und setzte sich aufs Bett. Sie wischte mir die Haare aus den Augen und legte ihre Hand auf meine Stirn, als ob sie meinen mentalen Zustand wie ein Fieber diagnostizieren könnte.

»Bist du sicher, dass es morgen nicht vielleicht noch viel schwieriger wird?«

Das war die Sache mit Tagen der seelischen Gesundheit. Manchmal brauchte man sie, und sie halfen einem wieder auf die Beine. Aber manchmal, wenn man sagte, man brauche einen Tag der seelischen Gesundheit, versuchte man eigentlich, einer Sache aus dem Weg zu gehen, und je länger man ihr aus dem Weg ging, umso problematischer wurde alles.

»Vielleicht«, gab ich zu.

Ich hatte Mom noch nicht viel von dem Tanzabend erzählt.

Nur, dass ich mich mit Landon gestritten hatte.

Und auch mit Chip.

»Also, wenn du meinst, dass es besser ist, wenn du zu Hause bleibst, kannst du das machen. Du hast noch etwas Zeit, dich zu entscheiden. Ich schaue noch mal nach dir, bevor ich zur Arbeit gehe.«

»Danke, Mom.«

Sie küsste mich auf die Stirn.

»Ich hab dich lieb.«

Ich schätze, Moms Ansprache hatte gewirkt, denn ich quälte mich aus dem Bett und machte mich fertig.

Ich verbrachte den Tag weitgehend damit, Chip aus dem Weg zu gehen. Wir hatten am Abend ein Spiel, und ich musste auch noch lernen – ich hatte einen Test in Deutsch am

Freitag –, aber ich wusste, dass ich nicht ins Mindspace gehen konnte.

Es gab eine öffentliche Bibliothek ein paar Blocks entfernt. Ich fand einen Tisch in einer kleinen Nische, nicht weit entfernt von der Kinderecke, die voll mit kleinen Kindern war, die sich an ihrer Geschichtenstunde erfreuten.

Da war dieses süße Kleinkind im pinken Overall. Ich wackelte mit meinen Fingern in seine Richtung. Der Nagellack von meinem linken Zeigefinger war bereits abgeplatzt. Ich musste lernen, besser auf meine Nägel aufzupassen.

Das Kind winkte mit seiner Patschhand zurück und rannte weg.

Es erinnerte mich an Evie und daran, dass sie sich bei mir so wohl gefühlt hatte.

Ob sie mit Onkel Trent genauso war?

Und dann dachte ich an Chip und daran, dass ich mich bei ihm so wohl gefühlt hatte.

Ich hätte mich niemals so verletzlich machen dürfen.

Das war, was mich am schmerzlichsten von allem traf.

Ich wusste, was für ein Typ Chip war, aber ich hatte ihn mir so zurechtgedacht, wie ich es mir gewünscht hatte.

Ich war so enttäuscht von mir selbst.

Wie immer ließ Coach Bentley uns vor dem Spiel im Kreis zusammenkommen. Ich schob mich zwischen Diego und Bruno, weit weg von Chip, der wie üblich bei Gabe und Jaden stand. Jaden warf mir einen Blick zu, aber ich tat, als ob ich es nicht bemerkte.

Ich tat auch so, als würde ich nicht bemerken, dass Chip versuchte, meine Aufmerksamkeit auf sich zu ziehen.

Und ich bemerkte definitiv auch nicht, dass sein Haar –

normalerweise selbst nach einem langen Schultag in makellosem Zustand – ein völliges Durcheinander war. Oder die Art, wie seine Mundwinkel herunterhingen und er beinahe die Stirn runzelte, statt sein übliches Grinsen vor dem Spiel auf dem Gesicht zu haben.

Als wir die Runde machten, fiel mir absolut nichts ein, was ich sagen könnte. Mein Kopf war völlig leer.

Bruno sagte: »Beim Homecoming hat mir Christian einen Kaugummi gegeben, als ich mir Sorgen gemacht habe, dass mein Atem nicht frisch roch. Danke, Christian. Heather lässt dir auch ihren Dank ausrichten.«

Alle kicherten, aber ich spürte nur ein Ziehen im Bauch.

»Äh.« Ich war dran. »Ich habe gerade einen Aussetzer. Sorry. Ähm.«

Ich spürte das Gewicht von allen Blicken auf mir.

»Ich hatte ein ziemlich beschissenes Wochenende. Aber ich bin dankbar dafür, dass heute Abend unser Spiel ist und ich etwas zu tun habe. Also, danke für heute Abend, euch allen.«

Einige der Jungs nickten, andere sahen mich neugierig an oder drehten sich zu ihren Nachbarn, als ob sie sich darüber austauschen wollten, was ich gesagt hatte. Aber Coach Bentley antwortete: »Schön, dass wir für dich da sein können, Darius«, und das Flüstern hörte auf.

Diego bedankte sich ausgerechnet bei mir, dass ich ihm letzte Woche ein Paar frische Socken geliehen hatte, was ich inzwischen schon wieder völlig vergessen hatte. »Na klar.«

Und so ging es weiter.

Als Chip an der Reihe war, sagte er: »Darius hat mir etwas gesagt, das ich nicht hören wollte. Aber ich weiß, dass es an der Zeit war. Also, danke.«

Nun schaute ich doch hoch, aber Chip hatte seine Augen zusammengekniffen, als ob er Angst hätte vor dem, was nun geschehen würde.

Also sah ich auf meine Füße hinunter und sagte: »Freut mich, dass ich helfen konnte.«

Mein Herz trommelte gegen mein Brustbein, und meine Ohren summten.

Es fühlte sich an, als ob uns das gesamte Team beobachtete.

Aber eine Sekunde später ergriff Jaden das Wort, und der Kreis setzte sich fort.

MITTELFELDSTRATEGIE

Mittwochnachmittag, nach dem Training und einer weiteren sorgfältigen Vermeidung von Chip – was mit Hilfe von Jaden gelang, der bemerkt hatte, dass die Dinge zwischen uns irgendwie komisch waren und Chip in eine Konversation über alle möglichen Details der Mittelfeldstrategie verwickelt hatte –, nahm ich mit einer großen Masse an Sternresten im Bauch den Bus zum Rose City.

Ich musste etwas tun.

Ich konnte Sohrab noch immer nicht erreichen, und Dad war immer noch depressiv, und mit Chip war es komisch.

Aber Landon war da, und wir mussten unbedingt miteinander reden.

Außerdem brauchte Mom Earl Grey (den normalen, nicht den Nitro-Tee), und ich hatte fast keine marokkanische Minze mehr, seitdem Grandma und Oma so viel davon tranken.

Als der Bus anhielt, schnappte ich mir mein Rad und schob es in Richtung Rose City. Es war lange her, dass ich das letzte Mal den Kundeneingang benutzt hatte.

Alexis stand an der Kasse und winkte, als ich hineinging. Ich winkte zurück und ging auf die Regale zu.

Es war seltsam, Tee aus den Regalen zu ziehen, statt sie zu befüllen.

»Geht der Vorrat zur Neige?«, fragte Alexis, als ich ihn zur Kasse brachte.

»Jep.« Ich blickte in Richtung des Verkostungsraums. »Ähm. Ist Landon in der Nähe?«

Alexis nickte. »Ich glaube, sie sind fast fertig.«

»Cool.«

Ich lehnte mich gegen die Wand und saugte an den Bändern meines Kapuzenpullis.

»Wir nehmen wahrscheinlich zwei Kisten. Vielleicht drei«, sagte Mister Edwards über seine Schulter. Dann drehte er sich um und sah mich. »Oh. Darius.«

»Hi.«

»Schön, dich zu sehen«, sagte er.

»Finde ich auch.«

Er lächelte mich mit traurigen, geschlossenen Lippen an.

»Er ist drinnen.«

»Danke.«

Ich klopfte an den Türrahmen.

»Hey.«

Landon drehte sich um und ließ fast den Gaiwan fallen, den er in den Händen hielt.

Seine Wangen bekamen Farbe, während er ihn in die Spüle stellte.

»Hey.«

Wir sahen einander für einen langen Moment an.

Als die Stille zwischen uns unerträglich wurde, ging ich hinein und schloss die Tür.

Landons Schultern sackten zusammen. »Ich hab's irgendwie verbockt, hm.«

»Ich weiß nicht. Vielleicht haben wir das beide.«

»Es tut mir leid, dass ich dich bei dem Homecoming stehen gelassen habe.«

»Meine Großmutter war jedenfalls nicht begeistert, dass sie das Haus nach zehn Uhr abends verlassen musste.«

Landon zog eine Grimasse.

»Es tut mir leid, dass ich dich gedrängt habe. Das wollte ich nicht. Ich wollte nur, dass wir uns nah sind. Physisch.«

»Ich weiß. Mir tut es auch leid. Ich war nicht gut darin, dir ehrlich zu sagen, was ich wollte.«

»Ich wollte dich nie verletzten. Es ist nur …« Er seufzte. »Ich liebe dich. Ich hätte es schon früher sagen sollen. Und manchmal fühlt es sich so an, als würdest du mich nicht zurücklieben.«

»Ich …«

Liebte ich Landon?

Ich war mir nicht sicher, was das bedeutete.

Es fühlte sich nicht so an wie mit meiner Familie. Wo ich wusste, egal was passierte, dass sie für immer Teil meines Lebens waren, in meinen Adern und in meinem Herzen.

Und es fühlte sich auch nicht so an wie bei Sohrab, der für mich jemand war, auf den ich immer zählen konnte. Er kannte mich in- und auswendig. Er akzeptierte all meine Fehler und brachte mich trotzdem dazu, dass ich mir wünschte, ein besserer Mensch zu werden.

»Ich weiß es nicht«, flüsterte ich.

Landon atmete tief aus und sank auf einen Stuhl.

Jetzt wusste ich, wie es sich anfühlte, wenn man selbst derjenige war, der einem Typ in die Eier trat.

»Es tut mir leid.«

Landon schüttelte den Kopf und wischte sich über die Augen.

Meine waren merkwürdig trocken.

»Ich wollte dich nicht verletzten. Ich wollte dich nie verletzten.«

Landon schniefte.

»Nun ja. Ich werde hier besser mal fertig.«

»Ja. Sorry.«

Ich verließ allein den Verkostungsraum und schlüpfte aus dem Laden. Schloss mein Rad ab und machte mich auf den Weg zur Bushaltestelle.

Ich fragte mich, warum ich nicht trauriger war. Ob es daran lag, dass ich depressiv war. Oder an meinen Medikamenten. Oder weil ich tief im Innern vielleicht noch wütend darüber war, wie Landon mich behandelt hatte.

Niemand hatte mich je zuvor dazu gebracht, mich so klein zu fühlen wie er an jenem Tag. Nicht einmal Trent Bolger.

Aber es hatte mir auch niemals zuvor jemand das Gefühl gegeben, schön zu sein. Erst Landon. Niemand hatte jemals meine Hand gehalten, mich geküsst oder mich angelächelt, so wie er lächelte, wenn er mich sah. Niemand war vorbeigekommen und hatte meiner kranken Schwester Suppe gekocht oder mich fest im Arm gehalten, bis unser Atem sich synchronisiert hatte und ich einfach nur daliegen, mein Hirn abschalten und genießen konnte, wie es sich anfühlte, einen warmen Körper an mich gekuschelt zu spüren, glücklich und zufrieden.

Ich schaffte es den ganzen Weg zurück zum Bus, bevor ich anfing zu weinen.

EINE STÜTZE

Die Sache ist die: Es war nicht die erste Busfahrt, während der ich weinte. Diese Art Dinge passierten, wenn man mit Depressionen lebte. An einigen Tagen musste man einfach weinen.

Es tat gut zu weinen. Es sonderte Stresshormone ab.

Und hier ist noch eine andere Sache: Alle lassen einen in Ruhe, wenn man im Bus weint. Den meisten Menschen sind Stresshormone von anderen Leuten so zuwider, als wären sie eine ansteckende Krankheit.

Ich ging nicht davon aus, dass ich in meinem Leben jemals jemanden so verletzt hatte wie Landon.

Ich hasste mich dafür.

Und ich hasste mich dafür, dass ich es nicht wirklich bereute.

Wahrscheinlich stimmte irgendetwas nicht mit mir.

Viele Dinge stimmten nicht mit mir.

Als ich die Garagentür öffnete, stand Dads Auto an seinem Platz.

Ich war noch niemals so glücklich gewesen, Dads Audi zu sehen.

Ich streifte meine Sambas ab, ohne sie zuzubinden und rannte durch die Tür.

»Dad?«

Aber die Küche war leer. Laleh war im Wohnzimmer, an einer Seite der Couch eingerollt, mit einem riesigen Buch auf ihrem Schoß.

»Hey, Laleh. Ich habe Dads Auto in der Garage gesehen.«

»Er ist oben«, flüsterte sie.

Ich kniete mich hin und flüsterte zurück: »Warum flüstern wir?«

Laleh sah nicht zu mir hoch. Ihre Lippe zog sich nach unten und zitterte ein bisschen.

»Ich weiß es nicht.«

Es sah Laleh nicht ähnlich, nicht zu sagen, was sie bedrückte. Mir gegenüber jedenfalls nicht.

»Ich sehe mal nach ihm. Okay?«

»Okay.«

Ich tappte die Treppe hoch. Mom und Dads Tür war geschlossen.

Ich klopfte. »Hallo?«

Es dauerte einen Moment, und dann öffnete Mom die Tür gerade weit genug, dass ich ihr Gesicht sehen konnte. »Darius?«

»Hey. Ist Dad hier?«

»Er ist unter der Dusche.«

Sobald sie das gesagt hatte, ging das Wasser an.

»Oh. Okay.«

»Er kommt gleich runter.«

»Ist alles okay?«

»Es ist alles okay«, sagte sie, aber ich war mir nicht sicher, ob sie mit mir sprach oder es zu sich selbst sagte.

»Ich habe den Tee, den du wolltest. Soll ich uns eine Kanne kochen?«

Tee zu machen schien mir die einzige Sache zu sein, für die ich in einer Krisensituation zu gebrauchen war.

»Klar.«

Etwa zehn Minuten später hörte ich endlich das Schlurfen von Schritten auf der Treppe.

Stephen Kellner schlurfte nie.

Ich schmiss auf dem Weg ins Wohnzimmer beinahe meinen Stuhl um.

»Hey, Sohn.« Dad zog mich in eine Umarmung, sobald ich in Reichweite war.

Ich schlang meine Arme um ihn und legte meinen Kopf auf seine Schulter.

Aber ich bemerkte dabei diese Sache. Seine Schulter fühlte sich knochiger an. Als hätte er Gewicht verloren oder so.

Solange ich denken kann, hatte Stephen Kellner immer dieselbe Größe und dasselbe Gewicht gehabt.

Ich hasste das irgendwie an ihm. Mein eigenes Gewicht schien in einem Stadium des konstanten Wandels zu sein, aber auch immer eher etwas zu viel.

Dads Bart war noch mehr gewachsen. Er war richtig braun, viel dunkler als sein Haupthaar, das jetzt, wo es lang und zottelig genug war, dass die Spitzen bis zu seinen Ohren reichten, eine dunkelgoldene Farbe hatte.

Immer, wenn ich meinen Dad früher umarmte, hatte es sich so angefühlt, als ob er mir eine Stütze war.

Aber jetzt gerade war ich ihm eine Stütze.

»Dad?« Meine Frage klang gedämpft gegen sein Hemd.

Er rieb mit einer Hand meinen Nacken und wiegte mich ein wenig hin und her.

»Ich bin froh, dass du zu Hause bist.«

»Ich auch.«

Ich nahm Dad unter die Lupe, als er seinen Tee trank.

Wirklich unter die Lupe. Die dunklen Ringe unter seinen Augen. Die zusammengefallenen Schultern.

»Es wird schlimmer, stimmt's?«, fragte ich.

Er seufzte und nickte.

»Es ist einfach schwer. Von deiner Schwester und dir und deiner Mom getrennt zu sein.«

»Du musst das nicht weitermachen«, sagte ich. »Du kannst doch nach Hause kommen.«

»Das kann ich nicht. Wir brauchen das Geld, Sohn.«

»Ich schicke Bewerbungen raus. Und ich habe noch etwas gespart. Lass mich helfen.«

»Nein. Das ist unser Job – von deiner Mom und mir –, uns um Laleh und dich zu kümmern. Nicht andersherum.«

»Aber …«

»Wir stehen das durch.«

»Aber das tun wir eben nicht. Du siehst furchtbar aus. Und ich brauche dich.« Meine Stimme brach. »Bitte.«

Dad sah auf seine Teetasse hinunter. Er rollte sie in seinen Händen hin und her.

»Ich brauche dich auch. Dich und deine Schwester und deine Mom.« Er stieß einen wackligen Seufzer aus und räusperte sich. »Ihr seid meine ganze Welt.«

»Dann kannst du doch aufhören. Wirklich. Wir bekommen das hin.«

Dad schniefte.

»Erinnerst du dich daran, was du mir erzählt hast, als wir im Iran waren? Dass man Menschen auf verschiedene Arten an eine Depression verlieren kann?«

»Ich erinnere mich.«

»Also, ich will dich nicht verlieren.«

»Das wirst du nicht. Ich verspreche es.«

»Okay.«

Er schlürfte seinen Tee und atmete tief durch.

»Ich habe das hier vermisst.«

Wir saßen zusammen. Die Stille zwischen uns war nicht wirklich unangenehm, aber sie war auch nicht sehr entspannt.

»Landon hat mit mir Schluss gemacht«, sagte ich.

Und dann ergänzte ich: »Oder ich mit ihm.«

»Oh, Sohn.« Er streckte seine Hand aus und legte sie mir in den Nacken. »Das tut mir so leid.«

»Ja. Mir auch.«

»Willst du darüber reden?«

»Nicht jetzt gerade«, sagte ich. »Können wir einfach nur so sitzen bleiben?«

»Natürlich. Oder …«

»Oder was?«

»Wir könnten ein bisschen *Star Trek* schauen.«

»Ja.«

PENILE DEMÜTIGUNGEN

Nach *Star Trek* aßen wir zu Abend, und Dad ging früh schlafen. Ich beendete meine Hausaufgaben und machte mich fürs Bett fertig.

Ich fühlte mich so komisch und traurig, dass ich nicht einmal an eine Nummer drei dachte, bevor ich mich in meine Decke einwickelte.

Ich schlief schon fast, als mein Computer klingelte.

Es gab nur zwei Menschen, die mich online anriefen.

Ich sprang aus dem Bett, zog meine Unterwäsche und mein T-Shirt an und ging zu meinem Schreibtisch.

Wie gehofft, hüpfte Sohrabs Profilbild auf und ab – ein Foto von uns beiden, dasselbe, das ich eingerahmt an der Wand neben meinem Bett aufgehängt hatte.

Ich ließ mich auf meinen Stuhl fallen und drückte auf Annehmen.

Es gab diesen seltsamen Moment einer Rückkoppelung, und mein Bildschirm wurde für eine Sekunde weiß. Und dann war er da, mit seinem blinzelnden Lächeln und allem.

»Hallo, Dariush!«

»Hey Sohrab«, sagte ich.

Ich hätte beinahe angefangen zu weinen.

Beinahe.

Ich war so glücklich, ihn zu sehen, dass ich dachte, meine Wangen würden für immer in dieser lächelnden Position bleiben, und ich würde mein Leben lang mit einer Kiefersperre herumlaufen.

Das wäre für mich in Ordnung gewesen.

»Ich wusste nicht, wo du warst.«

»Ich weiß. Es tut mir leid. Ich konnte es dir nicht sagen, bevor wir weggegangen sind.«

»Weggegangen? Wohin?«

Sohrab lehnte sich zurück, und jetzt erst bemerkte ich, dass er nicht in seinem Zimmer war. Die Wände waren weiß und leer.

»Wo bist du? Bist du okay?«

»Ich bin in Hakkâri, Dariush. In der Türkei.«

»Was?«

»Maman und ich haben den Iran verlassen. Wir werden versuchen, Asyl zu bekommen.«

»Asyl?«

Mein Kopf drehte sich.

»Ihr werdet Flüchtlinge?«

»Ja. Viele Bahá'ís sind gerade in dieser Situation.«

Mein bester Freund war ein Flüchtling.

»Ich habe mir solche Sorgen um dich gemacht. Ich dachte, dass etwas Schlimmes passiert ist.«

Zählte das als etwas Schlimmes?

Was bedeutete das für Sohrab? Und für seine Mom?

»Das letzte Mal, als wir sprachen, hast du mir erzählt, dass du vielleicht depressiv bist. Und dann warst du auf einmal weg. Und niemand wollte mir etwas sagen. Ich dachte …«

Sohrabs Gesicht wurde ernst.

»Das würde ich nicht tun, Dariush.«

»Manchmal können Leute nicht anders.«

Er atmete tief aus.

»Ich bin okay, Dariush. Versprochen. Es tut mir leid. Wir mussten es für uns behalten.«

»Warum?«

»Es ist gefährlich. Und kompliziert. Erinnerst du dich, dass meine Khaleh Asyl bekommen hat?«

»Die jetzt in Toronto ist?«

Er nickte.

»Ist es das, wo ihr hingeht? Toronto?«

»Ich weiß es noch nicht. Vielleicht.«

Dieses kleine Glücksgefühl stieg in mir hoch.

Sohrab in Toronto?

Verglichen mit dem Iran war das praktisch nebenan.

»Weine nicht, Dariush.«

»Ich hatte Angst. Tut mir leid.«

»Nein, mir tut es leid. Ich wünschte, ich hätte kein Geheimnis daraus machen müssen. Aber Maman und ich sind okay. Alles wird gut werden.«

Ich nickte und schniefte.

»Ich habe dich vermisst«, sagte er.

»Ich habe dich auch vermisst.«

»Und ich habe … das von Babu gehört.«

Ich nickte.

»Es tut mir leid, Dariush.«

»Mir tut es auch leid. Du hast ihn auch lieb gehabt.«

Auf gewisse Weise war Babu auch Sohrabs Großvater gewesen. Vielleicht sogar noch mehr als meiner.

Ich wünschte, ich wäre jetzt dort bei ihm.

Ich wünschte, ich könnte ihn umarmen und mit ihm weinen und mir von ihm all die kleinen Dinge über Babu erzählen lassen, die ich nicht wusste. Dinge, die er erlebt hatte, während er als Nachbar von Ardeshir Bahrami aufgewachsen war.

Aber immerhin konnte ich ihn auf dem Bildschirm sehen.

Es gab sehr viele Neuigkeiten auszutauschen.

Ich erzählte Sohrab, dass ich bei Rose City gekündigt hatte.

Ich erzählte ihm von dem Homecoming-Abend und Landon.

Ich erzählte ihm von Chip.

»Das tut mir leid zu hören, Dariush«, sagte er, als ich fertig war. »Wirst du zurechtkommen?«

»Ich schätze schon.«

Er sah mich an.

»Und, hast du?«

»Habe ich was?«

»Hast du Landon geliebt?«

Ich lehnte mich in meinem Stuhl zurück. Es war ein gebrauchter Bürostuhl, den Dad aus der Arbeit mitgebracht hatte, als dort Stehtische eingeführt wurden. Er war allerdings auch leicht kaputt, und wenn ich mich zu weit nach hinten lehnte, fiel er um.

Ich hielt mich an der Scheibtischkante fest und setzte mich wieder auf.

»Ich glaube nicht«, sagte ich schließlich.

Und dann sagte ich: »Er war der erste Typ, der mich je gemocht hat.«

Ich schluckte den Kloß in meinem Hals weg.

»Was, wenn mich nun nie wieder jemand so mögen wird wie er?«

»Dariush.«

»Ja?«

»Du bist ein guter Typ. Und viele Jungs werden dich noch mögen. Da bin ich sicher.«

Ich schüttelte den Kopf.

»Was ist mit Chip? Er mag dich.«

»Uff.«

Darüber musste Sohrab lachen.

»Dariush.«

»Was?«

»Er ist dein Freund. Willst du für immer sauer auf ihn sein?«

»Ja. Vielleicht. Ich weiß es nicht.«

»Erinnerst du dich noch an unseren ersten Streit?«

Ich nickte.

Das war als Sohrab mich aufgezogen hatte, nachdem er mich in der Dusche nach dem Fußballspielen nackt gesehen hatte.

Er hatte gesagt, dass mein Penis aussah, als trüge er einen Turban.

Würde mein Leben eine lange Reihe an penilen Demütigungen sein?

Vielleicht würde es das.

Vielleicht ist es das, was es bedeutet, einen Penis zu besitzen.

»Warum sind wir noch befreundet?«

Ich zuckte mit den Schultern. »Du hast gesagt, dass es dir leidtut.«

»Und du hast mir verziehen.«

»Ja.«

»Freunde verzeihen einander. Hat Chip dir gesagt, dass es ihm leidtut?«

Das hatte er.

Oft.

Ich war mir nur nicht sicher, ob das ausreichte.

»Aber du hast nicht einfach nur gesagt, dass es dir leidtut. Du hast es dann auch nicht wieder getan.«

»Wir haben uns auch über andere Dinge gestritten.«

»Ja«, sagte ich. »Aber wir hatten nie denselben Streit zweimal.«

»Und Chip macht immer wieder dasselbe?«

»Ja. Er ist immer noch mit Trent befreundet. Egal was Trent mit mir macht.«

»Hm. Vielleicht wird er sich dann tatsächlich niemals ändern. Aber weißt du was?«

»Was?«

»Ich habe noch nie jemanden mit einem so großen Herzen getroffen wie dich, Dariush. Ich bin mir sicher, du wirst deine Antwort finden.«

Mein Gesicht brannte.

»Danke.«

Sohrabs Wangen sahen auch ein bisschen pink aus. Er räusperte sich.

»Wie läuft's beim Fußball?«

Ich erzählte Sohrab von unseren gewonnen Spielen, von unseren Niederlagen und davon, wie seltsam und wunderbar es sich anfühlte, in einem Team zu sein.

Ich erzählte ihm von Grandma und Oma.

Ich erzählte ihm von Laleh und ihrem Projekt, Mamu und Babu in Sternbilder zu verwandeln.

Ich erzählte ihm von Mom, die gerade eigentlich nie zu Hause war. Und von Dad, der endlich zu Hause war und dem es schlecht ging, der mich aber endlich helfen ließ.

Und zum ersten Mal seit langer Zeit fühlte es sich so an, als ob vielleicht doch noch alles gut werden würde.

DER NULLMERIDIAN

Mom klopfte an meine Tür, als Sohrab und ich uns gerade verabschiedeten. Sie hatte ihren Morgenrock an und hielt eine Tasse Kaffee in der Hand.

»Hi, Sohrab-jan«, rief sie. »*Chetori toh*?«

Sohrab redete etwa eine Minute auf Farsi mit ihr, und sie antwortete, aber dann sagte sie: »Okay, Sohrab-jan, *Khoda Hafez*. Wir sprechen uns bald wieder.«

»*Khoda Hafez*«, sagte Sohrab zurück. »Tschüss, Dariush. Wir sprechen uns bald wieder. Ich verspreche es! *Ghorbunet beram.*«

»*Ghorbunet beram*. Immer.«

Ich legte auf, lehnte mich zurück und klemmte meine Knie unter die Schreibtischkante, um zu verhindern, hintenüberzufallen.

Mom lehnte gegen meinen Türrahmen und sah mich an.

»Du lächelst.«

»Es geht ihm gut«, sagte ich. »Ich hatte mir solche Sorgen gemacht.«

»Ich weiß, Schatz.«

»Hast du davon gewusst?«

Sie schüttelte den Kopf.

»Aber ich dachte mir, dass sie den Iran wahrscheinlich verlassen würden. Mahvash hat manchmal darüber geredet.«

»Wie geht es jetzt weiter?«

»Ich weiß es nicht. Falls alles glattläuft, werden sie sich wo-anders niederlassen. Vielleicht Toronto.« Sie lächelte. »Vielleicht sogar hier.«

»Wirklich?«

»Wenn wir Glück haben.«

Ich erlaubte mir, es mir vorzustellen: Sohrab, hier. Er kam einfach zum Abendessen rüber. Wir hingen zusammen ab und spielten Fußball. Ich zeigte ihm all meine Lieblingsplätze in Portland. Wir tranken Unmengen an Tee.

Wir fanden einen Ort für uns, an dem die Welt sich ein-fach ohne uns weiterdrehen konnte, wo wir reden und einan-der all die Dinge erzählen konnten, die man nur seinem besten Freund anvertraute.

Mom kam näher und fuhr mit ihrer Hand durch mein Haar.

»Darius?«

»Ja?«

»Ich wollte nicht lauschen, aber … Ich habe gehört, dass du Sohrab von Landon erzählt hast.«

»Oh.«

»Bist du okay?«

»Ich schätze ja. Ich meine, irgendwann werde ich es sein.«

Mom sah mich einen langen Augenblick an. Als ob sie versuchte, etwas über mich zu verstehen, das sie bisher noch nie hatte verstehen müssen. Sie setzte sich auf mein Bett und klopfte auf die Stelle neben sich.

Ich zog mein T-Shirt herunter in dem Versuch, meine Un-terwäsche zu verdecken – ein Paar hellblaue Boxershorts – und setzte mich neben sie.

»Was ist passiert?«

»Wir haben geredet. Und … Also, wir wollten unterschiedliche Dinge.«

»Dein Dad sagte, dass ihr beiden darüber nachgedacht hattet … Sex zu haben.«

Meine Brust zog sich zusammen. »Er schon. Ich war noch nicht so weit.«

Moms Hände wanderten wieder zu meinem Haar.

»Du hättest mir davon erzählen können, weißt du. Als dein Dad nicht in der Stadt war. Falls du einen Rat gebraucht hast, hättest du mit mir reden können.«

»Ich weiß.«

»Liegt es an etwas, das ich gesagt habe?«

»Nein.«

»Du hast früher immer über alles mit mir geredet.«

»Das tue ich immer noch.«

»Aber nicht über dieses Thema.«

Ich blickte auf meine Hände hinunter. Moms Hand, die meine Locken gezwirbelt hatte, hielt inne.

»Was ist los?«

Ich kniff die Augen zusammen.

»Du hattest immer diesen Gesichtsausdruck. Jedes Mal, wenn wir uns geküsst haben.«

»Nein, das hatte ich nicht.«

Das war der Grund, warum ich nichts gesagt hatte.

Weil ich wusste, dass Mom sich aufregen würde.

»Hatte ich? Wirklich?«

Mom faltete ihre Hände in ihrem Schoß.

»Das tut mir leid.«

»Ist okay.«

»Nein, ist es nicht.« Sie holte tief Luft. »Ich bin nicht sauer, dass du schwul bist. Versprochen.«

»Okay.«

»Weißt du, seit dem Tag, an dem du geboren wurdest, haben dein Dad und ich von einer glücklichen Zukunft für dich geträumt. Und jeden Tag bist du etwas erwachsener geworden und hast dich verändert, und wir haben diesen Traum immer ein kleines bisschen anpassen müssen. Die längste Zeit, die ich dich kenne, hatte ich immer das Gefühl, ich wüsste, welchen Weg du gehst. Aber jetzt …« Mom blinzelte Tränen weg. »Alles ist anders geworden seit dem Iran.«

Nicht alles.

Ich war schwul, als ich dorthin fuhr, auch wenn ich es noch nicht herausgefunden hatte, und ich war genauso schwul, als ich wieder zurückkam.

Aber Mom sagte: »Als wir wieder zu Hause waren, wart dein Dad und du euch so viel näher. Und ich war glücklich, weil ich es furchtbar fand, wie distanziert ihr zuvor miteinander umgegangen seid.« Mom hielt ihre Hand an ihr Herz. »Aber es tat weh, dass ich dich verloren habe, während er dich fand.«

Darüber hatte ich nie nachgedacht. Wie Mom sich fühlte, nun, da Dad und ich plötzlich ein Team geworden waren.

Und Mom und ich es nicht mehr waren.

Ich fühlte mich schrecklich.

»Es tut mir leid.«

»Das muss es nicht. Ich verhalte mich egoistisch.«

»Nein, das tust du nicht. Ich wollte nicht, dass du dich so fühlst.«

»Ich vermisse dich einfach nur. Und wie wir früher waren.« Mom griff in Richtung meines Nachttischs, wo ich eine von diesen großen Kleenex-Boxen in Würfelform stehen hatte.

»Hier.« Ich reichte sie ihr rüber.

Mom schniefte und putzte sich die Nase.

Ich griff mir mein eigenes Kleenex und wischte mir damit über die Augen.

»Es tut mir leid«, sagte ich noch einmal.

»Du musst dich nicht entschuldigen. Du wirst erwachsen. Das passiert nun mal.«

Ich wollte nicht, dass es passierte.

Ich wollte nicht erwachsen werden, wenn das bedeutete, dass Mom und ich uns voneinander entfernen würden.

»Aber ich will dich auch nicht verlieren.«

»Das wirst du niemals. Nie. Versprochen.« Mom seufzte. »Ich habe dich lieb, Darius. Jeden kleinsten Teil von dir. Ich habe nicht gewollt, dass du jemals etwas anderes denkst.«

»Ich weiß«, sagte ich.

Ich hätte es die ganze Zeit schon wissen müssen.

Ich schämte mich so, dass ich überhaupt in Erwägung gezogen hatte, es könnte anders sein.

»Ich hatte nur Angst.«

»Angst? Warum?«

Ich sah auf meine Hände und rieb meine Zeigefinger über meine türkisfarbenen Daumen.

»Ich weiß es nicht«, sagte ich.

Wie erklärte man die Angst, dass jemand auf einmal aufhören könnte, einen zu lieben?

Aber Mom sagte: »Ist das der Grund, warum du es Mamu noch nicht erzählt hast?«

Vielleicht verstand Mom doch.

Vielleicht tat sie das.

»Ich will nur nicht, dass sie von mir enttäuscht ist.«

Mom hielt mein Gesicht zwischen ihren Händen. »Oh, Darius. Du könntest sie niemals enttäuschen. Du bist der liebste Junge der Welt. Weißt du das?«

Ich schüttelte den Kopf. »Bin ich nicht.«

»Doch, das bist du.«

»Wirklich nicht.«

»Warum sagst du so etwas?«

»Weil ich nicht lieb bin. Ich bin egoistisch.«

Ich erzählte ihr von Trent und von Chip.

Davon, dass Chip sagte, dass er mich mochte.

Und davon, dass Chip sagte, alles tue ihm leid, und davon, dass ich ihm bisher nicht verzeihen konnte.

»Sohrab sagt, Freunde vergeben einander. Aber wie kann ich das, wenn Chips bester Freund es sich zu seiner persönlichen Mission gemacht hat, mir das Leben zur Hölle zu machen? Ich meine, Chip hat ihm früher dabei geholfen. Und jetzt sagt er, dass er mich mag?«

Ich schüttelte den Kopf.

»Was soll ich jetzt tun?«

Mom sah mich einen langen Augenblick an.

»Du bist so jung.«

Sie sagte es, als ob es sie immer noch erstaunte. Als ob es eine wunderbare Sache wäre, jung und wütend zu sein auf denjenigen, der einem echten Freund auf dieser Seite des Nullmeridians am nächsten kam.

»Wenn man jung ist, kommen die vielen Gefühle manchmal auf die falsche Weise aus einem heraus.«

»Also soll ich ihm einfach verzeihen?«

»Das sage ich nicht. Ich meine nur, dass diese Dinge etwas sind, was man tut, wenn man jung ist. Und hoffentlich wächst man da irgendwann heraus. Zieht Chip dich immer noch auf?«

»Nein.«

»Behandelt er dich schlecht?«

»Nein. Er ist in Ordnung.« Ich dachte an alle die Male, wo Chip mir beim Lernen geholfen hatte. Wie oft er mich zu sich nach Hause eingeladen hatte. Dass er mir Evie anvertraut hatte.

»Chip behandelt mich gut. Er ist nett zu mir. Aber er ist immer noch mit Trent befreundet.«

»Du kannst nicht kontrollieren, mit wem die Leute befreundet sind«, sagte Mom. »Besonders, wenn sie jetzt als Familie zusammengehören.«

»Das will ich auch gar nicht. Das wäre eine beschissene Sache, so etwas zu versuchen. Aber ich … Ich weiß nicht, wie ich ihm jemals vertrauen kann.«

»Hast du ihm das gesagt?«

»Ich weiß nicht«, sagte ich. »Ich weiß nicht wie.«

»Du verdienst Menschen in deinem Leben, die dich glücklich machen, Darius. Egal was kommt. Erinnere dich daran. Okay?«

»Ich versuche es.«

»Ich werde dir nicht raten, Chip zu verzeihen. Aber er wirkt wie ein guter Freund. Es wäre schade, wenn du ihn aufgeben würdest, obwohl du dir nicht sicher bist.«

»Also, was mache ich dann?«

»Das kannst nur du entscheiden.«

EINE NEUE ZUKUNFT

Am nächsten Morgen berief Mom eine Familienzusammenkunft ein.

In ihrer gesamten Geschichte – die auf Dads Seite bis zu
ihren teutonischen Wurzeln im Vorwende-Deutschland zu-
rückreichte und auf Moms Seite auf die Grundsteinlegung von
Yazd zurückging – hatte man in der Kellner-Bahrami-Familie
noch nie eine Familienzusammenkunft einberufen.

Wir betraten hier also Neuland.

Mom war früh aufgestanden, um eine große Frittata zu machen. Ich verkürzte extra meine Joggingrunde, um ihr dabei
zu helfen. Ich setzte eine große Kanne persischen Tee auf, und
Mom stellte eine Platte mit Erdnussbutterkeksen bereit, die sie
beim alljährlichen Büroverkauf der Pfadfinderinnen erworben
hatte.

Während wir aßen, gab Dad bekannt, dass er noch eine Reise nach Los Angeles unternehmen würde, allerdings nur für
zwei Tage, um das Projekt abzugeben. Und dass er von dem
Arkansas-Job zurücktreten würde.

Ich erzählte allen von Landon und mir.

»Aber ich mochte Landon!«, sagte Laleh.

»Ich auch«, sagte ich. »Aber, nun ja … Manchmal funktioniert es nicht.«

»Wer wird dann jetzt dein Freund sein?«

»Niemand, schätze ich. Ich werde die Fußballsaison abschließen. Hoffentlich habe ich zu dem Zeitpunkt einen neuen Job. Und kann mehr Stunden arbeiten, um besser mithelfen zu können.«

»Nur für eine kurze Zeit«, sagte Dad. »Und dann beginnst du, für deine Zukunft zu sparen. Ob das nun ein College sein wird oder etwas anderes. Okay?«

»Okay.«

Laleh erzählte allen von ihrem Sternbilder-Projekt. Sie hatte dafür einen Goldstern bekommen – die höchste Bewertung, die Miss Shah vergab – und hatte außerdem einen neuen Freund gefunden.

»Avans Opa kommt aus Indien«, erklärte sie. »Indien und der Iran sind fast Nachbarn. Er fährt jeden Sommer zu Besuch dorthin.«

Ich war froh, dass Laleh neue Freunde fand.

Ich liebte das Lächeln meiner Schwester.

Grandma und Oma verkündeten, dass sie wieder nach Hause fahren würden.

»Wir haben euch schon viel zu lange auf der Tasche gelegen«, sagte Grandma.

Und Mom sagte: »Wir haben uns gefreut, dass ihr da wart«, was Taarof auf hohem Niveau war.

Eine seltsame Energie, eine Art Vibration, summte durch das gesamte Kellner-Haus.

Eine neue Zukunft wurde geboren.

Ich half Grandma mit ihrer und Omas Wäsche, faltete Hosen und Pullover und Sockenpaare zusammen, während sie sich um »das, worüber man besser schweigen sollte« kümmerte.

Ernsthaft.

Sie sagte: »Ich kümmere mich um das, worüber man schweigen sollte«, als ob das eine Formulierung wäre, die die Leute wirklich für ihre Unterwäsche und BHs benutzten.

Vielleicht nannte Grandma Letzteres sogar »Brassieres«.

Ich grinste.

»Froh, dass wir gehen?«

»Nein. Ich musste nur an etwas Witziges denken.«

Sie betrachtete mich mit hochgezogenen Augenbrauen.

»Ich glaube, es ist das Beste, weißt du. Ich glaube, dein Dad ist besser dran, wenn er uns nicht zu oft sieht.«

»Warum sagst du das?«

Grandma vollführte diese komische Faltbewegung, die ihre Unterwäsche in ein winziges Dreieck formte. »Er würde es nicht sagen, aber ich glaube, in unserer Nähe zu sein, deprimiert ihn.«

»Ich glaube nicht, dass das stimmt«, sagte ich, obwohl ich ziemlich sicher war, dass es stimmte.

»Du kannst ruhig ehrlich sein, Darius.« Grandma zog eine Grimasse. »Ich glaube, es war schwer für ihn, Omas Transition mitzuerleben. Sein ganzes Leben neu ausrichten zu müssen.«

»Ich glaube, er ist manchmal depressiv, weil die Krankheit einfach so funktioniert. Es braucht keinen Grund dazu. Am wenigsten Omas Transition. Ist sie jetzt nicht glücklicher?«

»Sehr viel glücklicher.«

»Dann ist das doch gut. Auch für Dad.«

»Hm.«

Grandma ließ das letzte Wäschestück, über das man besser schweigen sollte, in den Wäschekorb fallen.

»Das verstehe ich.«

Sie scheuchte mich zur Seite und hob den Wäschekorb hoch. Aber dann sah sie mich an und stellte ihn wieder ab.

»Es war nicht einfach, weißt du. Das alles durchzustehen. Ich glaube manchmal, dass es schwieriger für mich war als für deinen Dad.«

»Warum?«

»Dein Dad und ich mussten beide unser altes Bild von Oma loslassen und uns ein neues machen. Aber ich musste mir auch ein neues Bild von mir selbst machen. Ich hatte mein Leben lang gedacht, ich wäre eine heterosexuelle Frau. Aber ich liebte Oma immer noch. Was machte das also aus mir? War ich lesbisch? Oder bisexuell? Oder queer?«

»Oh.«

»Aber weißt du was? Auch wenn es schwer war, stehen wir uns heute näher als je zuvor. Wenn man so etwas gemeinsam durchsteht, geht man gestärkt daraus hervor.« Sie hob ihren Korb wieder an. »Das mit Landon tut mir leid. Trennungen sind schwierig.«

Es überraschte mich immer noch, sie das sagen zu hören. Es war, als ob ich zwischendurch vergaß, was passiert war. Als könnte ich stundenlang nicht an das Loch in meinem Herzen denken, in dem einmal Landons Lächeln gelebt hatte.

»Jep.«

»Aber es wird dir wieder besser gehen. Das weißt du, oder?«

»Vielleicht.«

Grandma nahm mich bei den Schultern.

»Das wird es ganz sicher.« Sie lächelte mich an. Ein echtes Lächeln.

»Ich bin froh, dass wir hier bei euch sein konnten.«

»Ich auch.«

»Halte uns auf dem Laufenden mit dem Pride. Vielleicht können wir zusammen hingehen. Wenn das Wetter gut ist.«

»Wirklich?«

»Wir werden sehen.«

Es war das leiseste Vielleicht.

Aber es fühlte sich nach mehr an. Als ob Grandma die Tür zwischen uns einen kleinen Spalt offen gelassen hätte.

Es fühlte sich wie Liebe an.

Ich half dabei, das Gepäck in Omas Camry einzuladen, während sie und Grandma sich verabschiedeten.

Es war komisch, sich zu verabschieden, als wäre es eine große Sache, obwohl sie doch nur ein paar Stunden entfernt lebten. Und wir sie in den Winterferien wiedersehen würden.

Oma überraschte mich damit, dass sie mich in eine Umarmung zog. Eine echte.

»Du bist erwachsen geworden«, sagte sie.

»Bin ich?«

»Pass auf deinen Dad auf für uns. Okay?«

»Okay«, sagte ich. »Ich hab dich lieb, Oma.«

»Ich habe dich auch lieb, Darius.«

GRAVITONENDICHTE

Unser erstes Play-off spielten wir gegen die Riker Highschool, ungefähr eine Stunde südlich von Portland.

Obwohl ich wusste, dass sie nicht nach Commander William T. Riker benannt war, hoffte ich, dass die *Star-Trek*-Referenz ein gutes Zeichen war für unsere Chance auf den Sieg.

Die Spannung zwischen Chip und mir hatte zu einer Schwerkraftverlagerung innerhalb des Teams geführt: nicht in Bezug auf die Art, wie wir spielten, sondern darauf, wer mit wem sprach, wer wo im Kreis stand, wer neben wem herjoggte während des Aufwärmens.

Chip hatte damit begonnen, alleine zu laufen, mit gesenktem Kopf, und obwohl er noch genauso hart spielte wie immer, hatte er nicht mehr sein typisches Grinsen.

Ich hatte das getan.

Ich hatte Chips Lächeln auf dem Gewissen.

Ich fragte mich, ob ich ihm oder mir mehr damit wehtat, dass ich nicht versuchte, unsere Freundschaft wieder zu kitten. Aber je länger es andauerte, desto schwieriger wurde es, das Thema noch einmal anzuschneiden. Es war eine Schutzwand zwischen uns, die jeden Tag, der verging, an Gravitonendichte zunahm.

Ich lief beim Aufwärmen in letzter Zeit immer neben James. Wie sich herausgestellt hatte, war er nicht nur ein Fan von Theatertechnik, sondern stand außerdem auf *Dungeons & Dragons* und *Star Wars*.

Ich war nicht wirklich ein Fan von *Star Wars*. Es war nicht so, dass ich es nicht mochte, aber es gab mir auch nichts. Nicht wirklich.

Dennoch war es schön, sich mit einem anderen Nerd zu unterhalten. James war ein cooler Typ, obwohl er das übelste Pech beim Dating hatte, wovon er mir alles erzählte, wenn er nicht gerade überlegte, welche Möglichkeiten es gab, mit Überlichtgeschwindigkeit zu reisen und ob Hyperimpulsantrieb oder Warpantrieb schneller war.

(Wenn man bedachte, dass das theoretische Limit des Warpantriebs unendliche Geschwindigkeit war – etwas, das bisher erst einmal erreicht worden war, in dieser seltsamen Episode von *Voyager*, in der Captain Janeway und Lieutnant Paris zu komischen Amphibienwesen wurden, nachdem sie die Transwarpschwelle überschritten hatten –, konnte ich mir nicht vorstellen, wie Hyperdrive schneller sein sollte.)

»Hey«, sagte James, als wir vor dem Spiel unsere Waden dehnten. »Kann ich dich etwas Persönliches fragen?«

»Ich schätze schon.«

»Dein Freund und du, ihr wart ungefähr drei Monate zusammen, oder?«

»Vier.«

»Habt ihr beiden jemals … äh …«

James hatte wirklich blasse Haut, wenn er errötete, war das also super auffällig.

Mein Gesicht wurde aus Solidarität ebenfalls rot.

»Alter!«

»Es ist nur so, ich weiß auch nicht … Wann ist der richtige Zeitpunkt dafür?«

Ich zuckte mit den Schultern.

»Frag mich nicht. Wir haben nie irgendetwas anderes gemacht, als uns zu küssen.«

»Wirklich?«

»Jep. Ich schluckte den Frosch hinunter, der gerade versuchte, aus meiner Speiseröhre zu hüpfen. »Landon wollte mehr. Aber ich war noch nicht so weit.«

»Oh.«

»Tut mir leid, dass ich dir nicht helfen kann.«

»Nein!« Er lächelte, und seine Schultern entspannten sich. »Das hilft tatsächlich schon sehr. Katie und ich, wir haben bisher auch noch nichts gemacht. Außer küssen. Ich schätze, ich habe mir einfach Sorgen gemacht deshalb.«

»Warum?«

»Ich weiß es nicht. Es kam mir so vor, als ob wir es wollen müssten.«

Ich nickte. »Solange ihr darüber redet. Man muss miteinander kommunizieren.«

James klopfte mir auf die Schulter. »Danke, Mann. Wie kommt's, dass wir uns nicht schon früher angefreundet haben?«

Wir kannten uns bereits seit der Mittelstufe.

»Ich weiß auch nicht. Ich schätze, ich war nicht so gut darin, Freundschaften zu schließen.«

»Das lag sicher auch an mir.« Er warf einen Blick auf seine Uhr, die er am linken Handgelenk trug, obwohl er Linkshänder war. »Scheiße, ich muss noch ein PGP loswerden.«

Ich prustete.

»Viel Glück.«

»Das brauche ich nicht«, sagte er und klopfte sich auf den Bauch.

PGP war unser Codename für *Pre-Game-Poop*. Viele der

Jungs gingen vor jedem Spiel noch einmal aufs Klo. Ich war mir nicht sicher, ob ihr Darm durch das Rennen während des Aufwärmens angeregt wurde oder ob es an der Aufregung lag oder daran, dass sie zu viel gegessen hatten oder was auch immer. Ich hatte dieses Phänomen selbst nie erlebt.

Ich band mir meine Schnürsenkel wieder zu und stieß beim Aufstehen beinahe mit Chip zusammen.

»Oh. Sorry.«

»Kein Problem«, sagte Chip. »Geht James, um sein PGP zu erledigen?«

»Jep.«

Chip kicherte.

Für einen Augenblick war es, als ob wir wieder Freunde wären.

Ich vermisste diese Ungezwungenheit.

Ich vermisste es, mit Chip befreundet zu sein.

»Also.« Er schluckte.

»Jep.«

Wie sich herausstellte, war es leider kein Glücksbringer, dass unsere Gegner nach einem *Star-Trek*-Charakter benannt waren.

Ihr Angriff war beängstigend, aber wir schafften es, sie aufzuhalten und zu verhindern, dass sie ein Tor schossen. Gabe und James hatten kein Glück durchzukommen, und schließlich endete das Ganze wieder im Elfmeterschießen.

An diesem Punkt waren Christian und Diego beide erschöpft. Wir alle waren es. Auch die Riker Wombats (eine Level-zehn-Maskottchenwahl).

Sie entschieden den Münzwurf für sich und schossen zuerst. Christian hielt die ersten vier, unter dem wilden Jubel des Heimpublikums, aber der fünfte Schuss traf.

Wir erzielten keine Tore, und Chip war unsere letzte Chance.

Er grinste nicht, als er sich dem Ball näherte. Sein Kiefer war angespannt. Schweiß durchnässte sein Trikot, was seine Rückenmuskulatur betonte.

Er holte tief Luft und machte seinen Zug: ein kniffeliger Innenseitstoß zur Linken des Torwarts. Er wäre auch reingegangen, wenn er nicht knapp am Torpfosten vorbeigeschrammt wäre.

Unser Team gab keinen Ton von sich – wir hielten immer noch alle die Luft an, sogar, als der Pfiff ertönte –, aber die Riker-Tribüne explodierte.

Wir hatten verloren.

Ich glaube, wir waren alle zu müde, um traurig zu sein. Wir schüttelten Hände, verteilten Fistbumps, gratulierten dem anderen Team. Schweigend trotteten wir zu der Tribüne zurück, einige der Jungs hatten einen Arm um die Schulter eines anderen gelegt, andere hielten ihre Arme in der Kapitulationskobra-Position.

Chip starrte auf seine Zehen und kickte bei jedem Schritt den Boden vor sich. Seine Schultern hingen herab.

Ich hasste es, ihn so zu sehen.

Ich war mir nicht sicher, warum ich das tat – wirklich, ich wusste es nicht –, aber ich blieb etwas hinter den anderen zurück, und als er näherkam, legte ich ihm meinen Arm um die Schulter.

Sohrab machte das immer bei mir, wenn ich traurig war. Oder auch, wenn ich glücklich war.

Sohrab tat das einfach immer. Als ob es eine Sache wäre, die Jungs ohne Weiteres tun konnten.

Falls Chip mich tatsächlich mochte, war es vielleicht komisch und unfair von mir.

Ihn zu berühren.

Aber in dem Moment wollte ich einfach als Freund für ihn da sein.

»Hey«, sagte ich.

»Hey«, murmelte er.

»Schwieriges Spiel.«

»Jep.«

Aber er sagte nichts anderes mehr, und nach einer Weile fühlte ich mich dann doch komisch.

Außerdem waren wir beide super verschwitzt und unsere Körper waren sehr warm, und das ließ mich noch viele andere Dinge fühlen, für die ich nicht bereit war.

Also ließ ich Chip los und bog in Richtung Tribünen ab, wo Mom, Dad und Laleh auf mich warteten.

»Du warst großartig da draußen«, sagte Dad.

»Trotzdem haben wir verloren.«

»Egal. Du hast dein Bestes gegeben.«

»Danke.«

»Goldstern«, sagte Laleh.

Ich kniete mich hin.

»Wirklich? Ein Goldstern? Für mich?«

»Jep.«

»Danke, Laleh.«

Mom legte ihre Hand auf meine Schulter.

»Wir sind so stolz auf dich.«

Sie fuhr mir mit der Hand durchs Haar, was meine Familie unbeabsichtigterweise mit meinem Schweiß besprenkelte.

Laleh quietschte.

»Sorry! Sorry. Ich gehe mich besser mal abduschen.«

»Wir sehen uns zu Hause«, sagte Mom. Und trotz des ganzen Schweißes zog sie mich zu sich herunter und küsste meine Stirn. Dad tat das ebenfalls. Er hielt mich im Nacken fest und sagte: »Wirklich, Darius. Wir sind so stolz auf dich.«

»Danke, Dad.«

Ich hielt seinen Blick, und er lächelte und nickte mir zu.

Er war noch nicht wieder ganz er selbst, aber es ging ihm langsam besser. Die Tränensäcke unter seinen Augen waren kleiner geworden, es waren nun kleine gräuliche Halbmonde, statt riesiger blauer Untertassen.

»Hab dich lieb«, sagte ich.

»Ich dich auch, Sohn«, sagte er zurück.

In der Ecke der Tribünen sprach Chip mit Trent, der Evie auf seinem Schoß hüpfen ließ.

Ich wusste, dass er ihr Onkel war, aber es war immer noch hochgradig verstörend, es direkt mitzuerleben.

Neben ihnen stand eine Frau mit hellbrauner Haut und dunklem, lockigen Haar, die Chip in eine Umarmung zog.

War das Chips Mom?

Auf einmal ergab Evies Teint Sinn.

Ich hatte immer gedacht, dass Chips Mom weiß war. Auch über Chip hatte ich immer gedacht, dass er weiß war. Ich hatte nicht wahrgenommen, dass er Bruchstückhaft war wie ich.

Ich weiß nicht, warum es mich so glücklich machte, das herauszufinden.

(Ich wusste genau, warum mich das glücklich machte.)

Chip winkte mich zu ihnen rüber.

»Darius«, sagte er, »das ist meine Mom. Sofia.«

»Hi«, sagte ich. »Danke für all die Gatorades.«

Sofias Lache war wie ein Wasserfall. Sie grinste mich an.

Sie hatte das Grinsen ihres Sohnes.

»Danke, dass du ein bisschen auf Cyprian aufgepasst hast.«

»Na klar.«

Von Trents Schoß aus winkte Evie mir zu. Ich winkte zurück und vermied es dabei, Trents Blick zu begegnen.

»Ich gehe mal besser mein Zeug holen«, sagte ich. »Hat mich gefreut, Sie kennenzulernen.«

»Komm mal wieder vorbei, vielleicht auf ein paar Empanadas. Wir haben noch mehr Gatorades.«

»Danke.«

Ich war schon fast vom Spielfeld runter, als ich jemanden hinter mir hörte.

»Wo ist denn dein Lustknabe, Dairy Queen?«

Ich schüttelte den Kopf und lief einfach weiter, aber Trent joggte in mein Sichtfeld. Er musste Evie an jemand anderen übergeben haben.

»Hey. Wer von euch ist wer?«

»Wer was?«, fragte ich, weil ich nicht verstand, worauf seine Frage/Beleidigung abzielte.

Ich wusste, ich hätte einfach den Mund halten sollen, aber es war eine automatische Reaktion, und ich konnte sie nicht wieder zurücknehmen.

»Wer von euch ist das Tor und wer ist der Pfosten?«

Ich schüttelte meinen Kopf und antwortete nicht.

»Wer ist der Stecker und wer ist die Steckdose?«

Mein Gesicht brannte, während Trent mir folgte und eine lächerliche Andeutung nach der nächsten machte.

Mein Nacken kribbelte, und mein Schweiß fühlte sich kalt an auf meiner Haut. Trent wurde lauter und lauter, bis –

»Hey!« Ich blieb stehen und blickte zurück. Chip hatte seinen Arm ausgestreckt und hinderte Trent daran, mir weiter zu folgen. »Was zum Henker, Alter?«

Da war es wieder: Henker. Als ob das ein Wort wäre, das Jungs benutzten.

»Was denn?«

»Warum bist du immer so ein Idiot zu ihm? Was hat er dir jemals getan?«

»Nichts. Ich ziehe ihn nur auf.«

»Nein, das tust du nicht. Du verhältst dich furchtbar. Und es ist schlimmer geworden, seitdem ich dir gesagt habe, dass ich ihn mag.«

Chip sah mich einen kurzen Augenblick an.

Ich war wie versteinert.

Aber dann drehte er sich um und sagte: »Du bist angeblich mein bester Freund. Warum verhältst du dich dann nicht so, als wärst du die Freundschaft auch wert?«

Trents Mund öffnete und schloss sich. Er sah von Chip zu mir und dann zu Gabe und Jaden, die langsamer geworden waren, um auf uns zu warten, und die Szene mit vor der Brust verschränkten Armen beobachteten.

Sein Gesicht rötete sich.

Zum ersten Mal fiel mir auf, wie sehr er einem wütenden Baby glich, wenn sein Gesicht so rot war.

Seine übergroßen Nasenflügel blähten sich auf.

»Was auch immer.« Er versuchte, Chips Arm wegzustoßen, aber Chip rührte sich keinen Millimeter, also drehte er sich um und schlappte zurück zur Tribüne.

Chip ließ seinen Arm senken und stieß seinen Atem aus. Vor meinen Augen fiel der gesamte Druck von seinem Körper ab.

Jaden und Gabe murmelten sich etwas zu, aber ich konnte nichts verstehen. Ich starrte nur Chip an, der sich selbst zunickte und mich dann dabei erwischte, wie ich ihn ansah.

Er hatte diesen Ausdruck in seinen Augen. Ich weiß nicht, wie ich es beschreiben soll.

Als ob er völlig verloren wäre.

Aber dann zuckte er mit den Schultern, sah auf seine Füße hinunter und ging an mir vorbei in Richtung Umkleideraum.

Was war da gerade passiert?

ALLES AN DIR

Es war sehr still während der Busfahrt zurück zur Chapel Hill Highschool, aber immerhin war sie kurz. Alle waren mit ihren Handys beschäftigt oder sahen dem vorbeiziehenden Verkehr zu oder lehnten mit geschlossenen Augen an den Fensterscheiben, mit ihren Taschen als Kissen.

Ich setzte mich nach hinten und beobachtete Chip dabei, wie er aus dem Fenster starrte.

Etwas war passiert.

Etwas, das ich mir erhofft hatte. Etwas, das ich nie wirklich erwartet hätte.

Was sollte ich nun tun? Was sollte ich sagen?

Würde ich Chip in Zukunft überhaupt noch sehen? Die Fußballsaison war vorbei, und bald würde seine ganze Zeit wieder vom Wrestling beansprucht werden.

Würden mich die Jungs nun alle wieder fallenlassen?

Ich wollte nicht wieder der einsame Darius sein, dessen einziger Freund eine halbe Welt entfernt war.

Ich wischte mir über die Augen.

Coach Bentley lehnte sich über den Gang. »Bist du okay, Darius?«

»Jep.« Ich schniefte. »Ich werde das alles hier nur vermissen.«

»Ich auch.« Sie lächelte. »Du hast dich in dieser Saison

super geschlagen. Und ehe du dich versiehst, ist die nächste schon da.«

»Danke, Coach.«

Ich räumte mein Schließfach aus, wobei das meiste nur Ersatzspielkleidung war, außerdem ein zusätzliches Deodorant und ein paar zerknüllte Papiere, die ich zu diversen Zeitpunkten während der Saison dort vergessen hatte.

(Mir leuchtete der Sinn und Zweck von diesem ganzen Papierkram nicht wirklich ein.)

Die Jungs gaben sich alle diese betont männliche Umarmung, bei der man sich die Hände schüttelte, sich dabei mit einem Arm umarmte und dem Gegenüber auf den Rücken klopfte, während die Hände zwischen einander eingeklemmt wurden. Für einige, wie Gabe und Jaden und Christian, war es die letzte Saison an der Chapel Hill gewesen. Ich sah, wie Gabe sich ein paarmal über die Augen wischte, und Jaden gab mir tatsächlich eine normale Umarmung statt der männlichen Version.

»Es war großartig, Mann«, sagte er. »Ich bin froh, dass wir Freunde geworden sind.«

»Ich auch. Ich bin traurig, dass es vorbei ist.«

»Vorbei?« Jaden legte seinen Kopf schief. »Du wirst mich jetzt nicht mehr so schnell los. Bruchstückhafte Bros für immer.«

»Macht uns das zu Cousins oder Stief-Bros?«

»Du kannst mir unmöglich nach einem Spiel eine solche Rechenaufgabe stellen.« Er stieß mich mit der Schulter an. »Aber ernsthaft. Lass uns mal was zusammen machen. Ich bringe dir bei, wie man wirklich Mario Kart spielt, statt immer von der Straße abzukommen.«

Beinahe brachte mich das zum Lachen.

Beinahe.

»Das würde mich freuen.«

Auf unserem Weg nach draußen ließ Coach Bentley uns noch einmal aufstellen, und sie schüttelte uns allen die Hände und gratulierte uns zu der guten Saison.

Immerhin hatten wir noch unsere große Post-Saison-Party vor uns, auf die wir uns freuen konnten. Da würden wir uns alle schick machen, und Coach Bentley würde die Awards für den Besten Spieler und die größte Leistungssteigerung überreichen und den Kapitän für das nächste Jahr bekanntgeben.

Das Essen sollte angeblich supergut sein, weil Coach Bentley mit dem Chefkoch eines der edlen Restaurants in der Innenstadt befreundet war, einem Restaurant, das sich in einem Hotel befand, aber nicht vom Hotel betrieben wurde, was wohl einen Unterschied in der Welt der edlen Restaurants in der Innenstadt machte.

»Bin stolz auf dich, Darius«, sagte sie, als sie meine Hand schüttelte. »Immer den Kopf oben halten.«

Ich blinzelte meine Tränen weg und nickte. »Danke, Coach.«

Die Sonne ging über dem Parkplatz unter und tauchte Chapel Hills beigefarbene Mauern in feuriges Pink. Die Wolken rollten schon über uns herein, und die kühle Luft kündigte Regen an.

Cyprian Cusumano saß am Bordsteinstein, die Ellenbogen auf seinen Knien und sein Kinn in seine Hand gestützt.

Ich ließ mich neben ihn auf den Boden fallen, steckte meine kalten Hände in die Taschen meines Kapuzenpullis und starrte zu den Wolken hoch. Ich konnte Chip nicht in die Augen sehen.

»Du hättest das nicht tun müssen.«

Chip lehnte sich zurück und streckte sich neben mir aus.

»Ich denke schon.« Seine Stimme war leise und sanft. »Das ist der Typ, der ich sein will. Und ich glaube nicht, dass ich das zuvor sehr oft war.«

Ich lehnte meinen Kopf etwas mehr in seine Richtung. »Warum?«

»Ich weiß es nicht.« Er trommelte mit seinen Fingern auf seine Beine. »Ich kenne Trent schon, solange ich denken kann. Als meine Eltern ihre Scheidung durchmachten, war er derjenige, der mich drüben bei ihm schlafen ließ, damit ich den ganzen Streit nicht mitbekommen musste. Und nachdem Evie geboren war, war er derjenige, der mir beibrachte, mich um sie zu kümmern. Windeln zu wechseln und so. Du solltest ihn mit ihr sehen. Er ist ein völlig anderer Kerl.«

Chip schlug mit seiner Faust auf den Boden. »Er war der einzige Typ, der mich je weinen gesehen hat. Der Einzige, der mir das Gefühl gegeben hat, dass es okay war, vor jemand anderem zu weinen. Bis ich dich getroffen habe.«

Trent war Chips Sohrab.

»Also, was jetzt?«

»Ich weiß es nicht. Ich will ihn nicht verlieren. Aber du hast recht. Er ist irgendwie ein A-Loch. Und ich will, dass er sich besser verhält als das.« Chip stieß seinen Atem aus. »Ich will selbst besser sein.«

»Ich glaube, das bist du vielleicht bereits.«

Chip drehte sich zu mir um. Seine Augen schimmerten.

»Es tut mir wirklich leid. Ich habe alles kaputt gemacht.«

»Nicht alles«, sagte ich.

Und dann sagte ich: »Ich habe es wirklich vermisst, dein Freund zu sein.«

»Ich auch.« Chip kaute auf seiner Unterlippe.

Er hatte wirklich schöne Lippen.

»Heißt das, dass wir es noch einmal versuchen können?«

»Jep.«

»Was ist mit … mit dem, was ich zu dir gesagt habe?«

Mein Herz hämmerte. »Was meinst du?«

»Über … dich. Mich.« Chips Ohren wurden pink. »Ich finde dich immer noch schön.«

Nun war es an mir, an meiner Lippe zu kauen. Chips Blick schoss nach unten zu meinem Mund.

Ich seufzte.

»Landon und ich haben uns getrennt. Ich nehme an, du hast es wahrscheinlich gehört.«

»Jep. Es tut mir leid. Das ist meine Schuld.«

»Es muss dir nicht leidtun. Es war wirklich nicht deine Schuld. Aber ich brauche etwas Zeit. Verstehst du?«

»Ja. Das leuchtet mir ein.«

Schließlich sah ich Chip doch in die Augen. Sie waren warm und voller Hoffnung.

»Aber ich finde dich auch schön.«

Chips Grinsen erstrahlte wie ein Warpkern.

»Und klug. Und mutig.«

»Nicht wirklich.«

»Doch, ich finde, dass du das bist.« Ich nickte wie zu mir selbst. »Aber wir müssen erst einmal Freunde sein. Okay?«

»Okay.«

»Hi, Dariush-jan!«, sagte Mamu, als ich sie anrief. »Ich vermisse dich!«

»Ich vermisse dich auch.«

»Wie geht es dir?«

»Okay. Ich bin etwas traurig. Wir haben unser Fußballspiel heute verloren. Es waren die Play-offs.«

»Das tut mir leid. Ich weiß, dass du dein Bestes gegeben hast.«

»Außerdem habe ich meinen Job gekündigt.«

»Deine Mom hat es mir erzählt.«

Wie herbeigerufen, erschien Mom in meinem Türrahmen. Sie hielt sich jedoch im Hintergrund.

»Ähm«, sagte ich und blickte zu Mom und wieder zurück zu meinem Bildschirm. »Ich habe mit Sohrab gesprochen.«

»Ich bin so froh!« Mamus Schultern entspannten sich. »Es tut mir leid, dass ich es dir nicht erzählen konnte, Maman.«

»Das ist okay. Ich verstehe das.«

»Vielleicht kann er eines Tages nach Portland kommen.«

»Das wäre großartig.« Ich räusperte mich. »Wie geht es dir?«

Mamu seufzte. »Ach, weißt du, jeder Tag ist anders. Manchmal bin ich traurig. Manchmal wütend. Manchmal denke ich nicht daran.«

»Mir geht es auch so.«

»Manchmal fällt mir etwas ein, und ich drehe mich um, um es ihm zu erzählen. Aber er ist nicht da.«

Auch ich wollte Babu Dinge erzählen. Dafür war es zu spät.

Aber ich wusste, dass ich es Mamu sagen musste.

Meine Brust zog sich zusammen.

»Mamu? Kann ich dir etwas erzählen?«

»Natürlich, Dariush-jan.«

»Ich … Ich bin schwul.«

»Eh? Schwul?«

Mom trat näher heran und legte mir ihre Hand auf den Kopf. Sie spielte mit meinem Haar und sagte etwas auf Farsi. Ich kaute auf meiner Lippe und wartete auf den großen Knall.

»Oh!«, sagte Mamu. »Schwul. Ich bin froh, dass du es mir erzählt hast, Maman. Weil ich alles an dir liebe.«

Meine Brust entspannte sich.

Ich wollte am liebsten durch das Zimmer rennen und lachen.

»Hast du einen Freund, Maman?«

»Nein«, sagte ich. »Wir haben uns getrennt.«

»Das tut mir leid. Du bist der liebste Junge der Welt. Und so gut aussehend. Du wirst jemanden finden.«

Wir sprachen noch etwas länger, aber schließlich versiegte unsere Konversation, und wir begannen, uns zu verabschieden.

»Okay, wir sprechen uns bald wieder, Dariush. Grüße deinen Dad und Laleh ganz lieb von mir.«

»Das mache ich.«

»Ich habe dich lieb, Maman. Shirin-jan, *khoda Hafez*.«

»*Khoda Hafez*, Maman.« Mom sagte noch etwas anderes, etwas, das ich nicht verstand.

Als Mamus Bild sich blinkend verabschiedete, sagte Mom: »Das war so tapfer. Ich bin so stolz auf dich.«

»Danke, Mom.«

Nach dem Abendessen quetschten wir uns alle zusammen auf die Couch: Dad und ich in der Mitte, Mom an Dads rechter Seite und Laleh an meiner linken, ihre Füße unter sich gezogen.

Es fühlte sich wie eine Ewigkeit an, seitdem wir das letzte Mal so als Familie zusammen waren.

Während der Vorspann von *Deep Space Nine* lief, kaute Mom auf etwas Tokhme herum.

Laleh nutzte die zwei Minuten Musik, um ihr Buch zu öffnen und noch ein paar Absätze zu lesen.

Dad drückte meine Schulter und sagte: »Das habe ich vermisst.«

»Ich auch.«

Ich betrachtete meinen Dad. Er hatte sich – endlich – rasiert und war auch beim Friseur gewesen.

Er wirkte trauriger, als ich ihn in Erinnerung hatte, aber er war stabil, und er war zu Hause.

»Bist du okay?«, fragte ich.

»Es geht mir besser«, sagte er. »Wirklich.«

Er zog meinen Kopf zu sich heran, um mir einen Kuss zu geben.

»Wie sieht es bei dir aus?«

Ich atmete tief ein und betrachtete meine Familie in der Spiegelung des Fernsehers.

»Jep. Ich bin okay.«

ANMERKUNG DES AUTORS

Warum noch einmal zu Darius zurückkehren?

Das ist die Frage, die ich mir immer wieder gestellt habe. Aber die Antwort war sehr einfach: Weil er noch mehr zu sagen hatte.

Erwachsen werden ist schwer. Leuten gegenüber ehrlich zu sein – egal wie viel sie einem bedeuten – ist schwer. Zugeben, dass man einen Fehler gemacht hat, ist schwer. Aber am Ende des Tages ist es unsere Beziehung zu anderen und unsere Fähigkeit, unsere Herzen zu öffnen, was uns als Familie, als Partner:innen, als Freund:innen, als Gesellschaft zusammenhält. Und ich dachte, dass Darius uns vielleicht etwas darüber beizubringen hat.

Ob es die Angst vor dem Coming-out ist oder der Frust angesichts der Mauern, die ein Familienmitglied in der Vergangenheit um sich gezogen hat; ob es das große Fragezeichen angesichts dessen ist, wie sich jemand verändert hat oder der Frust darüber, dass jemand sich weigert, sich zu verändern; ob es eine psychische Krise oder der einfache Wunsch nach Unterstützung ist; solche Unterhaltungen zu führen, kann schwierig sein, aber auf diese Art wachsen wir auch. Wenn du Hilfe dabei brauchst, die richtigen Worte oder Informationen bei schwierigen Fragen oder Themen zu finden, die dich oder Leute um dich herum betreffen, gibt man dir hier die richtigen Werkzeuge dafür in die Hand:

WEBSEITEN

Aktionsbündnis seelische Gesundheit: www.seelischegesundheit.net/themen/psychische-erkrankungen/therapie-und-behandlung/beratungsstellen oder anrufen: 030/27 57 66 07

Caritas Deutschland: www.caritas.de/hilfeundberatung/ratgeber/krankheit/behandlungundpflege/depression-erkennen-und-behandeln

Deutsche Depressionshilfe: www.deutsche-depressionshilfe.de/regionale-angebote/hamburg-harburg/hilfe-und-beratung oder anrufen: 0800/33 44 533

Die Nummer gegen Kummer Deutschland: www.nummer-gegenkummer.de/kinder-und-jugendtelefon.html; Kinder- und Jugendtelefon: 116111, Elterntelefon: 0800 /1110550

Österreichisches Bündnis gegen Depressionen: www.buendnis-depression.at/

Schweizerische Gesellschaft für Angst & Depressionen: www.sgad.ch/de/hilfe

Telefonseelsorge Deutschland: www.telefonseelsorge.de/ oder anrufen: 0800/1110111; 0800/1110222

Telefonseelsorge Österreich: www.telefonseelsorge.at/ oder anrufen: 142

Telefonseelsorge Schweiz: www.143.ch/ oder anrufen: 143

Loveline, das Jugendportal der Bundeszentrale für gesellschaftliche Aufklärung: www.loveline.de/beratungsstellensuche/lesbisch-schwul-bi/

Queere Jugendhilfe Berlin: www.queere-jugend-hilfe.de/mitgliedsorganisationen/ oder anrufen: 030/92250844

Hilfe bei Mobbing in der Schule: www.rataufdraht.at/themenubersicht/schule/mobbing-horror-im-klassenzimmer oder anrufen: 147

Verschiedene Themen: www.profamilia.de/fuer-jugendliche/fuer-jugendliche

Hilfe bei sexueller Gewalt: www.hilfeportal-missbrauch.de/startseite.html oder anrufen: 0800/22 55530

DANKSAGUNG

Ein Buch zu schreiben wirkt vielleicht wie das Unterfangen einer einzelnen Person, aber das ist es nie. Keine Idee wird aus einem Vakuum heraus geboren, und kein Buch könnte je ohne ein System an Unterstützern und Unterstützerinnen geschrieben werden.

Meine Agentin, Molly O'Neill, und das gesamte Team bei Root Literary – Holly, Taylor, Melanie und Alysssa – haben sich unglaublich für mich und meine Karriere eingesetzt. Meine Filmagentin, Debbie Deuble-Hill, und das Team von APA und Universal waren großartig, und ihr Glauben an mich hat mich sehr gefreut.

Meine Lektorin, Dana Chidiac, war bei jedem Schritt des Weges von Darius' Geschichte überzeugt, und dieser Roman wäre ohne sie nicht das, was er ist.

Meine Pressesprecherin, Kaitlin Kneafsey, ein absoluter Superstar, hat mir auf so viele Arten dabei geholfen, Darius' Geschichte in die Welt zu tragen, von denen ich zum Teil wahrscheinlich nie erfahren werde.

Das gesamte Team bei Dial Books for Young Readers war mir ein phänomenales literarisches Zuhause: Verleger Lauri Hornik, Programmleitung Nancy Mercado, Cheflektorin Tabitha Dulla, Redakteurin Regina Castillo, die Grafikdesignerinnen Mina Chung and Cerise Steel. Samira Iravani hat wieder ein herausragendes Cover entworfen, mit der Illustration von

Adams Carvalho und unter der Art-Direktion von Theresa Evangelista.

Und auch die Penguin Young Readers Group: Jen Loja, Geschäftsführerin und Verlegerin; Jocelyn Schmidt, stellvertretende Geschäftsführerin und Verlagsleitung; die Presseleitung Shanta Newlin und Elyse Marshall und ihr Team; Bri Lockhart, Lyana Salcedo, Emily Romero, Christina Colangelo aus dem Marketingteam; das Schul- und Bibliotheks-Marketingteam: Carmela Iaria, Venessa Carson, Summer Ogata, Trevor Ingerson, und Rachel Wease; die Moira Rose zu meinem David, Felicity Vallence und das Social-Media-Team, insbesondere James Akinaka; das Verkaufsteam unter der Leitung von Debra Polansky; und das Herstellungsteam.

Das Team der Listening Library hat mal wieder ein atemberaubendes Hörbuch produziert, und ich bin sehr dankbar für die Talente von Aaron Blank, Emily Parliman und Rebecca Waugh. Michael Levi Harris, ich bin so froh, dass du wieder die Erzählerstimme übernommen hast.

Ich bin mir sicher, meine Familie war ein bisschen nervös (und vielleicht sogar alarmiert), als sie erfuhren, dass ich noch mehr Bücher über eine Familie wie unsere schreibe, aber wenn dem so war, dann haben sie es nie gezeigt. Danke an meine Mom, meinen Dad und Afsoneh und an meine ganze erweiterte Familie, für all ihre Liebe.

Meine Freunde haben es so würdevoll mit mir ausgehalten. Mit einem Autor abzuhängen, kann ganz schön riskant sein (man weiß nie, wann man vielleicht einmal in einem Buch landet), aber sie haben es immer gelassen genommen.

Meine Schreib-Community, was wäre ich nur ohne euch? Es sind zu viele Leute, um sie alle zu erwähnen, aber es wäre nachlässig, folgende Namen nicht zu nennen: Lana Wood Johnson, Nae Kurth, Ronni Davis, Lucie Witt, Mark Thurber und Julian Winters, danke, dass ihr meine ganzen E-Mails, SMS und sonstige Nachrichten immer beantwortet habt. Danke an meinen Zwilling Natalie C. Parker und meine Zwillingsschwägerin Tessa Gratton, die mich in der Kansas-Schreib-Community aufgenommen haben, obwohl ich in Missouri lebe, und danke auch für viele großartige Stunden des *Star-Trek*-Schauens.

Danke an alle Blogger:innen, an alle BookTuber:innen, Podcaster:innen und Twitter:innen, die Darius gelesen und geteilt haben. Danke an alle Buchhändler:innen, Bücherei-Mitarbeiter:innen und Lehrer:innen, die sich seiner Geschichte angenommen haben.

Und, am allermeisten, vielen Dank an euch, die Leser:innen. Im wahrsten Sinne würde dieses Buch ohne euch nicht existieren.